Sabine Hartmann
Wutbürger

Im Verlag CW Niemeyer sind bereits
folgende Bücher der Autorin erschienen:

Abgeräumt
Ausweichmanöver
Eiskalt verzockt (Jugendkrimi)
Katzenmelodie (Jugendkrimi)
Mords Idylle
Nur ein Katzensprung
Sechs, Sieben, Cache!

Bibliografische Information der Deutschen Nationalbibliothek
Die Deutsche Nationalbibliothek verzeichnet diese Publikation in der Deutschen Nationalbibliografie; detaillierte bibliografische Daten sind im Internet abrufbar über http://dnb.ddb.de

Der Umschlag verwendet ein Motiv von shutterstock.com
Angry man … ollyy 2013
Druck und Bindung: AALEXX Buchproduktion GmbH, Großburgwedel
Printed in Germany
ISBN 978-3-8271-9463-3

Sabine Hartmann

Wutbürger

CW Niemeyer N

Der Roman spielt hauptsächlich in allseits bekannten Stätten im Leinebergland und Umgebung, doch bleiben die Geschehnisse reine Fiktion. Sämtliche Handlungen und Charaktere sind frei erfunden.

Über die Autorin:
Sabine Hartmann wurde 1962 in Berlin geboren. Seit 1982 lebt sie in Sibbesse. Sie ist verheiratet und hat zwei erwachsene Söhne. Nach vielen Jahren als freiberufliche Übersetzerin und Dozentin in der Erwachsenenbildung arbeitet sie heute als Schulleiterin in Alfeld.
Als Tochter eines Polizisten interessierte sie sich schon früh für Detektivgeschichten und Krimis. So lag es nahe, dass sie, als die Schreiblust sie packte, dieses Genre bevorzugte. Neben Krimis für Erwachsene schreibt sie auch für Kinder und Jugendliche. Im Regionalkrimibereich hat sie bisher in Hildesheim und im Weserbergland morden lassen. In Lesungen, Vorträgen und Schreibworkshops versucht sie, auch andere für Krimis zu interessieren.
Für ihre Kurzkrimis, die in Anthologien und Zeitschriften erschienen sind, hat sie zahlreiche Preise und Auszeichnungen erhalten. Sie ist Mitglied bei den ‚Mörderischen Schwestern' und im ‚Syndikat'.

Für Dieter Hinze

Entweder ich finde einen Weg oder ich baue einen.
(Hannibals Reaktion auf die Mitteilung, man könne die Alpen nicht mit Elefanten überwinden).

„A39 – BYPASS-LÖSUNG FÜR DIE A2"

Die Bundesautobahn 2 verläuft von Oberhausen entlang des Nordrandes des Ruhrgebiets durch das südliche Münsterland, Ostwestfalen-Lippe und das Weserbergland, erreicht die niedersächsische Landeshauptstadt Hannover, die Landeshauptstadt von Sachsen-Anhalt, Magdeburg, und nach Querung der Elbe vor Berlin den südlichen bzw. westlichen Berliner Ring (A10) am Dreieck Werder. Die A2 gehört neben der A3 aufgrund ihrer Bedeutung als Ost-West-Achse zu den am meisten frequentierten Autobahnen Deutschlands.

Die A2 ist somit die deutsche Transit-Autobahn schlechthin. Das LKW-Aufkommen ist enorm, nicht vergleichbar mit anderen großen Routen. Das ist ein Grund dafür, warum so viele Unfälle passieren. Allein zwischen März und Juni 2012 kommt es zwischen Lehrte und Helmstedt auf der A2 zu vier schweren LKW-Unfällen mit Toten. Die Folgen sind dann fast überall sichtbar. Tausende von Autos und LKWs schlängeln sich durch das Braunschweiger Land auf der Suche nach der schnellsten Umgehung. Die A2 von Berlin über Niedersachsen ins Ruhrgebiet ist überlastet. Folge sind häufige Staus und große Verzögerungen. Das Problem wurde von Industrie und Politik bereits vor langer Zeit erkannt. Über die Problemlösung herrscht Uneinigkeit.

Insbesondere die Industrie, die arbeitende Bevölkerung und die Warenwirtschaft sind auf den fließenden Verkehr auf der A2 angewiesen. Wichtige Warenströme laufen über die A2 und transportieren Warengüter von West nach Ost. Sie wird von vielen Pendlern genutzt, die aus dem Umland in die Industrie- und Wirtschaftsgebiete pendeln. Die A2 ist die Querachse, die von Berlin nach Dortmund – vorbei an Hannover, der Hauptstadt des Landes Niedersachsen - führt. Umgekehrt ist die um die Metropolregion Hannover, Braunschweig, Wolfsburg und Göttingen angesiedelte Industrie darauf angewiesen, dass ihre Waren ausgeliefert werden können und just in Time ihr Ziel erreichen.

Zur Lösung dieses Problems bietet sich die sogenannte Bypass-Lösung an. Diese bedeutet eine Verlängerung der A39 über das Autobahndreieck Salzgitter hinaus in Richtung Paderborn mit der weiteren Einbindung in die A44 in Richtung Dortmund-Unna. Die Region zwischen Paderborn und Salzgitter hätte durch diese Lösung vielfältige Vorteile von dieser Streckenführung mit Umgehung der Großregion Hannover und Braunschweig. Erst mit der Einmündung im Autobahnkreuz Königslutter auf die A2 werden viele Entlastungseffekte verbunden. Genau diese Entlastungseffekte werden dringend benötigt."

Zitiert aus dem Verkehrswegekonzept für Niedersachsen, UVN, Unternehmerverbände Niedersachsen, Stand 22.02.2103, S. 6/7.

I

Germanien, im Jahr 9 nach Christus

„Quinctilius Varus, gib die Legionen zurück!"
– Kaiser Augustus –

Unruhig ging Thusnelda in ihrer Kammer auf und ab. Dabei bemühte sie sich, keinerlei Geräusche zu verursachen. Endlich war der restliche Schnee geschmolzen.

Wie hatte sie diesen Tag herbeigesehnt.

In den letzten beiden Wochen hatte sie so viel wie möglich vorbereitet. Korn und Mehl musste sie heimlich abzweigen. Anschließend hatte sie die Vorräte im Wald hinter den Kalköfen versteckt. Morgens zog sie gelegentlich Kleidungsstücke übereinander an, sodass sie die überflüssige Lage ebenfalls zur Seite legen konnte. Natürlich brauchte sie auch einige Münzen und vor allem eine Decke. Auf gar keinen Fall durfte sie ihren Schmuck zurücklassen. Schließlich konnte man nie wissen, wie es ihr ergehen würde, bei den Römern. Sie seufzte. Wie lange wollte Segestes, ihr Vater, heute noch am Feuer sitzen bleiben?

Sicher, ihm ging es in erster Linie um die Sicherheit des Stammes und vor allem seiner Sippe. Deshalb hatte er den Vertrag mit den Römern abgeschlossen. Doch längst gab es Widerstand. Auch in den eigenen Reihen.

Thusnelda biss sich auf die Lippen. Gemeinsam waren sie zum Markt gegangen, eine römische Neuerung, die Frieden schaffen sollte. Dort hatte sie ihn das erste Mal getroffen. Sie musste unwillkürlich lächeln. Damals schien alles so einfach.

Und dann?

Dann erfuhr ihr Vater davon.

Segestes, war er inzwischen ein alter Mann? Zahnlos? Aus Bequemlichkeit friedlich? Oder aus Angst?

Angst. Sie spürte, dass sie zitterte, obwohl es nicht so kalt war. Sie schlang ihre Arme um ihren Körper. Sie musste unbedingt an etwas anderes denken.

Erleichtert hörte sie, dass Segestes sich endlich zurückzog. Unbeweglich lauschte sie. Erst als kein Geräusch mehr zu hören war, weder im Haus noch aus dem Stall, schlüpfte sie hinaus. Obwohl es eine dunkle Nacht war, der Mond war nur als schmale Sichel am Himmel zu sehen, gewöhnten sich ihre Augen bald an die Dunkelheit. Ohne zu stürzen und ohne jemandem zu begegnen, erreichte sie ihr Versteck im Wald.

Mit fliegenden Fingern zog sie ihre Vorräte hervor, wickelte alles zusammen und schnürte ein Bündel. Es war nicht weit bis zu der Quelle, an der Flavus auf sie warten würde, trotzdem beeilte sie sich.

Tagsüber fiel es ihr nie schwer, sich in den dichten Wäldern zurechtzufinden, doch im Dunkeln erkannte sie nichts wieder, hoffte aber inständig, dass sie die Route zum Galgenberg wenigstens einigermaßen einhielt. Je länger sie lief, umso mehr begann sie, sich vor den Geräuschen um sie herum zu fürchten. Der harte Winter hatte einige Nächte zuvor einen einsamen Bären bis an ihr Dorf herangeführt. War er nun hinter ihr her?

Sie lief noch schneller, stolperte über Wurzeln, riss sich die Hände an der scharfkantigen Rinde der Bäume auf und sah sich immer wieder ängstlich in alle Richtungen um. Ihr Bündel wog schwer und behinderte sie zusätzlich.

Was war das? Welches Wesen gab solche Töne von sich?

Beinahe hätte sie laut aufgelacht.

Wasserrauschen. Das musste die Quelle sein.

Sie war fast am Ziel. Ihr Atem ging immer noch schnell. Sie stützte sich an einem der Bäume ab und rang nach Luft.

Um ihn nicht zu erschrecken, rief sie leise: „Flavus, bist du da?"

Sie fuhr herum, als es hinter ihr im Gebüsch raschelte. „So ist es, du kommst spät." Seine tiefe Stimme klang ärgerlich.

„Mein Vater ist erst zu vorgerückter Stunde zu Bett gegangen."

„Sei es wie es sei. Das lässt sich nun nicht mehr ändern, lass uns aufbrechen. Je eher wir das Sommerlager erreichen, umso besser."

Thusnelda schluckte die scharfen Worte herunter, die ihr auf der Zunge lagen. Sie wusste, dass Flavus die Pläne seines Bruders missbilligte und auch ihr nicht unbedingt die größten Sympathien entgegenbrachte. Sie vertraute darauf, dass sich das nach der Hochzeit ändern würde.

Thusnelda war im Morgengrauen aus ihrem Zelt getreten und schaute besorgt hinüber zum Quartier des Quinctilius Varus. Er galt als Freund ihres Vaters. Bisher war sie ihm geflissentlich aus dem Weg gegangen. Selbstverständlich wusste er trotzdem, dass sie sich im Lager aufhielt. Sie schürzte die Lippen. Natürlich waren Frauen und Kinder in einem römischen Soldatenlager eigentlich verboten, doch daran hielt sich niemand, jedenfalls nicht, wenn die Legionen so lange unterwegs waren wie diese. Und was die Barbaren taten, interessierte Varus sowieso nicht besonders, solange sie ihre Aufgaben ordentlich erledigten und er einen Erfolgsbericht nach dem anderen nach Rom schicken konnte.

Heute würde Varus Gericht halten, während er für den morgigen Tag eine Besprechung mit befreundeten Stammesführern anberaumt hatte. Zu ihnen gehörte auch Segestes, auf seinen Rat gab der römische Heerführer viel, so hieß es jedenfalls.

Thusnelda hörte Arminius' Schritte hinter sich und gleich darauf seine Stimme: „Du brauchst dich nicht zu sorgen, dein Vater kann dir nichts anhaben. Diese Blöße wird er sich nicht geben."

Thusnelda drehte sich zu ihrem Ehegatten um. „Und wenn er Varus überredet, gegen dich vorzugehen? Du weißt, dass er überall verbreiten lässt, du hättest mich entführt, gegen meinen Willen."

„Segestes ist kein Narr. Er weiß sehr genau, dass zahlreiche Anführer unserer Stämme mich unterstützen. Ein paar hast du schon kennengelernt und sie dich. Meinst du ernsthaft, sie glauben noch an seine Version der Geschichte? Außerdem, mein Wort hat mindestens so viel Gewicht wie seines."

„Warum kommt er ausgerechnet zu einem Gerichtstag?"

Arminius lachte rau. „Weil er die Macht liebt und weil Varus denkt, dass wir Germanen ihn lieben, da er für Gerechtigkeit sorgt. Seine Gerechtigkeit, pah." Sanft streichelte er über Thusneldas Bauch, der sich bereits deutlich wölbte. Dann schaute er quer durch das Lager zum Waldrand, wo die Pferde und Esel grasten. „Mein Onkel Inguiomer und mein Bruder Flavus werden heute ebenfalls eintreffen. Sie bringen Kunde von Ariowist, Ering und Guiskard." Er schloss Thusnelda in seine Arme. „Wenn alles gut geht, erfährt Varus bald davon, dass diese Familien sich gegen die Römer auflehnen, dass sie einen Überfall planen, und das wird ...“, er ballte die Faust, bevor er weitersprach, „... und das wird sein Ende sein.“

Sie schüttelte den Kopf. „Das kannst du nicht wissen. Schau dich um. Die Römer sind stark, ihre Waffen sind mächtig. Sie tragen Rüstungen, die ich nicht einmal anheben könnte. Du bist zu optimistisch. Euer Plan ist viel gefährlicher, als du dir selbst und den anderen weismachen willst.“

„Nein, du siehst zu schwarz. Schau dich doch um. Sieh dir die Männer genau an. Die kleinen, dünnen, das sind die Römer. Dazwischen die groß gewachsenen, kräftigeren, das sind unsere Leute. Sie überragen die meisten römischen Soldaten um einen ganzen Kopf und sie tragen die gleichen Waffen und ähnliche Rüstungen. Sie haben Erfahrungen im Kampf gesammelt, kennen die Tricks und Vorgehensweisen der Römer. Denkst du ernsthaft, wir haben umsonst in den pannonischen Provinzen mit den römischen Legionen gekämpft? Wir haben zugeschaut und gelernt. Glaub mir, meine Liebe, wir sind vorbereitet.“

„Das weiß ich doch alles.“ Sie breitete die Hände aus. „Aber trotzdem, es sind unzählige Menschen. Was meinst du, wie viele sind es insgesamt? Fünftausend oder sechs ...?“

Arminius schaute sie jetzt noch ernster an. „Drei Legionen und dazu noch die Reitereinheiten und sechs Kohorten, zwanzigtausend Mann kommen da sicher zusammen.“ Er schaute in den Himmel. „Die Kolonne zieht langsam voran, zuerst die Soldaten, gefolgt von Händlern, Sklaven, Frauen und Kindern. An vielen Stellen muss der Pfad verbreitert werden, damit auch die Wagen hindurchpassen. Zwei- oder dreitausend Schritte sind die Ersten und die Letzten auseinander. Rüstung und Marschgepäck lasten schwer auf den Legionären. Sie bewegen sich nicht schnell und an einem Tag auch nicht sehr weit."

Sie klammerte sich an ihm fest. „Lasst ab von eurem Plan. Ihr könnt Varus nicht besiegen. Wie wollt ihr so einen langen Heereswurm angreifen? Wenn ihr an einer Stelle kämpft, folgen immer neue Römer nach. Das kann nicht gelingen." Sie spürte, dass ihr Herz stärker zu schlagen begann, es schien aus ihrer Brust springen zu wollen. Sie sah ein, dass die Cherusker sich nicht dem römischen Gesetz beugen und vor allem nicht die römischen Steuern zahlen wollten. Mit Schrecken dachte sie daran, dass sie vielleicht auch ihren Sohn schon früh ins ferne Rom schicken müsste. Als Zeichen ihrer Unterwerfung, damit er dort zum Kämpfer, zum Feldherrn ausgebildet werden konnte. So wie Segimer einst Flavus und Arminius übergeben musste. Die beiden waren noch so jung gewesen, dass sie sich nicht mehr an ihre eigentlichen Namen erinnerten. Sie fühlten sich als Flavus und als Arminius, obwohl die römischen Eroberer sie so genannt hatten. Thusnelda schloss die Augen. Ihren Sohn würde sie niemals weggeben.

Arminius spürte wohl ihr Zittern, fasste sie an der Schulter und drehte sie zu sich herum. „Du kennst sie doch, unsere Wälder. Undurchdringlich. Überall lauern Sümpfe und Morast. Und wenn wir ihnen den Weg diktieren, wenn sie sich durchs Dickicht schlagen müssen, können wir sie gebührend empfangen."

Thusnelda seufzte. Ums Kämpfen ging es ihm. Ums Siegen. Leise fragte sie: „Warum sollte Varus auf eure List hereinfallen? Warum sollte er das Risiko eingehen?"

Jetzt grinste Arminius breit. „Weil er Germanien unbedingt befrieden will. Und weil er mir vertraut. Er wird den Köder schlucken. Aufständische Barbaren, kurz bevor er ins Winterlager ziehen will, das kann er nicht hinnehmen. Mach dir keine Sorgen. Er und seine Legionen werden genau den Weg wählen, den ich ihnen vorschlage."

Thusnelda schaute ihn an. Natürlich bewunderte sie ihn für seine Entschlossenheit. Gleichzeitig fürchtete sie um sein Leben. Sie seufzte.

Er legte die Hand unter ihr Kinn, hob vorsichtig ihren Kopf hoch, sodass er ihr in die Augen blicken konnte. „Meine Liebe, alles wird gut. Doch jetzt ist es an der Zeit, Abschied zu nehmen. Ich muss zu Varus und von dort drüben kommen Flavus und mein Vater, Segimer, auf uns zu. Bei ihnen bist du in guten Händen. Wir haben alles bis ins Detail vorbereitet. Versprich mir, dass du in unserem Versteck auf mich wartest."

Thusnelda konnte nur stumm nicken. Hoffentlich sah sie ihren Mann noch einmal wieder.

Segimer streifte sie nur mit einem flüchtigen Blick. Sie wusste, dass er sie nicht mochte, aber so geringschätzig wie heute hatte er sie bisher nie angesehen.

„Segestes ist bei Varus. Sie speisen zusammen", sagte Flavus und begrüßte Thusnelda und Arminius freundlich.

Segimer knurrte: „Der Hund von einem Stammesführer hat Varus eindringlich gewarnt. Sogar die Namen unserer Freunde Ariowist und Guiskard hat er genannt, hat sie des Aufstands bezichtigt."

Arminius lachte. „Nicht ganz zu Unrecht, oder? Beruhigt euch, Varus vertraut mir. Er wird nicht früher losschlagen als geplant. Ich habe schon viele Schlachten für die Römer geschlagen und gewonnen, sie halten mich für einen der Ihren." Er lachte wieder. „Außerdem denkt Varus, dass Segestes ihm Gerüchte überbringt, weil er sich an mir rächen will, da ich seine schöne Tochter entführt habe."

Flavus schürzte die Lippen. „Verlass dich nicht zu sehr darauf. Varus hat gute Instinkte, sonst wäre er nicht Roms Heerführer", wandte er ein.

Arminius nickte. „Deshalb muss ich schleunigst dorthin, mein unschuldiges Gesicht präsentieren."

Nur flüchtig verabschiedete er sich von Thusnelda, bevor er gemeinsam mit Segimer auf das Quartier des Varus zuging.

Thusnelda seufzte

Flavus reichte ihr die Hand. „Komm, es ist alles vorbereitet, ich bringe dich in das Lager, das wir an einem Ort aufgebaut haben, der nur wenigen bekannt ist. Es liegt vier Tagesritte nach Süden von hier entfernt. Nach der Schlacht, wenn unsere Leute die Römer aus cheruskischem Gebiet vertrieben haben, wird Arminius sich dort mit uns treffen."

Thusnelda ging schweigend neben ihm her. Ihre Habe war zusammengeschnürt und passte auf ein Pferd. War das ihr Schicksal? Immer unterwegs, ständig auf der Flucht, ohne Heim und Herdfeuer?

Skeptisch betrachtete Thusnelda die kleine Gruppe Menschen und die Packtiere, die sich langsam in Bewegung setzten, nachdem Flavus und sie bei ihnen angekommen waren. Einige der Frauen kannte sie vom Sehen, vor allem Heilrun, die erst vor wenigen Tagen entbunden hatte und sich vor dem beschwerlichen Weg nach Süden fürchtete. Sie hatte ihren neugeborenen Sohn mit einem Tuch vor ihre Brust gebunden. Vorsichtig lächelnd nickte sie Thusnelda zu und sagte leise: „Ich gehe ungern. Hier im Lager fühlte ich mich sicher und jetzt marschieren wir ins Ungewisse."

Doch Thusnelda vertraute Arminius und wusste, dass er einen sicheren Ort für sie und ihr ungeborenes Kind gefunden hatte und dass es ihnen dort an nichts fehlen würde. „Mach dir keine Sorgen, Heilrun, bald können wir nach Hause zurückkehren und in Frieden leben."

1

Einhausen, Donnerstag, der 12. September 2013

„Passen Sie auf, was Sie sagen!" Der schwere Mann war aufgesprungen und stand nun, leicht vornübergebeugt, neben seinem Stuhl. Er hatte quer durch den Saal gebrüllt. Beim nächsten Satz hob er drohend die Faust. „Sie könnten es später bereuen. Oder glauben Sie, wir lassen uns von Ihnen alles widerstandslos gefallen?"

Je länger er sprach, desto leiser war seine Stimme geworden. Wirkte sie genau deswegen umso bedrohlicher?

Fitz saß ziemlich weit hinten im Raum und konnte nicht alles, was sich vorn abspielte, eindeutig erkennen. Obwohl er schon eine gute halbe Stunde vor Sitzungsbeginn gekommen war, hatte er gerade noch einen der letzten freien Stühle ergattert. Er beobachtete aufmerksam, was um ihn herum vorging. Die weitaus meisten Menschen kannte er zumindest vom Sehen, viele sogar persönlich. So auch Rolf Neuherr, der sich gleich zu Beginn, als die ersten Informationen durchsickerten, an die Spitze der Bürgerinitiative gegen den Bau der neuen Autobahn gesetzt hatte. Die war inzwischen in ihren Grundzügen genehmigt und würde sich wohl kaum noch verhindern lassen. Selbst die Trassenführung stand in ihrem Bereich weitgehend fest. Doch der zusätzliche Autohof mit Raststätte und allem Drum und Dran erhitzte die Gemüter dafür umso heftiger.

Die Sitzung fand in der Aula der Einhausener Grundschule statt. Vorn, vor der Bühne, deren blauer

Vorhang schon bessere Tage gesehen hatte, stand das Stehpult, von dem aus die Ratsherren und die Gäste ihre Beiträge ins Mikrofon sprechen konnten. Die Tische davor waren in U-Form aufgestellt, die Vertreter der Parteien rechts und links fein säuberlich voneinander getrennt. Am Quertisch saßen der Bürgermeister sowie die Kämmerin, die Protokollführerin, der Ratsvorsitzende und die Gäste, die allesamt ziemlich irritiert ins Publikum schauten.

Der Bauunternehmer Kellermann stand vorn neben dem Architekten vor der riesigen Karte, in welche die Trasse des Autobahnteilstücks und der Standort der Raststätte, um die es in dieser Ratssitzung gehen sollte, eingezeichnet worden waren. Gerade fuchtelte er mit seinem Laserpointer ziellos durch die Gegend und rief: „Wollen Sie mir drohen? Ich lasse mich von Ihnen nicht einschüchtern, von Ihnen nicht und von der popeligen Bagage, die Sie angeblich vertreten, erst recht nicht."

Fitz bemerkte, dass Kellermann junior bei den Worten des Vaters ganz bleich geworden war. Er hielt sich die Hände vor das Gesicht, wahrscheinlich weil er ahnte, dass diese Entgleisung für das Projekt alles andere als förderlich sein würde.

Kellermann hatte noch nicht vollständig ausgesprochen, da sprangen überall im Saal Menschen auf. Einige buhten ihn einfach aus.

Andere wiederholten in entrüstetem Tonfall: „Popelige Bagage? Wie meinen Sie das denn?"

Eine Frau johlte: „Selber popelig!"

„Und schmierig und schleimig", ergänzte eine weitere. Daraufhin kicherten beide.

Zwei Männer waren aufgesprungen und drängten sich durch die Sitzreihen nach vorn. Ängstlich schaute Kellermann erst auf den Architekten, dann auf den

Bürgermeister. Beide wichen seinem Blick aus, zuckten nur mit den Schultern.

Der Ratsvorsitzende, Fred Löscher, erhob sich. „Meine Damen und Herren!", rief er. „Bitte beruhigen Sie sich."

Doch niemand hörte auf ihn. Fitz war sich noch nicht einmal sicher, ob außer ihm überhaupt jemand bemerkt hatte, dass Löscher versuchte, die Herrschaft über die Sitzung zurückzuerlangen. Der Mann tat ihm leid. Im richtigen Leben führte Löscher eine Tierhandlung. Vermutlich wünschte er sich gerade, er könnte, wie bei einem Aquarium, einfach das Licht ausschalten, damit Ruhe einkehrt.

Die beiden Männer aus dem Publikum hatten jetzt den ersten Tisch der Ratsherren erreicht. Fitz konnte nicht alles sehen, weil zu viele um ihn herum aufgestanden waren. Er bemerkte allerdings, dass der Architekt, Uwe Graumüller, sich auf der anderen Seite des U, in dem die Tische aufgestellt worden waren, zurückzog. Fitz fragte sich, was die beiden vorhatten.

Inzwischen klopfte der Ratsvorsitzende fordernd auf den Tisch. „Ich lasse den Saal räumen, wenn hier nicht sofort Ruhe einkehrt!", rief er, so laut er konnte.

Wie genau er das durchsetzen wollte, war Fitz nicht klar.

Plötzlich richtete Gustav sich auf. Sein Bass drang beinahe mühelos durch das Tohuwabohu. „Setzt euch alle hin und haltet die Klappe", donnerte er. „Auf der Stelle!"

Gustav Thiele, Altbürgermeister und Ehrenmitglied in so ziemlich allen Einhausener Vereinen, war eine Institution. Was er sagte, hatte Gewicht.

Tatsächlich hielten die meisten verdutzt inne. Diese Pause nutzte Gustav und befahl: „Wir hören uns jetzt zu Ende an, was der Architekt und der Ingenieur zu sagen haben, dann diskutieren wir, gesittet, versteht sich."

Sowohl einige Zuschauer als auch diverse Ratsmitglieder applaudierten.

Eine dunkle Stimme sagte: „Gustav, du hast hier gar nichts mehr zu sagen."

Ohne sich umzudrehen, antwortete Gustav seufzend: „Natürlich, der Lehrer, war ja nicht anders zu erwarten."

Fitz musste den Hals recken, um ihn zu sehen. Doch tatsächlich war DER Lehrer, wie Gustav ihn ausschließlich nannte, nun ebenfalls aufgestanden. Er hoffte wohl, so eindrucksvoller zu wirken. Als Fraktionsvorsitzender saß er ganz oben am Tisch. Fitz kannte ihn seit vielen Jahren. Paul Hübiger hatte sich schon als junger Mann der Kommunalpolitik verschrieben. Gleich bei seiner ersten Kandidatur war er erfolgreich gewesen. Seither trug er bei wichtigen Anlässen, wozu natürlich alle Wahlkämpfe gehörten, den gleichen grauen Anzug mit schmalen, dunkleren Streifen. Fitz musste grinsen, als er darüber nachdachte, wie viele erste Spatenstiche Hübiger bereits gesetzt und wie viele rote Bänder zur Einweihung von Straßen er demonstrativ lächelnd zerschnitten hatte, ohne jemals auch nur einen Bruchteil des Respekts erwerben zu können, den Gustav automatisch erfuhr. Hübiger hatte sich von Anfang an für den Bau der Autobahn eingesetzt, und auf seinem Mist war die nach Fitz' Meinung deutlich überdimensionierte Raststätte gewachsen. Entsprechend brandeten aus der Zuhörerschaft unzählige Buhrufe auf, als er sich äußern wollte.

Gustav hob die Hand. „Lasst ihn zufrieden. Irgendwer hat ihn schließlich gewählt, dann soll er auch etwas dafür tun. Und ihr beiden", er wedelte mit der Hand, „ihr kehrt auf eure Plätze zurück." Schweigend wartete er, bis die beiden Männer sich umgedreht hatten und wieder zurückkamen. Zögerlich zwar und man sah ihnen an, dass es ihnen nicht recht war, doch sie kehrten zu ihren Plätzen zurück. Danach wandte Gustav sich an Graumüller: „Herr Architekt, mich interessiert, wie Sie die Flurstücke auf der nördlichen Seite Ihrer Trasse für diesen Autohof bekommen wollen."

Graumüller näherte sich erneut der Karte an der Wand. Er umkreiste die Fläche, von der Gustav gesprochen hatte mit seinem Laserpointer. „Nun, wir stehen in Verhandlungen mit dem Eigentümer und ich kann Ihnen sagen, dass wir auf einem guten Weg sind, auf einem sehr guten."

„Hm", machte Gustav demonstrativ, „als ich gestern mit Armin Schönberg sprach, sagte er mir, er habe Sie, ohne ein Wort über etwaige Grundstücksverkäufe mit Ihnen zu wechseln, vor die Tür gesetzt."

Die Zuschauer lachten und auch einige der Ratsherren mussten grinsen.

Uwe Graumüller räusperte sich, setzte dann aber ein strahlendes Lächeln auf. „Imponiergehabe. Das ist alles. Glauben Sie mir, ich führe nicht zum ersten Mal derartige Verhandlungen. Solche Taktiken dienen allein dazu, den Preis für die Grundstücke in die Höhe zu treiben."

Fitz fand diese Aussage einerseits überzeugend, andererseits im Angesicht der hier versammelten Zuhörerschaft ziemlich gewagt. Er war davon überzeugt, dass mehr als einer dem Bauern Schönberg noch heute Abend brühwarm erzählen würde, was der Architekt gesagt hatte.

Inzwischen hatte sich der Ratsvorsitzende Löscher wieder eingemischt. Schwitzend, aber souverän brachte er die Sitzung zu Ende. Jeden Zwischenrufer ermahnte er unerbittlich. Trotzdem schien es Fitz, dass er heilfroh war, als er endlich den letzten Tagesordnungspunkt „Mitteilungen und Anfragen" aufrufen konnte.

Hübiger meldete sich als Erster zu Wort. „Ich habe zwei Fragen an die Verwaltung. Bürger haben mich gebeten, auf die Zustände in der Horststraße hinzuweisen ..."

Fitz erhob sich, drängte sich durch die Reihe und verließ den Saal, bevor Hübiger die Frage zu Ende formuliert hatte.

Draußen standen Zuhörer in kleinen Gruppen zusammen und diskutierten. Der Redakteur der Alfelder Zeitung, Thomas Gellert, ging von einer zur anderen und sammelte Stellungnahmen.

Interessiert gesellte sich Fitz dazu, als der Redakteur Rolf Neuherr ansprach: „Welche neuen Erkenntnisse haben Sie denn durch diese Sitzung gewonnen?"

Neuherr antwortete so laut, dass die meisten anderen Gespräche verstummten und viele Köpfe sich neugierig zu ihm umwandten. „Neue Erkenntnisse? Dass ich nicht lache. Das ist doch alles ein abgekartetes Spiel. Die Herren Politiker wollen sich ein Denkmal setzen. Dabei ist es ihnen völlig egal, wenn die Umwelt vor die Hunde geht, wenn unser schönes Leinebergland verunstaltet wird, wenn die Umweltbelastungen um ein Vielfaches steigen und ..."

Gellert unterbrach ihn mit einer Zwischenfrage: „Aber die Trasse wurde doch nach Eingaben Ihrer Bürgerinitiative angepasst. Verläuft sie nicht ein gutes Stück weiter nördlich als ursprünglich geplant?"

Da genau in diesem Moment Kellermann und Graumüller den Sitzunsaal verlassen hatten und zu ihren Autos gehen wollten, redete Neuherr noch lauter: „Das ist wirklich Augenwischerei, uns geht es nicht um eine derart minimale Verschiebung der Trasse. Wir wollen sie ganz verhindern." Er reckte die Faust und rief: „Keiner will 'ne Autobahn, lasst uns lieber Fahrrad fahrn."

„Die Autobahn kommt, daran ist wohl kaum noch zu rütteln. Denken Sie, bei der Rastanlage sind Sie erfolgreicher?", fragte Gellert.

„Auf jeden Fall, die haben keine Chance", wetterte Neuherr.

Kellermann und Graumüller ignorierten ihn. Sie verabschiedeten sich mit einem Handschlag voneinander. Graumüller stieg in sein Auto ein und fuhr davon, während Kellermann hektisch in sein Handy sprach. Er steckte es, scheinbar erleichtert, weg, als ein dunkelblauer Passat um die Ecke bog. Der Wagen bremste und hielt vor dem Bauunternehmer. Der riss die Tür auf und ließ sich, samt Unterlagen und Koffer, auf den Sitz fallen. Kurz darauf stieg eine dunkelhaarige Frau aus. Sie musterte die Gruppen auf dem Bürgersteig, während sie zum Heck des Wagens ging, um die Dokumente in den Kofferraum zu legen.

Fitz fragte sich, ob das Frau Kellermann war oder eine Mitarbeiterin. Warum fuhr der Mann nicht selbst? Ob sein Führerschein bei der Polizei aufbewahrt wurde? Das wäre ein echtes Handicap für einen Tiefbauunternehmer.

Mit einem Ohr hörte er den Gesprächen der anderen zu. Plötzlich fiel ihm noch etwas ein. Warum war der junge Kellermann nicht gemeinsam mit seinem Vater aufgebrochen? Doch dann erinnerte er sich, dass Jonas Kellermann ein Schulfreund des Bürgermeisters war, der sich ebenfalls von der Autobahnanbindung viel Positives für die Region versprach. Wahrscheinlich gab es nach dieser Ratssitzung noch einiges nachzubesprechen.

Neuherr ließ sich vom hastigen Abgang der beiden Männer nicht beeindrucken. „Die sollen bloß aufpassen, dass sie nicht zu weit gehen. Wer Wind sät, wird Sturm ernten. Mehr sage ich dazu nicht. Um neue Industriebetriebe anzusiedeln, brauchen wir einen Autobahnanschluss, heißt es. Wer will denn Industriebetriebe, die unsere Luft verpesten? Die reden von Arbeitsplätzen, die vorteilhaft für unsere Region sein sollen, doch unser eigentlicher Reichtum ist die reizvolle Landschaft, in der wir leben. Sanfter Tourismus, so lautet die Parole, nicht Zergliederung der Landschaft durch eine in beide Richtungen dreispurige Autobahn."

„Ach", warf Gellert ein, „ich dachte, die drei Spuren wären längst vom Tisch?"

„Nun ja, im Moment versuchen die Macher, uns in dieser Hinsicht in Sicherheit zu wiegen."

„Sie denken, dass die Öffentlichkeit belogen wird?"

„Erwarten Sie ernsthaft etwas anderes? Profit- und Machtgier in Reinkultur. Vernunft und Bescheidenheit haben sich schon vor Monaten vor Angst zitternd in ihren Löchern verkrochen."

Fitz hatte genug gehört. Er ging zu seinem Moped. Eigentlich hatte er gehofft, mehr über die geplanten Ausgrabungen entlang der Trasse zu erfahren, aber das Thema war gar nicht angesprochen worden. Und selbst eine Frage zu stellen, war ihm unter den gegebenen Umständen nicht eingefallen.

Er setzte seinen Helm auf, als Neuherr ein Stückchen weiter die Straße überquerte. Der Vorsitzende der Bürgerinitiative befand sich dabei im Zentrum einer Gruppe, die laut diskutierte. Der Tonfall war aggressiv und auch die Gesten erinnerten eher an Krawallbrüder als an die gut situierten Bürger des Fleckens Einhausen.

Fitz schüttelte den Kopf. Wenn die Leute jetzt ins Einhäuser Eck pilgerten und noch zwei oder drei Bier zwitscherten, putschten sie sich garantiert gegenseitig weiter auf. Hoffentlich kam niemand auf irgendeine verrückte Idee.

Bauverzögernde Maßnahmen waren ja durchaus in seinem Sinn, aber Sachbeschädigung ging ihm grundsätzlich gegen den Strich.

Dabei dachte er an einen Vorfall vor knapp sechs Wochen, der selbst überregional für Schlagzeilen gesorgt hatte. Obwohl die Fassade des Rathauses komplett renoviert worden war, konnte man die Schatten der Farbschmierereien nach wie vor deutlich erkennen. Irgendjemand hatte A39 und einen Galgen an die Wand gesprayt, ohne einen „Tag“ zu hinterlassen, versteht sich. Eine solche Verschwendung von Steuergeldern machte Fitz wütend.

Alfeld, Donnerstag, der 12. September 2013

„Es gibt nichts Gutes, außer man tut es." Lisa Grundberg blickte trotzdem mit gemischten Gefühlen auf die Pappkartons in ihrem Kofferraum. „Alles neu macht der Mai." Nur dass jetzt nicht Mai war, sondern September, und dass sie all diese Kartons endlich in ihre Wohnung schleppen musste, in die zweite Etage. Nun denn, sie hatte es nicht anders gewollt. Markus wäre garantiert zu gern bereit gewesen, ihr zu helfen. Ganz sicher. Deswegen hatte sie ihm vorsichtshalber nichts von ihrer geplanten Aktion erzählt. Einerseits wollte sie es gern alleine machen. Stück für Stück. Eins nach dem anderen. In ihrem eigenen Tempo. Vor allem wollte sie jedoch keinen seiner Kommentare dazu hören, keinesfalls wollte sie ihm die ansehen, die er sich mühsam verkniff, während sie gemeinsam ein Regal die Treppe hinaufschleppten.

Entschlossen schob sie die Gedanken an ihren Kollegen Markus Heitkämper und seine Vorwürfe und Vorhaltungen weit von sich. Stattdessen packte sie das erste Paket, hievte es auf ihre Schulter und trug es in den Hausflur. Auf der Treppe wurde das Regal immer schwerer. Heftig atmend lehnte sie den Karton an die Wand neben ihrer Tür. Sie zog beinahe feierlich den Schlüsselbund aus der Hosentasche. Zufrieden betrachtete sie ihren nagelneuen Sicherheitsschlüssel. Er glitt in das Schloss, es klackte leise, dann konnte sie die Tür aufdrücken. Ungefähr dreihundertfünfzig Euro hatte sie für das neue Sicherheitsschloss, den Spion und die stabilen Beschläge bezahlt.

Als sie die Tür aufdrückte, erinnerte sie sich, gegen ihren Willen, einmal mehr an diesen verdammten Tag im letzten Jahr.

Dass etwas nicht stimmte, war ihr sofort aufgefallen, als sie ziemlich genau vor einem Jahr den Schlüssel in das Schloss ihrer Wohnungstür steckte. Sie konnte ihn kaum einführen und er ließ sich schlecht drehen. Es hörte sich an, als kratzten Metallspäne im Inneren des Zylinders. Es entstand ein schabendes Geräusch, als der Schnapper aus der Vertiefung im Türrahmen ruckte.

Dennoch konnte sie die Tür problemlos öffnen.

In dem Augenblick als sie im Flur stand, roch sie es, zuerst kaum wahrnehmbar, dann immer deutlicher. Daran erinnerte sie sich exakt. Schweiß und Rasierwasser. Billiges Rasierwasser.

Instinktiv griff sie an ihre Seite.

Shit. Sie war unbewaffnet.

Sollte sie wieder gehen?

Hilfe holen?

Die Polizei rufen?

Ihren Freund und Helfer?

Ihre Kollegen? Davor scheute sie zurück. Die Neue gerät in Panik, weil es in ihrer Wohnung seltsam riecht.

Andererseits, mit einem in die Enge getriebenen Einbrecher ist nicht zu scherzen.

Sie lauschte in das Dunkel. Und wenn sie sich irrte, sich etwas einbildete, was gar nicht existierte? Vielleicht hatte sie ein Fenster offen stehen lassen und der Geruch war von außen hereingezogen.

Sie schnupperte noch einmal. Nahm aber nichts mehr wahr.

Sie schaltete das Deckenlicht im Flur ein, drückte sich mit dem Rücken gegen die Wand und wartete.

Nichts geschah.

Sie zuckte zusammen, als in der Wohnung über ihr jemand spülte. Erleichtert schloss sie für einen Moment die Augen, nachdem sie das Geräusch eingeordnet hatte. Keine Gefahr.

Mit einem Ruck zog sie die Schublade der Kommode auf, die im Flur stand, und nahm eine Taschenlampe heraus. Sie brauchte zwar kein zusätzliches Licht, aber das kalte Metall in ihrer Hand vermittelte ihr, dass sie nicht wehrlos war. Sie ging den Korridor hinunter.

Entschlossen knipste sie die Lampe in der Küche an. Hier war niemand.

Dann hatte sie das Bad überprüft. Ebenfalls leer.

Nun zum Wohnzimmer. Das war nicht auf einen Blick zu überschauen. Sie bewegte sich blitzschnell. Weder neben dem Schrank noch hinter dem Sofa war jemand versteckt.

Blieb das Schlafzimmer, ihr Schlafzimmer. Unter dem Bett befand sich niemand, ihr Kleiderschrank reichte von Wand zu Wand, ließ keine Lücke, in die sich jemand drücken konnte. Mehr Verstecke gab es nicht. Sie war definitiv allein in ihrer Wohnung. Blieb nur die Frage, ob irgendwer in ihrer Abwesenheit hier eingedrungen war.

Gerade wollte sie die Taschenlampe wegstellen und sich die Schuhe ausziehen, als ihr Blick auf ihr Kopfkissen fiel.

Sie stutzte.

Darauf lagen ein paar Rosenblätter. Die Bettdecke war ein Stückchen aufgeschlagen, so wie es in teuren

Hotels üblich war, in denen die Zimmermädchen noch einmal ordnend durch die Räume gingen, während die Gäste beim Abendessen saßen.

Sie drehte sich um und lief zurück ins Bad. Ihr war etwas eingefallen, etwas, was sie zwar gesehen, aber nicht bewusst wahrgenommen hatte. Tatsächlich. Ihr Zahnbecher stand auf dem Rand des Waschbeckens. Mit Wasser gefüllt. Auf der Zahnbürste schlängelte sich eine Zahnpastaschlange. Jemand hatte ihr frische Wäsche herausgelegt, auf die Waschmaschine, so wie sie es jeden Abend selbst tat, bevor sie ins Bett stieg.

Sie drückte sich mit dem Rücken gegen die Wand, spürte ihr Herz im Hals und in den Ohren schlagen. Sie atmete schwer, musste sich konzentrieren, um wieder etwas tun zu können.

Sie angelte das Handy aus der Tasche und zögerte. Wen sollte sie anrufen? Einfach 110 und abwarten, wer Dienst hatte?

Ihren Freund Fitz?

Oder ihren Kollegen Markus?

Sie hatte beiden damals nichts von ihrem Verdacht erzählt, der sie schon seit Wochen beschäftigte. Sie würden ihr die Hölle heißmachen, sie ausquetschen, und sie würden in Zukunft auf sie aufpassen. Wie ließ sich das verhindern?

Kam sie vielleicht doch allein zurecht?

Sie musste sich zwingen, bewusster zu atmen, ruhiger zu werden. Einatmen, ausatmen. Nachdenken. Ohne Panik.

Okay, so ging es ihr schon viel besser. Konzentriert kontrollierte sie noch einmal alle Zimmer und prüfte vor allem, ob die Fenster heil und korrekt verschlossen waren. Dann schloss sie die Wohnungstür ab und klemmte einen Stuhl unter die Türklinke. Nicht wirklich wirkungsvoll, jedoch bedeutend beruhigender als gar nichts.

Anschließend wandte sie sich dem zu, was der Einbrecher getan hatte. Nachdem sie das Wasser ausgeschüttet und die Zahnbürste weggeworfen hatte, fühlte sie sich wohler. Die Wäsche von der Maschine warf sie direkt in die Trommel.

Genauso schnell zog sie die Bettwäsche ab und stopfte sie dazu. Am liebsten hätte sie Kochwäsche eingestellt, aber dann hätte sie die Sachen ebenso gut gleich entsorgen können.

Langsam, sehr langsam normalisierten sich ihr Puls und ihre Atmung. Sie zuckte nicht mehr bei jedem Geräusch zusammen und schaute nicht dauernd über ihre Schulter, wenn sie durch den Flur ging.

Sie hatte von nun an immer, sobald sie zu Hause war, die Wohnungstür abgesperrt und den Schlüssel von innen ins Schloss gesteckt. Trotzdem hatte sie sich nicht sicher gefühlt, nie wieder. Dass der Kerl in ihren ganz persönlichen Dingen herumgewühlt hatte, dass seine Finger ihre Unterwäsche berührt hatten, dass er in ihre Schränke geglotzt hatte, machte ihr lange zu schaffen.

Ungern war sie abends in ihre Wohnung zurückgekehrt, musste sich zwingen, nicht in jedes Zimmer zu schauen, alles zu kontrollieren, wenn sie von der Arbeit kam. Sie hatte sogar mit dem Gedanken gespielt umzuziehen.

Fitz und Markus gegenüber hatte sie sich cool und abgeklärt gezeigt. Die Prospekte über Sicherheitsfenstergriffe und Beratungsangebote der Polizei zur Sicherung von Wohnungen, die ihr Kollege ihr auf den Schreibtisch legte, ließ sie demonstrativ in den Papierkorb segeln. Sie konnte es nicht erklären. Sie war einfach nicht so weit, wusste genau, dass sie sich auch mit einem hypermodernen Schloss nicht sicher fühlen würde, noch nicht.

Sie rieb sich die Augen. So intensiv hatte die Erinnerung sie schon lange nicht mehr gepackt.

Schluss damit.

Neues Schloss, neuer Schlüssel, neues Glück. Sie schob die Tür auf und atmete tief durch. Ein völlig andersartiger Geruch schlug ihr entgegen. Nach Farbe und Tapete, nach Putz, ganz neu eben.

Ihre Schritte hallten auf dem Laminat im Flur, als sie das Paket ins Wohnzimmer trug.

Nachdem sie ihren Wagen ausgeladen hatte, gönnte sie sich eine Pause. Eine Tasse Kaffee, dazu eine halbe Semmel mit einer Scheibe eiskalter Butter darauf.

Als Erstes legte sie die Teppiche in den Flur. Das sah gleich bedeutend heimeliger aus, fand sie. Die beiden Grünpflanzen passten hervorragend ins Wohnzimmerfenster und auch den Korb für Krimskrams und Zeitungen konnte sie sofort aufstellen.

Gerade hatte sie eines der Pakete aufgerissen und sich die Bauanleitung herausgenommen, als es klingelte. Sie zuckte zusammen. ‚Ich bin nicht da', dachte sie. ‚Woher weiß er das?' Auf Strümpfen schlich sie zur Tür, um durch den Spion zu schauen. Sie war felsenfest davon überzeugt, dass Markus mit einem süffisanten Lächeln vor ihrer Tür stand, mit Werkzeugkasten und Baustellenbaguette.

Doch draußen wartete eine blonde Frau. Lisa hatte sie schon einmal gesehen, konnte sie aber im Moment nicht zuordnen. Sie öffnete die Wohnungstür. „Guten Tag, was ..."

„Hi, ich bin's, Petra, erinnerst du dich?"

Lisa musste wohl ziemlich entgeistert geguckt haben, denn Petra lachte laut und sagte: „Petra Geiger, die Neue von nebenan, Hausnummer 26. Du weißt schon, du hast mir geholfen, als dieser Blödsack mich belästigt hat."

Lisa erinnerte sich dunkel, vor allem hatte sie die Frau dunkelhaarig in Erinnerung. „Tut mir leid, du siehst so anders aus."

Petra zuckte mit den Schultern. „Mach ich immer so, neue Lebensphase, neues Styling." Sie drehte sich einmal im Kreis. „Steht mir, oder? Blonde Locken, Jeans und Turnschuhe." Sie giggelte schon wieder. „Ich fühle mich fast so unschuldig wie Audrey Hepburn."

„Für Frühstück ist es zwar zu spät, egal ob bei Tiffany's oder anderswo, aber einen Kaffee könnte ich dir anbieten." Lisa wusste genau, dass sie eigentlich keinen Kaffee mehr wollte, und sie wollte ihre Zeit auch nicht mit dieser Petra verbringen. Immerhin war scheinbar alles besser, als diese dämlichen Regale aufzubauen.

„Tut mir leid. Dazu haben wir keine Zeit." Petra schüttelte einen Leinenbeutel, den sie in der Hand hielt. Es klimperte. „Wir wollen doch Schränke aufbauen, oder? Ich habe alle meine Werkzeuge zusammengepackt. Das kriegen wir schon hin."

„Woher weißt du?"

„Ich habe dich ausladen sehen." Sie kicherte. „Nicht dass du denkst, ich hätte dich allein schleppen lassen, aber ich hatte eine schwierige Kundin. Kann man nichts machen. Jetzt ist sie weg und ich bin da. Lass uns anfangen."

Lisa trat zur Seite, ließ sie hinein und schloss hinter ihr wieder zu. Petra quittierte das mit einem amüsierten Lächeln und einer hochgezogenen Augenbraue. „Dies hier ist Alfeld, nicht Chicago."

„Berufskrankheit", sagte Lisa. „Die Regale-to-be sind im Wohnzimmer."

Petra betrat den Raum als Erste. „So viele!", rief sie. „Toll, ich baue für mein Leben gern Möbel zusammen."

Tatsächlich hatte sie ein Händchen dafür. Während Lisa noch ein wenig ratlos auf die Zeichnungen starrte, legte sie bereits Teile zurecht, ordnete Schrauben, Scharniere und Beschläge dazu und wusste instinktiv, wie man am besten vorging.

Manchmal berieten sie sich. Doch meistens gab Petra vor, was zu tun war, und Lisa half ihr. Zuerst arbeiteten sie schweigend, dann sprachen sie über den Herbstmarkt in der Alfelder Innenstadt. Petra ärgerte sich darüber, dass immer mehr Geschäfte in der Fußgängerzone leer standen, und Lisa erzählte von ihrem Ausflug ans Steinhuder Meer.

Plötzlich stellte sie fest, dass sie hungrig war. Sie schaute auf die Uhr und erschrak. „Mein Gott, es ist schon nach acht Uhr. Kein Wunder, dass ich fast verhungert bin. Soll ich uns Pizza holen?"

„Eine Hawaii für mich. Und einen kleinen Salat, wenn sie haben. Ich mach so lange weiter. Möchtest du die Glastür auf die linke oder auf die rechte Seite des Schränkchens haben?"

„Links, glaube ich." Lisa stand einen Moment unschlüssig da. Petra beugte sich über die Arbeit und beachtete sie nicht. Lisa überlegte. Konnte sie eine Fremde allein in ihrer Wohnung lassen? Dann schüttelte sie den Kopf. Ein sehr effizienter Trick. Erst stundenlang Möbel zusammenbauen und danach das

Portemonnaie und die CD-Sammlung klauen. Manchmal war ihr wirklich nicht zu helfen.

Die Pizza schmeckte lecker und der Wein, den der Wirt ihr angeboten hatte, war so gut, dass die beiden die ganze Flasche austranken.

Als Petra gehen wollte, sagte Lisa: „Ganz herzlichen Dank für deine Hilfe. So weit wäre ich ohne dich niemals gekommen."

„Das war doch ein Klacks. Wenn du magst, können wir ja gleich morgen weitermachen. Ich habe um elf einen Termin, aber danach bin ich frei und ungebunden."

Lisa schüttelte den Kopf. „Ich hab morgen Frühschicht."

„Na, dann eben am Samstag?"

„Samstag und Sonntag muss ich auch los. Dafür hatte ich heute frei."

Petra schaute verdutzt. „Was arbeitest du denn?"

„Ich bin bei der Polizei, Kriminalkommissarin."

„Du bist eine Bullette? Cool. Hätt ich nie gedacht. Ruf einfach an, wenn du weitermachen willst. Schlaf gut."

„Mach ich, du auch. Und vielen Dank."

Lisa stand noch im Flur, als unten die Haustür zuklappte. Bullette, wie war das denn gemeint?

3

Alfeld, Freitag, der 13. September 2013

Fitz war früh aufgestanden, für seine Verhältnisse jedenfalls. Da er alleine entscheiden konnte, wann er sich den Aufträgen widmete, mit denen er seinen Lebensunterhalt verdiente, und wann er die wirklich wichtigen Dinge erledigte, stand er selten vor neun Uhr auf.

Doch heute saß er um 7:03 Uhr, zum Sonnenaufgang, bereits auf seinem Moped und fuhr nach Süden. Als selbst ernannter Heimatforscher kannte er nicht nur jede Sehenswürdigkeit und jedes alte Gebäude, sondern auch jeden noch so schmalen Pfad in und um Alfeld und um die Nachbarorte herum. Mit dem Moped konnte er die meisten Schlagbäume der Region umgehen, sodass er bergauf problemlos bis zur Schutzhütte am Kirschenberg fahren konnte. Da stellte er sein Fahrzeug ab und lief auf der anderen Seite den Berg hinunter. Als er am Waldrand ankam, konnte er nicht nur den Ort Adenstedt sehen, sondern unter sich im Tal auch die breite Schneise ausmachen, die man für die Autobahnbaustelle in die Landschaft gefräst hatte.

Noch war dort alles ruhig. Nichts bewegte sich. Langsam ging er am Rande eines Zuckerrübenfeldes entlang ins Tal hinab.

Überwältigend. Er stand nun am Saum der Fläche, die riesige Baumaschinen bereits vom Mutterboden befreit hatten. Er schätzte, dass sie an dieser Stelle einen guten Meter abgetragen hatten. Gerade wollte er hinunterspringen, als ihm ein Schatten auffiel. Er schaute genauer hin. Tatsächlich, da lag jemand. Er blickte sich um, lauschte. Abgesehen von ein paar Vögeln, die laute Warnrufe ausstießen, und dem entfernten Brummen von vorbeifahrenden Autos hörte er nichts.

Vorsichtig ließ er sich an der Kante herunter, klopfte Erdkrumen von seiner Hose und schlich auf Zehenspitzen auf die Person zu.

Es schien sich um einen Mann zu handeln.

Er lag auf dem Rücken.

Fitz machte noch einen Schritt, schaute sich anschließend wieder suchend um.

Der Mann hatte Arme und Beine ausgebreitet, sah dabei aus wie jemand, der sich rückwärts in den Schnee hatte fallen lassen, um einen „Engel" zu machen.

Nur dass er sich nicht bewegte. Weder Arme noch Beine. Er lag einfach da.

Fitz räusperte sich.

Nichts geschah.

Er fühlte in seiner Hosentasche nach seinem Handy.

Es war da.

Okay.

Also los, Alter, stell dich nicht so an. Geh hin.

Aber er mochte nicht.

Wozu auch? Er konnte doch problemlos an dieser Stelle stehen bleiben, die Polizei anrufen und abwarten, bis die ihre Arbeit erledigt hatten. Er brauchte sich da gar nicht einzumischen. Außerdem wusste ja niemand, dass er überhaupt hier gewesen war.

Sollte er einfach wieder verschwinden?

Übergangslos nahm er im Augenwinkel eine Bewegung wahr. Hatte der Mann sich bewegt?

Oder hatte der Wind den Mantel des Toten aufgeweht?

Plötzlich schoss ein Gedanke durch seinen Verstand. Vielleicht lebte er noch, vielleicht benötigte er Hilfe? Ohne sich vorher erneut umzuschauen, rannte er die letzten Schritte auf den Körper zu.

Unvermittelt hob der Tote den rechten Arm und sagte laut und deutlich: „Stopp! Trampeln Sie nicht so geräuschvoll hier herum."

Abrupt blieb Fitz stehen. Zögerte, dann lachte er einmal trocken. Wut und Erleichterung hielten sich in seinem Inneren die Waage. Was war das für ein Vogel? Während er spürte, dass sich seine Finger entkrampften und er wieder besser Luft bekam, fragte er: „Was, zum Teufel, tun Sie da?"

„Audi multa, loquere pauca!", antwortete der andere, noch immer, ohne sich zu bewegen.

‚Du mich auch', dachte Fitz. Der Fremde hielt weiterhin die Lider geschlossen. Deshalb sagte Fitz: „Audiatur et altera pars."

Jetzt lachte der Mann und öffnete die Augen. „Altsprachliches Gymnasium?"

„Asterix-Hefte", erwiderte Fitz und verzog den Mund. Der Kerl hatte vielleicht Nerven. Wahrscheinlich wäre es gescheiter, ihn zu ignorieren und einfach weiterzugehen. Doch irgendwie fand er die Situation interessant. Komischer Kauz.

Abrupt richtete der Unbekannte sich auf. „Das ist gelogen. Ich kenne alle Asterix-Hefte auswendig, na ja, quasi, es möge auch die andere Seite gehört werden, kommt nicht darin vor. Definitiv nicht."

Fitz wusste nicht, was er dazu sagen sollte. Für einen, der eben auf Lateinisch noch gesagt hatte „Hör vieles, sprich weniges", sabbelte er derzeit jede Menge. Der Mann trug einen dichten Bart und scheinbar einen Zopf, jedenfalls waren seine Haare im Nacken zusammengebunden. Er war in einen dunklen, abgenutzten Ledermantel gehüllt. Was tat der Kerl hier? Fitz beschloss, seine Frage von vorhin zu wiederholen. „Mann, Sie haben mich erschreckt. Was genau machen Sie um diese Zeit an diesem Ort?" Mit einer großzügigen Armbewegung schloss Fitz die gesamte Baugrube in seine Frage ein.

„Wie ich schon sagte, ich horche. Ich lausche. Ich höre zu."

„Den Vögeln oder den Regenwürmern?" Fitz fühlte sich verarscht.

Doch der Fremde ließ sich weder provozieren noch aus der Ruhe bringen. Er klopfte sanft auf den erdigen Boden neben sich. „Ich bin Karel Faust. Herzlich willkommen im frühen Mittelalter. Oder bevorzugen Sie die Bronzezeit? Man kann es nicht mit letzter Sicherheit sagen. Setzen Sie sich zu mir. Horchen Sie selbst."

Fitz verengte seine Augen zu Schlitzen, um den Mann besser sehen zu können. Hatte er das eben richtig verstanden? Der Typ auf dem Erdreich wollte Karel Faust sein. Professor Doktor Karel Faust, leitender Archäologe an der Trasse der A39?

Fitz hatte sich natürlich vorbereitet und gelesen, dass Faust so ungemein erfolgreich war, weil er außergewöhnliche Wege ging und unkonventionelle Methoden einsetzte. Aber dies hier erschien Fitz zumindest bizarr, wenn nicht völlig durchgeknallt. Die Erde sah ziemlich ungemütlich aus, feucht und kalt.

Faust strich mit der flachen Hand über den Erdboden neben sich, ohne zu Fitz aufzuschauen. „Kommen Sie schon, setzen Sie sich und hören Sie zu. Diese Erdschicht hat seit über siebenhundert Jahren kein menschliches Auge mehr erblickt. Stellen Sie sich das Leben damals vor. Wer ging hier vorbei, anno 1313?

Kam Heinrich VII. auf dem Weg nach Italien durch dieses Tal? Oder strömten die ersten Flüchtlinge vor der Pest nach Westen an diesem Hügel vorbei?“ Er schüttelte den Kopf. „Nein, diese Gegend war schon viel früher besiedelt. Was denken Sie?“

Fitz antwortete erst, nachdem er sich neben Faust gesetzt hatte. Er wusste selbst nicht warum, irgendwie fühlte es sich angemessen an. „Durch die Akte der katholischen Bischöfe in Hildesheim und Braunschweig wissen wir, dass in dieser Region vor 1200 oder sogar 1350 Jahren bereits die ersten Ortschaften existierten. Zugegebenermaßen eher kleine.“

„So, so, das heißt also, wir reden von noch früherer Besiedelung. Vielleicht in der Zeit der römischen Besatzung? Oder sogar vorchristlich? Hat man im Harz in einer Höhle nicht Leichen gefunden, die der Jungsteinzeit zuzuordnen sind?“ Er schwieg einen Moment, dann streckte er sich wieder aus. „Hören Sie etwas?“

Obwohl Fitz nicht so genau wusste, was er davon halten sollte, legte er sich ebenfalls flach hin. Hellgraue Wolken zogen über den Himmel, in einigen spiegelte sich noch die Morgenröte.

Karel Faust sprach leise, ohne Modulation: „Die Römer beherrschten fast ganz Europa. Sie hatten ein großes Gebiet am Rhein entlang für sich gesichert. Überall entstanden ihre Städte und Festungen. Ein reger Handel entwickelte sich zwischen den einheimischen Stämmen und den Eroberern. Doch was erhielten die Römer für ihre Waren, für Keramik, Schmuck und sogar Waffen? Die Germanen tauschten sie gegen Felle ein, auch Bernstein war sehr beliebt, genau wie Eisenerzbrocken aus den Mooren. Das war allerdings längst nicht alles. Neben Bronze und Eisen verwendeten die Römer viel und gern Blei. Sie stellten Wasserleitungen, Trinkgefäße, Geschosse für Schleudern und vieles andere daraus her. Zum Beispiel bei Haltern im Sauerland existierten riesige Bleivorkommen, für die sich die Römer überaus interessierten. Sie richteten dort eines ihrer wichtigsten Bleibergwerke ein, das Augustus als sein höchstpersönliches Eigentum betrachtete."

„Plumbum Germanicum", flüsterte Fitz.

Karel Faust ließ sich nicht unterbrechen. Er dozierte weiter: „Es musste doch noch viel mehr Brauchbares in diesem barbarischen Germanien geben, dachten sie sich. Und so machten sie sich auf den Weg. Im Jahr 12 vor Christus brach Drusus mit Flussschiffen auf, er fuhr auf dem Rhein nach Norden, erreichte sogar die Nordsee. Das wissen wir, weil er so schlau war, Schreiber mitzunehmen, die alles notierten. Schließlich musste er vor seinem Kaiser Rechenschaft ablegen. Beim zweiten Versuch setzte er über den Rhein und gelangte bis zur Weser, wo er mit seinen Legionen auf die Cherusker und die Sugambrer traf, die ihnen das Leben schon lange schwer machten, weil sie immer wieder römische Vorposten überfielen. Unterwegs hörten sie vom sagenhaften Strom Albis, der die östliche Grenze von Germanium Barbaricum darstellen sollte."

„Die heutige Elbe", warf Fitz ein.

„Genau", rief Karel und richtete sich abrupt auf. „Inzwischen haben wir durch lückenlose archäologische Ausgrabungen bewiesen, dass Drusus bei Hedemünden sein bislang am weitesten östlich gelegenes Lager aufgeschlagen hatte. Nun frage ich Sie, welchen Weg würden Sie nehmen, um die letzten einhundertfünfzig Kilometer Luftlinie bis zur Elbe zurückzulegen?" Er unterbrach sich zwar, aber Fitz wusste, dass er nicht wirklich eine Antwort erwartete. „Ich gehe davon aus, dass er mit seinen Truppen nach Südniedersachsen weitergezogen ist. Wer sollte ihn aufhalten? Chatten, Cherusker? Die wird er kaum auf dem Plan gehabt haben. Die Barbaren waren zwar lästig, aber letztlich immer unterlegen. Dann hat er vermutlich den Harz umrundet und stieß bald auf die Elbe. Oder hat er sie nie erreicht? Wir wissen es nicht. Noch nicht, doch wir werden es herausfinden." Er schaute zu Fitz hinüber, als erwartete er einen Widerspruch. Fitz zuckte mit den Schultern. Er kannte die Theorie, hatte allerdings nicht geahnt, dass irgendwer sie aktiv verfolgte.

Faust setzte seinen Monolog fort: „Das Römerlager bei Hedemünden wurde 2004 entdeckt, und jetzt? Finden wir 2013 ein weiteres im Harzvorland bei Alfeld?"

Zum ersten Mal hatte Fitz den Eindruck, dass Faust wirklich zu ihm und mit ihm sprach. Sein Blick fokussierte ihn, er begann sogar zu lächeln.

Karel Faust hielt Fitz seine Hand hin und half ihm beim Aufstehen. „Sehen Sie, ich bin nicht verrückt, jedenfalls nicht mehr als die meisten anderen Menschen auch. Gleichwohl bin ich fest davon überzeugt, dass wir etwas Spektakuläres finden werden. Und damit meine ich weder Speerspitzen noch diese albernen eisernen Heringe, sondern etwas Außergewöhnliches, das unsere Forschung befruchtet, das uns viele neue Puzzleteilchen beschert."

Fitz konnte es nicht lassen. „Und deswegen legen Sie sich in den Dreck?"

Nun schien der Archäologe etwas pikiert zu sein. Er zuckte mit den Achseln. „Wissen Sie, wir haben weder ausreichend finanzielle noch personelle Ressourcen, um jeden Quadratzentimeter der Trasse abzusuchen.

Wir müssen Schwerpunkte setzen, können uns anschließend höchstens auf ausgewählte Teilstücke konzentrieren. Und selbst dann bleibt uns nur ein sehr schmales Zeitfenster für die einzelnen Abschnitte. Sie ahnen nicht, wie schwierig das ist."

„Sie verfügen doch über einen ziemlich genauen Kataster möglicher Fundorte. Luftbildaufnahmen und so."

Wieder schien Karel überrascht, dass Fitz davon wusste, kommentierte es aber nicht. „Ohne die wären wir komplett aufgeschmissen, trotzdem bleibt uns nichts anderes übrig als Entscheidungen zu treffen. Das eine auszuschließen, dem anderen nachzugehen." Er zuckte erneut mit den Schultern. „Manche Menschen verlassen sich auf ihr Bauchgefühl, ich traue meinem Hintern", sagte er und lachte ein wenig verlegen.

„Verstehe", brummte Fitz und beschloss, die Gelegenheit beim Schopf zu packen. „Und da Sie mich jetzt und hier kennengelernt haben, entscheiden Sie sich für exakt diese Stelle und laden mich ein, bei der nächsten Grabung, sozusagen als Talisman und als kostenlose Arbeitskraft, dabei zu sein."

Karel Faust verzog sein Gesicht zu einem spöttischen Grinsen, bevor er ihm auf die Schulter klopfte. „Nette Argumentationskette. So machen wir's. Kommen Sie mit, wir gehen zu unserem Lager. Je eher wir anfangen, umso mehr schaffen wir."

4

Alfeld, Freitag, der 13. September 2013

Lisa Grundberg hatte gerade erst ihren Blazer in den Schrank neben ihrem Schreibtisch gehängt, als Markus hereinstürzte. „Ein Toter beim Tiefbauunternehmen Kellermann und Sohn. Kommst du?"

„Mord?" Lisa kniff ein Auge zu. Kellermann, der Name sagte ihr etwas.

„Sieht so aus. Der Sohn hat uns informiert, Jonas Kellermann. Er hat seinen Vater heute Morgen tot im Büro aufgefunden."

„Todesursache?" Während Lisa das fragte, hallte der Name, den Markus eben genannt hatte, in ihrem Kopf nach. Der Nachname war ihr sofort bekannt vorgekommen, doch die Kombination mit dem Vornamen ließ ihre inneren Alarmglocken schrillen. Allerdings erschien ihr die Verbindung auch nicht so selten, dass sie sicher sein konnte, dass dieser Jonas Kellermann der war, dessen Bekanntschaft sie schon einmal gemacht hatte.

„Auf jeden Fall hat er eine Kopfverletzung, alles andere müssen Ralf und seine Spusis klären."

„Ist es weit weg?" Lisa hatte nur mit halbem Ohr zugehört, weil sie nachdenken musste.

„Vorort von Alfeld, in Limmer." Markus wollte ihr den Schlüssel für den Dienstwagen zuwerfen, doch Lisa winkte ab. „Du fährst."

„Ganz neue Moden."

„Der Name Jonas Kellermann kommt mir irgendwie bekannt vor. Ich will ihn schnell googeln, während du uns hinbringst."

Markus sah ihr verblüfft hinterher, als sie um den Wagen herumging, drückte trotzdem die Fernbedienung, sodass sie auf der Beifahrerseite einsteigen konnte. Er setzte sich hinter das Lenkrad und sagte: „Maul aber später nicht herum, weil ich dir nichts zu unserer schönen Gegend erzählt habe."

Lisa grinste. „Geht klar." Tatsächlich hatte Markus sie in ihrem ersten Jahr in Alfeld immer fahren lassen. Er hatte sie zu den Tatorten oder Zeugenvernehmungen gelotst, gut gelotst, das musste sie zugeben. Während sie fuhr, hatte er ihr jedes Mal erklärt, was sie wissen musste, zum aktuellen Fall, vor allem aber über die Stadt Alfeld und das Umland, über die Bewohner, uralte Sagen und niedersächsisches Brauchtum. Inzwischen kannte sie sich schon recht gut aus. Inzwischen hatte sie auch herausgefunden, dass Markus beim Autofahren ungern redete und deshalb heilfroh war, wenn sie oder jemand anderer das Fahren übernahm. Selbst über Funk meldete er sich während einer Autofahrt nur, wenn es gar nicht anders ging. Sobald es möglich war, hielt er an und tuckerte erst weiter, nachdem er das Gespräch beendet hatte.

Da Lisa gern Auto fuhr, machte es ihr meistens nichts aus. Heute allerdings schon, denn der Name Kellermann erinnerte sie an etwas, an etwas überaus Unangenehmes. Sie musste prüfen, ob sie sich irrte, bevor sie ihm gegenübertrat. Unbedingt.

Sie googelte Jonas Kellermann aus Alfeld/Limmer in Verbindung mit Tiefbau und betrachtete dann sein Profilfoto bei Facebook eingehend. „Jackpot", sagte sie.

„Pferde, Windhunde oder Bingo?", erkundigte Markus sich, ohne den Blick von der Straße zu wenden.

„Nichts dergleichen. Jonas Kellermann hat in Kassel studiert und dort gegen das Betäubungsmittelgesetz verstoßen."

Markus verzog das Gesicht. „Ein Student, der kifft? Das reißt mich jetzt nicht so vom Hocker."

Lisa winkte ab. „Das meine ich gar nicht. So lautete die Anklage. Ich erinnere mich deswegen an ihn, weil einer meiner Kollegen bei einer Razzia in einer Disco leicht verletzt und anschließend von Kellermann angezeigt worden war. Wegen unnötiger Gewaltanwendung im Amt. Der Kollege hieß Siemchen, er beteuerte damals, Kellermann habe sich wie ein Dobermann auf ihn gestürzt, er hätte sich nur gewehrt. Notwehr quasi. Hat ihm der Richter natürlich nicht geglaubt."

„Und ihr? Seine Kollegen? Wem habt ihr euer Vertrauen geschenkt? Doch hoffentlich eurem eigenen Mann."

„Zuerst nicht. Kellermann ist kein Bulle, eher ein zartes Bürschchen, mit einem freundlichen, gewinnenden Lächeln, ein Charmebolzen, wenn du verstehst, was ich meine. Auf der anderen Seite der Polizist, mit Nahkampferfahrung und penibler Ausbildung in Selbtschutz. Mehr als zwanzig Dienstjahre auf dem Buckel." Sie zuckte mit den Schultern. „Da sieht der jugendliche Student vor Gericht immer vergleichsweise gut aus."

„Sexy?"

„Anziehend, ja."

„Und was hat deine Meinung geändert?"

„Ich habe ihn bei der Urteilsverkündung gegen den Kollegen Siemchen beobachtet. Er hat gefeixt wie das Rumpelstilzchen. Ich kann es nicht rational erklären, aber auf mich hat er gewirkt wie jemand, der gerade ganz großes Kino abgeliefert und seinem Gegner so richtig eine reingewürgt hat."

Markus schwieg eine Weile, trommelte nervös mit den Fingern auf dem Lenkrad herum, bevor er murmelte: „Dann sollten wir das Bürschchen im Auge behalten. Das heißt, inzwischen ist er wohl Mitte vierzig. Also ein gestandener Mann, und er wird bald das Tiefbauunternehmen völlig allein leiten."

„Nachdem der Vater jetzt tot ist, klar."

„Nee, das war schon länger angekündigt. Zum Sommer 2016 beabsichtigte Georg Kellermann, sich ganz offiziell und komplett aus dem Geschäft zurückzuziehen und mit seiner Frau und den drei Dackeln an irgendeinem See in der Schweiz zu leben. Das hat er allen erzählt, die es hören wollten und allen anderen auch. Es stand sogar in der Zeitung. Ich glaube, anlässlich der Einweihung des Neubaus."

Lisa tippte mit dem Finger auf das Display ihres Handys, von dem Jonas Kellermann ihr immer noch verschmitzt zulächelte. „Dann hat er kein Motiv. Jedenfalls kein finanzielles."

Markus sah sie überrascht an. „Du klingst betrübt. Normalerweise ist es erfreulich, wenn wir jemanden als Täter ausschließen können."

„Ich hätt's ihm eben gern heimgezahlt."

„Nach so vielen Jahren! Ich wusste gar nicht, dass du nachtragend bist."

„Nachtragend? Ich weiß nicht. Ich war damals in der Ausbildung. Ich glaube, es war meine erste Razzia überhaupt. So etwas bleibt hängen, beeindruckt einen mehr, als man sich vorher vorstellen kann."

„Verstehe. Nehmen wir ihn halt ein bisschen genauer unter die Lupe." Markus verstummte. Lisa konnte sehen, dass er überlegte, wie er das, was er fragen wollte, formulieren sollte.

„Sag's einfach."

„Meinst du, er erkennt dich wieder?"

Verblüfft schaute Lisa ihn an. Schließlich schüttelte sie den Kopf. „Kann ich mir nicht vorstellen, wir trugen alle Schutzkleidung und meinen Namen hat er wohl auch nie bewusst gehört."

„Dann ist es ja gut." Er sah trotzdem skeptisch aus.

War es das? Man sieht sich immer zweimal im Leben. Ein alter Spruch ihrer Mutter, mit dem sie nonchalant Beleidigungen oder Ungerechtigkeiten abgetan hatte. Inzwischen neigte Lisa fast dazu, sich dieser Auffassung anzuschließen. Aber eben nur fast. Sie hatte ewig nicht an diesen Vorfall gedacht. Und je länger sie jetzt darüber nachdachte, umso unsicherer wurde sie, was ihr Urteil anging. Vor der Razzia war sie Siemchen nur in wenigen Dienstbesprechungen begegnet. Er hatte organisiert, strukturiert, befohlen und die Kollegen hatten gehorcht. Seine Razzien waren so erfolgreich, dass er mehr Freiheiten nutzen konnte als jeder andere Polizist. Nach diesem unangenehmen Zwischenfall hatte er sich relativ bald auf eine Inspektion in Bayern versetzen lassen. Erstaunlicherweise hatte ihm niemand eine Träne nachgeweint. Sympathisch war er ihr nie gewesen. Hielt sie es für möglich, dass er einen unbeobachteten Moment genutzt hatte, um es einem jugendlichen Unruhestifter zu zeigen?

Nein, eigentlich nicht.

Was hieß eigentlich?

Also doch?

Sie seufzte und wollte etwas sagen.

Indessen blinkte Markus bereits und fuhr an den Straßenrand. „Da sind wir." Er zeigte auf ein Tor.

Auf dem gepflasterten Hof dahinter standen zwei riesige, mit hellem Sand beladene LKWs, ein Bagger und weitere Fahrzeuge. Alle mit dem Kellermann-Logo auf den Türen. Dazwischen entdeckte Lisa eine Ambulanz, den Dienstwagen ihrer uniformierten Kollegen Sina und Artjom sowie Ralf Schusters Transporter.

Auf der rechten Seite wurde der Hof von einer grauen Halle aus Stahl und Wellblech begrenzt, links trennte ein eher niedriger Zaun ihn vom Nachbargrundstück. Die Rückseite bildeten ein flaches, gemauertes Bürogebäude und ein offener Schuppen, in dem jede Menge kleinere Baumaschinen aufgereiht waren.

Heute hielten sich dort auch einige Menschen auf. Sie standen schweigend beieinander. Zwei oder drei rauchten. Als Markus anhielt und sie ausstiegen, schauten alle erwartungsvoll zu ihnen herüber.

Lisa und Markus gingen wortlos über den Hof. Sie nickten den Wartenden zu und betraten das Bürogebäude, das innen deutlich größer wirkte, als es von außen aussah.

Sie kamen zuerst in eine Art Empfangsraum, der von einem weißen Tresen dominiert wurde. Ihm gegenüber befanden sich ein niedriges Tischchen und vier rote Ledersessel, dahinter eine moderne Kaffeemaschine mit viel Chrom. Hier hielt sich im Moment niemand auf.

Aus dem angrenzenden Raum hörten sie Stimmen. Markus klopfte an den Türrahmen.

Ralf Schuster schaute auf und begrüßte die beiden mit einem erleichterten „Da seid ihr ja".

Lisa winkte ihm zu. „Morgen, dürfen wir eintreten?"

Der Büroraum war mit einem beigefarbenen Teppich ausgelegt. An der gegenüberliegenden Wand standen nebeneinander zwei Schreibtische. Quer davor lag die Leiche eines großen, schweren Mannes. Lisa registrierte zuerst seine riesigen Füße, mindestens Schuhgröße 52. Er trug schwarze, glänzende Lederschuhe, die in dieser Größe sicher handgenäht waren. Lisas Blick wanderte langsam nach oben, zwischen den grauen Socken und der dunklen Hose sah sie einen Streifen weiße Haut und stachelige Haare.

Das dezent gestreifte Hemd war zum Teil aus dem Hosenbund gerutscht. Eine Hand lag über der Brust, die Außenseite nach oben gerichtet, beinahe so, als habe er einen Schlag abwehren wollen. Den Schlag, der ihn mitten ins Gesicht getroffen hatte? Von vorn. Oder hatte der Täter mehrere Schläge ausgeführt? Die Nase war zertrümmert, das Kinn sah deformiert aus, die Zähne ausgeschlagen. Lisa atmete flach.

Ralf Schuster war neben sie getreten. „Drei Schläge, von links unten. Der erste traf wohl den Mund, dann das Kinn, zum Schluss die Nase. Kein Wunder, Kellermann war einsachtundneunzig groß. Die meisten Menschen sind kleiner als er."

„Wut oder Vorsatz?"

„Kann ich nicht sagen. Auf jeden Fall hat der Täter ihm nicht mutwillig das Gesicht zertrümmert, um ihn zu verunstalten. Ich denke, schon der erste Schlag hat den Mann zu Fall gebracht, der zweite sollte wahrscheinlich die Schläfe treffen. Doch er hat den Kopf weggedreht oder hatte bereits begonnen zu taumeln, deshalb wurde ein dritter Schlag nötig."

Lisa schluckte. So wie Ralf das darstellte, klang es nach einem Kochrezept oder einer Bauanleitung. Ist ihr Opfer noch nicht tot, schlagen Sie noch einmal im rechten Winkel ...

„Womit wurde er getötet?"

Ralf zeigte ihr einen länglichen, rostigen Gegenstand. Er lag neben dem Bein des Schreibtischs. Blut und Haare klebten daran. „Was ist das?"

„Das ist Bestandteil einer alten Anhängekupplung. Da gab es früher am Heck der Zugmaschine so eine Art Trichter, in den musste man die Deichsel einführen und sie anschließend mit diesem Bolzen sichern."

„Der gehört wohl eher nicht zur Standardbüroausstattung, oder?"

„In diesem Fall schon. Die Sekretärin, Frau Keune, sagte uns, dass dieses Teil quasi seit jeher als Briefbeschwerer auf dem Schreibtisch von Kellermann lag. Angeblich gehörte es zu seiner allerersten Zugmaschine, mit der er die Firma gegründet hat. Elvira Keune wartet übrigens draußen, gemeinsam mit den anderen Mitarbeitern. Sie ist, hm, sagen wir mal, sehr gesprächig."

Lisa schaute sich das Metallteil so genau an, wie es ging, ohne es anzufassen. „Also, handelt es sich bei der Mordwaffe um so etwas wie einen Talisman?"

„Könnte man wohl sagen. Frau Keune kam vor sieben oder acht Jahren in den Betrieb, und zu diesem Zeitpunkt befand es sich schon da und durfte nicht angetastet werden, weder vom Reinigungspersonal noch von Frau Keune selbst. Auch nicht wenn riesige Bauzeichnungen oder Landkarten auf dem Tisch ausgebreitet werden sollten."

Markus schüttelte irritiert den Kopf. „Wann hat sie dir denn das erzählt?"

„Frag nicht. Sie hat ununterbrochen geredet, bis wir sie nach draußen geschickt haben. Wir haben sie gebeten, sich um die anderen Mitarbeiter und eventuelle Kunden zu kümmern, bis ihr sie braucht."

„Wir sprechen gleich mit ihr. Mich würde mehr interessieren, wo Kellermann junior abgeblieben ist. Ich hatte es so verstanden, dass er seinen Vater gefunden hat, als er heute Morgen zur Arbeit kam", sagte Lisa. Sie sah sich um. „Wo ist er jetzt?"

Ralf nickte. „Das stimmt. Er hat sich so erschrocken, sagt er, dass er gegen die Tischkante gelaufen ist, als er telefonieren wollte. Daraufhin ist er gestürzt und hat sich das Handgelenk gebrochen, denken wir. Sina hat ihn ins Krankenhaus begleitet, während Artjom sich draußen bei den Mitarbeitern aufhält. Wollt ihr mit denen anfangen?"

„Lass uns noch einen Moment bleiben." Lisa machte eine raumgreifende Armbewegung und fragte: „Ist das der Tatort?"

„Ziemlich sicher." Ralf zeigte auf einige der weißen Aufsteller, die er mit seinem Team im Büro verteilt hatte. „Die Blutspritzermuster weisen keinerlei Abweichungen auf und soweit wir das bisher feststellen konnten, befinden sich keine unter dem Leichnam. Genau lässt sich das natürlich erst nach dem Abtransport sagen."

„Du meinst, er ist genauso hingefallen und liegen geblieben?"

„Scheint mir wahrscheinlich. Warum fragst du?"

„Hätte ja sein können, dass er noch eine Zeit lang gelebt hat und zum Beispiel zum Telefon kriechen wollte oder so. Hm, dann läge er wohl kaum auf dem Rücken, oder? Na, einen Aspekt gibt's da noch. Wann, glaubst du, ist er gestorben?"

„Zwischen Mitternacht und vier Uhr morgens, das ist jedenfalls unsere erste Einschätzung. Genaueres folgt später nach der Untersuchung."

Markus war in der Zwischenzeit einmal ganz um den Raum herumgegangen. Er stand nun hinter dem linken der beiden Schreibtische und sah Lisa ebenso erwartungsvoll an wie Ralf.

Lisa holte tief Luft. „Also, Georg Kellermann ist beinahe zwei Meter groß und ausgesprochen kräftig. Gehen wir davon aus, dass er mitten in der Nacht hinter seinem Schreibtisch sitzt und arbeitet. Was passiert? Kommt jemand über den Hof? Anzunehmen. Gibt es dort draußen Bewegungsmelder? Sicher. Das bedeutet doch, dass Kellermann garantiert aufmerksam geworden ist. Er schaut hoch, sieht eine Gestalt auf sich zukommen. Kann er sie zu diesem Zeitpunkt bereits erkennen? Müssen wir überprüfen.

Die Person öffnet die Tür, betritt den Empfangsraum. Kellermann steht auf, geht um seinen Tisch herum. Um den Ankömmling zu begrüßen?

So muss es gewesen sein. Hätte er sich bedroht gefühlt, wäre er sitzen geblieben. Nur von dort aus konnte er problemlos das Telefon erreichen." Lisa unterbrach ihre Überlegungen, als Markus fragte: „Darf ich die Schubladen öffnen?"

„Zieh dir ein Paar Handschuhe an, vorsichtshalber", sagte Ralf.

„Gut. War er Rechts- oder Linkshänder?"

„Rechtshänder", sagten Ralf und Lisa gleichzeitig.

Markus zog die erste Schublade auf. „Bingo!", rief er. „Hier drin befindet sich eine kleine Pistole. Kenne ich nicht. Wartet mal, da steht etwas drauf. M und ein irgendwie abgekratzter Buchstabe, danach Ziffern, 0748 P."

Ralf war um den Tisch herumgespurtet und sagte: „Nicht anfassen, bloß nicht anfassen." Er schaute ebenfalls in die Lade. „Das ist ein kyrillischer oder ein griechischer Buchstabe, Γ, ein Gamma, entspricht dem deutschen G, aber das ist unwichtig. Bei diesem niedlichen unscheinbaren Kerl hier handelt es sich um eine russische Taschenpistole." Er signalisierte einem seiner Kollegen und der brachte ihm umgehend einen Beweismittelbeutel. Bevor Ralf die kleine Pistole eintütete, schnüffelte er an ihr. „Sie wurde nicht benutzt, jedenfalls nicht in letzter Zeit."

Lisa ergriff wieder das Wort. „Kellermann sitzt also an seinem Schreibtisch, Telefon und Waffe in Reichweite. Jemand kommt. Er steht auf, um ihn zu begrüßen und dann? Greift der andere ihn sofort an? Streiten sie erst? Oder geht Kellermann vielleicht seinerseits auf den Besucher los? Hat sich der andere wehren müssen? Ist die Situation eskaliert? Außer Kontrolle geraten?" Lisa begann, langsam auf und ab zu gehen. „Ich bin fest davon überzeugt, dass die beiden sich kannten."

Markus warf ein: „Und der Angreifer musste um Kellermann herum oder an ihm vorbei, um dieses Kupplungsteil vom Schreibtisch zu nehmen. Stellt sich mir die interessante Frage, ob derjenige von dem Talisman wusste und ihn eingeplant hatte oder ob wir dennoch eher von einem Affekt ausgehen sollten?"

Kurz überlegte Lisa, ob sie Jonas noch einmal anführen sollte. Doch dann schlug sie stattdessen vor: „Habt ihr irgendwo einen Terminkalender gefunden? Ach, egal, er wird kaum einen Termin um Mitternacht vereinbart haben. Komm, Markus, wir reden mal mit den Leuten draußen."

Artjom zog erst seine Uniformjacke glatt und begrüßte sie anschließend mit einem Handschlag. „Das sind alle Mitarbeiter, die nach und nach eingetroffen sind. Zwei weitere sind direkt von zu Hause zur Baustelle gefahren. Frau Keune ist Kellermanns Sekretärin und ..."

Kaum hatte die Frau ihren Namen gehört, stürzte sie auch schon auf Markus und Lisa zu. „Sie sind bestimmt die Kommissare. Ihre Kollegen mit den weißen Anzügen und den blauen Handschuhen, wer hat schon mal blaue Handschuhe gesehen, frage ich Sie? Also Ihre Kollegen haben gesagt, dass die Kommissare gleich kommen."

Lisa versuchte, ebenfalls etwas zu sagen, doch die Frau ließ sich nicht beirren.

„Ich bin die Chefsekretärin, verstehen Sie. Elvira Keune, geboren am 27. Mai 1958, hier in Alfeld an der Leine, meine Ausbildung habe ich bei Sappi gemacht, obwohl die natürlich damals noch nicht so hießen. Aber den alten Namen kennt ja heute keiner mehr. Mein Vater, der hat ..."

Als sie Luft holen musste, sagte Lisa: „Ich bin Kriminalhauptkommissarin Lisa Grundberg und das ist mein Kollege, Markus Heitkämper. Wir würden von Ihnen gern wissen, ob Sie etwas gesehen oder gehört haben, was mit dem tragischen Unglücksfall zu tun haben könnte."

„Unglücksfall sagen Sie? Ach mein Gott, so ein Drama aber auch. Er war ja ein Arbeitstier, der Herr Kellermann, jeden Morgen der Erste, und jeden Abend der Letzte, außer am Mittwoch natürlich. Da beendet er seinen Arbeitstag ganz regelmäßig, pünktlich um 17.30 Uhr, weil er um 19.00 Uhr zum Stammtisch geht, jeden Mittwoch. Ohne Ausnahme, da gibt es kein Vertun. Ach Gott, das wird er nun alles nicht mehr machen können, nicht wahr. Wie schrecklich."

Lisa wunderte sich schon, dass Frau Keune aufhörte zu sprechen, doch dann bemerkte sie, dass die Sekretärin sich diskret die Nase putzte und ihre dunklen, mit viel Spray gestylten Haare mit den Händen zurechtzupfte.

„Es war also durchaus üblich, dass Herr Kellermann spät nachts noch im Büro saß und arbeitete?“, fragte Lisa nach.

„Ja, unbedingt. Er sagte immer, dass er am besten arbeiten könne, wenn er ganz allein und alles ruhig sei. Keine Anrufe, keine Arbeiter auf dem Hof, keine Kunden, die ...“

„Gut! Können Sie mir sagen, ob er zu so später Stunde gelegentlich trotzdem jemanden empfing? Einen Freund vielleicht?“, mischte Markus sich ein.

Eine Stimme hinter seinem Rücken brummte: „Was'n für Freunde?“

Markus fuhr herum, konnte aber genauso wenig wie Lisa erkennen, wer von den anderen Mitarbeitern gesprochen hatte. Dafür legte Frau Keune wieder los. „Das ist eine Verleumdung, eine ganz gemeine noch dazu. Ich sagte ja schon, dass Herr Kellermann jeden Mittwoch zum Stammtisch ging, selbstverständlich, um sich dort mit seinen Freunden zu treffen. Seinen guten, langjährigen Freunden.“

„Können Sie uns eine Liste dieser Stammtischfreunde erstellen?“

Frau Keune sah verblüfft aus. „Ich denke schon, ja, ich habe alljährlich die Geburtstagspräsente für die Herren besorgt. Männer sind in diesen Dingen immer etwas verloren, nicht wahr. Da ist zum einen ...“

Bevor sie die Namen alle einzeln aufzählen konnte, unterbrach Markus sie erneut: „Es wäre äußerst hilfreich, wenn Sie uns die Liste schriftlich geben würden. Aber sagen Sie mir doch bitte noch, wann sind Sie gestern Abend nach Hause gegangen?“

„Pünktlich um 17.00 Uhr, ich hatte einen Termin beim Friseur, Waschen und Legen, das muss manchmal sein. Man fühlt sich sonst so derangiert."

Markus hob die Hand, um ihren Redefluss zu unterbrechen. „Und um welche Uhrzeit sind Sie heute Morgen zur Arbeit erschienen?"

„Um 7.30 Uhr. Ich fange immer um halb acht an, jeden Tag."

„Herr Kellermann war zu diesem Zeitpunkt schon da? An den normalen Tagen, meine ich."

„Ja, der Seniorchef saß täglich ab 6.00 Uhr wieder hinter seinem Schreibtisch. Gegen 8.00 Uhr fuhr er dann los, besuchte Baustellen und Kunden oder so. Aber der junge Herr Kellermann tauchte niemals vor 9.00 Uhr auf, manchmal war es sogar nach halb zehn." Entrüstet schüttelte sie den Kopf. „Wenn das mal gut geht."

„Was meinen Sie, Frau Keune?"

„Na, das mit der Firmenübergabe. Der Junior stellt sich das so leicht vor, will ständig ... Was rede ich? Das interessiert Sie doch sicher überhaupt nicht. Heute Morgen war Herr Kellermann junior ausnahmsweise bereits eingetroffen, als ich ankam. Er stand zitternd im Vorraum und ließ mich nicht in das Büro gucken. Mein Gott, er hielt sich die ganze Zeit seine rechte Hand, die schwoll immer weiter an, und ich konnte sehen, dass er starke Schmerzen hatte. Er wollte unbedingt auf die Polizei warten, obwohl er richtig blass war. Und ich durfte ihm natürlich nicht helfen. Dabei haben wir selbstverständlich einen korrekt ausgestatteten Erste-Hilfe-Kasten im Empfangsraum. Auch Kühlkissen, in drei verschiedenen Größen."

Lisa überging die gebrochene Hand. Darüber konnten sie später sprechen. „Gab es einen besonderen

Grund? Warum war er so früh gekommen?", fragte sie gespannt.

„Na, wegen der Autobahntrasse. Da sollte in den nächsten Tagen ein neuer Abschnitt angefangen werden." Sie schlug die Hände vor das Gesicht. „Wie soll das nur weitergehen? Heute wurde noch überhaupt nicht gearbeitet. Das kostet schnell Millionen, so eine Verzögerung. Die sichern sich ja heutzutage alle ab. Für jeden Tag Verzug werden immense Strafzahlungen fällig, das glauben Sie gar nicht. Zehntausende kann uns das kosten. Pro Tag." Je länger sie sprach, umso mehr ereiferte sie sich. „Hyänen sind das. Das können Sie mir glauben."

Lisa fragte nach: „Darüber gibt es garantiert schriftliche Vereinbarungen?"

„Selbstverständlich! Alle ordentlich ausgedruckt und abgeheftet."

‚So viel zum papierlosen Büro', dachte Lisa.

„Guten Tag, meine Herrschaften. Wenn Sie möglichst bald zum Ende kommen könnten, würde ich mich freuen. Die Autobahn wartet auf uns."

„Herr Kellermann", quiekte Frau Keune. „Wie geht es Ihrer Hand? Haben Sie noch Schmerzen?"

„Später, Frau Keune, später. Jetzt müssen wir erst einmal die verloren gegangene Zeit aufholen." Er wandte sich an seine Mitarbeiter, teilte ein, redete, klopfte einem auf die Schulter und schickte ihn Papiere holen, bevor Lisa und Markus reagieren konnten. Sie verständigten sich mit einem Blick und beobachteten die Reaktionen der Mitarbeiter auf Jonas. Nur zwei kondolierten. Die anderen drei nickten stoisch, während sie sich seine Aufträge anhörten. Als sie weggehen wollten, räusperte Markus sich.

„Einen Moment", sagte er. „Wir sind noch längst nicht fertig. Sie werden sich gedulden müssen."

Kellermann fuhr herum und funkelte Markus an. „Wer gibt Ihnen das Recht ...?"

Markus sah ihn so abweisend an, dass er verstummte.

Lisa übernahm.

Sie sagte: „Herr Kellermann, darf ich Sie bitten, in das Bürohaus zu gehen und dort auf uns zu warten. Sicher ist es in Ihrem Interesse, wenn wir zuerst Ihre Mitarbeiter anhören. Anschließend können sie ihre Arbeit wieder aufnehmen, sofern sie sich dazu in der Lage fühlen. Im Anschluss kommen wir zu Ihnen."

Lisa konnte deutlich sehen, dass Jonas erneut auffahren wollte. Doch er beherrschte sich, schaute stattdessen auf seine Schuhspitzen. Schließlich wandte er sich ab, nickte Lisa im Vorbeigehen aber noch zu. „Okay." Das „Beeilen-Sie-sich-gefälligst" schwang deutlich hörbar in dem einen Wort mit. Lisa war gegen ihren Willen beeindruckt.

Sie hatte die Gelegenheit genutzt, ihn genau zu betrachten. Sie wusste nicht, ob sie ihn wiedererkannt hätte, wenn sie sich vorher nicht bereits damit beschäftigt hätte. Wahrscheinlich hätte sie darüber nachgedacht, warum er ihr so bekannt vorkam und wo sie ihn schon einmal getroffen hatte, vermutlich ohne Erfolg.

Er strahlte Autorität aus, vom charmanten Studenten aus Kassel war er allerdings meilenweit entfernt. Nicht nur, weil er seither einige Kilos zugelegt hatte, sondern vor allem, weil er sich irgendwie steif bewegte, angespannt. Ob das an der Verletzung lag, an den Schmerzen?

Gemeinsam mit Markus hörte sie sich an, was die Betriebsangehörigen zu sagen hatten. Es stellte sich recht bald heraus, dass das Betriebsklima insgesamt angespannt war. Viel Arbeit, großer Termindruck.

Scheinbar wechselten die Mitarbeiter häufig. Nur einer war, abgesehen von Frau Keune, länger als drei Jahre im Betrieb.

Während sie zum Büro hinübergingen, sagte Markus: „Ich habe noch nicht hundertprozentig durchschaut, worum es hier eigentlich geht. Du?"

Lisa zuckte mit den Schultern. „Es gibt zumindest zwei Gruppen. Für mich sieht es nach einem Generationenkonflikt aus."

„Zwischen Vater und Sohn?"

„Vielleicht, eher zwischen den beiden langjährigen Mitarbeitern und den jüngeren, neu eingestellten."

„Du hast recht, das ist auffällig. Wenn ich unsere Gespräche rekapituliere, hat Kellermann allein in den letzten Monaten scheinbar rund die Hälfte seiner Leute neu angeheuert."

„Diese Autobahnbaustelle scheint ein Riesengeschäft darzustellen. Meinst du, wir müssen uns auch die Beschäftigten vornehmen, die derzeit auf irgendwelchen Baustellen unterwegs sind?"

Lisa antwortete nicht sofort. „Hm, nicht an erster Stelle, denke ich. Das können Sina und Artjom später machen, oder? Wir sollten allerdings prüfen, ob jemand gerade entlassen wurde. Vielleicht fristlos gekündigt. Oder in der Probezeit. Den sollten wir recht bald befragen. Jetzt würde ich erst einmal gern einen Blick auf die Familie werfen."

„Dann lass uns mal horchen, was Kellermann junior dazu zu sagen hat. Bisher wirkt er auf mich eher wie ein tougher Geschäftsmann und nicht wie ein kiffender Student." Markus sah Lisa nachdenklich an.

Die zog eine Augenbraue hoch. „Ich glaube kaum, dass es bei dem Mord um Gras ging, du Witzbold."

„Affekt wäre auch möglich."

„Zugekifft und durchgeknallt? Klingt für mich äußerst unglaubwürdig.“

5

Alfeld, Freitag, der 13. September 2013

Fitz folgte Dr. Karel Faust zu einem Zeltlager, das etwas abseits von der eigentlichen Baustelle errichtet worden war. Faust dozierte dabei beinahe ohne Pause. „Autobahnneubau-Planer und Archäologie arbeiten seit Mitte der Dreißigerjahre zusammen. Damals wurden beim Bau der Reichsautobahnen zahlreiche vorgeschichtliche Funde entdeckt. Deshalb wurde zwischen den Denkmalpflegern und den Straßenbaubehörden eine ständige archäologische Begleitung aller Bauarbeiten vereinbart."

„Davon habe ich schon gehört. Am Görnberg, in der Nähe von Kloster Lehnin in Brandenburg wurden beim Autobahnbau 1939 Reste von Häusern und Herdstellen sowie ein Friedhof mit 110 Gräbern gefunden. Es handelt sich mit einiger Wahrscheinlichkeit um ein wüstgefallenes Dorf", warf Fitz ein.

Faust, der mit großen Schritten voranging, drehte sich erstaunt zu ihm um. „Was Sie alles wissen. Wozu brauchen Sie das?"

Als Fitz nur mit den Schultern zuckte, sprach er weiter: „Erst wird ausgegraben, dann kommen die Baumaschinen. Dabei verhindern wir Baustillstand und Verzögerungen so gut es geht durch sorgfältige Planungen und Absprachen. Wir erledigen so viel wie möglich im Vorfeld."

„Genau, Sie prüfen Luftbildaufnahmen und Archivunterlagen, um festzustellen, ob in dem Bereich oder ganz in der Nähe bereits Bodendenkmale bekannt sind.“ Fitz schaute absichtlich in eine andere Richtung, sodass der Archäologe nicht sehen konnte, dass er sich königlich amüsierte.

Faust klopfte ihm auf die Schulter, bis er sich doch umdrehte und sagte dann streng: „Ich mache hier die Einführungen für die Neulinge.“

„Wie Sie meinen, ich wollte ja nur helfen“, antwortete Fitz und dachte bei sich: ‚... und die Sache ein bisschen beschleunigen.‘

„Sie dürfen gleich buddeln, pinseln und sieben, ich rede, organisiere und ernte den Ruhm für alles, was Sie finden.“

Fitz grinste. „Verstehe.“

„Hoffentlich. Jedenfalls folgt anschließend die Prospektion, übrigens meine Lieblingsphase. Da ist noch alles offen, alles möglich. In diesem Bereich, zwischen Alfeld und Bodenburg, fanden wir während der Prospektion zwei Silbermünzen, Keramikscherben und Pfeilspitzen. Erstaunlicherweise weder Flintartefakte noch Steinbeile.“

Fitz packte ihn am Arm. „Welche Gegenprägung? Die Silbermünzen, welche Gegenprägung weisen sie auf?“

„Warum wollen Sie das wissen?“

„Dann wüssten wir, von welcher Zeit wir ungefähr reden.“

Faust nickte anerkennend. „So ist es. Stellen Sie sich vor, darauf sind wir auch schon gekommen.“ Er grinste und ließ Fitz noch ein wenig zappeln, bevor er ganz langsam drei Buchstaben nannte: „VAR.“

„VAR steht für Varus, also spätestens neun nach Christus“, murmelte Fitz beinahe andächtig. „Cool. Darf ich sie sehen?“

„Die Fundstücke befinden sich bereits in den verschiedensten Labors, aber wir haben sie natürlich fotografiert. Die Aufnahmen können Sie jederzeit gern betrachten."

Fitz spürte sofort, wie seine Aufregung nachließ. Fotos! Was waren schon Fotos, Originale wollte er sehen und vor allem anfassen. Er grinste. Dieses Anfassen erinnerte ihn fatal an einen Archäologen, der sich auf den Boden des Geländes legte, auf dem er demnächst graben wollte. Der Hauch der Geschichte. Nicht zu fassen. Er fühlte sich beinahe wie Indiana Jones.

Inzwischen waren sie am Lager angekommen, und Faust begrüßte seine Mannschaft. Fitz zählte insgesamt sieben Personen, darunter eine ältere Dame, die sich voller Vorfreude die Hände rieb. Alle anderen schienen Archäologiestudenten zu sein. Faust stellte Fitz kurz vor und teilte ihn dann zusammen mit der Dame und einem rothaarigen Studenten ein. Felix war gut einen Kopf größer als Fitz. Er trug braune Cordhosen und ein kariertes Hemd, er schien aus einem antiken Ausgrabungsfilm gefallen zu sein, lächelte Fitz aber überaus freundlich zu.

Karel Faust bat alle, sich um seinen Tisch zu versammeln. „Ich begrüße unsere neuen Team-Mitglieder, die Studentinnen aus dem dritten Semester und unsere beiden Freiwilligen. Bevor wir beginnen, möchte ich einige grundsätzliche Dinge sagen, selbst wenn Sie alle denken, dass Sie das schon wissen: In der Archäologie graben wir nicht, um ein paar coole Artefakte zu finden, das tun Schatz- oder Raubgräber. Wir wollen unsere Funde auch nicht für uns allein behalten." Bei diesem Satz streifte ein prüfender Blick die Anwesenden, hielt bei jedem einzelnen kurz an, wartete auf ein Nicken. „Jedes Teil, das wir finden, ist für Museen bestimmt, damit andere Menschen sich daran erfreuen oder weiter an ihnen arbeiten können. Wir studieren die Spuren, die die Bewohner dieser Gegend hinterlassen haben, um dadurch die Lebensbedingungen und Verhaltensweisen unserer Vorfahren zu rekonstruieren. Wir versuchen, untergegangene kulturelle Systeme zu verstehen. Wir wollen dazu beitragen, die vergänglichen, materiellen Hinterlassenschaften früherer Völker zu bewahren und dieses Erbe für den modernen Menschen zu interpretieren."

'Fehlt nur noch, so wahr uns Gott helfe', dachte Fitz spöttisch. Außerdem war er fest davon überzeugt, dass, abgesehen von ihm, alle Anwesenden das schon wussten und es vermutlich bereits öfter gehört hatten. Aber vielleicht handelte es sich um so etwas wie das Glaubensbekenntnis der Archäologen oder das Über-die-Schulter-Spucken der Schauspieler, ein Ritual, das Glück bringen sollte.

Faust winkte Fitz und die Dame zu sich. „Wir müssen heute Suchschnitte anlegen", erläuterte er und zeigte auf einer Karte, wo sie sich genau befanden und wo der erste Schnitt erfolgen sollte. „Wir müssen zuvörderst herausfinden, wie groß das Bodendenkmal insgesamt ist. Denken Sie daran, wir graben nur auf zwei Metern Breite, egal wie viel oder was Sie bei der Arbeit entdecken. Die gesamte Fläche legen wir im nächsten Schritt frei, falls ..." Er machte eine bedeutungsschwangere Pause. „... falls es sich lohnen sollte."

Dieses 'Falls' dröhnte noch lange durch Fitz' Gedanken. Was für ein schreckliches Wort.

Faust hatte drei Gruppen eingeteilt. Der Graben sollte 45 Meter lang und zwei Meter breit werden, also musste jedes Team etwa fünfzehn Meter schaffen. Fitz versuchte auszurechnen, wie viel Sand, Steine und Mergel er zu diesem Zweck wohl bewegen musste. Schon nach knapp einer Stunde schmerzten ihm alle Muskeln. Außerdem hatte er Durst und an seiner Handfläche bildeten sich trotz der Handschuhe die ersten Blasen. Und dann schwebte noch dazu über allem, drohend, dieses ‚Falls'. Das hieß doch nichts anderes, als dass eventuell die gesamte Arbeit für die Katz war. Sinnlos.

„Hier, hier, hier, hier", die alte Dame, die sich als Franziska Ebershagen vorgestellt hatte, jubelte so laut, dass Fitz vor Schreck seine Schaufel fallen ließ. Er lief zu ihr hin. Felix hockte bereits neben ihr. Ohne sich zu bewegen oder etwas zu sagen, starrten beide auf einen rostigen Nagel, der ein Stückchen aus dem Boden ragte. Fitz war enttäuscht. „Der sieht nicht besonders alt aus."

Felix pinselte um das Objekt herum und fragte: „Wieso er?" Dann sagte er zu Fitz: „Knips ein paar Fotos, während ich noch ein wenig mehr freilege. Du wirst staunen." Gleich darauf lächelte er die Frau an. „Du bist ein echter Profi, Franziska."

Fitz knurrte, holte aber den Fotoapparat aus dem Zelt und begann Aufnahmen zu machen. Inzwischen war auch Faust herbeigekommen. Natürlich hatten alle den Jubelruf vernommen, jedoch nur der Chef erlaubte sich den Luxus, die Arbeit zu unterbrechen und bei der Bergung des Fundes dabei zu sein. Innerlich musste Fitz grinsen. Was für ein großartiger Fund. Ein rostiger Nagel.

Doch dann sagte Faust: „Du hattest recht, da ist die andere Seite", und schlagartig spürte Fitz, wie heftig sein Herz gegen seine Rippen pochte. „Die andere Seite wovon?", fragte er.

„Gewandspange, Fibel, ziemlich sicher", antwortete Felix leise. Er konzentrierte sich voll auf seine Arbeit.

Plötzlich schnaufte der Student laut. „Sie ist verziert, da ist noch eine Kugel dran." Er schlug mit der Faust in seine Handfläche und sagte: „Ich wette, das ist Bernstein."

Beinahe anderthalb Stunden dauerte es, bis das Material um den Fund herum so weit abgetragen war, dass man den Brocken heraustrennen und ins Zelt schaffen konnte. Fitz hatte in dieser Zeit ununterbrochen fotografiert. Kaum waren sie dort angekommen und hatten ihren Schatz abgelegt, scheuchte Karel Faust sie zurück zum Graben. „Heute Abend könnt ihr ihn euch genauer anschauen. Jetzt solltet ihr zusehen, dass ihr die verlorene Zeit wieder aufholt."

Die drei schlurften zurück.

Franziska sagte: „Die nächste Münze behalte ich einfach." Sie grinste die beiden Männer herausfordernd an. „Dann setze ich mich mit ihr zu Hause an meinen Küchentisch, putze sie mit einem Silberputzmittel, bis sie richtig schön glänzt und genieße den Anblick. Das hat er nun davon, dieser Chefarchäologe."

Felix lachte. „Er meint es nicht so, er braucht schlichtweg Ruhe, um das Schmuckstück ganz freizulegen. Da ist Präzision gefragt."

„Ich dachte immer, das wird später alles im Labor gemacht, so mit Ultraschall und Röntgen vorher", wandte Fitz ein.

„Im Normalfall schon, aber wir machen ja quasi eine Art Probegrabung, um festzustellen, ob es sich lohnt, einen Teil unserer knapp bemessenen Zeit in diesen Bereich zu investieren. Faust muss möglichst bald wissen, ob hier noch mehr liegt und vor allem, aus welcher Periode die Fibel stammt. Also, lasst uns weiter buddeln."

Gefühlte Ewigkeiten später stieß Fitz auf einen ungewöhnlichen Gegenstand, als sie ihren Teil des Grabens schon fast fertiggestellt hatten. Während Felix die letzten Krumen beiseite fegte, bewegte Fitz langsam einen Metalldetektor über die Fläche. Er piepte ganz leise, beinahe unhörbar. Da musste etwas Metallenes im Boden stecken. Um sicherzugehen, nahm Fitz eine Schaufel und trug noch eine dünne Schicht Erde ab. Als er jetzt das Suchgerät wieder darüber schwenkte, hörte er kein Signal mehr.

Er erstarrte.

Schiet.

Das konnte nur bedeuten, dass er den Gegenstand mit der Schaufel aufgenommen hatte.

Schleunigst untersuchte er den Schaufelaushub, indem er mit seinem Zeigefinger vorsichtig darin herumstrich. Es klimperte.

6

Alfeld, Freitag, der 13. September 2013

Lisa Grundberg betrat den Bürovorraum im Kellermannschen Tiefbauunternehmen als Erste. Markus folgte dicht hinter ihr. Jonas Kellermann saß auf einem der hinteren Sessel. Seine rechte Hand war eingegipst worden. Er hatte sie auf seinen Schoß gelegt und versuchte mit der Linken etwas auf seinem Laptop einzugeben, der vor ihm auf dem für diesen Zweck viel zu niedrigen Tisch stand.

Er schaute kurz auf, als er sie kommen hörte, unterbrach seine Aktivitäten aber nicht.

Lisa setzte sich auf den Sessel links von ihm. Markus blieb am Tresen stehen. Sie wechselten einen Blick, als auch Frau Keune hereinkam und hinter den Tresen an ihren Arbeitsplatz ging. Wollte die Sekretärin mithören? Oder hatte sie tatsächlich etwas zu erledigen? Vermutlich traf beides zu.

Lisa wandte sich direkt an Jonas Kellermann: „Als Sie heute Morgen das Firmengelände betraten, wie spät war es da und ist Ihnen da irgendetwas Ungewöhnliches aufgefallen? Haben Sie jemanden gesehen?"

„Etwa sieben Uhr und nein."

„Gar nichts?"

Kopfschütteln.

Lisa verdrehte die Augen, Markus grinste beschwichtigend und fragte: „Ich nehme an, dass Ihnen auch nichts Außergewöhnliches aufgefallen ist, als Sie dieses Haus betreten haben?"

„Richtig." Kellermann ließ sich nicht aus der Ruhe bringen.

„Warum sind Sie heute Morgen so außergewöhnlich früh hierhergekommen?", fragte Lisa.

Er zog eine Augenbraue hoch, als er an seinem Laptopmonitor vorbei Lisa anschaute. Bevor er antwortete, streifte sein missbilligender Blick Frau Keune. „Warum? Ich war mit meinem Vater verabredet. Er hatte mich herbestellt." Er lehnte sich zurück, ruckte aber sofort wieder nach vorn. „Das war manchmal so seine Art, um mir zu verdeutlichen, dass er immer noch das Sagen hatte. Wir hätten uns genauso gut zu einer zivilisierteren Zeit an einem unbeobachteteren Ort treffen können."

„Um was zu tun?" Lisa konnte hören, dass Markus langsam die Geduld verlor.

„Wir wollten zum neuen Bauabschnitt fahren." Er seufzte. „Dieser Abschnitt auf der geplanten A39 ist für unsere Firma ein Riesengeschäft. Wir dürfen uns keinen Schnitzer erlauben, müssen in jeder Hinsicht perfekt arbeiten, denn bei unseren Konkurrenten handelt es sich durchweg um Global Players. Die würden mit Handkuss unseren Bauabschnitt übernehmen und bei dieser Gelegenheit gleich auch noch unsere Firma plattmachen." Er zeigte mit dem Gipsverband auf den Laptop. „Deshalb muss ich jetzt weiterarbeiten, wenn Sie nichts dagegen haben."

„Das bedeutet, dass Sie und Ihr Vater ziemlich unter Druck standen?", fragte Lisa mit einem möglichst harmlosen Gesichtsausdruck.

„Immens. Sehen Sie, ich würde viel lieber nach Hause fahren und um meinen Vater trauern, aber das kann ich mir nicht leisten, wenn ich nicht alles riskieren will, wofür mein Vater und ich unser ganzes Leben lang geschuftet haben wie die Kesselflicker."

Lisa schluckte. „Verstehe. Wir müssen trotzdem über heute Morgen sprechen. Sie wollen doch sicher auch, dass wir den Mörder finden." Sie wartete seine Antwort nicht ab. „Dabei könnten Ihre Beobachtungen uns helfen. Was haben Sie gesehen? Beschreiben Sie einfach, was Sie wahrgenommen haben. Etwas, was Ihnen völlig nebensächlich erscheint, enthält dessen ungeachtet vielleicht den entscheidenden Hinweis." Lisa strahlte ihn an. Sie wollte, dass er redete, damit sie ein Gefühl dafür bekam, wie er tickte.

Jonas Kellermann schloss die Augen und lehnte sich demonstrativ entspannt zurück. „Wenn Sie meinen. Ich betrat das Bürogebäude und wunderte mich, dass die Außentür nicht richtig geschlossen war, schob den Gedanken aber zur Seite, weil ich mir sagte, dass mein Vater vermutlich vor Kurzem irgendwelche Sachen ins Auto gebracht hatte. Unterlagen oder so. In seinem Büro brannte Licht. Die Zwischentür schien nur angelehnt. Deswegen schaltete ich keine der Lampen ein, sondern ging quasi im Dunkeln durch den Vorraum. Als ich versuchte, die Tür zu öffnen, schlug sie bald gegen einen Widerstand. Ich klopfte und rief, erhielt allerdings keine Reaktion. Ich schaute durch den Spalt und erkannte, dass mein Vater am Boden lag. Natürlich glaubte ich in dem Moment an einen Herzinfarkt oder einen Schlaganfall. Ich stemmte mich gegen die Tür, bis der Spalt breit genug war, dass ich hindurchschlüpfen konnte. Dann sah ich es ..." Er hatte immer schneller und immer leiser gesprochen, bevor er völlig verstummt war.

Lisa gönnte ihm einen Augenblick Pause, schließlich fragte sie mit leiser Stimme: „Er war schon tot?"

Kellermann nickte. „Ich, ich bin über sein Bein gestolpert und neben ihm auf den Boden geknallt. Dabei habe ich mir mein Handgelenk gebrochen. Das ist mir in der Situation gar nicht gleich aufgefallen. Natürlich hat es geschmerzt, aber ich hatte zu tun. Vitalzeichen prüfen. Notarzt anrufen, Sie verstehen." Er schniefte, schüttelte den Kopf. „Ich hab es dann nicht mehr ausgehalten, da drinnen. Hab irgendwie keine Luft bekommen, deshalb bin ich nach draußen gewankt und habe da gewartet."

„Wann traf Frau Keune ein? War sie die Erste, die kam? Nach Ihnen, meine ich."

„Ja, das war sie. Wann genau, kann ich nicht sagen. Mein Zeitgefühl ist mir verloren gegangen. Ich weiß nur, dass der Rettungswagen gleich danach eingetroffen ist."

„Ich komme jeden Morgen pünktlich um halb acht. So war es heute ebenfalls. Das sollten Sie wissen, Herr Kellermann." Frau Keunes Stimme klang schräkelig, beinahe hysterisch.

Am liebsten hätte Lisa gefragt, ob die Entlassung der Sekretärin wohl eine seiner ersten Entscheidungen als Chef sein würde. Doch sie beherrschte sich. Es ging sie nichts an und war für den Fall höchstwahrscheinlich völlig belanglos.

Jonas Kellermann ignorierte sie gleichfalls. „Andere Mitarbeiter habe ich erst gesehen, als ich ins Krankenhaus gebracht wurde. Draußen, auf dem Hof."

Das Telefon klingelte. Alle zuckten zusammen.

„Soll ich abheben?", fragte Frau Keune.

„Selbstverständlich!" Kellermann verwandelte sich innerhalb eines Augenblicks in einen toughen Geschäftsmann.

„Spedition Kellermann und Sohn, Sie sprechen mit Frau Keune, was kann ich für Sie tun?"

Dann lauschte sie und schaute anschließend entsetzt auf. Sie hielt das Mikrofon des Telefons mit dem Daumen zu. Sie flüsterte: „Das ist Frau Kellermann."

„Ihre Frau?", fragte Lisa.

Jonas schüttelte den Kopf.

„Ihre Mutter?", wollte Markus wissen.

„Nein!", schnaubte Kellermann. „Die zweite Frau meines Vaters."

„Also Ihre Stiefmutter, haben Sie sie bereits informiert?"

„Nein und nein."

Frau Keune keuchte. „Sie, Sie ..."

Lisa hob die Hand. „Moment. Erklären Sie das bitte."

„Wenn es sein muss. Mein Vater hat diese Frau vor knapp einem Jahr geheiratet, weil sie ein Kind von ihm erwartete. Selbstverständlich hat sie mich nicht adoptiert, also ist sie nicht meine Stiefmutter. Das wäre ja in meinem Alter mehr als lächerlich."

„Verstehe, und warum haben Sie sie nicht unverzüglich über den Tod Ihres Vaters informiert?", fragte Lisa.

Er sah ihr jetzt direkt in die Augen und sagte mit ganz ruhiger Stimme: „Weil ich davon überzeugt bin, dass sie ihn umgebracht hat."

Frau Keune keuchte empört auf. Dann beteuerte sie eine Spur zu laut: „Alles ist gut, Frau Kellermann, hören Sie bitte, hier ist gerade Land unter. Wir melden uns bei Ihnen, sobald wir das größte Chaos beseitigt haben. Ja?"

Anschließend legte sie so schnell auf, dass ihre Gesprächspartnerin unmöglich noch etwas erwidert haben konnte. Lisa fragte sich, warum Elvira Keune die Frau des Toten nicht ihrerseits informiert hatte, weder jetzt noch vorhin, während der Wartezeit.

Lisa und Markus wechselten einen Blick und wandten sich dann gemeinsam dem jungen Kellermann zu, der seelenruhig in dem Sessel saß und an seinem Kaffee nippte. Er sah sie herausfordernd an.

‚Fehlt nur noch, dass er frech grinst', dachte Lisa, sagte aber: „Würden Sie uns das bitte erklären?"

7

Alfeld, Freitag, der 13. September 2013

Fitz stand gemeinsam mit den anderen im Zelt des Ausgrabungslagers um den hölzernen Tisch herum, auf dem die Gewandspange und einige Münzen, Nägel und ein Stück Feuerstein lagen.

Dr. Faust wollte ihnen zeigen, was sie heute entdeckt hatten und anschließend mit ihnen gemeinsam entscheiden, ob es sich lohnte, hier weiterzumachen.

Fitz brannte das winzige Metallteil, das er gefunden hatte, beinahe ein Loch in die Hand. Er hatte es nur ganz kurz betrachtet, hatte gehofft, ein Stückchen modernen Abfalls in der Hand zu halten, und dann das – entsetzt hatte er die Faust geschlossen. Wie sollte er das erklären?

Die Wissenschaftler beschäftigten sich lange mit der Gewandspange. Schon daraus konnte Fitz schließen, dass sie eigentlich nicht überzeugt davon waren, dass sich diese Stelle rentieren würde.

Als einer nach dem anderen schweigend den Kopf schüttelte, blieb ihm nichts weiter übrig. Er schloss die Augen, schob die Hand zwischen Felix und Franziska hindurch, drehte sie um und öffnete langsam die Finger. Das kleine Abzeichen plumpste fast lautlos auf die Tischplatte.

Zuerst geschah gar nichts.

Vorsichtig öffnete Fitz die Augen wieder. Alle schauten ihn an.

Fausts Stimme klang so scharf, dass man einen Diamanten mit ihr hätte schneiden können. „Was ist das?“

„Ein Abzeichen, eines ... römischen ... Legionärs?“

„Das sehe ich. Wo haben Sie es her?“

„Gefunden?“

„Wollen Sie mich verarschen?“

„Es war ein Versehen, ehrlich.“ Fitz schaute von einer Studentin zur nächsten, doch alle wichen seinem Blick aus. „Ich ... also, der Metalldetektor ...“

„Decem, novem, octo, septem, ... nein, da müsste ich bei zweihundertvierzig anfangen, rückwärts zu zählen, um mich wieder zu beruhigen. Was fällt Ihnen ein?“

„Es war wirklich keine Absicht.“

„Unter einer Ausgrabung beziehungsweise Grabung verstehen wir die archäologische oder paläontologische Freilegung eines von Erdboden oder von Erd- beziehungsweise Steinauftragung verdeckten Befundes, bei dem dieser Vorgang mit wissenschaftlicher Zuverlässigkeit dokumentiert wird. Es handelt sich letztlich um eine kontrollierte Zerstörung des Befundes.“ Faust hatte den Satz trotz seiner Länge und Komplexität gebrüllt. Jetzt musste er durchatmen. „Erinnern Sie sich, dass ich Ihnen das erklärt habe?“

Fitz nickte.

„Gut, also noch einmal, zuerst dokumentieren, danach die kontrollierte Zerstörung.“

„Ja, aber ...“

„Alles ist richtig, auch das Gegenteil, nur ‚ja aber‘ ist nie richtig. Das hat schon Schopenhauer erkannt. Wollen Sie sich mit Schopenhauer anlegen?“

„Nein, natürlich nicht. Es war ein Unfall.“

„Bei uns werden die einzelnen Befunde auf dem Planum markiert und anschließend ausgehoben. Dabei dokumentieren wir ununterbrochen. Mein Gott, ist das so schwer zu begreifen? Es kommt uns nicht nur darauf an, ein paar hübsche Artefakte zu bergen. Wir suchen vor allem nach sichtbaren Strukturen wie Mauern, Abfallgruben, Gräben oder Pfostenlöchern. Selbst nicht sofort sichtbare Strukturen sind für uns ein Befund. Wir verzeichnen die Fundkonzentrationen, die Muster der Fundverteilung. Ja, sogar die Schwermetallbelastung des Bodens oder sein Phosphatgehalt können uns wichtige Informationen vermitteln." Faust wandte sich jetzt direkt an Fitz, sah ihm in die Augen.

Fitz reichte es. Er richtete sich auf. „Genug. Ich hab's verstanden. Jetzt hören Sie mir zu. Ja, ich habe einen Fehler gemacht, aus Versehen. Und wenn Sie es mich erklären lassen, verstehen Sie es vermutlich und ..." Er zeigte nach draußen, „... und erkennen, dass genau hier der richtige Grabungsort ist. Sie können Ihr Palaver abkürzen."

„Große Worte für einen Raubgräber."

„Sie können sich später dafür entschuldigen, hören Sie mir jetzt einfach zu. Nachdem die Grabungsfläche festgelegt ist, wird als Erstes mithilfe eines Baggers die Pflugschicht abgehoben. Das haben die Kellermannschen Maschinen für Sie erledigt. Dann haben wir die Schnitte angelegt. Felix hat als Schnittleiter in meiner Gruppe die Dokumentation vorbereitet. Wir haben begonnen, einige Schnittkanten abzustechen, um Profile zu gewinnen und vielleicht ein erstes Planum freizulegen."

„So war die Aufgabenstellung, ja. Und morgen hätten wir, eventuell im Feinputz die gesamte Fläche des Schnitts mit Archäologenkellen von letzten Resten der Pflugschicht befreit."

„Genau, und dabei gehen wir davon aus, dass wir die ersten Befunde mit bloßem Auge erkennen können, weil sie sich farblich vom sie umgebenden Erdreich unterscheiden. Und genau das ist hier das Problem gewesen. Dieses Abzeichen besteht, denke ich, zum größten Teil aus Blei, weshalb der Detektor nur sehr wenig reagiert hat. Die Schnittkante war eben noch nicht hundertprozentig plan, sodass ich nachgestochen habe." Er zuckte mit den Schultern. „Und ..."

Faust wisperte: „Und dann befand es sich in dem Abgestochenen."

„Ja, leider."

„Sie hätten es an Ort und Stelle liegen lassen müssen."

„Ich hatte es schon in der Hand, und die Erde hatte ich achtlos verteilt. Aber ich habe die Stelle markiert, an der ich zuletzt gegraben hatte. Und dabei, also beim Markieren bin ich auf weitere Verfärbungen gestoßen."

Fausts Körper spannte sich. „Was soll das heißen?"

„Felix hatte das Theodolitennetz bereits ..."

„Wo?" Faust stürmte aus dem Zelt. Die anderen folgten ihm, so schnell sie konnten.

„Wo? Kommen Sie. Zeigen Sie uns die genaue Stelle." Faust zappelte so ungeduldig wie ein Kind am Weihnachtsabend.

Nachdem Fitz ihm die Position gezeigt hatte, arbeiteten die Archäologen effizient und rasend schnell.

Fitz und Franziska Ebershagen standen am Rand des Grabungsschnittes und beobachteten die routinierten Handgriffe.

„Was glauben Sie, worum es sich handelt?", fragte die alte Dame.

„Ein Schwertgriff", antwortete Fitz, ohne zu zögern.

Sie drehte sich zu ihm um und hob ihre Hand, um ihn abzuklatschen. „Dann graben wir morgen hier weiter. Das muss gefeiert werden. Finden Sie nicht?"

Fitz lachte. „Doch. Dies ist genau der richtige Ort. Aber ..." Er beugte sich näher zu ihr und flüsterte: „Das wusste ich heute Morgen schon, vor dieser ganzen Buddelei."

„Was tun Sie da?", erklang eine raue Stimme hinter ihnen.

Fitz und Franziska drehten sich gleichzeitig um. Die Archäologen hatten scheinbar nichts gehört.

„Wir bereiten eine archäologische Grabung vor", erklärte Franziska höflich.

„Wozu soll das gut sein?", fragte der Mann. Er trug schwere Stiefel, eine grüne Jacke, Arbeitshosen und eine dunkle Mütze.

Fitz brauchte einen Moment, um ihn zu erkennen. Dann ging er auf ihn zu. „Guten Abend, Herr Schönberg, was treibt Sie her?"

„Sie kennen mich? Ach, Herr Frederiksen, Sie sind das. Was treiben Sie sich bei den Verrückten herum?"

„Wieso Verrückte?" Fitz wunderte sich, dass der Großbauer seinen wahren Namen kannte. Kaum jemand nannte ihn so. Wahrscheinlich hatte Schönberg seinen Vater gekannt.

Der Bauer stemmte die Hände in die Hüften. „Hier wird keine Autobahnraststätte gebaut. Nicht auf meinem Grund und Boden."

Fitz lachte. „Das ist mir recht. Ich bin nur an den archäologischen Ergebnissen interessiert. Und die Ausgrabungsstätte liegt doch nicht auf Ihrem Feld, oder?"

Schönberg beugte sich vor. „Im Moment nicht, fehlt aber nicht mehr viel. Die müssen das alles wieder zuschütten, sonst rutscht mir hier die Erde ab."

„Klar, kein Problem. Das ist für die meisten Befunde sowieso besser. Die werden nur kartografiert und dann erneut mit schützender Erde bedeckt. Wir nehmen nur die Artefakte mit, verstehen Sie?"

Doch Schönberg hörte nicht mehr zu. Faust war aus dem Graben gesprungen und stand nun offensichtlich mit beiden Beinen auf dem Feld des Bauern.

„He, Sie da. Das dürfen Sie nicht betreten. Das ist mein Land."

Faust ignorierte den Mann. Stattdessen rief er Franziska zu: „Kommen Sie bitte her und stellen Sie sich hier hin. Ich denke, wir haben ein größeres Bodendenkmal vor uns, als wir hoffen durften. Wir müssen feststellen, welche Ausdehnung es hat."

Bevor Franziska Fausts Aufforderung nachkommen konnte, war Schönberg zu ihm gelaufen. Er packte Faust am Arm. „Verschwinden Sie von meinem Land."

Faust riss sich los. „Was wollen Sie, Mann?"

„Das ist Hausfriedensbruch. Hauen Sie ab." Schönberg stieß Faust vor die Brust. „Sofort!"

Faust taumelte rückwärts und stolperte in den Graben. Glücklicherweise fingen Felix und eine der Studentinnen ihn auf, sodass er sich nicht verletzte. Schönberg starrte vom Grabenrand auf ihn herab. „Lassen Sie sich das eine Lehre sein. Niemand betritt mein Land gegen meinen Willen."

„Das werden wir ja sehen! Wenn es sein muss, graben wir Ihre ganze Klitsche um."

‚Uff', dachte Fitz. Das war jetzt nicht hilfreich.

Tatsächlich sah es einen Moment lang so aus, als würde sich Schönberg gleich auf den Archäologen stürzen. Doch da stand Franziska plötzlich zwischen ihm und Faust und sagte: „Herr Schönberg, Sie können sich darauf verlassen, dass Ihr Besitz unangetastet bleibt. Ehrlich." Dabei strahlte sie ihn an.

Schönberg trat einen Schritt zurück. Er brummte.

Franziska lächelte immer noch wie für eine Zahnpastawerbung. „Seien Sie unbesorgt. Wir halten uns an die Vorschriften. Alle. Immer."

Schönberg schob seine Mütze in den Nacken, tippte an den Schirm und erwiderte: „Ich nehme Sie beim Wort." Dann wandte er sich noch einmal an Faust: „Ich besitze übrigens eine hübsche Auswahl an Jagdgewehren und auf meinem Grundstück kann ich alles jagen, was sich bewegt."

Damit stapfte er davon.

8

Alfeld, Freitag, der 13. September 2013

Lisa musste in Gedanken den Satz „Weil ich davon überzeugt bin, dass sie ihn umgebracht hat“ mehrmals wiederholen, bevor sie ihn in seiner ganzen Tragweite begriff.

Markus kam herüber und setzte sich auf den anderen Sessel. „Wie kommen Sie darauf?“

„Warum haben Sie das nicht schon viel früher gesagt?“, fragte Lisa.

Frau Keune lachte einmal trocken.

Jonas Kellermann zuckte mit den Achseln. „Es glaubt mir ja sowieso niemand.“

„Mit gutem Grund“, warf Frau Keune von hinten ein. Sie schien völlig unbeeindruckt zu sein. „Herr Kellermann junior nährte von Beginn an ein grundlegendes Misstrauen gegen die zweite Frau des Chefs.“

Kellermann lachte höhnisch. „Wundert Sie das? Und außerdem, das sagen ausgerechnet Sie?“

Die Sekretärin antwortete nicht.

Stattdessen stand Markus nun ganz dicht vor Jonas' Sessel. Er beugte sich vor und sagte: „So, Freundchen, und jetzt Butter bei die Fische. Warum verdächtigen und beschuldigen Sie Frau Kellermann?“

„Weil sie es von Anfang an nur auf sein Geld, auf unser Geld abgesehen hatte.“

„Paaah“, machte Frau Keune und verdrehte die Augen. „Er benimmt sich wie ein kleines, trotziges, eifersüchtiges Kind. Schämen Sie sich, Jonas. Sie wollen doch nur vermeiden, dass es weitere Erbberechtigte gibt." Sie lachte böse. „Wie viele Kinder hätte Ihr Vater mit seiner zweiten, jungen Frau noch gezeugt? Zwei, drei oder vier? Und sie alle hätten einen Anspruch auf ein Stückchen vom Kuchen erworben, einfach durch ihre Geburt."

Kellermann sprang mit einem lauten Schrei an Markus vorbei auf den Tresen zu. Lisa nahm wahr, dass Frau Keune scheinbar rechtzeitig dahinter in Deckung gegangen war. Sie konnte die Frau jedenfalls nicht mehr sehen. Jonas Kellermann hing halb auf der Theke und schlug nach ihr. Da Markus sofort hinterher gehechtet war und ihn festhielt, gelang es ihm nicht, über den Tresen zu rutschen. Er brüllte frustriert und trat nach Markus.

Glücklicherweise tauchten, wohl vom Geschrei alarmiert, Ralf Schubert, Sina und Artjom auf. Gemeinsam zerrten sie den Mann herunter und fixierten ihn auf dem Boden. Da er nicht aufhörte, um sich zu schlagen, legte Markus ihm trotz des Gipsverbandes Handschellen an. Zuerst machte ihn das noch rasender, doch dann wurde er langsam ruhiger.

Lisa hatte bereits Verstärkung angefordert.

Frau Keune tauchte auch wieder auf und sah mit einem Ausdruck, den Lisa nicht richtig deuten konnte, auf Jonas Kellermann hinunter. War das Genugtuung?

„Armselig!", zischte sie. „Wie immer. Ich gehe jetzt nach Hause." Sie hatte ihre Handtasche unter den Arm geklemmt und hielt eine Regenjacke in der Rechten. Sie blieb vor Kellermann stehen und sagte: „Dies war mein letzter Arbeitstag in Ihrer Gesellschaft. Leben Sie schlecht und in Unfrieden." Danach wandte sie sich an Lisa. „Sie erreichen mich in meiner Wohnung, falls Sie noch etwas wissen möchten."

Kellermann gaffte ihr verständnislos hinterher. Als die Tür hinter ihr zufiel, murmelte er: „Das wagt die nicht, das kann sie doch nicht machen. Wer soll denn hier im Büro die Stellung halten?"

„Welch ein Auftritt", sagte Lisa, nachdem sie und Markus das Bauunternehmen verlassen hatten. Ralf Schubert hatte dafür gesorgt, dass Jonas Kellermann ins Krankenhaus kam. Er hatte ihm suizidale Tendenzen attestiert und die beiden Kriminalkommissare hatten seinen Eindruck schriftlich bestätigt. Achtundvierzig Stunden war er nun sicher verwahrt und konnte keine weiteren Dummheiten machen. Das sollte reichen.

Nun standen sie vor dem Wohnhaus Georg Kellermanns. Da es immer sehr belastend war, nahen Angehörigen eine solche Nachricht zu überbringen, blieben sie noch einige Minuten im Wagen sitzen. Das Haus war weiß gestrichen, der Garten von einer Buchenhecke geschützt. Lisa machte einen Sandkasten und eine bunte Kunststoffschaukel aus.

Markus seufzte.

Lisa erwog sogar, sich nach seiner Mutter zu erkundigen, obwohl sie wusste, dass er dann stundenlang erzählen konnte. Immerhin eine gute Ausrede.

Schließlich sahen sie sich an, nickten und stiegen aus.

Markus klingelte.

Es dauerte, bis die Tür geöffnet wurde. Vor ihnen stand eine groß gewachsene, sehr schlanke Frau, die ein schlummerndes Baby auf dem Arm trug. Sie sah verwundert zu ihnen herab. „Was kann ich für Sie tun?", fragte sie mit einem leichten Akzent, den Lisa nicht einordnen konnte.

„Dürfen wir hereinkommen? Ich bin Lisa Grundberg, von der Kripo in Alfeld."

„Markus Heitkämper, guten Tag."

„Ist etwas passiert? Wurde in der Nachbarschaft eingebrochen? Das hatte ich befürchtet. Erst gestern ist hier wieder ein Fahrzeug mit polnischem Kennzeichen ..."

„Bitte, Frau Kellermann, dürfen wir hereinkommen? Wir müssen in aller Ruhe mit Ihnen sprechen."

Lisa hatte sofort das sichere Gefühl, dass Jonas Kellermanns Anschuldigungen vollkommen aus der Luft gegriffen waren. Sein Vater hatte sich neu verliebt, noch einmal eine Familie gegründet, und der Erstgeborene wurde von Eifersucht getrieben. Genau wie Frau Keune es angedeutet hatte.

Die Frau nickte. „Ich gehe am besten voraus." Lisa und Markus folgten ihr. Sie betraten den Windfang und kamen in einen großzügigen Flur. „Bitte gehen Sie geradeaus ins Wohnzimmer, ich lege Jessica eben in ihre Wiege."

Markus blieb stehen, während Lisa sich auf das Sofa setzte. Sie scannten beide den Raum sehr aufmerksam. Lisa gefiel, wie hell es in dem Zimmer war. Auch die Farbzusammenstellung, das dunkle Grün des Teppichs und dazu die hellen Holzmöbel, fand sie ansprechend. Allerdings vermisste sie Bücher. Es gab ein kleines Regal mit einigen CDs und eine Vitrine, in der Spielzeugfahrzeuge arrangiert waren, aber es fand sich kein einziges Buch. Lisa schaute sich weiter um. Vielleicht besaßen die Kellermanns irgendwo ein Lesezimmer oder sogar eine Bibliothek. Ausreichend groß hatte das Haus von außen ja gewirkt.

„So, da bin ich wieder. Worum geht es?"

„Frau Kellermann, bitte setzen Sie sich.“ Lisa überließ es Markus, den Anfang zu machen. „Wir haben eine traurige Nachricht für Sie.“

Selten hatte Lisa gesehen, dass eine Person dermaßen in sich zusammenfiel. Frau Kellermann wirkte beinahe wie eine Puppe, aus der jemand die Luft herausgelassen hatte.

„Georg hatte einen Unfall, nicht wahr?“ Sie blickte mit weit aufgerissenen Augen zu Lisa.

„Ihr Mann ist tot, ja, aber es handelt sich nicht um einen Unfall.“

„Tot! Oh Gott!“ Sie bewegte sich kaum. Ihre Hände hatten sich um die Polsterkante des Sofas gekrallt. Ihr Oberkörper pendelte leicht vorwärts und rückwärts. Tonlos wiederholte sie: „Tot. Tot. Tot. Was bedeutet das? Tot?“ Plötzlich fiel ihr etwas ein. Der Kopf ruckte zur Seite. „Kein Unfall? Wie geht das? Herzinfarkt? Meinen Sie das? Hatte er einen Herzinfarkt? Er hat sich ständig so aufgeregt, wissen Sie? Ich hab das kommen sehen. Deshalb sollte er auch aufhören. Genug gearbeitet, habe ich dauernd gesagt. Und er? Dieses Projekt noch. Und danach? Natürlich das nächste Projekt. Ganz wichtig, ungeheuer wichtig. Scheiße, alles ist wichtiger als seine Familie. Arbeit, Arbeit, Arbeit.“ Während sie sprach, war ihre Stimme lauter geworden, undeutlicher und immer höher. Nun brach sie ab. Schluckte, schniefte und weinte schließlich hörbar.

Lisa und Markus saßen einfach nur da und warteten. Gelegentlich gab Lisa kleine Geräusche von sich, die trösten sollten. Nach einer Weile rutschte sie zu ihr hinüber und legte ihr eine Hand auf die Schulter. „Frau Kellermann, Ihr Mann wurde ermordet. Verstehen Sie mich?“

Das Schluchzen verebbte. „Ermordet? Sie sind ja verrückt. Wer sollte Georg ermorden?“ Sie hob den Kopf, schaute von Lisa zu Markus und zurück. „Das glaube ich nicht. Wir sind doch hier nicht im ‚Tatort‘!“

„Frau Kellermann, Jonas hat Ihren Mann heute Morgen, so gegen sieben Uhr, in seinem Büro tot aufgefunden.“

„Jonas?“

„Ist er auch ... tot?“

„Nein, es geht ihm, nun ja, den Umständen entsprechend.“

„Den Umständen? Ich verstehe nicht.“

„Er versuchte, Ihren Mann zu retten, ihn wieder zu beleben, und dabei brach er sich das Handgelenk.“

„Er hat was?“

„Er wollte Ihrem Mann helfen.“

„Wer's glaubt, wird selig.“ Sie schniefte wieder.

„Wie meinen Sie das?“, erkundigte Markus sich.

Frau Kellermann wischte sich die Tränen aus den Augen und spitzte die Lippen. Dann sagte sie: „Der Firma geht es nicht so gut.“ Sie wedelte mit den Händen, zeigte auf alles um sich herum. „Das Haus ist so hoch belastet, wie es nur möglich war. Eigentlich hätten sie den Autobahnauftrag nicht annehmen dürfen. Er ist viel zu groß für das mittelständische Tiefbauunternehmen Kellermann. Sie hätten sich als Subunternehmer an ein globales Unternehmen anschließen sollen. So wie es jetzt läuft, ist das Risiko kaum kalkulierbar. Doch Jonas kennt keine Zurückhaltung, er muss immer klotzen. Es widert mich an.“ Ihre Stimme schwankte zwar gelegentlich, was sie sagte, klang jedoch überzeugend.

„Sie sind mit den Verhältnissen in der Firma vertraut?“

„Selbstverständlich."

„Sie arbeiten dort aber nicht?"

„Seit der Geburt unserer Tochter Jessica nicht mehr, nein."

„Vorher schon?"

Sie senkte den Kopf. „Jonas hatte mich eingestellt, ich sollte nach Georgs Rückzug Frau Keunes Stelle übernehmen. Er wollte den alten Drachen loswerden. Es kam anders."

Markus sagte: „Sie heirateten den Seniorchef."

„Klingt peinlich, aber, ja."

„Hm", machte Lisa. „Könnte es sein, dass Jonas ebenfalls in Sie verliebt war?"

„Wie kommen Sie darauf?" Sie verstummte, zuckte mit den Schultern. „Doch, ja, zuerst vielleicht schon. Obwohl, bei dem weiß man nie. Wahrscheinlich hielt er es für nützlich, mich anzubaggern."

„Frau Kellermann, wo waren Sie heute Nacht zwischen Mitternacht und vier Uhr morgens?" Lisa spürte, dass nun doch der erste Zweifel an ihr zu nagen begann. Hatte die Kellermann erkannt, dass sie jetzt Geld aus der Firma ziehen musste, wenn sie welches haben wollte, weil in einigen Monaten oder gar Jahren nichts mehr vorhanden wäre?

„Ist er in diesem Zeitraum gestorben?" Sie stockte. „Verdächtigen Sie mich?"

„Beantworten Sie einfach die Frage."

Ihre Gesichtszüge verhärteten sich. „Jonas hat mich beschuldigt, stimmt's?"

Als weder Lisa noch Markus reagierten, sagte sie: „Wenn jemand einen Grund hatte, Georg umzubringen, dann Jonas. Nicht ich. Verhaften Sie ihn und Sie können für die Steuerzahler eine Menge Geld einsparen, da Ihre Ermittlungen sofort abgeschlossen sind."

„Warum sollte er das tun?"
„Wegen der Firma."
„Die gehört ihm doch sowieso bald", wandte Markus ein.
Jutta Kellermann seufzte. „Bald ist zu spät."
„Das müssen Sie uns erklären."
„Es handelt sich um die nächste Tranche."
„Okay? Geht's etwas genauer?"
„Die Ausschreibungsunterlagen für den folgenden Bauabschnitt sollen bis 15. Oktober dieses Jahres eingereicht werden. Und Jonas, der Idiot, ist felsenfest davon überzeugt, dass diese Aufträge die Firma sanieren können."
„Sie sind anderer Meinung."
„Definitiv. Allerdings nicht nur ich. Georg auch. Er wollte kein Angebot einreichen. Niemals. Sehen Sie, Kellermann und Sohn ist ein mittelständisches Unternehmen. Unsere personellen Ressourcen sind genauso begrenzt wie die technische Ausstattung. Natürlich besitzen wir einen Radlader, aber eben nur einen. Sollte er ausfallen, bricht alles zusammen. Das gleiche gilt, wenn einer unserer Mitarbeiter erkranken würde."
„Sie denken also, dass es für die Firma ein großes Risiko wäre, einen solchen Auftrag anzunehmen?"
„Einer allein stellt schon eine Herausforderung dar, aber die zweite Ausschreibung würde das Ende einläuten."
„Haben die beiden deswegen gestritten?", fragte Lisa leise.
„Seit Jessicas Geburt war ich nicht mehr in der Firma. Und Georg hat es vermieden, mich zu beunruhigen, wie er es nannte. So habe ich nicht jedes Detail mitbekommen. Aber er litt unter den Eskapaden seines Sohnes." Sie schluckte. „Wahrscheinlich wird er

oft genug sein Gift gegen mich verspritzt haben. Georg wollte mich beschützen." Sie begann zu weinen. Plötzlich hob sie den Kopf und sah Lisa an. „Wenn es nach mir ginge, sollten wir die komplette Firma lieber heute als morgen abstoßen. Das habe ich Georg wohl ein Dutzend Mal gesagt, doch er wollte nicht auf mich hören." Tränen liefen über ihre Wangen, während sie andauernd den Kopf schüttelte.

Lisa gab Markus ein Zeichen, dass sie das Gespräch beenden sollten. Ihr Kollege wiederholte nichtsdestotrotz die entscheidende Frage noch einmal. „Frau Kellermann, wo waren Sie heute Nacht und gibt es dafür einen Zeugen?"

Lisa befürchtete, dass sie nun gar nichts mehr sagen würde. Doch sie schniefte leise und antwortete dann: „Hier zu Hause, bei Jessica. Aber ein Baby zählt wohl nicht als Zeugin, oder?"

9

Alfeld, Freitag, der 13. September 2013

Die Gruppe der Archäologen blieb betroffen zurück. Alle vermieden den Blickkontakt mit den anderen. Fitz räusperte sich schließlich. „Das war eine ziemlich unverhüllte Drohung, wenn ich mich nicht täusche."

Faust versuchte, die Situation zu entspannen. „Hunde, die bellen, beißen nicht. Wir sollten die ganze Angelegenheit nicht so hoch hängen und uns vor allem nicht davon beeindrucken lassen." Er machte eine kurze Pause und setzte dann fort: „Schließlich sind wir heute einen großen Schritt vorangekommen. Wir haben unser Grabungsgebiet gefunden." Er drehte sich so, dass er von Schönbergs Grundstück weg schaute und achtete peinlich genau darauf, das Eigentum des Bauern nicht zu betreten. „Konzentrieren wir uns zuerst auf dieses Teilstück."

Der Jubel fiel verhaltener aus als Fitz erwartet hätte, aber auch ihm steckte die Begegnung mit dem alten Bauern noch in den Knochen.

„Eine Fibel, Münzen, Reste von Gebäudestrukturen, scheinbar sogar eine Art Wallanlage." Er deutete nach Osten, wo er gemeinsam mit zwei Studentinnen gegraben hatte. „Wir haben eindeutig eine Stelle entdeckt, an der vor vielen Jahrhunderten Menschen lebten. Bleibt die interessante Frage, ob es sich um Römer oder Barbaren handelte."

„Römer", rief Felix. „Der Schwertgriff und die Münze, beide sind eindeutig römisch."

„Wir befinden uns im tiefsten Barbaricum, ich plädiere für Cherusker, schließlich waren viele von denen in römischen Diensten und benutzten auch in ihrem Alltag ganz selbstverständlich römische Gegenstände", wandte Franziska ein.

„Römer macht aber mehr Sinn."

„Warum das denn? Die Germanen lebten zur Zeit der größten Ausdehnung des römischen Imperiums in Dörfern mit einer Einwohnerzahl von höchstens achtzig Menschen. Dabei handelte es sich zumeist um ungeplante Siedlungen aus einzelnen Bauernhöfen mit Äckern und Gärten. Die Häuser standen oft so weit voneinander entfernt, das die römischen Eroberer die Siedlungen gar nicht als Dörfer erkannten, sondern oft genug glaubten, es wohne jeweils ein Clan ganz für sich alleine." Franziska drehte sich im Kreis, um jeden einzelnen ansehen zu können. Sie redete sich in Rage. „So eine Siedlung könnten wir gefunden haben. Dazu passen auch die Strukturen, die sich dort drüben abzeichnen. Die einzelnen Häuser in den Dörfchen wurden von Großfamilien bewohnt, meistens mit acht oder mehr Familienmitgliedern, Knechten und Mägden. Das bedeutet, dass wir vielleicht die einmalige Chance haben, eine ganz ursprüngliche germanische Siedlung zu entdecken, die uns entscheidende Antworten auf so viele offene Fragen liefern könnte."

Faust nickte. „Denkbar wäre das. Neben diesen verstreuten Weilern existierten völlig einzeln stehende Gehöfte. Hm, die meisten dieser Siedlungen lagen in der Nähe von Flüssen." Er sah sich demonstrativ um. „Hier gibt es zwar heute nur einen Bach, aber das kann vor zweitausend Jahren durchaus anders ausgesehen haben. Felix, du überprüfst das bitte morgen früh als Erstes."

Eine Studentin erwiderte: „Ich bin trotzdem davon überzeugt, dass wir es mit einem römischen Lager zu tun haben. Die römischen Legionen waren bewiesenermaßen bis in diese Gegend vorgedrungen. Der gesamte Konvoi bewegte sich äußerst schwerfällig. Deshalb hat man kleinere Gruppen gebildet und sie als Vorhut losgeschickt. Nachdem die Legionäre mehrere Stunden lang mit diesem schweren Gepäck marschiert waren und etwa fünfzehn römische Meilen zurückgelegt hatten, errichteten sie ein befestigtes Lager. Zuerst hoben sie einen Graben aus, dann bauten sie eine Palisade aus Pfählen, die sie mitgebracht hatten und stellten die Zelte auf. Natürlich mussten sie sich vorher noch etwas zu essen machen, sich um die Tiere kümmern und so weiter, bevor sie endlich rasten konnten. Aber die Vorgesetzten ließen sie selten die ganze Nacht in Ruhe. Eine größere Gruppe hatte ständig Wachdienst, um Überfälle zu verhindern." Sie sah die anderen fragend an. „Das passt doch auch zu unserem bisherigen Befund, oder?"

Wieder nickte Faust. „Mindestens genauso plausibel."

„Wir könnten Wetten abschließen", schlug Felix vor.

„Nein, nein, das ist nicht angemessen", widersprach Franziska. „Wir müssen uns einen offenen Geist bewahren. Wenn ich für die Barbaren gewettet habe, interpretiere ich die Funde vielleicht einseitig. Das will ich nicht."

Fitz bewunderte die Dame insgeheim. Sie hatte den ganzen Tag schwer gearbeitet, unermüdlich, und dabei war sie gleichbleibend fröhlich gewesen. Er nahm sich vor, mehr über sie herauszufinden. Warum verbrachte sie ihre Zeit mit den Archäologen? Er schaute sie genauer an. Sie war einen guten Kopf kleiner als er, drahtig. Bei der Arbeit trug sie stets Handschuhe. Ihre Hände waren sehr gepflegt, sodass er davon ausging, dass sie nur ausnahmsweise an Ausgrabungen teilnahm.

Er pflichtete ihr bei. „Ich bevorzuge es auch, unvoreingenommen an die Arbeit zu gehen."

Faust drehte sich langsam zu ihm um. „Wer hat Ihnen denn Absolution erteilt?"

Zuerst wollte Fitz aufbrausend reagieren, gleich darauf verstand er. „Dies ist doch keine mittelalterliche Ausgrabungsstelle, oder?"

„Nein, natürlich nicht. Aber Sie müssen unbedingt sorgfältiger vorgehen. Sie wissen genau, dass wir jedes zusätzliche Paar Hände gut gebrauchen können. Und Sie haben durchaus Sachverstand bewiesen." Er streckte ihm die Hand hin. „Herzlich willkommen im Team."

Fitz musste seine Hände erst an den Hosenbeinen abwischen, bevor er einschlagen konnte.

Gemeinsam kehrten sie zum Zelt zurück. Faust und Felix koordinierten das Verpacken der Fundstücke. Anschließend bot Fitz Franziska an, sie nach Hause zu fahren.

„Nach Hause? Nein, da ist es mir viel zu öde." Sie wischte sich eine graue Haarsträhne aus der Stirn. „Was halten Sie von einem Abendessen mit einem schönen Glas Wein?"

Fitz sah an sich herunter. „Normalerweise würde ich zuerst duschen gehen. Aber ..." Er konsultierte seine Uhr. „In Anbetracht der Uhrzeit sollten wir uns lieber sputen, sonst macht die Küche zu."

„Ganz in meinem Interesse." Sie lachte ihn an. „Schließlich geht es morgen in aller Herrgottsfrühe weiter."

Sie parkten an der Sparkasse und gingen durch die Alfelder Fußgängerzone bis zu „Marinello". Der stutzte anfangs, wohl weil er sie noch nie zusammen gesehen hatte, begrüßte sie dann ausgesprochen freundlich und empfahl ihnen ein Entrecote.

„Zerstampfte Körner mit Wasser oder Milch", sagte Franziska nachdenklich.

„Wie bitte?" Fitz lehnte seinen Oberkörper ein Stückchen zu ihr hinüber, weil er glaubte, er habe sich verhört.

„Die Germanen, das war ihr Standardessen. Eine Bauernfamilie brauchte für den Mittagsbrei etwa anderthalb Kilo Getreidekörner und es kostete eine Person mindestens anderthalb Stunden Arbeit, um diese Menge mit dem Reibstein zu zermahlen."

Fitz nickte und tunkte ein Stück Entrecote in die Soße, bevor er es in den Mund steckte.

„Fleisch war zur Zeit der Barbaren furchtbar teuer und wurde nicht oft gegessen. Neben Rindern, die vor allem als Milchlieferanten dienten, hielten die Sippen Schafe, Schweine und vor allem Ziegen. Geschlachtet wurde ein Tier jedoch erst, wenn es keine Milch mehr gab oder nicht mehr als Zugvieh taugte. Das Fleisch wurde gepökelt oder an der Luft getrocknet."

„Und schmeckte nicht halb so köstlich wie dieses hier", ergänzte Fitz. Er griff zum Weinglas, drehte es, sodass sich das Licht der Kerze auf dem Tisch darin brach. „In den Sommermonaten tranken die Germanen häufig frische Milch, und wenn so etwas zur Verfügung stand, wurde sie mit Honig oder mit Beerensäften gemischt. Außerdem wurde Bier gebraut, das mit verschiedenen Kräutern gewürzt und so konserviert wurde. Ein beliebtes Festtagsgetränk war Met, der allerdings unserem Wein heute Abend keine Konkurrenz gemacht hätte."

„Auf Mittelalterfesten ist Met nichtsdestoweniger der Renner."

Fitz grinste. „Wenn man darüber nachdenkt, wie aufwendig die Nahrungsbeschaffung und die Zubereitung in früheren Zeiten waren, geht es uns echt gold."

„Dafür lebten die Germanen durchaus gesünder als der moderne Mensch, jedenfalls solange sie nicht hungern mussten. Milch, Quark, Käse oder Molke wurden oft gereicht. Als Gemüse wurden Bohnen, Erbsen und Rüben angebaut. Je nach Jahreszeit aß man außerdem Nüsse, Pilze, Beeren oder wildes Obst. Und manchmal beschaffte jemand eine besondere Köstlichkeit, einen Fisch."

„Ich glaube einmal gelesen zu haben, dass die Nahrung früher fast gar nicht gewürzt wurde. Erst im Mittelalter legten Mönche in ihren Klöstern Kräutergärten an", sagte Fitz nachdenklich.

„Stimmt, und auch das Wild in den Wäldern stand nur in Ausnahmefällen auf der germanischen Speisekarte, seltsam, oder?"

„Aber die Römer verwendeten zu fast allen Gerichten eine salzig schmeckende Soße aus vergorenem Fisch" überlegte Fitz.

„Ja, die Römer. Die würzten eine Erbsensuppe zum Beispiel mit Lauch, Koriander, Kümmel, Pfeffer, Liebstöckel, Dill, Basilikum, dieser Fischsoße und mit ihrem Wein."

„Den sie in bleihaltigen Gefäßen lagerten, wodurch sie sich, auf lange Sicht, ganz eigenhändig vergifteten."

„Wahrhaftig tragisch."

„Also bleiben wir lieber bei dem germanisch Ungewürzten und leben lange und in Frieden."

Franziska sah ihn verständnislos an. „Ich für meinen Teil bin da schon ziemlich weit gekommen. Für wie alt halten Sie mich?"

Fitz wusste, dass er bei dieser Frage nur verlieren konnte.

„Keine falsche Ziererei." Als er immer noch zögerte, sagte sie: „Ich bin sechsundsiebzig."

„Nee, das glaube ich nicht."

„Kannst du ruhig glauben. Ich bin die Ältere. Deshalb biete ich dir jetzt das Du an, und du kannst es nicht ablehnen, das ist unhöflich. Seit ich siebzig bin, mache ich nur noch, wozu ich Lust habe. Ich erfülle mir einen Traum nach dem anderen."

„Wie das Ausgraben?"

„Genau, für Archäologie habe ich mich schon als junges Mädchen interessiert. Aber für mich kam nur eine respektable Hochzeit und dann das Leben als Mutter und Ehefrau infrage. Die jungen Frauen heute haben es deutlich leichter, wenn sie etwas Außergewöhnliches tun wollen. Dafür hatten wir früher deutlich weniger Stress."

„Hast du schon an anderen Ausgrabungen teilgenommen?"

Sie nickte lächelnd. „In Apulien und in der Türkei. Da gibt es noch jede Menge zu entdecken. Ist aber unglaublich heiß und staubig."

„Was gefunden?"

Sie winkte ab. „Ja, klar, doch darauf kommt es mir gar nicht in erster Linie an. Ich versuche, die Menschen zu verstehen, die früher dort gelebt haben. Ich versetze mich in sie hinein und frage mich, welche Gegenstände haben sie geschätzt? Warum besaßen sie einen Kamm aus Rinderknochen, eine einzelne Bernsteinperle und zwei irdene Töpfe mit dem gleichen Muster?"

„Ja, das verstehe ich gut. Noch andere Träume?“

„Oh ja, im letzten Frühjahr war ich auf Island, bin in der blauen Lagune geschwommen. Unvergleichlich. Außerdem habe ich eine Physikvorlesung bei Stephen Hawking gehört.“ Sie zuckte mit den Schultern. „Ich habe zwar nicht ein Wort von den Prozessen verstanden, die er erläuterte, dennoch war es einfach genial. Er wirkte so präsent, so lebendig und neugierig. Und nach Neujahr fliege ich nach Murano und werde Glasbläserin. Und du?“

„Ganz schön ehrgeizige Pläne. Ich? Ach, mein Gott, man lebt so vor sich hin.“

„Frau und Kinder?“

„Nur das Und.“

Sie schürzte die Lippen. „Dann wird's aber Zeit. Der Mensch ist nicht gern allein. Gibt's denn eine, die infrage käme?“

„Was für eine Frage? Manchmal denke ich, ja, doch bei unserer nächsten Begegnung verhält sie sich so spröde wie eine altägyptische Mumie.“

„Du solltest eben immer etwas Balsam dabeihaben, das macht geschmeidig“, sagte Franziska und zwinkerte ihm zu.

10

Alfeld, Freitag, der 13. September 2013

Lisa war einige Schritte hinter Markus aus dem Kellermannschen Haus gekommen und musste nun feststellen, dass ihr Kollege schon auf dem Beifahrersitz saß und sie angrinste. „Du fährst, das ewige Googeln ist nämlich nicht gesund."

Lisa verzog das Gesicht zu einem schiefen Grinsen und rutschte hinter das Lenkrad. Obwohl sie den Motor bereits gestartet hatte, fuhr sie nicht sofort los. Stattdessen klopfte sie einen unregelmäßigen Rhythmus auf dem Schaltknüppel. „Was denkst du?"

„Mit laufendem Motor in der Gegend herumzustehen, ermöglicht es aufmerksamen Polizisten, den Staatssäckel mit dreißig frischen Verwarnungseuro aufzupäppeln."

„Du mich auch. War sie's?"

„Mein Gott, du kannst Fragen stellen."

Lisa drehte sich auf dem Sitz so weit zu ihm herum, dass sie ihm in die Augen schauen konnte. „Deswegen sind wir doch hergefahren, oder?"

Markus nickte. „Einerseits sicher. Allerdings ist es noch viel zu früh, um etwas Endgültiges zu sagen." Er hob die Hand. „Ich weiß, was du einwenden willst. Mag bei dir funktionieren. Für mich ist das einzig relevante Bauchgefühl dasjenige, das mir zuverlässig vermittelt, wann ich Hunger habe und wann ich satt bin, und jetzt sagt es mir überaus deutlich, dass mein Bauch über ein großes Schnitzel mit Unmengen Soße mehr als erfreut wäre."

Lisa boxte ihn. „Hör auf. Lass uns unsere Eindrücke austauschen."

„Okay, meinetwegen. Aber müssen wir dazu hier in diesem Auto sitzen? Ich tausche gerne ein paar von meinen Bratkartoffeln gegen deine Pommes, wenn du das möchtest."

„Markus, bitte, nimm mich bitte ernst. Ich weiß echt nicht, was ich von der ganzen Geschichte halten soll."

Markus seufzte. „Na gut, was quält dich?"

„Dieser Jonas ..."

„Kellerkind!"

„... sagt uns irgendwann, ziemlich spät, so völlig nebenbei, dass er glaubt, die Mörderin seines Vaters zu kennen. Geschickt inszeniert. Warum tut er das?"

„Vielleicht musste er zuerst darüber nachdenken. Schock und so."

„Denkbar. Oder wollte er sich für irgendetwas rächen?"

„Oh nein, du erfindest jetzt keine Geschichte von verschmähter Liebe oder so. Erst mit dem Sohn flirten und dann den Vater heiraten, weil mehr Erfahrung und so."

„Auf jeden Fall mehr Geld. Hatte sie nicht so etwas in der Art angedeutet?"

„Denk nicht so viel darüber nach. Die beiden beschuldigen sich letztlich gegenseitig, oder?"

„Man müsste herausfinden, ob sie das Baby nachts allein zu Hause lassen würde."

„Fahr los. Ich verhungere gleich. Vielleicht hatte sie das Baby bei dem Mord dabei. Es kann ja schließlich nicht aussagen, was es gesehen hat."

„Du bist so ein Vollhorst. Wozu rede ich eigentlich mit dir?"

„Das frage ich mich auch. Fahr doch lieber los."

Lisa schnalzte mit der Zunge und legte den ersten Gang ein. „Du schreibst das Protokoll, damit das schon mal klar ist."

„Sagt wer?"

„Sagt die liebe Lisa, die heute noch ein paar Regale aufbauen will."

„Was für Regale?"

„Schwedisches Möbelhaus."

„Wann hast'n die gekauft?"

„Och, vor kurzem. Die meisten stehen schon." Sie biss sich heimlich auf die Zunge, jetzt hatte sie es doch erwähnt.

„Ich hätte dir gerne geholfen."

„Bin sehr gut klar gekommen, aber trotzdem danke."

Markus schwieg eine Weile. Dann sagte er: „Wir könnten was zum Mitnehmen holen, essen bei dir und bauen anschließend gemeinsam Regale auf."

„Das solltest du deiner Mutter nicht antun. Die wartet sicher auf dich." Lisa presste die Lippen aufeinander. Manchmal war sie echt ein Biest. Markus hatte ihr, fast, nichts getan, und sie? Erst lockte sie ihn mit den Regalen und hinterher sorgte sie bei ihm für ein schlechtes Gewissen, weil er sich nicht aufopfernder um seine Mutter kümmerte.

Sie seufzte. „Okay, ich gehe mit dir in die Pfeffermühle." Sie wusste, dass er nach dem Essen genauso gern spekulieren und den Fall von einer Seite zur anderen wenden würde. Nur solange er hungrig war, konnte er sich normalerweise auf nichts anständig konzentrieren.

Heute Abend hatte auch ein wirklich delikates Pfeffersteak nichts bewirkt. Sie tappten im Dunkeln. Lisa hoffte inständig, dass die kriminaltechnischen Untersuchungen irgendetwas erbrachten. Sie stellte den Dienstwagen auf dem Parkplatz hinter dem Kommissariat ab. Nachdem sie sich am Empfang abgemeldet hatte, konnte sie die wenigen hundert Meter problemlos zu Fuß nach Hause gehen. Sie genoss die kühle Abendluft. Markus war noch im Büro geblieben, um sich einiges zu notieren, damit ihm der Bericht morgen flüssiger von der Hand ging.

Als Lisa vor ihrer Haustür angekommen war, sah sie, dass nebenan, in Petras Wohnung, Licht brannte. Sollte sie es wagen? Freundinnen im eigentlichen Sinn waren sie im Grunde genommen bisher nicht, oder?

Unentschlossen stand sie auf der Straße und schaute zu ihrem Fenster hinauf. Dann klingelte sie doch am Nachbarhaus.

Petra drückte den Türöffner. Das Flurlicht ging an, und Lisa konnte Petra als dunklen Schatten sehen, der sich neugierig über die Brüstung beugte. Sie schaute zwischen den Geländern nach oben und winkte. „Ich bin's nur."

„Hi, Lisa, komm hoch."

„Ich will dich nicht stören", sagte Lisa etwas atemlos, als sie oben angekommen war.

„Ich restauriere gerade eine antike Familienbibel. Wenn dich der Geruch von alten Büchern nicht abschreckt, bist du herzlich willkommen."

„Du machst was?"

„Ich bin gelernte Buchbinderin und habe mich selbstständig gemacht, nachdem ich aus meiner letzten Firma geflogen bin."

„Oh, warum das? Entschuldige, geht mich ja nichts an. Aber, selbstständig zu arbeiten stelle ich mir reizvoll vor. Niemand sagt dir, was du zu tun und zu lassen hast. Du kannst dir frei einteilen, wann du arbeiten willst."

„Komm erst mal herein. Im Prinzip hast du recht, auf der anderen Seite bedeutet es allerdings auch, ich arbeite selbst und ständig. Und das mit meiner Kündigung ist kein großes Geheimnis. Es gab einen Drachen von einer Büroleiterin, die alle anderen rund um sich herum weggebissen hat, sie konnte und wollte keine Verantwortung abgeben. Ich war nicht die Einzige, die die Probezeit nicht überstanden hat." Sie öffnete eine Tür. „Das hier ist mein Arbeitszimmer. Ich will das eben noch zu Ende bringen, sonst trocknet der Kleber an und ich muss morgen von vorne anfangen."

„Mach ruhig, wenn es dich nicht stört, dass ich dir zuschaue, setze ich mich auf den Hocker."

„Gern. Diese Bibel ist vermutlich 1648 hergestellt worden. Das sind richtige Holztafeln, ein bisschen angefressen im Laufe der Jahrhunderte. Und von den Biernägeln sind auch einige verloren gegangen, aber ansonsten ist die alte Dame noch gut in Schuss."

Lisa beobachtete Petras gleichmäßige Bewegungen. Anschließend sah sie sich im Raum um. Eine große Arbeitsfläche dominierte die Mitte. Eine Wand war mit Regalen bedeckt, auf der anderen Seite hingen unzählige Papierbögen über Stangen. Lisa erhob sich und schaute sich die Motive genauer an. „Kraniche", sagte sie, „die sind hübsch."

„Du kannst die Papiere ruhig anfassen. Fühl mal, die japanischen Seidenpapiere, vor denen du stehst, und vergleiche sie dann mit den nepalesischen gleich daneben. Beeindruckend, oder?"

„Glatt und weich und irgendwie warm. Wunderschön. Und die Farben. So lebendig. Ich habe gar nicht gewusst, dass man vom Buchbinden heute noch leben kann, so von Hand, meine ich."

Petra grinste. „Kann man auch nicht. Schau mal da in das Regal. Ich stelle alles her, was man aus Papier machen kann, aber das meiste Geld verdiene ich mit Verpackungsdesign."

Lisa ging zu dem Regal und nahm etwas heraus. „Das sind Schachteln."

„Genau. Stell dir vor, Madame Chanel entwirft ein neues Parfüm, das kommt zuerst in einen Flakon, der natürlich extrem extravagant und ansprechend aussehen muss. Der Flakon kommt seinerseits in eine Schachtel und die muss die Leute zum Kaufen verlocken."

„Solche Schachteln stellst du her?"

„Ja, im ersten Schritt entwerfe ich sie am PC. Sobald ich ein gutes Gefühl habe, baue ich ein Modell aus stabilem Karton. Wenn ich dann zufrieden bin, beginne ich mit der farblichen Gestaltung."

„Das klingt interessant."

Petra winkte ab. „Ist garantiert nicht halb so spannend wie Mörder jagen. Hast du heute einen gefangen?"

„Leider nicht, aber morgen ist auch noch ein Tag."

„Da sagst du etwas Wahres und Weises." Petra schob das Buch zur Seite, streckte den Rücken. „Ich mache für heute ebenfalls Feierabend. Magst du ein Bier oder so?"

„Lieber etwas ohne Alkohol. Hast du Cola?"

„Denke schon. Komm, wir gehen in die Küche."

Lisa erkannte, dass Petra das Wohnzimmer als Werkstatt verwendete. Nun kamen sie in eine Wohnküche, die ziemlich vollgeräumt war. Ein riesiger Flachbildschirm hing an der Stirnseite. Neben einem Esstisch gab es zwei Sessel und einen großen Korb mit Wolle.

„Setz dich hin, wo du möchtest. Ich habe Cola aus dem Kühlschrank oder einfach so aus dem Vorratsschrank."

„Am liebsten kalt, danke."

Nachdem beide etwas zu trinken hatten und Petra noch eine Schale mit Nüssen auf den Tisch gestellt hatte, fragte sie: „Was beschäftigt dich? Oder darfst du nicht drüber reden?"

„Ich kann natürlich keine Namen nennen, aber ..."

„Schieß einfach los. Ich höre zu."

Das tat sie, während Lisa erzählte. Da sie nicht wollte, dass Petra am nächsten Tag, sobald sie die Zeitung las, eins und eins zusammenzählen konnte, beschränkte sie sich auf zwei Aspekte. Zuerst überlegte sie, ob man ein Baby mitnahm, wenn man einen Mord plante. Anschließend betrachtete sie die Frage von allen Seiten, warum jemand einen eindeutigen Mordverdacht erst spät äußerte.

Petra gab gelegentlich kleine Schnaufer und andere bestätigende Geräusche von sich oder nickte, sagte aber nichts, was Lisas Gedankengänge beeinflussen konnte.

Schließlich stellte Lisa fest: „Du bist eine gute Zuhörerin."

„Und du bist eine gute Polizistin. Du kriegst den Mörder, davon bin ich überzeugt."

Lisa schüttelte den Kopf. „Solange ich in einem Fall drinstecke, kann ich daran nicht glauben. Ich befürchte immer, einen schwerwiegenden Fehler zu machen, irgendetwas zu übersehen, sodass der Täter meinetwegen ungeschoren davonkommt."

Petra nahm die letzte Nuss aus der Schale und fragte: „Wie oft ist dir das denn schon passiert?"

Lisa sah sie überrascht an. „Noch nie."

Petra grinste. „Dann wird's aber Zeit, oder?"
„Lieber nicht. Das schadet dem Image."
„Verstehe."
Die beiden Frauen saßen noch einige Minuten schweigend beieinander, bevor Lisa in ihre Wohnung ging.
Sie schlief sofort ein.

11

Alfeld, Samstag, der 14. September 2013

Mit einem Auge hatte Fitz bereits zwei oder drei Mal auf seinen Wecker geschielt, doch irgendwie gelang es ihm nicht, beide Augen gleichzeitig zu öffnen. Und ans Aufstehen war schon gar nicht zu denken. Nur noch zehn Minuten dösen. Bitte.

Es klingelte.

Na und.

Es klingelte noch einmal.

Aber nicht bei ihm. Dazu war es viel zu früh.

Es klingelte erneut.

Eindeutig seine Klingel.

Brummend streckte Fitz ein Bein aus dem Bett und tastete nach seinen Latschen. Da klingelte es schon wieder, und jetzt klopfte auch noch jemand an seine Haustür. Er wälzte sich aus dem Bett. Während er die Treppe mehr hinunter stolperte als hinunter ging, fuhr er sich mit beiden Händen durch die Haare, um sie ein wenig zu glätten.

Natürlich hätte er eigentlich zuerst durch den Spion schauen sollen, aber er riss einfach die Tür auf und grummelte: „Wehe es ist nicht wichtig."

„Nette Begrüßung, guten Morgen, und wie wichtig es ist. Wir wollen doch heute den größten Bernsteinschatz aller Zeiten finden, oder?"

„Franziska!"

„Höchstpersönlich. Ich habe Brötchen mitgebracht und so ein paar Minikuchen mit Schokoguss. Magst du die?" Noch während sie sprach, drängte sie sich an ihm vorbei in den Flur. „Man lässt eine Dame nicht draußen vor der Tür stehen."

Fitz wollte gerade anfangen, irgendetwas zu sagen, sich zu rechtfertigen oder zu entschuldigen, da winkte sie ab. „Ich nehme an, eine der drei Türen dort führt in die Küche? Gut. Geh duschen, aber nicht zu lange, sonst kommen wir zu spät."

Fitz drehte sich um. Er war bereits zwei Stufen hinaufgestiegen, als ihm etwas einfiel. „Wieso Bernsteinschatz? Das Bernsteinzimmer befindet sich ganz bestimmt nicht in unserer Gegend."

„Wer redet denn von russischen Protzprojekten? Ich wünsche mir Perlen, Tiere und Gefäße mit Deckel, fein geschnitzt, alle aus baltischem Bernstein."

„Warum?"

Sie blinzelte ihn an. „Weil man genau weiß, auf welchem Weg die Bernsteine, die aus der Ostsee stammten, auf den letzten dreihundert Kilometern in römische Städte gelangt sind. Doch nördlich davon ist man bisher allein auf Vermutungen angewiesen."

„Wahrscheinlich entlang der Flüsse, oder?"

„Ja, die Oder, könnte sein, aber eben auch nicht. Keine Beweise. Deshalb würde ich gern so alle drei oder vier Kilometer ein paar hübsche Bernsteinartefakte finden. Geschliffen und roh, sodass eindeutig zu belegen ist, dass hier Händler unterwegs waren." Sie grinste. „Oh, und ein Dutzend Werkzeuge wäre ebenfalls nicht zu verachten. Also, hopp, ab in die Hosen."

Kopfschüttelnd stieg Fitz die Treppe hinauf. „Ausgerechnet Bernstein. Wie kam sie nur darauf?"

Tatsächlich kamen Franziska und Fitz als Letzte an der Ausgrabungsstätte an. Es war kühl und ein feiner Nebel lag über den Zuckerrübenfeldern, die bald abgeerntet werden würden. Faust winkte ihn zu sich. „Wollen wir heute gemeinsam graben?"

„Gern. Wo gehen wir hin?"

„Ans nördliche Ende. Da haben Felix und Susanna bereits alles kartografiert und die Schichten sehen sehr vielversprechend aus. Wir sprechen von mindestens drei Siedlungsresten übereinander."

Während er redete, gingen sie zu der Stelle, die er meinte.

Auf den ersten Blick erkannte Fitz gar nichts.

Erst als Faust mit seiner Kelle an den Umrissen entlangfuhr, konnte er nachvollziehen, was der Archäologe meinte. „Dies scheint mir eine Sickergrube zu sein, die später angelegt wurde."

„Ah, und da haben wir Reste eines Holzbalkens."

„Genau!"

Vorsichtig begannen sie, sich an die Artefakte heranzutasten. Plötzlich pfiff Faust durch die Zähne. „Was ist das denn?"

Er hielt einen tropfenförmigen Klumpen in der Hand. „Wissen Sie, was das ist?"

Fitz zuckte mit den Schultern. „Keine Ahnung."

„Nehmen Sie ruhig." Er zeigte auf weitere Stellen im Boden. „Da sind noch mehr."

„Außergewöhnlich schwer."

„Ist eben Blei."

„Wofür?"

Faust vollführte mit beiden Armen eine Geste, als wolle er eine Schleuder abschießen und Fitz verstand ihn auf Anhieb. „Sind Sie sicher?"

„Ziemlich." Danach stieß er ein veritables Indianergeheul aus. Fitz beobachtete, wie die anderen Teams angelaufen kamen, alle mit geröteten Gesichtern, alle voll freudiger Erwartung.

„Bleigeschosse“, rief Felix sofort.

„Eins zu null für die Römer“, ergänzte Faust.

„Darauf würde ich nicht wetten“, sagte Franziska. „Wir haben Tonscherben mit Runen entdeckt. Sie liegen noch im Boden, aber man kann bereits an der Oberfläche ablesen, dass das keine römischen Gefäße waren.“

Faust lachte ihr zu. „Wir werden sehen, wer recht behält. Wie wäre es mit einer Kaffeepause?“

Der Kaffee schmeckte gruselig. Doch da Karel Faust auf seinem Laptop, der auf einem ziemlich wackeligen Tisch stand, die ersten Untersuchungsergebnisse zu den gestern gefundenen Objekten abrief, hielten sich alle an ihren Bechern fest. Niemand wollte etwas verpassen. Fitz füllte in seine Tasse noch etwas Milch nach, was den Geschmack allerdings nicht verbesserte.

Nachdem Faust ein wenig herauf- und heruntergescrollt hatte, wandte er sich mit dozierender Stimme an die kleine Gruppe, die ihn und vor allem den Bildschirm aufmerksam betrachtete. „Gewandnadeln waren schon in prähistorischen Kulturen Bestandteile der Tracht von Männern und Frauen. Sie bestehen immer aus einer Nadel und einem Bügel.“ Faust strich mit dem Zeigefinger über den Monitor, um die beiden Teile zu zeigen. „Die ältesten Fibeln bestehen aus zwei Teilen, bei den jüngeren Exemplaren sind Nadel und Bügel durch eine federnde Spirale oder durch ein Scharnier verbunden.“ Er schaute auf. „Das war zu damaliger Zeit schon höchste Handwerkskunst und ist es heute auch noch. Ich bin fest davon überzeugt, dass niemand von uns das hinbekäme, und wenn wir nur die historisch überlieferten Werkzeuge und Materialien verwenden dürften, wären wir komplett aufgeschmissen.“ Da alle zustimmend nickten, wandte er sich wieder der Darstellung auf dem Laptop zu. „Fibeln wurden meist benutzt, um Kleider, Umhänge und Mäntel zusammenzuhalten. Sie waren bis weit ins Mittelalter hinein in ganz Mitteleuropa neben Bändern die einzigen Kleidungsverschlüsse. Sie kamen erst mit Aufkommen von Knopf und Knopfloch aus der Mode. Ergänzend zu ihrer praktischen Funktion dienten sie ebenso als Schmuck und konnten mit Anhängern versehen werden. Germanen schmückten sich gern damit, sie verwendeten oftmals mehr davon, als zum Verschließen nötig gewesen wären. Fibeln waren oft genug aber auch Rangabzeichen oder sollten als Glücksbringer Unheil abwehren. Bei unserem Exemplar ist das letzte Stück der Nadelrast abgebrochen oder wegoxidiert."

Felix, der schon die ganze Zeit von einem Bein auf das andere gehampelt war, warf ein: „Das ist eine Schlangenfibel, sie gehört zur Gruppe der Dragofibeln und wurde im Römischen Reich hergestellt."

„Und die Perle besteht aus Bernstein", ergänzte Franziska, „und die haben die Römer da ursprünglich nicht verwendet."

Faust schaute sie amüsiert an. „Eins zu eins für Rom und Germanien?"

„Eigentlich zwei zu eins, wenn wir die Schleudergeschosse mitzählen."

„Oh, nein, wenn schon, dann zwei zu zwei, wegen der Tonscherben."

Faust schüttelte den Kopf. „Franziska hat recht. Es handelt sich tatsächlich um eine Bernsteinperle und erste Infrarotspektroskopien haben ergeben, dass das Material definitiv aus der Ostsee stammt."

„Äußerst erfreulich", sagte Franziska, stellte ihre Tasse neben den Laptop auf den Tisch und verließ das Zelt.

„Was hat sie vor?“, fragte Faust etwas irritiert.

„Ich denke, sie geht weiterarbeiten“, sagte Fitz und schüttete den Rest Kaffee weg. „Sie will noch mehr Bernstein finden.“ Er sah Faust an. „Sie liebt Bernstein eben.“

Nachdem Fitz und Karel Faust eine gute Stunde schweigend nebeneinanderher gearbeitet hatten, richtete Fitz sich auf, um seinen Rücken zu entlasten. Er lehnte sich gegen den Erdwall und fragte: „Wissen Sie eigentlich, dass in Winzenburg, das liegt rund zwanzig Kilometer südlich von hier, an einer uralten Quelle ebenfalls eine Fibel mit Bernsteinperle gefunden wurde? Sie wird im Alfelder Heimatmuseum ausgestellt.“

„Nein, das ist mir nicht bekannt. Wer hat sie aufgestöbert?“

„Sie kam beim Bau der Wasserleitung nach Freden zutage.“

„Wann war das?“

„1954.“

„Als ein Bassin ausgeschachtet wurde, fand man ein Flintbeil und im Bachbett eine Axt und eine Bronzefibel sowie Bruchstücke von bronzenen Armspiralen. Doch die Schlangenfibel ist das beeindruckendste Fundstück. Man hat sie auf das siebte Jahrhundert vor Christus datiert. Ganz schön alt, was?“

„Ja, da weht einen der Geist der Geschichte an. Eine Datierung unserer Fibel wird noch einige Wochen auf sich warten lassen.“

„Drachenfibeln stammen aus der älteren Eisenzeit und waren hauptsächlich in Süddeutschland, Österreich und Norditalien verbreitet.“

Faust schüttelte den Kopf. „Unsere ist bedeutend jünger.“

„Wie kommen Sie darauf?“
„Sie fühlt sich so an.“

12

Alfeld, Samstag, der 14. September 2013

Am Samstagmorgen wachte Lisa ausgeruht auf. Erstaunt schaute sie auf den Wecker. Schon nach halb zehn. So lange hatte sie ewig nicht mehr geschlafen.

Es klingelte.

Das konnte nur Markus sein.

Oder Petra?

Sie wickelte sich in ihre Daunendecke und ging barfuß zur Wohnungstür. Sie schielte durch den Spion und sah ein Stück der Alfelder Zeitung. Das konnte tatsächlich nur Markus sein.

Sie setzte einen betont mürrischen Blick auf und öffnete die Tür.

„Wir müssen reden!"

„Guten Morgen, danke der Nachfrage, ich habe ausgezeichnet geschlafen, und du?"

Er stürmte an ihr vorbei in Richtung Küche. „Zieh dir gleich etwas Anständiges an. Sonst wirst du es später bereuen. Kaffee oder Tee. Ich habe Croissants mitgebracht."

„Croissants? Hast du es derart eilig?"

„Ja!", antwortete Markus nur knapp und verschwand in ihrer Küche.

Sie ließ sich nicht anmerken, wie irritierend sie sein Verhalten fand. Ruhig lehnte sie sich gegen den Türrahmen und sah ihm dabei zu, wie er Kaffeepulver in den Filter schaufelte. Als er sie bemerkte, brummte er: „Es ist mir ernst, zieh dich bitte an, wir müssen heute noch einen weiteren Verdächtigen verhören."

„Wen? Wie kommst du darauf?“ Sie hatte sich vom Türrahmen gelöst und war einen Schritt in die Küche getreten. Ihr Blick fiel auf die Zeitung. Sie griff danach. „Was steht da drin?“

Markus war schneller. „Erst anziehen und frühstücken, anschließend kümmern wir uns um die Arbeit. Unser Verdächtiger läuft uns schon nicht davon.“

„Woher willst du das wissen?“

„Zum Beispiel, weil die Alfelder heute noch gar nicht über den Mord berichtet.“

„Nicht? Wie habt ihr das hingekriegt?“

„Ralf hat ihnen ein paar besondere Fotos angeboten, wenn sie im Interesse der Familienangehörigen, die wir noch nicht erreichen konnten, erst am Montag darüber berichten.“

Lisa hatte sich angeschlichen und schnappte nun nach der Zeitung.

„Nicht mit mir.“

„Du benimmst dich schlimmer als mein Vater.“

„Und du treibst Raubbau mit deinen Kräften“, antwortete er und begann, den Tisch zu decken.

Lisa wusste, dass er ausgiebige Frühstücksorgien liebte, und deshalb waren die Croissants ein echtes Angebot seinerseits. Man konnte sie einfach nur essen. Im aufwendigsten Fall konnte man sie in einen Milchkaffee eintunken. Mehr ließ sich nicht damit anfangen. Sie zu toasten war ebenso inakzeptabel, wie sie aufzuschneiden und mit verschiedensten Schichten aus Käse, Remoulade, Schinken, Meerrettichsahne und Salatbestandteilen zu bestapeln, was für Markus eindeutig zu seinem liebsten Frühstücksritual gehörte und sich stundenlang hinziehen konnte. Ihr genügte im Allgemeinen eine Tasse Kaffee im Stehen. Auch am Wochenende konnte sie sich selten zu mehr aufraffen.

Grummelnd ging sie in ihr Schlafzimmer zurück. Katzenwäsche musste heute genügen. Markus machte einen ernsten Eindruck. Sie war sich sicher, dass er einen wichtigen Anhaltspunkt gefunden hatte, sonst hätte er sie nicht so lange vor Dienstbeginn aufgesucht.

Wahrscheinlich hatte er während des Frühstücks mit seiner Mutter in der Zeitung geblättert und war dort auf die Information gestoßen, die ihn hergetrieben hatte.

Sie entschied sich für schwarze Jeans, eine blaue Bluse und einen dunkelgrauen Blazer. Die Jacke nahm sie über den Arm, bevor sie zu Markus in die Küche ging.

Er saß bereits an seinem üblichen Platz vor dem Fenster, eine Tasse Kaffee vor sich.

Sie setzte sich dazu, goss sich einen Kaffee ein und biss gehorsam von einem Croissant ab. Es war mit leckerer Schokolade gefüllt. Manchmal hatte Markus eben doch eine gute Idee.

Nachdem Lisa die Hälfte aufgegessen hatte, streckte sie die Hand aus. „Jetzt darf ich es aber lesen, oder?"

„Selbstverständlich. Seite 18."

Sie schlug die angegebene Seite auf und scannte die Überschriften. Zuerst wusste sie nicht, worauf er hinauswollte, doch dann bemerkte sie den Namen Kellermann in einem der Texte und überflog ihn. „Streit um den Neubau der Autobahn, Vorstellen der Trasse, Kellermann stellte den Bauabschnitt vor." Danach kam es: „... bedrohte der Vorsitzende der Bürgerinitiative gegen den Bau der Autobahn, Rolf Neuherr, den Tiefbauunternehmer Georg Kellermann während der Ratssitzung, obwohl ..." Lisa ließ die Zeitungsseite sinken. „Meinst du das?"

„Ich habe einen Bekannten, Rolf Löscher, angerufen. Er hat die Sitzung geleitet, über die in diesem Artikel berichtet wurde."

Natürlich, wie hatte sie das vergessen können? Markus war in Alfeld aufgewachsen und kannte hier nicht nur jeden Baum, sondern auch mindestens jeden zweiten Einwohner. „Und was sagte Herr Löscher?"

„Dass er durchaus den Eindruck hatte, dass Neuherr eine ernsthafte Drohung ausgesprochen hat. Allerdings hat Löscher ihn so verstanden, dass er Kellermann anzeigen wollte. An Gewaltanwendung hat er nicht gedacht."

„Hast du ihn das gefragt?"

„Ja, ziemlich direkt sogar. Sobald er von dem Mord erfährt, wird er eins und eins zusammenzählen können, aber während unseres Gesprächs hat er wohl noch keinen Verdacht geschöpft."

„Du kennst ihn besser als ich. Was weißt du generell über Neuherr? Ist er gewalttätig?"

„Er ist größer als die meisten, kräftig gebaut, laute Stimme, außerdem steht er gern im Mittelpunkt und kann es nicht ertragen, wenn die anderen nicht nach seiner Pfeife tanzen."

„Lehrer?"

„Ich verstehe nicht."

„Im richtigen Leben, welchen Beruf übt er aus?"

„Wie kommst du auf Lehrer?"

„Na, wegen der Rechthaberei."

Markus grinste. „Total daneben. Er ist Elektrikermeister, hat einen eigenen Betrieb in Föhrste, mehrere Mitarbeiter, soweit ich weiß."

„Hm, dann wird er heute sicherlich Büroarbeiten erledigen."

„Kann schon sein. Soll ich uns anmelden oder fahren wir einfach mal hin?“

Lisa sprang auf, schnappte sich ihren Blazer von der Stuhllehne und sagte: „Los komm, ich fahre.“

Neuherr befand sich tatsächlich in seiner Firma, allerdings nicht im Büro, sondern auf dem Dach. Er richtete eine Satellitenantenne aus.

Lisa fragte Markus: „Wozu braucht der sieben Antennen auf dem Dach?“

„Vermutlich, um sie seinen Kunden vorzuführen. Er hat ja auch jede Menge Fotovoltaikelemente im Garten stehen. Herr Neuherr?“, wandte er sich mit lauterer Stimme an den Mann. „Würden Sie bitte herunterkommen?“

„Bin gleich fertig. Setzen Sie sich solange ins Büro. Kaffee steht auf der Maschine.“

Die beiden Kriminalpolizisten gingen nicht davon aus, dass er sich direkt vom Dach davonmachen würde. „So können wir schon mal ganz unverbindlich in seinen Unterlagen herumschnüffeln“, flüsterte Lisa.

„Das dürfen wir nicht“, sagte Markus und ging vor.

Lisa behielt während der gesamten Zeit das Fenster im Auge, sodass sie sehen musste, wenn Neuherr zu ihnen herüberkam.

Markus zog alle Schubladen auf und versuchte sich sogar am Passwort des PCs, kam allerdings nicht weit.

An mehreren Stellen in dem kleinen, hellen Büro lagen Materialien der Bürgerinitiative gegen die A39 und die Raststätte herum. Neben Stapeln und Kartons mit Flyern, Plakaten und Aufklebern gab es auch jede Menge Infomaterial, das äußerst seriös aussah.

Lisa blätterte einige Ordner mit Rechnungen und Aufträgen durch. „Neuherrs Firma scheint in der Tat überhaupt nichts mit dem Bau der Autobahn zu tun zu haben. Hör mal, hier ist eine Stornonotiz. Scheinbar hat Neuherr ein Angebot zurückgezogen, nachdem er erfahren hatte, dass die andere Firma sich am Autobahnbau beteiligen würde. Das hat er sogar als Grund in seine Absage geschrieben. Das ist schon ziemlich cool, oder?" Sie drehte sich zu Markus um. „Ich meine, wenn er für seine Prinzipien auf Einnahmen und Aufträge verzichtet."

„Solche Geschäftsleute gibt es wohl nicht mehr so häufig."

Lisa sagte halblaut: „Er steigt gerade vom Dach."

Markus schaltete den Computer wieder aus und legte die Kladde zurück, in der er eben noch gelesen hatte.

Nebeneinander setzten sie sich auf zwei der Besucherstühle und warteten scheinbar geduldig.

Neuherr wischte sich gerade die Hände ab, als er hereinkam. Das Papiertuch warf er in hohem Bogen in einen Mülleimer, der neben seinem Schreibtisch stand. „Möchten Sie keinen Kaffee? Ich nehme mir einen, wenn's recht ist. Kommen Sie wegen der Wärmepumpe?" Er ging zu seinem Terminkalender und drehte ihn herum. „Sie sind doch das Ehepaar Werner, oder?"

„Nein, Herr Neuherr, es tut mir leid, das sind wir nicht. Ich bin Kriminalhauptkommissarin Lisa Grundberg und das ist mein Kollege Markus Heitkämper. Wir arbeiten für das Alfelder Kommissariat."

„Angenehm, was kann ich für Sie tun?" Er kam mit seinem Kaffee in der einen Hand zu ihnen herüber und gab ihnen beiden die andere. Er wirkte weder erstaunt noch ernsthaft neugierig und schon gar nicht ertappt.

Leutselig war das beste Wort, das Lisa dazu einfiel. Wahrscheinlich war er ein exzellenter Verkäufer. Auf den ersten Blick wirkte er eher jovial als gewalttätig.

Neuherr schaute von Lisa zu Markus und zurück und sagte dann: „Sie gäben aber ein hübsches Ehepaar ab. Haben Sie da bereits einmal drüber nachgedacht?“

Markus sagte grinsend: „Mehrmals am Tag“, während Lisas Meinung von Neuherr gerade in den Sinkflug übergegangen war. Musste der Markus' Fantasien befeuern?

Sie räusperte sich energisch. „Wir haben ein paar Fragen an Sie.“

„Keine Scheu, stellen Sie sie nur.“

„Es geht um Ihre Arbeit für die Bürgerinitiative“, sagte Markus schnell, bevor Lisa etwas sagen konnte. Als ob sie ihm von dem Toten erzählt hätte! Zumindest jetzt noch nicht.

„Interessiert sich die Polizei neuerdings auch für tote Feldhamster?“

„Nicht wirklich. Würden Sie uns bitte von der Ratssitzung in Einhausen erzählen? Dort soll es hoch hergegangen sein.“

„Sie haben Zeitung gelesen, gell?“

Neuherr schien das alles für einen großen Spaß zu halten. Warum kam er nicht auf die Idee, dass sie ihn am Wochenende beileibe nicht zu ihrem Vergnügen aufsuchten?

„Herr Neuherr, Sie haben den Tiefbauunternehmer Georg Kellermann verbal attackiert und bedroht.“

Er griente. „Das war jetzt keine Frage.“ Er grinste noch einmal wie ein Schaf. „Wissen Sie, das lernt man bei Ratssitzungen. In den Einwohnerfragestunden sind nur Fragen erlaubt. Keine Erläuterungen, keine langen Reden oder Begründungen. Ich habe es inzwischen zu einer ziemlichen Fragemeisterschaft gebracht."

„Herr Neuherr, Sie haben den Tiefbauunternehmer Georg Kellermann also verbal attackiert und bedroht?", fragte Lisa und betonte ihren Satz dermaßen überdeutlich, dass man vermutlich die Fragezeichen dahinter hören konnte.

„In der Tat, er brachte mich auf die Palme. Verstehen Sie, dem Mann geht es nur ums Geld. Seine Firma, seine LKWs, seine Bagger. Es wundert mich, dass der verheiratet ist, ich dachte immer, für den gibt's nur seine großen Sandspielzeuge." Er zuckte mit den Schultern. „Manche Leute werden eben nie erwachsen."

„Hegen Sie einen persönlichen Groll gegen Herrn Kellermann?"

„Gegen ihn direkt, als Mensch? Nein, wozu? Er hat seine Wahl getroffen und muss sich später dafür rechtfertigen."

War das jetzt eine religiöse Anspielung gewesen? Markus schien Lisas Unsicherheit zu spüren und fragte: „Können Sie genauer ausführen, wie Sie Ihre Aussage am Donnerstag gemeint hatten?"

Neuherr lehnte sich gegen die Kante seines Schreibtisches, trank einen Schluck Kaffee und sagte: „Klar, wir sammeln Tag und Nacht Beweise. Sie wissen schon, dass Sicherheits- und Umweltbestimmungen nicht eingehalten werden und so weiter. Wir wissen definitiv, dass Kellermann seine Leute länger arbeiten lässt als zulässig. Außerdem sind mindestens zwei seiner Baumaschinen so schlecht gewartet, dass sie im Gelände Öl verlieren."

„Inwiefern nützt Ihnen diese Information?"

„Wir werden ihn anzeigen, Gewerbeaufsichtsamt, Amt für Umweltschutz, leider konnten wir ihm bisher nicht nachweisen, dass er illegale Arbeiter beschäftigt. Das wäre ein echtes K.-o.-Kriterium."

„Bedeutet das, Sie schnüffeln hinter ihm her?"

„Mit dem Fotoapparat, klar."

„Haben Sie auch letzte Nacht geschnüffelt? Vorzugsweise auf Kellermanns Firmengelände?"

„Wie kommen Sie darauf?" Er zuckte mit den Schultern. „Hat er uns gesehen, der alte Schlawiner? Ich hätte wetten können, dass er so mit seiner Sekretärin beschäftigt war, dass er nichts bemerkt hat. So kann man sich täuschen." Theatralisch legte er die rechte Hand aufs Herz. „Ich schwöre, wir haben nur fotografiert, nichts sabotiert. Das ist nicht unsere Art."

Lisa unterbrach ihn: „Wer ist wir?"

„Meine Frau und ich?"

„Aha, und wann haben Sie auf dem Firmengelände herumgeschnüffelt?"

„Gleich nach dem Dunkelwerden. Wir hatten ja nicht so viel Zeit. Unsere älteste Tochter war beim Schwimmtraining. Wir haben sie hingebracht, sind dann zum Spionieren gefahren und haben sie pünktlich um 21.30 Uhr wieder abgeholt."

„Und den Rest der Nacht?"

„Wir haben noch Scrabble gespielt und sind dann früh ins Bett gegangen. Man ist ja doch müde nach solch einem Tag."

„Sie drei waren also den ganzen Abend zusammen?"

„Meine Tochter, Nathalie, hat uns in die Tasche gesteckt. So was haben Sie noch nicht erlebt."

„Sie haben das Haus nach 22.00 Uhr nicht mehr verlassen?"

Neuherr besann sich kurz. „Nein, habe ich nicht. Kein Notfall in dieser Nacht." Nach einer winzigen Pause fragte er: „Möchten Sie die Fotos sehen, die wir gemacht haben?"

„Ja, das wäre hilfreich. Sagen Sie, ist Ihre Frau auch Mitglied der Bürgerinitiative?"

„Selbstverständlich, und meine Tochter ebenfalls. Meine Frau ist der ursprüngliche Motor hinter dem Ganzen. Sie war die Erste, die erkannt hat, wie brisant diese Pläne sind." Traurig winkte er ab. „Jetzt ist es ja fast schon zu spät. Die Planungen sind so gut wie abgeschlossen, die meisten Genehmigungen liegen vor. Wir können höchstens noch Erweiterungen, wie den geplanten Autohof, verhindern oder geringfügige Streckenänderungen bewirken ... fürchte ich jedenfalls", fügte er nach kurzem Überlegen und einem Blick über die Schulter hinzu.

Markus schlug jetzt einen ernsteren Tonfall an. „Wir müssen die beiden sprechen. Sind sie im Haus?"

Der Elektriker wirkte zum ersten Mal irritiert. „Wozu soll das gut sein?"

„Wo bewahren Sie den Fotoapparat auf?"

Neuherr zeigte auf seinen Schreibtisch. „Die Digitalkamera liegt auf dem PC, ich habe sie angeschlossen, um die Bilder zu übertragen. Was ist denn geschehen?"

„Herr Kellermann wurde ermordet."

Neuherr wurde kreidebleich, schaute sich wieder prüfend um. „Das glaube ich Ihnen nicht. Wer sollte so etwas tun?"

„Das wüssten wir auch gern", sagte Lisa. „Bitte geben Sie mir die Kamera. Wir müssen uns unbedingt die Fotos ansehen, die sie geschossen haben."

Sie fragte sich, vor wem der Elektriker sich fürchtete, oder handelte es sich bei dem Umschauen einfach um eine Marotte? Sie befanden sich in seinem Büro, da konnte es schließlich jederzeit geschehen, dass plötzlich ein Kunde oder ein Lieferant hinter einem stand, ohne dass man gehört hatte, dass die Tür geöffnet wurde.

II

Germanien, im Jahr 9 nach Christus

Caesar: „...denn ihnen kommt unsere kleine Statur im Vergleich zu ihrem Riesenwuchs verächtlich vor.“

Thusnelda verabscheute die vielen römischen Gegenstände, die sie umgaben. Wenigstens trugen die Männer, wie Flavus, noch Hosen, selbst nachdem sie den Römern gedient hatten. Sie schüttelte sich bei der Erinnerung an die nackten Beine der Legionäre, die sie in Varus' Lager, aber auch im Hause ihres Vaters Segestes gesehen hatte. Wie unzivilisiert.

Allerdings ärgerte sie sich maßlos darüber, dass selbst ihr Ehemann darauf bestand, mit dem Namen angesprochen zu werden, den ihm die Römer gegeben hatten. Arminius. Wenn sie ihn darauf ansprach, tat er sogar so, als erinnere er sich nicht mehr an seinen eigentlichen Namen. Warum? Aus Dankbarkeit, weil sein eigener Vater ihn als Zeichen seiner Friedfertigkeit den römischen Eroberern mitgegeben hatte?

Sie würde lieber sterben, als in Rom zu leben, als Sklavin.

Sie legte schützend und prüfend eine Hand auf ihren Bauch. Gelegentlich vermeinte sie zu spüren, wie ihr Sohn sich bewegte. Ihr Sohn. Daran glaubte sie felsenfest. Niemals würde er vor einem Kaiser in Rom sein Knie beugen.

Fröstelnd zog sie ihren Umhang enger um den Körper. Sie selbst hatte im vorletzten Sommer Malvenblüten gesammelt und Farbe hergestellt, um ihn einzufärben. Sie seufzte. Wie lange schien das inzwischen her zu sein? An ihrem Gürtel klapperten bei jeder Bewegung die Haken. Jedes einzelne Schmuckstück, das sie besaß und das von irgendwelchen römischen Handlangern hergestellt worden war, hatte sie mit Perlen oder kleinen geschnitzten Tieren aus Bernstein verschönert. Sie hatte ihrem zukünftigen Mann zur Hochzeit eine eiserne Axt geschenkt, wie es Brauch war. Und er hatte ihr nach der ersten gemeinsamen Nacht nicht nur dieses Pferd, sondern auch Schmuck und sogar einige dieser römischen Münzen gegeben. Da niemand von ihrer Sippe an den Feierlichkeiten teilnahm, da sie von ihnen als geraubt betrachtet wurde, hatten ihre Eltern von Arminius keine Gabe erhalten. Selbst schuld, dachte sie bei sich. Umso mehr blieb ihnen, um sich niederzulassen und als Familie zu leben.

Ihr Pferd scheute, tänzelte zur Seite. Sofort war sie wieder hellwach, schob die schönen Bilder weg. Sie zog an dem Seil, mit dem sie es lenkte. Der Boden war zwar noch längst nicht hart gefroren, trotzdem musste sie unbedingt vermeiden zu stürzen. Sie schaute sich um. Was hatte ihr Pferd erschreckt? Versteckte sich ein Tier in den dichten Wäldern, durch die sie sich langsam fortbewegten? Viel zu langsam für Thusneldas Geschmack. Drei Tagesreisen hatte Arminius gesagt, und nun waren sie schon den vierten Tag unterwegs. Hügelig war die Landschaft geworden, dafür weniger morastig. Beinahe wie bei ihrem Heimatdorf.

Sie hatte sich nicht auf den Weg und die vor ihr Gehenden konzentriert, sodass sie nun fast mit Heilrun zusammenstieß, die unvermutet stehen geblieben war. Heilrun hatte ihren Sohn Berengar genannt, kampfbereiter Bär. Das war ein guter Name. Thusnelda hatte sich noch nicht entschieden, wie ihr Kind heißen sollte. Einen mächtigen, kraftvollen Namen wollte sie ihm mitgeben, als Omen, als Wegweiser aus der Knechtschaft.

Flavus trat zu ihr. „Wir sind beinahe angekommen. Bitte steig ab und führe dein Pferd über die Hölzer und Binsen, die unsere Männer ausgelegt haben. Wir wollen in der Nähe des neuen Lagers keine verräterischen Spuren hinterlassen."

Gehorsam saß sie ab und ging vorsichtig über den künstlichen Untergrund. Ein niedriger Wall umfasste einen recht großzügigen Platz, auf dem an der Längsseite ein aus Holz gebautes Haus stand. Sie konnte die Kühe in dem ihr zugewandten Teil des Hauses stampfen und leise Geräusche von sich geben hören. Darum herum befanden sich zahlreiche Zelte, wie sie sie schon im Römerlager kennengelernt hatte. In der Mitte des Platzes erblickte sie eine riesige, uralte Eiche, deren schartiger Stamm von drei Männern nicht umfasst werden konnte. Schnell schickte sie ein Gebet an Wodan und bat ihn, auf Arminius zu achten.

Während sie zielstrebig auf das Haus zu schritt, begannen einige Männer hinter ihr bereits, die Pferde und Ochsen abzuladen. Binsen- und Weidenkörbe mit Lebensmitteln wurden ins Haus gebracht. Im Vorübergehen bemerkte sie, dass in einem der Zelte zwei Männer damit beschäftigt waren, eine Schlafbank zu bauen. Arminius hatte recht gehabt, sie würde hier ziemlich bequem leben können.

Wenn sie doch nur Nachricht von ihm hätte.

Kurz nach Einbruch der Dunkelheit versammelten sich alle Bewohner des kleinen Lagers um die Eiche.

Fackeln brannten, der Met kreiste in den großen Trinkhörnern. Auch Thusnelda trank jedes Mal, wenn das Horn bei ihr ankam, um sich zu wärmen und um ihre Gedanken zu lösen, die sich ständig mit dem Plan beschäftigten, den Arminius und seine Verbündeten in die Tat umsetzen wollten.

Flavus trat in die Mitte, dicht neben die Eiche. Alle verstummten. Er hob beide Hände und sagte: „Wir erbitten den Segen Wodans für unsere Sicherheit und die unserer Männer im Kampf."

Er hatte sein Wams abgelegt und seine geölte Haut glänzte im Mondlicht. Er wiegte sich leicht hin und her. Anschließend streckte er seine Hände zum Himmel und drehte sie so, dass seine leeren Handflächen nach oben zeigten.

Nantwin, einer der Hirten, brachte eine Ziege in den Kreis. Er hielt sie an den Hörnern fest und verbog ihren Kopf so, dass ihre Kehle gut zugänglich war. Flavus zog ein langes Messer aus seinem Gürtel und bewegte es kreisend immer schneller durch die Luft. Die warmen Lichter der Fackeln und das kalte Mondlicht spiegelten sich auf der Schneide. Als er der Ziege die Kehle aufschlitzte, trat Heilrun mit gesenktem Kopf rasch zu ihm und hielt einen flachen Krug unter den Schnitt, um das Blut aufzufangen. Da Nantwin die Ziege unerbittlich festhielt, blieb sie aufrecht, obwohl ihre Augen gebrochen waren und ihre Beine zur Seite sackten.

Flavus übernahm die gefüllte Schale und versprengte ein wenig Blut um das Tier herum. Anschließend steckte er zwei Finger in die Schale und zeichnete zwei parallele Striche auf seinen Oberkörper. Dabei verneigte er sich vor dem Himmel.

Anschließend begann er, im Kreis herumzugehen. Er besprenkelte jeden Einzelnen und malte einen Blitz auf die Wangen. Währenddessen häutete Nantwin die

Ziege und löste das Fleisch aus. Heilrun holte die Stücke ab und legte sie in einen Kessel mit kochendem Wasser.

Fell und Knochen wurden sorgfältig eingesammelt und auf einen Haufen gelegt, um dem Tier die Wiederauferstehung im Jenseits zu ermöglichen. Thusnelda fragte sich, warum man sie nicht gebeten hatte, Flavus zu assistieren. Wäre es nicht die angemessene Aufgabe für die Ehefrau des Anführers gewesen?

Darüber würde sie morgen mit Flavus sprechen müssen. Sie nahm das Methorn entgegen und trank noch einen großen Schluck. Flavus war inzwischen fast bei ihr angekommen und nickte ihr zu. Dann zeichnete er zwei Blitze auf ihre Wangen und flüsterte: „Einen für dich und einen für Arminius' Stammhalter."

Thusnelda beugte den Kopf. Vielleicht war das der Grund, warum sie bei der Zeremonie keine wichtigere Rolle gespielt hatte.

Ihre Schwangerschaft.

Arminius' Sohn.

Ihr war schwindelig. Deshalb lehnte sie sich gegen einen der kleineren Bäume und beobachtete die Szene. Ihre Reisegefährten und die Männer, die das versteckte Lager aufgebaut hatten, standen und saßen um die alte Eiche herum.

Sie unterhielten sich, einige begannen zu singen. Flavus hatte inzwischen alle mit dem Blitz gezeichnet und erbat nun mit den rituellen Worten die Gunst der Götter. Zuerst für die kleine Gruppe, die sich hier versammelt hatte, um einen Rückzugsort für die Heerführer vorzubereiten. Danach erflehte er Unterstützung für den Plan, der die Römer ein für alle Mal aus dem Norden vertreiben würde.

Thusnelda ertappte sich dabei, dass sie ihm gar nicht aufmerksam zuhörte. Sie hatte Hunger und hoffte, dass das Ziegenfleisch bald gar war. Eigentlich aß sie lieber das Fleisch einer geopferten Kuh. Das Tier war wertvoller und damit ein angemesseneres Geschenk für Wodan. Doch sie wusste auch, dass eine Kuh erst dann entbehrlich wurde, wenn sie keine Milch mehr gab.

Viel später wickelte Thusnelda sich in ihren Umhang und versuchte zu schlafen. Der Met kreiste in ihrem Körper. Irgendwer schnarchte laut und röchelnd. Außerdem schien ihr Sohn Albträume zu haben, denn er trat und boxte, dass sie die Ausbuchtungen seiner Arme und Füße fühlen konnte, wenn sie die Hand auf ihren Bauch legte.

Sie schreckte auf, als sie ein Baby weinen hörte.

Berengar.

Zweifelsohne.

Eine kräftige Stimme.

Thusnelda drehte sich auf die andere Seite.

Hoffentlich waren die Götter ihnen gnädig.

Ihnen allen.

13

Alfeld, Samstag, der 14. September 2013

Fitz beobachtete, mit welcher zielgerichteten Effektivität Karel Faust ihren Quadranten untersuchte.

Selten hatte er sich so im Einklang mit einem anderen Menschen gefühlt. Sie arbeiteten still, wechselten gelegentlich ein paar Worte. Alles ungezwungen. Ganz auf die Aufgabe konzentriert.

Fitz erhob sich, legte seine Werkzeuge zur Seite und sagte: „Ich muss unbedingt etwas trinken."

Faust schaute auf. „Gute Idee, ich komme mit Ihnen. Wir müssen unter allen Umständen mehr darauf achten, dass wir regelmäßig essen und trinken. Aber irgendwie steht man ständig so sehr unter Druck, dass man es doch vergisst."

Fitz lächelte. „Scheinbar haben wir bei dieser Baustelle ja das Glück, dass es noch einige Einsprüche gibt, die aufschiebende Wirkung haben werden, nicht wahr? Dadurch verlängert sich die Grabungszeit für uns trotz allem, oder?"

„Schon, es bleibt allerdings trotzdem ungewiss, wie viel Zeit wir haben werden."

Sie gingen den kurzen Weg zum Zelt gemeinsam, und Fitz fragte: „Haben Sie auch schon einmal im Ausland gegraben? Franziska erzählte mir, dass sie bei einer Grabung in der Türkei geholfen habe."

„Ja, ich weiß. Es gibt weltweit eine ganze Reihe von Projekten, die freiwillige Hilfskräfte beschäftigen. Rom gehört zu den Orten, an denen es in jedem Jahr viel mehr Bewerber gibt, als die Behörden betreuen können."

„Und Sie?“, kam Fitz auf seine Frage zurück.

Faust lächelte, und dann verzog sich sein Gesicht schmerzlich. „Mexiko“, sagte er.

„Chichen Itza?“

„Nein, nein, viel kleiner, viel unbekannter und noch viel heißer.“

„Was hat Sie nach Hause zurückgetrieben?“

In dem Moment, in dem er die Frage gestellt hatte, merkte Fitz, dass er einen Fehler begangen hatte. Fausts Gesicht verdüsterte sich im wahrsten Sinn des Wortes. Er wandte sogar den Kopf ab und musste schlucken.

„Entschuldigen Sie, Sie brauchen nicht zu antworten. Es war aufdringlich von mir.“

Faust schüttelte den Kopf. „Nein, nein, es geht schon. Meine Frau, sie hatte einen Unfall. Eigentlich war es nur eine Kleinigkeit. Wir haben es auf die leichte Schulter genommen, und plötzlich war es beinahe zu spät.“

„Ist sie ... verstorben?“

„Nein, zum Glück nicht, aber sie sitzt im Rollstuhl, ihre Muskeln werden immer schwächer. Sie arbeitet halbtags in einem Röntgenlabor, für länger reichen ihre Kräfte nicht mehr.“

„Das tut mir leid. Ich wollte nicht ...“

„Lassen Sie nur, im Team wissen es ehrlich gesagt alle. Es spricht sich herum. Deshalb vergesse ich manchmal, dass ich auch Menschen begegne, die sich fragen, warum ich abends immer gleich nach Hause verschwinde.“

Fitz war bisher so mit seinen Angelegenheiten beschäftigt gewesen, dass ihm das noch gar nicht aufgefallen war.

„Selbstverständlich kommen Auslandsprojekte seither nicht mehr in Frage.“

Das klang ein wenig bedrückt, fand Fitz. „Gut für uns, dass Sie mit Ihrer Erfahrung sich nun mit aller Kraft um Cherusker, Chatten und Langobarden kümmern können."

„Sehr freundlich von Ihnen. Ich liebe meine Arbeit, freue mich wie ein Schneekönig über jeden Fortschritt, jede neue Erkenntnis. Aber ... „ Er unterbrach sich. „Es ist nicht mehr das Gleiche." Er hob abwehrend die Hand. „Damit meine ich nicht die Forschungsprojekte an sich. Niedersachsen ist nicht weniger interessant als Santorini oder Herculaneum. Es ist nur anders, weil ..." Er schluckte. „Früher haben meine Frau und ich diese Aufregung geteilt. Heute berichte ich ihr jeden Abend davon, aber sie kann nicht dabei sein, kann sie nicht unmittelbar mit mir teilen."

Er hob die Hand. „Sie brauchen mich nicht zu bemitleiden, uns nicht zu bemitleiden. Ich liebe meine Frau und werde sie betreuen und pflegen, solange sie lebt. Alles andere ist im Vergleich dazu wirklich nebensächlich."

Sie legten den restlichen Weg schweigend zurück.

Nachdem sie eine Tasse Kaffee getrunken hatten, sagte Faust: „Blasen Sie meinetwegen keine Trübsal. Es hört sich schlimmer an, als es ist. Meine Frau lacht jeden Tag, und ihr bringe ich alle Artefakte, die wir röntgenologisch untersuchen lassen wollen. So kann sie wenigstens ein bisschen teilhaben."

Felix kam laut rufend und mit den Armen wedelnd zu ihnen gerannt. „Karel, du musst kommen. Es hat einen Überfall gegeben, ganz eindeutig."

Fitz erschrak. „Einen Überfall, wo? Wurde jemand verletzt?"

„Das will ich meinen. Kommt, das müsst ihr euch angucken."

Erst als sie schon losgelaufen waren, erkannte Fitz seinen Irrtum. Die Archäologen hatten Anzeichen für einen historischen Überfall entdeckt, keinen aktuellen.

Felix hüpfte wie ein verrückter Bonobo über den Ausgrabungsplatz und deutete auf Dutzende kleiner, weißer Schilder, die er in den letzten Stunden verteilt haben musste. „Lauter Schleudergeschosse, und hier ..." Er zeigte mit beiden Armen auf zwei nahe beieinander liegende dunklere Stellen im Boden. „An dieser Stelle liegen eindeutig Knochen."

„Römer oder Germanen?", fragte Faust.

„Germanen", sagte Franziska im Brustton der Überzeugung.

„Römer", rief Felix kopfschüttelnd. „Schaut doch, hier stand eindeutig ein Haus."

„Und ein mächtiger Baum", ergänzte Franziska.

Fitz beobachtete die kleine Gruppe. Plötzlich fühlte er sich wie ein Außenseiter. Natürlich interessierte er sich für die Erkenntnisse, fand es prickelnd, etwas zu entdecken. Aber er würde immer nur einen Ausschnitt erleben. Alles, was nach der Ausgrabung kam, würde ihm verborgen bleiben. Außerdem fehlte ihm mehr Hintergrundwissen, als er je erwartet hätte.

Franziska schien sein Unwohlsein zu spüren. Sie kam zu ihm, hängte sich bei ihm ein und sagte: „Bonus vir semper tiro!"

Fitz benötigte einen Moment, um den Ausspruch zu übersetzen. Dann begriff er: „Ein guter Mensch bleibt immer ein Anfänger!"

War er so leicht zu durchschauen?

14

Alfeld, Samstag, der 14. September 2013

Müde ließ Lisa die Tüte mit den belegten Brötchen auf ihren Schreibtisch fallen. Mutter und Tochter Neuherr hatten, unabhängig voneinander, bestätigt, wie der Abend mit Schwimmtraining, kurzer Spionagetätigkeit und anschließendem Scrabble-Spiel verlaufen war. Susanne Neuherr hatte sie ausführlich über die rechtlichen Möglichkeiten informiert, die einer Bürgerinitiative, aber auch jedem aufrechten Bürger offenstanden, wenn er sich gegen staatliche Willkür wehren wollte. Lisa fand ihre Ausführungen überflüssig und fragte sich, ob sich dahinter vielleicht sogar eine Art Anklage verbarg, weil die beiden Kommissare sich nicht selbst gegen den Autobahnbau und die Raststätte engagierten.

Lisa wischte den Gedanken zur Seite. Sie hatten Wichtigeres zu erledigen, als sich über übereifrige Demonstrantinnen den Kopf zu zerbrechen.

Markus streckte sich in seinem Stuhl so weit nach hinten, dass die Rückenlehne nachgab und er bedenklich schaukelte. ‚Irgendwann', dachte Lisa nicht zum ersten Mal, ‚bricht das Ding einfach unter dir zusammen. Glaub nicht, dass ich dich dann bemitleide.'

„Oh Mann, das war so eine geniale Idee von mir, und nun das." Er zeigte auf Neuherrs Fotoapparat, der auf seiner Arbeitsfläche stand. Er schüttelte den Kopf. „Ich rufe am besten mal bei Ralf Schuster an. Seine Leute sollen sich die Fotos anschauen. Zumindest können Sie den Zeitraum bestätigen, in dem Herr und

Frau Neuherr sich auf dem Grundstück der Kellermanns herumgetrieben haben."

„Ja, und vielleicht, wenn wir ganz großes Glück haben, ist auf einem der Fotos, vielleicht im Hintergrund oder am äußersten Rand, noch etwas oder jemand zu sehen, der oder das uns bei unseren Ermittlungen weiterbringt."

„Meinst du? Ich glaube vielmehr, du hast in deiner Kindheit zu viel ‚Die Drei ???' gelesen. Die Neuherrs waren doch viel früher da und wieder weg."

„Kann sein, muss aber nicht. Wissen wir eigentlich genau, von wann an Kellermann in seinem Büro gesessen hat? Möglicherweise ist er viel später gekommen als sonst und der Mörder hat irgendwo auf dem Grundstück auf ihn gewartet. War also schon da, als die Neuherrs fotografiert haben. Das Gelände ist schließlich nicht besonders übersichtlich, mit all den riesenhaften Fahrzeugen."

„Wir werden es erleben." Markus schaltete seinen PC ein. „Dann wollen wir mal mit dem Bericht anfangen."

„Du, sag mal, hat der Neuherr uns was vorgespielt?"

„Inwiefern?"

„Er benahm sich ... so ... so ... sanft, so verständig, überhaupt nicht kämpferisch und schon gar nicht gewalttätig."

„Und er schien von der Nachricht über den Tod Kellermanns wirklich erstaunt gewesen zu sein."

„Auch betrübt, irgendwie seltsam."

„Wieso, es soll tatsächlich noch Menschen geben, denen es in erster Linie um die Sache geht und die empathisch sind."

Lisa drehte ihren Bildschirm so, dass Markus darauf etwas erkennen konnte. „Guck dir mal den Internetauftritt der Bürgerinitiative an."

Markus beugte sich vor. „Blätter mal weiter."

„Siehst du, was ich meine? Überall Fotos von Rolf Neuherr, dazu Zitate von ihm, die wohl belegen sollen, wie viel Sachverstand er besitzt. Andere kommen da kaum vor. Es handelt sich doch nicht um eine Ein-Mann-Show. Neuherr wird nicht höchstpersönlich von Haus zu Haus gehen und Flugblätter verteilen. Auch eine Demonstration wirkt mit einem Teilnehmer wenig beeindruckend."

Markus tippte mit dem Zeigefinger auf Neuherrs Porträtfoto. „Soweit ich mich erinnere, hat die Bürgerinitiative rund 450 Mitglieder und einen ganz üblichen Vorstand. Zweiter Vorsitzender, Kassenwart, Pressesprecher, sogar einen Beirat."

Lisa hatte noch ein wenig herumgeklickt. „Stimmt, die Namen sind hier aufgelistet." Sie lachte. „Aber sie tauchen nur im Impressum auf."

Sie rief die Presseseite auf. „Die Links führen zu Zeitungsberichten, die über die Initiative erschienen sind. Eigene Artikel oder Fotos gibt es nicht."

Markus hatte sich über sie gebeugt, um besser mitlesen zu können. Jetzt ging er zum Fenster und sagte: „Neuherr könnte nach dem Scrabble-Spiel aus dem ehelichen Schlafzimmer geschlichen sein, um allein noch einmal nach Limmer zu fahren."

„Das hätte seine Frau doch gemerkt."

„Nicht unbedingt", erwiderte Markus. „Der Elektriker Neuherr muss öfter mal nachts los. Wenn im Klärwerk, an irgendwelchen Ampelkreuzungen oder sonst wo ein Defekt gemeldet wird. Wahrscheinlich wird sie lieber versuchen, weiterzuschlafen und sich von seinem Aufbruch nicht stören zu lassen."

„Okay, ich denke auch, dass wir ihn genauer unter die Lupe nehmen sollten. Mir erscheint er zu glatt."

„Wir könnten andere Mitglieder der Bürgerinitiative befragen, was Neuherr für ein Typ ist“, schlug Markus vor.

„Warum fragen Sie nicht jemanden von der anderen Seite?“

Lisa erschrak, als sie die tiefe, fremde Stimme hörte. Markus fuhr ebenfalls herum. „Wer sind Sie, und wieso schleichen Sie sich an?“

„Anschleichen? Die Tür stand offen und ich bin völlig unschuldig den Gang entlanggeschlendert. Dabei konnte ich nicht umhin, Ihre letzten Worte mitzuhören. Sprachen Sie von Rolf Neuherr, dem Vorsitzenden der Bürgerinitiative gegen den Autobahnneubau?“

„Das geht nun wirklich zu weit“, sagte Lisa und griff nach dem Telefon. „Niemand schlendert mal eben so durch die Gänge dieser Dienststelle, wenn er nicht hier arbeitet.“ Zu Markus gewandt erklärte sie: „Ich ruf mal unten am Eingang an und lasse den Herrn abholen.“

Doch Markus winkte ab. „Lass mal, ich kenne ihn.“

Der Typ, selbst deutlich kleiner als Lisa, sagte amüsiert: „Sie wissen scheinbar tatsächlich nicht, mit wem Sie es zu tun haben, oder?“

‚Fehlt nur noch, dass er vor Freude in die Hände klatscht‘, dachte Lisa und wählte trotz Markus‘ Widerspruch die Null, um sich mit der Zentrale zu verbinden.

„Meine Dame, nur keine ungebührliche Hast, ich bin Paul Hübiger, Ihr Abgeordneter, und eigentlich war ich gerade auf dem Weg zu meinem guten Freund, Reinhold Meckler, Ihrem direkten Vorgesetzten, wenn ich mich nicht irre.“

Lisa zog die Augenbrauen in die Höhe. „An einem Samstag? Sofern keine besonderen Ereignisse anstehen? Warum sollte Herr Meckler hier sein?“

Hübiger grinste noch breiter. „Polizeidirektor Meckler ist selbstverständlich anwesend, weil ich mit ihm verabredet bin."

Sekundenlang fand Lisa keine passende Antwort. Sie starrte ihn an und dachte: ‚Was für ein Arschloch!'

Markus rettete die Situation schließlich, indem er aufstand und anbot: „Kommen Sie, ich zeige Ihnen den Weg."

Doch Hübiger lehnte ab. „Danke, danke, ich kenne mich hier bestens aus, vorher möchte ich Ihnen aber gern noch behilflich sein. Sie möchten sicher mehr über den Charakter und die Machenschaften dieses Rolf Neuherr erfahren." Er war in den Raum hereingekommen, zog sich nun den Besucherstuhl heran und setzte sich. „Dafür bin ich genau der richtige Informant. Schießen Sie los. Was wollen Sie wissen? Wo soll ich anfangen?"

Lisa war noch immer sprachlos. Markus lehnte sich zurück und fragte lässig: „Was können Sie uns denn mitteilen?"

Hübiger sprudelte sofort los. „Sehen Sie, solche Zeitgenossen wie Rolf Neuherr sind nicht mehr als ein - verzeihen Sie den Ausdruck - Furz im Wirbelsturm. Was glauben Sie, wie viele seines Kalibers bereits an mir vorbeidefiliert sind?"

„Seines Kalibers?"

„Man könnte ihn auch mit einer Sternschnuppe vergleichen."

„Wie meinen Sie das?"

„Verstehen Sie nicht? Na ja, natürlich erläutere ich es Ihnen gern, dabei ist es so sinnfällig. Sehen Sie, Milliarden kleine, unbedeutende Gesteins- oder Eisbrocken flitzen ohne Plan durchs Weltall und dann, urplötzlich und immer noch ungeplant, geraten sie in die Nähe einer Machtballung mit großer Anziehungskraft. Sie nähern sich weiter an, staunend und unwissend wie ein Kind. Sie klammern sich an ein Detail, weil sie das verstehen, ohne sich um das Große und Ganze zu scheren, das sowieso weit über ihren Horizont hinausginge, um im Bild zu bleiben." Er lachte künstlich und zeigte dabei seine Zähne. „Jedenfalls nähern sie sich dem Zentrum der Macht, beginnen zu strahlen, beschleunigen weiter und verglühen schließlich. Schade."

Lisa glaubte im ersten Augenblick, dass der Mann sie verarschen wollte. Doch Markus reagierte völlig gelassen. „Sie sind also davon überzeugt, dass Rolf Neuherr nur eine vorübergehende Erscheinung am politischen Firmament im südlichen Leinebergland sein wird?"

„Selbstverständlich." Hübiger klang aufrichtig indigniert. „Sehen Sie, ich engagiere mich seit mehr als dreißig Jahren in der Kommunalpolitik." Er lächelte Lisa an. „Ich habe schon Straßen geplant und eingeweiht, als Sie noch in den Kindergarten gingen."

Lisa fragte sich, ob das als Beleidigung oder als Kompliment gemeint war.

Doch Hübiger redete einfach weiter. „Diese Region ist meine Heimat. Ich vertrete die Menschen hier. Diejenigen, die mich gewählt haben, aber selbstverständlich automatisch auch alle anderen. Schließlich geht es um unseren Lebensraum. Ich kümmere mich darum, dass wir uns weiterentwickeln und die Lebensbedingungen aller Bürgerinnen und Bürger sich stetig verbessern."

„Aller Bürgerinnen und Bürger?", fragte Lisa herausfordernd.

„Natürlich", lautete die erste, schnelle Antwort Hübigers. Sobald er es ausgesprochen hatte, hob er den

Zeigefinger und wackelte mit ihm vor seinem Gesicht hin und her. „Nein, Sie haben selbstredend den Kern des Problems erfasst. Tatsächlich gibt es wahrscheinlich keine Entscheidung, Entwicklung oder Beschlussfassung, die allen vorteilhaft erscheint. In unserer komplexen Welt scheint es auch kaum möglich, ohne Kompromisse auszukommen, und Kompromisse beinhalten stets die Benachteiligung oder Beeinträchtigung einer Partei."

Nach diesem Satz, der Lisa ein bisschen schwindelig machte, wedelte er wieder mit seinem Zeigefinger und lächelte schelmisch. „Ausgesprochen scharfsinnig, junge Dame. Haben Sie schon einmal über eine politische Karriere nachgedacht? Im ehrenamtlichen Bereich, versteht sich."

Bevor Lisa sich dazu äußern konnte, warf Markus eine weitere Frage in den Raum: „Gehört Rolf Neuherr zu einer der benachteiligten Parteien?"

„Noch eine gute Fragestellung. Und die Antwort mag Sie überraschen. Nein, Rolf Neuherr ist selbst nicht benachteiligt. Jedenfalls weder materiell noch in seiner eigenen Persönlichkeitsentfaltung. Sein Engagement ist in seiner Identifikation mit den Kreaturen begründet, die seiner Meinung nach ungehört bleiben, weil ihre Stimme zu schwach ist."

„Meinen Sie die Feldhamster?"

Zum ersten Mal erkannte Lisa Irritation in seinem Blick. Fragte er sich, ob sie ihn auf den Arm nahm oder versuchte er nur, eine möglichst intelligent klingende Antwort zu formulieren?

„Ein gutes Beispiel, aber zu kurz gegriffen. Neuherr stilisiert sich zu einem Gutmenschen, einfach indem er sich auf die Seite der Schwachen stellt. Sehen Sie, das Problem ist allerdings, dass niemand hinterfragt, ob die von ihm postulierten Schwachen tatsächlich welche sind und ob sie überhaupt von ihm vertreten werden wollen. Und selbst wenn sie vertreten werden wollten, bliebe doch die Frage, ob er ihr Anliegen richtig verstanden hat. Außerdem wäre es theoretisch möglich, dass die Umsetzung ihres Anliegens zu einer weit schwerer wiegenden Benachteiligung anderer Bevölkerungsgruppen führt."

Hübiger neigte den Kopf, so als wollte er sagen: „Ich weiß, es ist schwierig zu verstehen, aber Sie haben ja noch viel Zeit, darüber nachzudenken."

Wieder war es Markus, der Hübiger zum Thema zurücklenkte. „Sie und Neuherr wollen unvereinbare Dinge. Gab es zwischen Ihnen direkte Auseinandersetzungen?"

„Das würde ich so nicht formulieren. Wir hatten auf sachlicher Ebene zahlreiche Konfrontationen."

„Streitigkeiten?", warf Lisa ein.

„Dispute."

„Sie mögen Neuherr nicht?"

„Zuneigung und Sympathie sind keine politischen Kategorien."

„Was bedeutet das?"

„Frau Grundberg, sehen Sie, Herr Neuherr ist ein Schaumschläger, der populistische Forderungen stellt und sie plakativ begründet, ohne sich mit allen Aspekten des Themenkomplexes auseinandergesetzt zu haben." Er winkte ab. „Er hätte auch gar keine Chance. Es dauert Jahre, bis man das alles durchschaut hat."

„Hm, denken Sie, dass Neuherr persönliche Vorteile aus seinem Engagement zieht?"

„Definitiv. Menschen mit derartig großem Geltungsbedürfnis widmen sich einer Sache nur so lange, wie die allgemeine Aufmerksamkeit sie in den Mittelpunkt rückt. Erlahmt das öffentliche Interesse, schwindet die Einsatzbereitschaft. Glauben Sie mir, das ist mir in meiner Karriere schon so oft begegnet, dass es mich langsam ermüdet." Er hielt sich die Hand vor die Augen. „Aber sehen Sie, das ist meine letzte Wahlperiode. Ich will dieses Projekt zum Wohle unserer Region noch zu einem guten Abschluss bringen, dann ziehe ich mich aus allen öffentlichen Ämtern zurück."

Scheinbar erwartete er Applaus oder Bedauern, aber Lisa fragte stattdessen: „Würde Rolf Neuherr Gewalt anwenden, um seine Ziele zu erreichen?"

„Definitiv. So einer wie der würde alles tun, wenn es ihm dienlich erscheint. Jetzt entschuldigen Sie mich bitte, der Polizeidirektor fragt sich sicherlich schon, ob ich auf dem Weg zu ihm entführt wurde." Er wedelte noch einmal mit dem Zeigefinger und sagte vergleichsweise leise: „Wenn ich in einem Mordfall an einem eindeutigen Autobahnbefürworter ermitteln würde, stünde Neuherr ganz oben auf meiner Liste der Verdächtigen."

Lisa dachte: ‚Welch ein Glück, dass wir ermitteln und nicht so einer wie du!'

Markus sagte süffisant: „Die Gewaltenteilung war eine superkluge Erfindung."

Sie sahen sich an und grinsten.

Lisa fragte sich, ob der Mann in der letzten Viertelstunde irgendetwas gesagt hatte, was ihnen helfen konnte.

„Komisch", sagte Markus. „Er trägt den Eröffnungsanzug."

„Den was?"

„Seinen Glücksanzug, grau mit Streifen. Den zieht er immer an, wenn ein wichtiger Termin ansteht."

„Fragt sich, was an einem Besuch bei der Polizei so immens bedeutsam sein kann, sofern man nicht vorgeladen wurde."

15

Alfeld, Samstag, der 14. September 2013

Fitz versuchte gemeinsam mit Dr. Karel Faust, genauer herauszufinden, wie groß das Gebäude wohl gewesen war, dessen Überreste sie entdeckt hatten. Ein Holzhaus mit dicken Balken. Sie positionierten Steine in einer langen Reihe, sodass die Umrisse deutlicher zutage traten.

Fitz bewegte sich an der Längsseite entlang und stutzte. Was war das? Er strich mit der Hand über eine Erhebung, an der sein linker Schuh gerade hängen geblieben war. Dann klopfte er darauf.

Metallisch?

Gewölbt?

Ein Griff?

Eher ein Henkel.

Er setzte sich auf den Boden und wischte vorsichtig über die Wölbung. Schließlich seufzte er.

„Herr Dr. Faust, haben Sie mal einen Moment?“, fragte er, ohne aufzustehen und ohne aufzusehen.

Genervt schaute der zu ihm herüber, ebenfalls ohne sich zu bewegen. „Möchten Sie, dass ich Ihnen einen Kaffee serviere? Ein Stückchen Zucker oder zwei?“

„Ich würde sagen, ein ganzer Kessel voll.“

Faust seufzte, legte seine Schaufel ab und näherte sich ihm. Irgendwie schien er zu spüren, dass etwas Besonderes vor sich ging. Er schlich quasi heran. Dann flüsterte er: „Was ist es?“

„Ein Henkel.“

„Nur ein Stück eines Griffs?“

Ganz langsam schüttelte Fitz den Kopf.

Faust sah ihn erstaunt an. „Wie kommen Sie darauf?“

„Es fühlt sich so an.“

Die Augen des Archäologen weiteten sich. Dann nickte er. „Verstehe.“

Fitz musste sich räuspern, bevor er weitersprechen konnte. „Was geschieht nun?“

„Sie sind sich ganz sicher, oder?“

„Ja!“

„In dem Fall sollten wir es langsam angehen.“

Was danach geschah, flutete an Fitz vorbei, obwohl es wie in Zeitlupe ablief. Gelegentlich bat man ihn, etwas zu halten, eine Lampe auszurichten oder aus einem bestimmten Winkel zu fotografieren. Doch wirklich mitarbeiten durfte er nicht.

Als es dunkel wurde, stellten sie Scheinwerfer auf. Irgendwann fiel das Wort „Blockbergung“ zum ersten Mal. Es fuhr Fitz wie elektrisierend durch den Körper. Er wusste, dass diese Methode angewendet wurde, um größere oder zerbrechliche Funde mit dem sie umgebenden Erdreich zu bergen. Während die Oberseite zuerst mit Folie und dann mit Gipsbinden abgedeckt wurde, schnitten sie an den Seiten großzügig um das Gefäß herum. Faust hantierte mit einem Gerät, das wie ein Taser aussah, aber den Abstand zu dem Metall im Erdreich angeben konnte. Es zeigte auch deutlich, dass der Kessel nicht leer war.

Fitz staunte über die zahlreichen elektronischen Geräte, die plötzlich eingesetzt wurden. Irgendwie wurde der elektrische Widerstand des Bodens gemessen, was Aufschluss darüber geben konnte, wo Dinge vergraben worden waren.

„Wir brauchen eine Kiste. Am besten ein Meter mal ein Meter.“ Faust scharrte mit dem Fuß in ein paar

Erdbrocken herum, die jemand zur Seite geworfen hatte. „Es scheint tatsächlich eine Art Kessel zu sein."

„Ein Kessel? So wie bei Asterix und Obelix für den Zaubertrank?"

Faust verdrehte zwar die Augen, stimmte ihm dann jedoch zu. „Wahrscheinlich eher für Suppe, aber meinetwegen können Sie auch an Zaubertränke glauben."

Franziska stellte sich neben ihn und fragte: „Bleibt nur zu klären, ob es sich um einen barbarischen oder einen römischen Zaubertrank gehandelt hat."

Felix lachte. „Na, das ist doch eindeutig. Die Römer hatten keine Zaubertränke, das weiß schließlich jedes Kind."

Fitz bemerkte, dass die Anspannung sich langsam löste und einer heiteren Gelassenheit Platz machte.

Sie hatten etwas gefunden.

Etwas Großes.

Ob es auch bedeutend war, würde sich erst im Labor herausstellen.

Wie lange das wohl dauern würde?

Fitz hatte keine Vorstellung.

Oder beendete man erst die Ausgrabung und widmete sich anschließend, wenn hier die Bagger und die Teermaschinen rollten, den einzelnen Befunden, um sie auszuwerten?

16

Alfeld, Samstag, der 14. September 2013

„Entschuldigen Sie mich bitte, der Polizeidirektor fragt sich sicherlich schon, ob ich auf dem Weg zu ihm entführt wurde." Lisa äffte den Ton des Kommunalpolitikers Hübiger so gekonnt nach, dass Markus in die Hände klatschte und vor Lachen beinahe vom Stuhl plumpste. „Weiter, gib mir bitte mehr davon."

„Du Kindskopf. Der Typ ist ... ist ... ich weiß gar nicht, was ich sagen soll. Der ist einfach unbeschreiblich", sagte Lisa.

„Das solltest du präzisieren: unbeschreiblich arrogant, unbeschreiblich voreingenommen, unbeschreiblich dämlich, unbe..."

Lisa hob die Hand, um ihn zu unterbrechen. „Okay, okay, ich habe dich verstanden. Lass uns über den Kern seiner Aussage reden."

„Da musst du aber ziemlich genau hingucken, um etwas zu finden."

„Ich denke, das Wichtigste lässt sich in wenigen Worten zusammenfassen. Hübiger behauptet, Neuherr wäre einerseits ein Idealist, der andererseits alles tun würde, um seine Ziele zu erreichen."

Markus nickte nachdenklich.

Tatsächlich, wenn Lisa all die Floskeln und Luftblasen ausradierte, die er von sich gegeben hatte, konnte sie dem zustimmen. „Er sagte außerdem, dass Neuherr eher gefühlsgesteuert als aufgrund von Fakten agieren und reagieren würde."

„Das stimmt mit unseren Beobachtungen überein, oder?"

„Inwiefern?"

„Na ja, solange wir ihn befragt haben, befand er sich auf sicherem Grund, hatte alles unter Kontrolle. Keine Bedrohung, ergo kaum Gefühlsregungen. Das muss in der Sitzung anders gewesen sein, sonst wäre er dort nicht so aus der Rolle gefallen", wandte Markus ein.

„Wir wissen nicht, was wirklich auf dem Firmengelände vorgefallen ist. Ob es etwas zu sehen oder zu hören gab, das ihn veranlasste, später zurückzukehren und Kellermann zur Rede zu stellen."

Markus aktivierte seinen Bildschirm. „Lass uns mal eine Liste anlegen. Wer ist dein Top-Verdächtiger?"

Spontan antwortete Lisa: „Jonas Kellermann."

Markus tippte ein paar Buchstaben.

Lisa stand auf und ging zu ihm herum. „Als zweiter kommt für mich Neuherr in Betracht."

„Und was ist mit der Frau? Cherchez la Femme, so heißt es doch immer in den alten Krimis, die du so gerne liest."

„Folge dem Geld ist eine mindestens genauso gute Regel."

„Geld, Money, Monedas ..."

„Genau, Kellermann junior wegen des Firmenerbes und der Geschäftspolitik. Risiko versus Sicherheit."

„Notiert."

„Bei Neuherr geht es letztlich auch ums Geld. Tourismus ist schließlich ebenfalls ein Geschäftszweig. Außerdem hat er es als Mittelständler bestimmt einfacher, wenn in der Gegend nicht so viel Industrie ist und er ein Elektrikermeister unter wenigen anderen bleibt."

„Wir sollten zudem klären, ob und wenn ja, wie viel die Witwe Kellermann unter welchen Bedingungen erbt."

Lisa sah Markus überrascht an. „Das ist es."

„Was?"

„Na, der Grund, warum er sie beschuldigt hat."

„Wieso?"

„Wenn sie ihren Mann ermordet hat, erbt sie nichts."

„Aber ihre Tochter", wandte Markus ein.

„Das ist wohl wahr. Lass uns das überprüfen."

Markus wiegte leicht den Kopf hin und her. „Das könnte genauso gut bedeuten, dass Jessica Kellermann in Gefahr ist, oder?"

„Nur, falls Jonas der Mörder sein sollte. Da er sich derzeit im Krankenhaus befindet und bewacht wird, sollte er außer Gefecht gesetzt sein."

„Okay, und wenn Neuherr verantwortlich ist, droht dem Baby kein Unheil."

Es klopfte und die Tür flog auf.

Im ersten Augenblick befürchtete Lisa, Hübiger wäre noch einmal zurückgekommen. Doch dann erkannte sie Ralf Schuster. Er hielt, wie eigentlich immer, sein Klemmbrett in der Hand und klappte einzelne Blätter nach oben um.

„Hi, Leute", begrüßte er sie, ohne sie anzuschauen. „Also, Todeszeitpunkt, etwa 3.30 Uhr. Todesursache: Schlag auf den Kopf, tatsächlich war erst der letzte tödlich. Verwendung fand dieser uralte Eisenknebel, der auf dem Fußboden neben der Leiche lag."

„Halb vier Uhr morgens. Ungewöhnliche Zeit."

„Wir haben Dutzende von Spuren gefunden, aber das ist in einem Büro mit Publikumsverkehr nicht anders zu erwarten gewesen. Auf der Leiche selbst fanden wir Genmaterial von Jonas Kellermann und Elvira

Keune. Außerdem weitere, die vermutlich seiner Frau zuzuordnen sind und Spuckspuren eines Kleinkinds auf der linken Schulter. Falls euch das weiterhilft."

„Er hat tatsächlich ein Baby."

„In dem Alter? Na, mir soll's egal sein. Wir brauchen Vergleichs-DNA und am besten die Fingerabdrücke seiner Frau. Genehmigt?", fragte Schuster und hielt Markus ein Formular zum Unterzeichnen hin.

„Wir haben rund zwei Stunden nach dem Leichenfund mit ihr gesprochen. Sie schien genuin überrascht", sagte Markus.

„Was für ein Wortakrobat du sein kannst."

Markus grinste. „Ich wollte nur sicherstellen, dass du mir zuhörst."

„Du mich auch", antwortete Ralf und konsultierte erneut seine Aufzeichnungen. „Er hat in den letzten Stunden vor seinem Tod Unmengen Kaffee getrunken. Speisereste konnten wir nicht mehr feststellen. Dahingegen ein latentes Magengeschwür und vermutlich eine schwache Form des Diabetes mellitus."

Lisa unterbrach ihn. „Hat Kellermann sich gewehrt?"

„Scheinbar nicht. Wir haben keine Abwehrspuren an den Händen und Unterarmen gefunden."

„Wie?"

Ralf sah sie verblüfft an. „Könntest du deine Frage präzisieren?"

„Ja, ja, ich meine, wie muss ich mir das vorstellen? Er steht aufrecht, wird von vorne von einer deutlich kleineren Person angegriffen und unternimmt nichts, um sich zu verteidigen? Jeder normale Mensch reißt doch schon im Reflex die Arme hoch, gerade wenn es um den Schutz des Kopfes geht, oder?"

„Vielleicht konnte er nicht", schlug Markus vor.

„Verkalkte Gelenke, die ein Anheben der Arme verhindern, oder was meinst du?“

„Nee, womöglich hatte er was genommen, Beruhigungsmittel, Drogen? Oder dieser Jemand hatte ihm K.-o.-Tropfen in seinen Kaffee geschüttet.“

Lisa überlegte. „Dann stand er zwar wegen seiner Körpergröße noch aufrecht, war aber eigentlich schon außer Gefecht gesetzt. Guter Ansatz. Habt ihr etwas in der Art gefunden?“ Ihr fiel etwas ein. „Wie lange könnt ihr K.-o.-Tropfen nachweisen? Ginge das jetzt noch nachzuholen?“

„Im Schnitt bleiben uns sechs bis zwölf Stunden Zeit.“

„Und? Habt ihr daran gedacht?“

„Nein, wir haben allerdings Harn, Blut und einige andere Proben eingefroren. Ich weiß ja aus Erfahrung, dass euch immer noch ein paar unglaublich individuelle Dinge einfallen, die ihr irgendwann im Verlauf eurer Ermittlungen gaaaaanz dringend wissen müsst.“

Markus schaute Lisa an und fragte sie: „Sag mal, verstehst du das als Kritik an unserer Arbeitsweise?“

„Gaaanz speziell an unserer, ja.“

„Bedeutet das, dass wir ihn jetzt nicht einladen, mit uns gemeinsam eine Kleinigkeit essen zu gehen?“

„Ja, ich denke, darauf läuft es hinaus.“ Sie drehte sich zu Ralf um, während sie ihren Blazer aus dem Schrank nahm. „Wir machen nämlich Feierabend.“

„So so, dann wollt ihr vermutlich nicht hören, was wir über Jonas Kellermann herausgefunden haben.“ Er klappte seine Notizen zusammen und bewegte sich Richtung Tür. „Okay, ich bin Montag oder Dienstag wieder im Haus. Meldet euch einfach, sobald es euch passt.“ Er winkte mit dem Klemmbrett und wollte aus dem Büro marschieren. Doch Markus kam ihm zuvor und schnappte ihm seine Unterlagen weg. „Wir können selbst lesen."

„Wag es ja nicht, mit deinen unegalen Fingern in meinen zarten Papieren zu blättern."

Lisa verdrehte die Augen. Manchmal benahmen sie sich wie Kleinkinder. „Los, sag schon. Welche Droge konsumiert er regelmäßig?"

Ralf fuhr herum. „Woher weißt du das?"

Lisa zuckte demonstrativ mit den Schultern. „So was erkenne ich im Dunkeln. Menschenkenntnis hat man oder man hat sie nicht."

„Haschisch, scheinbar bereits jahrelang. Die Kollegen haben auch einen kleinen Vorrat für den Eigenbedarf sichergestellt."

„Trug er den bei sich?"

„Lag in seinem Schreibtisch, zwei Gramm."

Lisa summte nachdenklich. „Wir haben ihn aber nicht mehr im System. Ein Eintrag vor ein paar Jahren ist erloschen, seither hat er sich nicht wieder erwischen lassen."

„Ich kann die Betäubungsmittelabteilung bitten, sich einmal umzuhören. Bei irgendwem muss er sich ja eindecken."

„Habt ihr sein Handy überprüft?"

„Gab bisher keine Veranlassung. Wie wollt ihr das rechtfertigen?"

„Da überlegen wir uns was. Lasst uns mal die Knöllchen prüfen, vielleicht kauft er außerhalb", schlug Markus vor. „Der ist doch ziemlich viel unterwegs, von Baustelle zu Baustelle, und nach Hannover zu den ausschreibenden Stellen muss er garantiert auch fahren."

„Gute Idee!" Lisa rieb sich die Hände. „Es kommt Bewegung ins Spiel."

Während sie neben Markus in die Stadt ging, dachte Lisa darüber nach, ob Georg Kellermann sich vielleicht nicht gewehrt hatte, weil es sein Sohn war, der ihn angegriffen hatte. Sie malte sich die Szene erneut aus.

Kellermann sitzt im Büro, trinkt Kaffee, rechnet oder macht, was immer er nachts gemacht hat. Plötzlich spürt er, dass er lange nichts gegessen hat und sucht nach etwas Süßem. Er findet nichts und schaut im Schreibtisch seines Sohnes nach. Doch statt Smarties entdeckt er Haschisch. Sein Zuckerspiegel sinkt und sinkt. Er arbeitet weiter. Als sein Sohn das Büro betritt, wirft er ihm den Drogenmissbrauch vor. Jonas fühlt sich ertappt, will sich keine Vorschriften machen lassen. Der Streit eskaliert. Der Alte steht auf, weil ihm schwindelig wird, Jonas missversteht es als Angriff und wehrt sich.

Oder umgekehrt. Jonas fordert den Vater heraus, beschimpft ihn, droht ihm, für immer zu verschwinden. Er geht zu seinem Schreibtisch, um zu holen, was ihm gehört. Dabei bemerkt er, dass der Vater den größten Teil seines Vorrates vernichtet hat. Er rastet aus, stellt Kellermann, der gerade zur Toilette gehen will, zur Rede. Eklat. Gerangel. Vater tot am Boden.

Das würde erklären, wie der Täter an Georg Kellermann vorbei an das Eisenteil gekommen ist.

„Sag mal, Markus, könnte es sein, dass Kellermann sich nicht gewehrt hat, weil ihm sowieso schwindelig war?"

„Warum?"

„Ralf hat doch was von Diabetes gesagt. Wenn sein Zuckerspiegel vom vielen Kaffee und dem mangelnden Essen so richtig im Keller war ..."

„Ich bin kein Facharzt, kann es mir im Grunde genommen jedoch vorstellen. Allerdings sorgen Diabetiker im Allgemeinen dafür, dass sie stets Traubenzucker oder Orangensaft oder so etwas zur Verfügung haben."

„Wir müssen Frau Kellermann fragen, ob er überhaupt von seiner Erkrankung wusste."

„Das tun wir, doch jetzt denken wir zuerst einmal an unseren Blutzuckerspiegel, indem wir uns ein schönes Stück Kuchen gönnen."

Tatsächlich sprachen sie während des Kaffeetrinkens nicht ein einziges Mal von der Arbeit.

Markus erzählte von einem neuen Kachelofen, den er für seine Sammlung erworben hatte. „Jugendstil, einwandfrei und dazu noch in meiner Lieblingsfarbe, dunkelgrün. Du musst ihn dir bei Gelegenheit anschauen. Er ist nur etwa hüfthoch, aber die Kacheln sind so wunderschön, das glaubt man gar nicht. Und was die aus den Ofentüren gemacht haben. Hohe Handwerkskunst, sag ich dir."

Lisa wusste, dass Markus zu Hause, auf dem Bauernhof seiner Eltern, der schon lange weder Landwirtschaft noch Viehzucht betrieb, eine ganze Scheune so hergerichtet hatte, das er seine Kachelöfen und Kochmaschinen nicht nur aufstellen, sondern auch mit wenig Mühe betreiben konnte. Bevor er ihr seine Ausstellung gezeigt hatte, ahnte sie nicht einmal, wie viele verschiedene Arten von Öfen die Menschen hergestellt hatten. Seine Sammlung reichte von winzigen Taschenöfen, die mit Esbit betrieben wurden, bis zu einem riesigen Kachelofen aus einer Bauernküche, mit dem früher das ganze Haus beheizt worden war. Markus reparierte jeden einzelnen Ofen höchstpersönlich und äußerst akkurat. Er hatte von einem alten Ofensetzer gelernt, wie man die Schamottesteine zusägte und in die Züge einsetzte.

Er verbrachte viel Zeit auf Flohmärkten oder bei Wohnungsauflösungen auf der Suche nach einzelnen Kacheln, Türen oder eben kompletten, transportablen Öfen.

Zu jedem Stück seiner Sammlung erstellte er eine Karteikarte, auf der er neben den nackten Daten zu Hersteller und Produktionsjahr auch die Geschichte des Ofens notierte, soweit er sie in Erfahrung bringen konnte.

Lisa mochte es, wenn Markus von den Dingen sprach, die er liebte. Seine Augen leuchteten dann, und er wirkte irgendwie viel jünger als sonst.

Allerdings mochte sie es gar nicht so gern, wenn er über seine Mutter sprach. Sie lebte im ehemaligen Haupthaus, während Markus sich den Kuhstall ausgebaut hatte. Doch er schien sich immer rechtfertigen zu müssen, dass er noch bei seiner Mutter lebte. Lisa war das eigentlich schnurz. Er war ein erwachsener Mann und konnte selbst entscheiden, was gut für ihn war und was nicht. Nach dem Tod seiner Frau hatte er den Umbau veranlasst und war wieder dort eingezogen. Seine Mutter war zu diesem Zeitpunkt schon lange verwitwet und brauchte dringend Hilfe.

Also kein Grund, sich für irgendetwas entschuldigen zu müssen. Eher im Gegenteil.

Lisa fragte sich manchmal, ob sie Markus' Erzählungen über die Wehwehchen seiner Mutter deswegen so anstrengend fand, weil sie insgeheim wusste, dass sie sich niemals dazu durchringen würde, ihre Mutter aufzunehmen, wenn sie pflegebedürftig werden sollte. Jedenfalls glaubte sie das derzeit.

Sie schüttelte den Gedanken ab. Gottlob war es noch längst nicht so weit. Bis jetzt lebten ihre Eltern beide in einem gemütlichen Einfamilienhaus am Stadtrand von Kassel.

Als Markus' Handy summte, erschrak Lisa. Doch es schien ein privater Anruf zu sein. Er reagierte kurz angebunden, grunzte ein paar Antwortlaute und legte dann auf. Wider Erwarten sagte er nicht entschuldigend: „Meine Mutter", sondern: „Das war Fitz. Ich soll dich schön grüßen."

„Das war eine wirklich freundschaftliche Unterhaltung, die ihr beiden da geführt habt. Gratuliere."

„Er hatte nicht viel Zeit und im Hintergrund war es ziemlich laut."

„Aber er hatte doch einen Grund, dich anzurufen."

„Ja, hab ich allerdings nicht so richtig verstanden. Wir treffen uns heute Abend, dann kann er mir alles erzählen. Er hat was von einem Schatz gefaselt, den er ausgegraben hätte. Keine Ahnung, was er meinte."

Lisa lachte. „Bei Fitz wundert mich gar nichts. So wie der in den entlegensten Winkeln herumkriecht, würde es mich eher wundern, wenn er nicht mal irgendwann etwas Besonderes entdeckt."

Sie hatten noch eine halbe Stunde herumgesessen und Leute beobachtet. Dabei spielten sie „Mördersuche". Sie wählten jemanden aus, der an einem der Nachbartische saß oder am Tresen ein Brot kaufte und überlegten, welches Verbrechen derjenige wohl begangen hatte. Als Letztes hatten sie einer jungen Mutter unterstellt, in ihrem Kinderwagen Drogen auszufahren und das Baby nur als Tarnung darin liegen zu haben. Als das „Baby" sich dann aufrichtete und laut bellte, mussten sie dermaßen lachen, dass der winzige Bistrotisch beinahe umgefallen wäre. Dazu kam noch, dass die Frau sie sehr indigniert ansah und sich bemüßigt fühlte zu erklären, warum sie einen Yorkshireterrier im Kinderwagen herumfuhr. „Damian kommt gerade vom

Hundefriseur und ich muss um jeden Preis verhindern, dass er sich vor der Ausstellung erkältet. Zugluft geht gar nicht."

Lisa und Markus gaben sich alle Mühe, nicht in lautes Prusten auszubrechen. Da es ihnen kaum gelang, brachen sie lieber auf.

Sie verabschiedeten sich am Ständehaus. Als Lisa in die Straße einbog, in der sie wohnte, bemerkte sie, dass Petra am geöffneten Kofferraum ihres Kangoo stand und irgendetwas auslud.

„Hallo, kann ich helfen?", fragte sie. Dann erstaunt: „Was ist das?"

„Eine Handpresse, aus einer Geschäftsauflösung."

„Sieht schwer aus."

„Gusseisen, das ist der Sinn der Sache."

„Und die soll jetzt in deine Wohnung?"

„Am liebsten ja."

„Was wäre die Alternative?"

„Der Keller."

„Nach unten klingt einfacher."

„Stimmt wahrscheinlich, aber die Luft im Keller ist Papier nicht zuträglich. Viel zu feucht."

„Also nach oben." Plötzlich kicherte Lisa. „Ein Kinderwagen wäre nicht schlecht."

„Ich verstehe zwar nicht, was daran so lustig ist, aber die Idee ist genial." Sie klopfte Lisa auf die Schulter und lief zum Haus.

Kurz darauf tauchte sie mit einem Buggy wieder auf. Atemlos erklärte sie: „Der stand schon in meinem Keller, als ich eingezogen bin. Hoffentlich geht er nicht in die Knie."

Die beiden Frauen verfrachteten die Presse in den Kinderwagen und schoben sie bis zum Haus. Dabei schleiften die Räder nur wenig. Die Treppenstufen hinauf war deutlich anstrengender. Doch sie schafften es und bugsierten die Presse bis in Petras Arbeitszimmer.

Während Petra einen Eimer Wasser holen ging, um das Metall abzuwaschen, schaute Lisa sich um. Auf der Arbeitsfläche lag ein ledergebundenes Buch, auf das Petra Streifen geklebt hatte.

Lisa strich vorsichtig über das Leder. Es fühlte sich glatt und weich an.

Als Petra zurückkam, sagte sie: „Ich will als Nächstes die Vergoldung anbringen."

„Aus echtem Gold? Bewahrst du das in deiner Wohnung auf?"

„Blattgold, ja, warum?

„Fürchtest du nicht, überfallen zu werden?"

„Kaum. Blattgold ist nicht so wertvoll. Da sind meine Papiere und die Leder teurer."

„Echt? Papier ist teurer als Gold?"

Petra grinste breit. „Nicht wirklich, aber schau dir mal da hinten auf der letzten Stange die Japanseiden an, die mit den Kranichen zum Beispiel. Da kostet ein Blatt schon mal vierzig Euro."

„Vierzig Euro für ein Blatt Papier?"

„Yep." Sie betrachtete die Presse eingehend. „Für meine Zwecke muss ich sie wohl entrosten und neu lackieren, bevor ich sie benutzen kann. Schön, schön."

„Kannst du das?"

„Das ist doch keine Kunst."

„Für mich schon."

„Seid ihr denn mit eurem Mordfall vorangekommen?", erkundigte Petra sich, während sie sich die Hände abtrocknete.

„Wie man's nimmt. Wir machen uns gerade mit den Lebensumständen des Toten und der Verdächtigen vertraut."

„Oh, es gibt schon Verdächtige. Das geht aber schnell."

„Einige gelten in jedem Fall automatisch als verdächtig, Familienangehörige, derjenige, der den Toten zuletzt gesehen hat, ..."

„Exe auch?"

„Exfrauen besonders."

„Huhu, dann habt ihr bei manchen aber ganz schön was zu tun. Wie viele Exe hat euer Toter denn?"

„Hm, weiß ich nicht."

„Danach musst du unbedingt fragen." Sie kratzte einen Plocken Rost vom Griff der Presse. „Sag mal, magst du Punkrock? Oder Gänsebraten?"

„Nein und ja, wieso?"

„Na ja, wenn alle meine Exe verdächtig sind, wenn ich mal umgebracht werden würde, könntest du drei Punkmusiker und einen Gänsezüchter verhören. Warte, mit einem Krimiautoren und einem Schaffner war ich auch mal zusammen. Schaffner sind gar nicht so uncool beamtisch, wie man immer denkt."

„Uncool beamtisch?"

„Magst du beamtenhaft lieber? Klingt wie tuntenhaft, oder?"

„Beamte sind gar nicht uncool. Jedenfalls nicht alle", widersprach Lisa.

„Du musst es ja wissen, bist schließlich täglich mit ihnen zusammen."

Als Lisa darauf nicht mit einem Lachen reagierte, sagte Petra: „Nichts für ungut. Ich mach mich über alles lustig, was sich mir in den Weg stellt. Das Leben ist schon traurig genug."

„Verstehe, daran muss ich mich wohl erst gewöhnen."

„Dann lass uns noch ein Gläschen Ouzo trinken, das entspannt."

„Ouzo?"

Petra zuckte mit den Schultern. „Hab noch zwei Flaschen im Eisfach. Alles andere ist irgendwie ausgetrunken."

„Meinetwegen Ouzo. Den hab' ich bisher nie getrunken, ohne vorher beim Griechen gegessen zu haben."

Als Lisa viel später in ihre Wohnung hinüberging, war es draußen bereits dunkel geworden. Sie ließ die Badewanne volllaufen und legte sich den neuesten „Commissario Brunetti" auf den Rand.

Sie war gerade dabei, sich abzutrocknen, als ihr Telefon klingelte.

„Grundberg", bellte sie.

„Stör ich?", fragte eine Stimme, die sie auf Anhieb erkannte. Sie freute sich über seinen Anruf und sagte: „Fitz, nein, du natürlich nicht. Ich dachte, du triffst dich heute mit Markus. Ist etwas dazwischen gekommen? Mit seiner Mutter?"

„Nein, ich wollte nur vorher mal deine Stimme hören."

„Okayyyy", antwortete Lisa unentschlossen.

„Nein, ich muss dir was erzählen. Ich habe ..."

„Einen Schatz gefunden?", fragte Lisa.

„Keinen richtigen Schatz, also nicht Gold oder Silber und so, zumindest wissen wir da noch nichts von. Aber einen Kessel aus der Römerzeit, so kurz vor oder nach Christi Geburt."

„Wo?"

„An der Autobahntrasse."

„Die neu gebaut wird?"

„Genau, ich habe mich dem Archäologenteam angeschlossen, das dort graben darf, bevor die eigentlichen Bauarbeiten beginnen."

„Interessant!" Lisas Gedanken hüpften um ein Freudenfeuer herum. Es existierten scheinbar noch viel mehr Menschen, die ein Interesse daran hatten, den Bau der Autobahn zu verhindern oder zumindest zu verzögern. „Steht ihr sehr unter Zeitdruck?"

Sie spürte sofort, dass das nicht die Reaktion war, die Fitz erwartet hatte. „Wie meinst du das?"

„Na ja, ich frage mich halt, wie lange ihr noch Zeit habt zum Graben, um ... weil ..." Sie musste irgendwie die Kurve kriegen, damit sie Fitz weder verletzte, weil sie sich nicht für seinen Fund interessierte, noch verärgerte, weil sie ihn und sein Ausgräberteam verdächtigte. „ ... weil ich morgen Zeit hätte. Du könntest mir alles zeigen, wenn du Lust hast."

Sie hörte, dass er tief Luft holte. „Die Artefakte werden immer so schnell wie möglich abtransportiert. Aber wir haben längst nicht alles ausgegraben. Dieses Areal birgt garantiert viele weitere Funde."

„Das würde ich mir zu gern ansehen", log sie.

Er schien es zu spüren, denn er zögerte mit seiner Antwort. „Wie du willst. Ich würde mich freuen. Ich bin ab halb acht an der Ausgrabungsstelle."

„Ab wann? Morgen ist Sonntag."

„Wie du schon gesagt hattest, jeder Tag vor Baubeginn zählt."

„Wie finde ich dich?"

„Die Stelle ist nicht so riesig und unübersichtlich, aber du kannst mich jederzeit auf dem Handy erreichen."

„Du, Fitz, dein Fund ist bestimmt eine Sensation."

„Wir werden sehen", brummte er und verabschiedete sich.

Lisa kletterte summend in die Badewanne und klappte das Buch auf.

Venedig, das wäre auch einmal ein schönes Ziel für einen Kurzurlaub. Ob Fitz mit ihr gemeinsam in die Lagunenstadt reisen würde? Canale Grande, Gondeln, Seufzerbrücke, Markusplatz, ach nee, musste das jetzt sein?

Sie schüttelte den Kopf und konzentrierte sich auf den Plot.

17

Alfeld, Sonntag, der 15. September 2013

Da er bei der Blockbergung sowieso nicht helfen konnte, schnappte Fitz sich einen Stachelschweinborstenpinsel. Er pilgerte über den Teil der Ausgrabungsfläche, den sie als Haus gekennzeichnet hatten. Hier musste es doch mehr geben als Abdrücke von hölzernen Pfeilern und Pfosten. Eine Feuerstelle zum Beispiel. Oder eine Abfallgrube.

Er hörte Schritte hinter sich und drehte sich um. „Hallo, Franziska, dieser Teil der Bergung ist ziemlich langweilig, wenn man nicht direkt daran beteiligt ist."

Sie zuckte mit den Schultern. „Mein Problem besteht eher darin, dass ich so unruhig bin, weil ich befürchte, dass wir irgendetwas übersehen. Am liebsten würde ich ununterbrochen auf den Knien über den Boden rutschen und mit einem Vergrößerungsglas jeden Quadratzentimeter absuchen."

„Das verstehe ich sehr gut. Komm, lass uns zusammen suchen."

„Was suchen wir denn?"

„Etwas, das uns sagt, wer in diesem Haus gewohnt hat."

„Gute Idee."

Sie zog tatsächlich eine Lupe aus ihrer Jackentasche und kniete sich auf ein winziges Polster, das sie in der Hand gehalten hatte. „Süße kleine Artefakte, wo seid ihr? Zeigt euch!"

Fitz grinste und begann ebenfalls, jede einzelne Unebenheit zu begutachten.

Gegen Mittag tauchte Faust bei ihnen auf. „Wie sieht es aus, Herr Fitz, Franziska, wir bringen den Block jetzt nach Göttingen in die Universität. Möchten Sie uns begleiten?"

Franziska lehnte ab, sie wollte weitersuchen. Doch Fitz erschien es als gute Alternative. Er wollte zu gern wissen, welche Untersuchungen jetzt folgten. Na gut, er wollte in erster Linie erfahren, was sich tatsächlich in dem Block befand. Das war doch nur menschlich, oder?

Auf der Fahrt nach Göttingen erklärte Faust ihm, was sie erwartete.

„Ich hätte nicht gedacht, dass in den Labors sogar am Sonntag gearbeitet wird", sagte Fitz.

„So ist das bei uns Wissenschaftlern, zuerst kommt die Sache, dann lange nichts, und irgendwann in weiter Ferne folgt die Familie."

„Also, ihr habt alle Hebel in Bewegung gesetzt, damit ihr heute nicht vor verschlossenen Türen steht."

Faust lachte laut. „So könnte man es ebenfalls sagen. Es ist schon eine Herausforderung, einen LKW zu organisieren, der uns die Befunde sicher in das Labor bringt. Das mit dem Labor ist weniger schwierig, weil wir da sehr gute Beziehungen haben."

„Na ja, mit dem Transportmittel hätte ich helfen können."

„Hat ja auch so geklappt. Wir fahren als Erstes in ein ganz spezielles Röntgenlabor. Danach wissen wir hoffentlich mehr."

Auf den Röntgenbildern konnte Fitz wenig erkennen, doch Faust und seine Frau, die das Labor betreute und ihn liebevoll begrüßt hatte, bevor sie sich dem Fund zuwandte, diskutierten sogar Kleinigkeiten.

„Sehen Sie es?"
„Knochen?"
„Genau! Das sind die Überreste von mindestens zwei Personen, vermutlich eine Frau mit ihrem Säugling."
„Wo sehen Sie das?", fragte Fitz.
Frau Faust fuhr mit ihrem Rollstuhl zur Seite, nachdem sie das Bild auf eine große Leinwand umgeschaltet hatte. Sie benutzte einen grünen Laserpointer, um die Einzelheiten hervorzuheben, auf die sie Fitz hinweisen wollte.
„Wir sehen einen Kessel." Sie umfuhr einen hellen Radius. „Er scheint hier am oberen Rand und dort unten links etwas korrodiert zu sein. Vielleicht war er schon beschädigt, als er begraben wurde, doch daran glaube ich nicht."
Faust stand hinter seiner Frau, eine Hand auf ihrer Schulter. Sie lächelte und drückte die Hand kurz, bevor sie weitersprach. „Außerdem sehen wir ganz eindeutig zwei Schädel, einen größeren an dieser Seite, und den kleineren etwas darunter. Schauen Sie, mit ein wenig Vorstellungskraft wirkt es fast, als hätte sich die Frau in den Kessel gekauert und das Baby in ihren Armen geborgen."
„Bist du sicher, dass es sich um eine Frau handelt?"
„Dem ersten Augenschein nach, ja."
„Wie lange brauchst du, um ihr Alter zu bestimmen?"
„Wunder dauern etwas länger. Ich werd' es ausmessen."
„Davon bin ich überzeugt. Aber was ist das da?" Er zeigte auf zwei Spiralen, die sich neben dem Babyschädel befanden.
„Gold, denke ich."

„Was?"

„Typisches Zahlungsmittel um die Zeitenwende. Beim Ausbau der A20 im Norden hat man davon auch schon jede Menge gefunden."

Fitz merkte erst nach einigen Momenten, dass er bei dem Wort „Gold" die Luft angehalten hatte. Warum war Gold, warum war ein Schatz im herkömmlichen Sinne immer etwas ganz Besonderes, selbst wenn alle etwas anderes behaupteten?

Fausts Frau blieb dagegen völlig ruhig. „Viel interessanter sind allerdings diese verwaschenen Strukturen. Ich denke, dass es sich um ein Säckchen gehandelt hat. Der Stoff ist vergangen, aber die Lage der einzelnen Teile ist unverändert geblieben."

„Du denkst an eine Grabbeigabe?"

„Unbedingt."

„Warum sollte man die beiden in einem Kessel begraben?"

„Bei Putensen haben Archäologen in Grab 150 eine gleichartige Bestattung eines Kriegers gefunden."

„Das wurde auf das erste Jahrhundert nach Christus datiert, wenn ich mich recht erinnere."

„Ich glaube schon."

Fitz mischte sich ein. „In der Hallstattzeit existierte dieser Brauch ebenfalls."

„Die Kelten haben das auch favorisiert", sagte Faust nachdenklich.

„Wir müssen unbedingt herausfinden, wann die beiden in den Topf gelegt wurden, und ..." Nachdenklich führte Frau Faust den Laserpointer an tieferen Schichten entlang. „Entweder befinden sich dort unten noch Knochen einer dritten Person oder ..." Sie umkreiste mit dem Pointer eine bestimmte Stelle. „... dies ist ein Horn."

„Du denkst, da sind tierische Überreste dabei?"

„Tieropfer mussten bei den Germanen möglichst komplett bleiben, damit sie im Jenseits auferstehen konnten. Nur das Fleisch wurde während des Rituals verzehrt."

Fitz interessierte sich weniger für ein totes Tier als für den Inhalt des Säckchens. „Dieser Beutel, von dem Sie gesprochen haben, ist der vollständig verschwunden? Oder gibt es vielleicht einen Verschluss, etwas mit Verzierungen?"

„Unwahrscheinlich. Es handelt sich eher um Verfärbungen, die zeigen, wo er sich mal befunden hat. Doch die Dinge in seinem Inneren haben sich seither bestimmt nicht bewegt, sodass wir die Größe abschätzen können. Mit viel Glück lässt sich das verwendete Material bestimmen."

„Was war ihr oder ihren Hinterbliebenen so wichtig, dass sie es ihr mitgegeben haben?"

„Es wird ein paar Tage dauern. Ich denke allerdings, dass bereits die Ultraschalluntersuchungen uns erste Hinweise liefern werden."

„Ach komm, Marisa, give us your best bet."

Sie wiegte den Kopf. „Aber wirklich nur geraten. Du nagelst mich nicht darauf fest?"

„Auf keinen Fall, du kennst mich doch."

„Eben."

„Bitte."

Gerade wollte Fitz sie ebenfalls anflehen, da räusperte sie sich. „Also gut, ich denke, dass es sich um ihre ganz persönlichen Besitztümer handelt. Seht ihr diesen Schatten?"

Fitz und Faust nickten stumm.

„Ein Behälter für Salben oder Cremes, daneben ein Pinsel und einige Perlen." Nach diesen Worten klatschte sie in die Hände. „So, und nun fahrt ihr zurück nach Alfeld oder wie immer das heißt, wo ihr herumbuddelt, während ich hier noch ein Stündchen die Apparaturen quäle. Danach fahre ich heim und warte auf dich."

18

Alfeld, Sonntag, der 15. September 2013

Lisa ließ das Telefon eine gefühlte Ewigkeit lang klingeln. Doch Markus ging weder an sein Handy noch an den Festnetzanschluss.

„Verdammt, geh ran", murmelte Lisa. Sie stand in der Küche und blickte gedankenverloren aus dem Fenster. Sie ließ das Mobilteil sinken, legte es auf den Tisch. Dann eben auf die harte Tour.

Sie nahm ihre Lederjacke aus dem Schrank und suchte die ältesten Sportschuhe heraus, die sie besaß. Bevor sie ihre Wohnung verließ, rief sie noch ein weiteres Mal bei Markus an. Er reagierte wieder nicht.

Lisa warf die Jacke auf den Rücksitz ihres Polos und fuhr los. Bis zu Markus' Bauernhof brauchte sie knappe zehn Minuten. Sie war erleichtert, als sie sah, dass Markus' Wagen auf dem Hof stand. Weit konnte er also nicht sein. Vielleicht frühstückte er im Haupthaus mit seiner Mutter.

Sie parkte mitten auf dem gepflasterten Hof unter der alten Kastanie, dann schlenderte sie zur Haustür und klopfte. Leider gab es keine Klingel, nur einen Messingklopfer in Form eines Löwenkopfes, der sich für Lisas Geschmack viel zu schwer bewegen ließ und kaum ein wahrnehmbares Geräusch verursachte.

Als sich nichts tat, hämmerte sie noch einmal mit der Faust dagegen.

„Willst du meine Tür einschlagen?"

Lisa drehte sich um. „Markus! Wo? Ach, ich sehe schon. Du warst joggen."

„Wie jeden Morgen. Was kann ich für dich tun?"

„Morgen war vor zwei oder drei Stunden, jetzt ist bald Mittag. Egal. Geh duschen, und dann fahren wir nach Sehlem oder Adenstedt oder so, jedenfalls zu dem Teil der Autobahnbaustelle, die schon vorbereitet wurde."

„Warum?" Markus drängte sich an ihr vorbei, um die Tür aufzuschließen.

„Fitz hat uns eingeladen."

„Hat er? Zu mir hat er gestern Abend nichts dergleichen gesagt."

Lisa verdrehte die Augen. „Stell dich nicht so an, ihr seid doch Freunde."

„Warum willst du eigentlich da hin? Wegen Fitz?"

Sie zögerte. Auf dieses Thema würde sie sich keinesfalls einlassen. „Wegen unseres Falles. Zieh dich um, ich erzähl dir die Einzelheiten unterwegs."

Lisa fuhr langsam durch Einhausen und suchte nach der Zufahrt zur Baustelle.

„Meinst du, die lassen uns da durchfahren?", fragte Markus skeptisch.

„Da heute Sonntag ist, wird uns wohl weder ein Raupenfahrzeug noch ein wild gewordener Polier den Weg versperren."

Sie hoppelten vorsichtig über eine Schotterfläche. „Da vorn steht ein Zelt. Das könnten die Buddelanten sein, oder?"

„Sieht so aus. Halt doch einfach hier an. Wir können das letzte Stück zu Fuß gehen."

Lisa bemerkte, dass Markus sich äußerst neugierig umschaute. „Da hinten ist Fitz." Er winkte.

„Glaubst du, das ist er? Was macht er?"

„Kriecht auf dem Boden herum."

Als sie näherkamen, erkannten sie, dass der Mann, der mit Pinsel und Lupe über den Boden kroch, nicht Fitz war.

„Hallo", sagte Lisa. „Wir sind Bekannte von Fitz. Ist er nicht hier? Kennen Sie ihn?"

Der junge Mann richtete sich auf. „Felix, hi. Ja und ja."

„Wie meinen?"

„Ja, er ist nicht hier und ja, ich kenne ihn."

„Entschuldigen Sie bitte, ich bin Lisa und das ist Markus, wir sind Freunde von Fitz, und er hat von dieser Ausgrabung geschwärmt. Deshalb ..."

„Deshalb wollten sie mal gucken kommen."

„Genau, Fitz sagte etwas von einem spektakulären Fund."

Der junge Mann sah sie enttäuscht an. „Alle wollen immer nur spektakuläre Artefakte, am allerliebsten aus Gold. Das gibt's hier nicht."

„Entschuldigen Sie, ich glaube nicht, dass Fitz etwas von Gold gesagt hat. Er sprach vielmehr von bahnbrechenden Erkenntnissen, die der Fund mit sich bringen würde."

„Und das hat Sie hergeführt, das soll ich glauben?"

Markus wanderte ein wenig zur Seite, immer noch den Blick fest auf den Boden gerichtet.

Felix fuhr ihn an: „Was glauben Sie, was Sie da tun?"

Markus drehte sich zu ihm um. „Ein Kindheitstraum. Mein Vater war Landwirt südlich von Alfeld. In jedem Frühjahr, wenn er mit dem großen Pflug über unsere Felder fuhr, bin ich hinterhergelaufen und habe Steinäxte, bearbeitete Feuersteinscherben und Pfeilspitzen gesucht." Er lachte übermütig. „Wahrscheinlich waren wenigstens die Hälfte meiner angeblich urzeitlichen Funde einfach nur seltsam geformte Steinbrocken, die niemals von Steinzeitmenschen benutzt worden waren. Aber das war mir egal. Ich legte sie abends in einem Kreis um mich herum auf dem Teppich aus und ließ mir von ihnen erzählen, was sie erlebt hatten: Kämpfe mit Säbelzahntigern, der Bau von Brücken über reißende Flüsse und die Rettung lieblicher Mädchen vor bösartigen Dinosauriern ..."

„Oh, nein, Dinosaurier und Hominide haben niemals zur gleichen Zeit existiert."

„Das weiß ich heute auch. Aber damals war es mega spannend." Entschuldigend sagte er zu Lisa: „Im Fernsehen gab es zu dieser Zeit noch nichts Ordentliches."

Felix plusterte sich auf. „Wir sind Archäologen und keine Paläontologen. Außerdem beschäftigen wir uns mit der Frage, wie unsere Vorfahren gelebt haben und denken uns keine Abenteuergeschichten aus."

Eine ältere Dame mit kurzen, fast weißen Haaren trat zu ihnen. „Guten Tag, herzlich willkommen, Felix ist normalerweise nicht so griesgrämig. Aber der Professor ist mit Fitz nach Göttingen in die Universität gefahren, um unseren bisher spektakulärsten Fund ins Labor zu bringen, und Felix musste hierbleiben." Sie strich sanft über seinen Ärmel. „Dafür ist er jetzt sozusagen der Ausgrabungsleiter und das ist doch auch nicht schlecht." Mit einem eleganten Schwung öffnete sie ihre Hand und hielt sie vor seine Brust. Auf ihrer Handfläche balancierte ein silberfarbener, runder Zylinder, dessen eines Ende in einem Erdklumpen steckte.

„Was ist das?", fragten Lisa, Markus und Felix fast gleichzeitig.

Die alte Dame kicherte leise. „Ein Fund, denke ich."

„Wo hast du das her?“, fragte Felix.

„Folgt mir.“

„Franziska, du weißt doch, dass wir nichts ... in situ ... du weißt doch.“

„Keine Panik. Ist alles okay. Ich habe alles fotografiert, gekennzeichnet und eingetragen.“

Felix blieb stehen. „Geh vor.“

Franziska kletterte an ihm vorbei und stieg in einen flachen Graben. „Hier ist nicht so viel Platz. Wie ihr seht, sind an dieser Stelle einige Artefakte mit bloßem Auge in der Wand zu erkennen. Wir hatten sie gestern markiert und für eine spätere Bergung vorgesehen. Doch über Nacht muss sich das Erdreich bewegt haben. Jedenfalls lag diese Dose plötzlich mit dem Klumpen Erde daran auf dem Boden der Grube. Ich hatte mir etwas zu trinken aus dem Zelt geholt und war eigentlich auf dem Rückweg zu meiner Grabungsstelle.“

„Wieso Dose?“, fragte Felix.

„Es klappert, wenn man es schüttelt.“

Felix wackelte mit dem Kopf. „Das Erste, was wir im Anfängerseminar lernen, ist, dass wir durch unsere Arbeit mehr zerstören, als wir retten können. Ich hätte nie gedacht, dass es so wahr ist.“

„Darf ich sie mal anfassen?“, fragte Markus.

Franziska nickte und reichte ihm die Dose.

„Cool. Was da wohl drin ist?“

„Das ist eine römische Spardose, da bin ich mir ziemlich sicher“, erklärte Felix.

„Spardose?“

„Ja, oder eine Art Geldbörse. Jedenfalls ließen sich Münzen auf diese Art sicher transportieren und im Notfall auch vergraben. Man hat schon mehrere davon gefunden.“

Markus schüttelte die Dose in seiner Hand vorsichtig. „Goldmünzen?"
„Schon möglich."
„Können wir sie aufmachen?"
Felix holte tief Luft. „Natürlich nicht."
„Schade."
Lisa fragte: „Was geschieht nun damit?"
„Wir bringen sie ins Labor und werten alles unter wissenschaftlich korrekten Bedingungen aus."
„Das klingt, als würde es ziemlich lange dauern."
Markus war inzwischen zu Franziska in den Graben geklettert. „Sieht so aus, als wären da noch mehr."
Franziska nickte mit einem überaus verzückten Gesichtsausdruck, fotografierte die Stelle und reichte Markus eine Kladde und einen Bleistift. „Ich messe, Sie tragen ein."
„Okay, und anschließend buddeln wir alles aus."
„Zumindest ein bisschen was, ja."

Lisa begleitete Felix zum Zelt. Er packte die Dose in eine größere Schachtel, beschriftete sie und stellte sie in eines der Metallregale.
„Wie läuft Ihre Arbeit bisher? Gab es Probleme?"
„Wie kommen Sie darauf?" Sein Tonfall klang überaus spöttisch.
„Sie stehen unter enormem Zeitdruck, oder?"
Er zuckte mit den Schultern. „Nicht mehr als sonst. Im Gegenteil, durch die Initiativen und Aktionen der Bürger in dieser Gegend verzögern sich die Bauarbeiten, sodass uns mehr Zeit zur Verfügung steht, als wir erwartet hatten."
„Hat es Streit gegeben? Auseinandersetzungen? Demonstrationen? Sind Sie bedroht worden? Hat man Ihre Arbeit behindert?"

„Auf dem Ausgrabungsgelände?"
„Zum Beispiel."
„Sie fragen komische Sachen. Einer der Bauern, dem das angrenzende Land gehört, schaut ab und zu mal vorbei. Er achtet peinlich genau darauf, dass wir seinen Acker nicht betreten und vor allem nicht bei ihm graben."
„Und die Bauunternehmer?"
„Ich habe nur mit den Männern gesprochen, die für uns den Mutterboden abgetragen haben, damit wir mit dem Sondieren beginnen konnten."
„Was reden die so?" Lisa versuchte, die Frage möglichst beiläufig klingen zu lassen.
„Was wird'n das? 'n Verhör?"
Lisa rang kurz mit sich, wie sie reagieren sollte. Dann sagte sie: „Könnte man so sehen!"
„Brauche ich einen Anwalt?"
„Das wissen Sie sicher besser als ich."
Felix hob abwehrend beide Hände. „Ich glaube, unser Gespräch läuft irgendwie schief."
„Entschuldigen Sie. Ich bin Kriminalhauptkommissarin Lisa Grundberg ... und eine Freundin von Fitz", fügte sie hinzu, als sie sein entgeistertes Gesicht sah. „Mein Kollege Markus Heitkämper und ich ermitteln in einem Mordfall."
„Mord? Hier auf dem Ausgrabungsgelände?"
„Nein, im Tiefbauunternehmen."
„Kellermann?"
„Sie kannten ihn?"
„Nein, aber der Name stand auf den Fahrzeugen, die an diesem Abschnitt gearbeitet haben."
„Ist er je persönlich in Erscheinung getreten?"
„Mir hat er sich nicht vorgestellt. Ich bin nur der Hiwi. Dr. Faust wird am Nachmittag wieder zurück sein. Sie sollten mit ihm sprechen."

„Dr. Faust? Wie in Goethes Faust?"

„Karel Faust, nicht Heinrich, Grabungsleiter, sehr erfahren, über jeden Zweifel erhaben."

Lisa versuchte es noch einmal. „Sie würden schon davon profitieren, wenn der Bau weiter verzögert würde?"

„Das reicht, gehen Sie bitte."

Felix reagierte danach nicht mehr, egal was Lisa sagte oder tat. Also kehrte sie zu Markus zurück, der neben der Frau, die sich als Franziska vorgestellt hatte, auf dem Boden lag und Steinchen streichelte.

Bevor sie aufbrachen, bat Lisa die alte Dame noch, Fitz von ihr zu grüßen. Die lachte und sagte: „Felix wird es ihm sowieso brühwarm erzählen, jede Wette."

„Da wir am heiligen Sonntag schon unterwegs sind, könnten wir in Einhausen einen alten Freund meines Vaters besuchen", schlug Markus vor.

„Wozu?"

„Gustav Thiele war früher Ortsbürgermeister. Er kennt Gott und die Welt. Wenn uns einer erzählen kann, wer dafür und wer dagegen ist oder wer sich mit wem gezofft hat, dann er."

„Einverstanden. Wohin müssen wir?"

„Ich würde sagen, fahr mal im Schritttempo die Hauptstraße runter. Wir werden ihn finden."

Lisa schüttelte ungläubig den Kopf, machte aber, was Markus ihr aufgetragen hatte.

„Da vorn ist er. Beim Spielplatz. Halt an." Markus fuchtelte mit den Armen.

Drei Männer, ein kräftiger mit breiten Schultern und zwei kleinere, standen am grünen Metallzaun und diskutierten offensichtlich.

Sie verstummten, als Markus und Lisa auf sie zukamen.

„Markus, grüß dich, mein Junge. Ich habe dich ja ewig nicht gesehen."

Das musste Gustav Thiele sein. Sein Bass dröhnte quer über die Straße. Er hielt beide Arme weit auseinander, um Markus zu umarmen. Sie klopften sich gegenseitig auf Rücken und Schultern, wodurch Lisa die Gelegenheit bekam, sich die beiden anderen Männer genauer anzuschauen. Sie trugen dunkle Mäntel und hatten die Hände in den Taschen. Vielleicht kamen sie aus dem Gottesdienst? Jedenfalls musterten die sie ebenfalls scharf.

Markus sagte: „Gustav, darf ich dir meine Kollegin Lisa Grundberg vorstellen?"

Der alte Mann drehte sich warm lächelnd zu ihr um. „Sehr erfreut, Sie kennenzulernen." Dann wandte er sich wieder Markus zu. „Was kann ich für euch tun? Ah, ihr kennt euch noch nicht, oder? Das sind Jan Werkheim, unser Bürgermeister, und Fred Löscher, Gemeinderatsmitglied."

Sie schüttelten reihum die Hände und Lisa meinte, die Neugier der Männer beinahe körperlich zu spüren.

„Ihr seid nicht zum Vergnügen nach Einhausen gekommen?", fragte Gustav nachdenklich.

„Seid ihr für oder gegen den Autobahnbau?", fragte Markus.

Gustav schürzte die Lippen. „Du arbeitest doch noch bei der Mordkommission, nicht wahr?"

„Yep."

„Hm, also der Bürgermeister ist dafür, Entwicklung der Region, Arbeitsplätze und so weiter. Der Tierhändler votiert eigentlich dagegen, wagt aber nicht, sich gegen die Parteilinie zu äußern. So weit richtig, meine Herren?"

„Selbstverständlich darf man dem Fortschritt nicht im Wege stehen", sagte Werkheim. „Das ist die große Herausforderung unserer Zeit. Alle wollen erneuerbare Energien, jedoch keine Windkrafträder vor der Haustür."

„So einseitig dürfen wir das Ganze nicht betrachten. Schließlich existieren immer positive und negative Elemente, man muss sie in Einklang bringen, wie Ying und Yang, denke ich", ereiferte sich Fred Löscher und lächelte dann entschuldigend.

Gustav unterbrach sie mit einem Räuspern. „Worthülsen. Entschuldigt ihn bitte, er gibt den Politiker. Wer ist ermordet worden? Hübiger?"

„Wie kommst du denn darauf?" Markus sah wirklich bestürzt aus.

„Der Lehrer nervt alle, egal ob sie gegen den Autobahnbau sind oder dafür."

Lisa grinste breit. „Nein, Herr Hübiger erfreut sich bester Gesundheit."

Sie glaubte ein „Schade" gehört zu haben, das aber durch Räuspern und Hüsteln verdeckt wurde.

Markus hob den Zeigefinger. „Streng vertraulich." Eindringlich schaute er den drei Männern in die Augen. Sie nickten. „Georg Kellermann wurde, äh, umgebracht."

Lisa war heilfroh, dass er die Todesart nicht genannt hatte und ergänzte: „Wir wissen nicht, ob der Mord mit dem Autobahnbau zusammenhängt oder ob es quasi private Gründe gab."

Sie konnte die Rädchen hinter Gustav Thieles Stirn rattern sehen.

„Private Gründe? Die größte Versuchung auf Erden ist nicht Geld oder Liebe, die größte Versuchung ist Macht", zitierte der alte Mann bedächtig. „Schopenhauer, glaube ich."

Lisa hatte den Spruch noch nie gehört und versuchte zu entscheiden, ob er stimmte oder ob sie ihn ablehnte.

Markus sagte: „Jeder Mord hat etwas mit Macht zu tun, oder? Kann man größere Macht ausüben, als jemanden umzubringen?“

Werkheim mischte sich ein: „Was für eine Schande. Schorsch Kellermann hatte gerade noch einmal eine neue Familie gegründet, ein Baby bekommen. Große Liebe und alles. Mein Gott, was für eine Tragödie.“

Gustav Thiele sah ihn skeptisch an. „Kanntest du ihn gut?“

„Nur beruflich.“

„Nun, ich bin ihm gelegentlich begegnet“, warf Fred Löscher ein. „So groß ist Alfeld ja nicht und Kellermanns bauen oft im Auftrag der Städte und Gemeinden.“

Thiele zog einen Mundwinkel nach unten. „Ja, das stimmt, der alte Kellermann ließ es sich selten nehmen, bei der Einweihung einer Straße dabei zu sein.“

Lisa hakte nach. „Wollen Sie damit ausdrücken, dass der Junior dies anders handhabt?“

„So könnte man es formulieren, ja. Wo stammen Sie her, wenn ich fragen darf?“

Eigentlich ging es ihn ja nichts an, andererseits war es nun wahrlich kein Geheimnis. „Aus Kassel, ich lebe erst seit 2010 in der Gegend.“

„Kluge Entscheidung.“

„Das will ich meinen“, erwiderte Markus und versuchte damit, das Gespräch wieder unter Kontrolle zu bekommen.

Aber Lisa kam ihm zuvor. „Sie sprachen Herrn Hübiger an, er engagiert sich doch auch pro Autobahn, wenn ich ihn richtig verstanden habe.“

„Pro selbstverständlich, mehr pro geht beinahe gar nicht.“ Gustav lachte dröhnend. „Manchmal denke ich, der Lehrer ist ein Straßenfetischist." Als er Lisas fragenden Blick bemerkte, ergänzte er: „Nehmen Sie es einem alten Mann nicht übel, wenn er sich hin und wieder einen Spaß erlaubt. Der Lehrer Hübiger ist das, was mein Vater früher einen Hans-Dampf-in-allen-Gassen nannte. Er mischt überall mit, immer in vorderster Linie und ... hm, wie sag ich's am besten?" Hilfe suchend schaute er den Bürgermeister an.

„Er ist kein Teamplayer", sagte dieser zögernd. „Sehen Sie, es steht mir nicht zu, ihn zu kritisieren, aber ... nun ja, ..."

Löscher sagte düster: „Er quatscht die Leute dusselig, bis sie denken, der hat ja Ahnung, der kümmert sich, den wählen wir."

Lisa wollte aufbegehren, so dumm waren die Wähler nicht. Gerade noch rechtzeitig fiel ihr ein, dass es wie überall wohl auch in diesem Bereich ‚sone und solche' gab. Stattdessen fragte sie: „Die Mitglieder der Bürgerinitiative, mit Herrn Neuherr an der Spitze, was sind das für Menschen?"

„Der Elektriker, ein feiner Kerl eigentlich, verrennt sich manchmal, aber immer gerade heraus. Kann man nicht anders sagen", brummte Thiele.

„In dieser Bürgerinitiative engagieren sich ganz unterschiedliche Leute. Vom Familienvater, der befürchtet, dass sein Eigenheim und sein Grundstück nach dem Bau der Autobahn nichts mehr wert sind, bis zum grünen Öko-Terroristen, der alle Autos abschaffen und das Land den Schafen zurückgeben will."

„Öko-Terroristen? Was ist das denn?"

„Kennen Sie die nicht? Jute-statt-Plastik-Typen mit Rastazöpfchen und Marihuana-Plantage im Kinderzimmer", erklärte Fred Löscher.

‚Da ist aber einer sehr schlecht auf die Grünen zu sprechen', dachte Lisa.

Gustav klopfte ihm auf die Schulter. „Nimm's nicht persönlich. Kinder müssen sich abnabeln."

Löscher blickte ihn herausfordernd an. „Ich möchte dich mal sehen, wenn dein eigener Sohn dich bei einer Demonstration mit faulen Tomaten bewerfen würde."

Gustav richtete sich zu seiner vollen Größe auf. „Das wagt der nicht."

Löscher hingegen fiel sichtbar in sich zusammen. „Das dachte ich auch immer."

Lisa beobachtete das Wechselspiel der Männer untereinander aufmerksam. Sie schienen sich einig zu sein, trotz aller Unterschiede.

Markus fragte noch einmal nach: „Gustav, was meinst du, wer wäre in der Lage, für seine Ziele einen Mord zu begehen?"

„Von den Wutbürgern?"

„Wutbürger?", fragte Lisa erstaunt.

„Der Begriff wurde wohl im Zusammenhang mit Stuttgart 21 geprägt. Jedenfalls kenne ich ihn daher. So nennt Hübiger alle, die protestieren, weil sie in seinen Augen rein aus Prinzip alles verhindern wollen und nicht, weil es sinnvoll oder logisch erscheint. Im Grunde genommen ist er davon überzeugt, dass sie das nur tun, um ihn persönlich zu ärgern. Er denkt, alle wären am besten beraten, wenn sie sich voll und ganz auf seine Expertise verlassen würden."

Sie konnte den Gesichtern ansehen, dass sie keine brauchbarere Antwort geben würden. Allerdings war sie überzeugt, dass jeder der drei insgeheim mindestens eine Person verdächtigte.

Markus und sie blieben noch ein paar Minuten stehen. Gustav Thiele erkundigte sich nach Markus' Mutter und erzählte von zwei Söhnen, die in Göttingen und Dresden studierten.

Da Lisa die Menschen nicht kannte, klinkte sie sich aus dem Gespräch aus und versuchte für sich selbst festzustellen, wen sie eigentlich verdächtigte, Kellermann umgebracht zu haben.

Sie kam zu keinem überzeugenden Schluss. Weder wenn sie an Neuherr, an Frau Kellermann oder an den kiffenden Jonas dachte, stellte sich diese gewisse Unruhe ein, die sie vorantrieb, die sie dazu brachte, jeden Stein umzudrehen, bis sie beweisen konnte, was sich richtig anfühlte.

Diesmal war da nichts.

19

Alfeld, Montag, der 16. September 2013

Fitz hätte niemals gedacht, dass er in seinem fortgeschrittenen Alter noch dermaßen vergnügt im Dreck herumbuddeln würde. Tatsächlich erledigte er über lange Zeiträume hinweg Arbeiten, die keinen Spaß machten - theoretisch. Die langweilig waren, unnötig Zeit kosteten und vor allem nicht zu neuen Funden führten, jedenfalls nicht unmittelbar.

Trotzdem gefiel ihm das systematische Vorgehen, das sorgsame Katalogisieren, die äußerste Bedachtsamkeit, mit der jeder Schritt geplant, vorbereitet und schließlich durchgeführt wurde. Für ihn hatte das Ganze beinahe etwas Meditatives. Außerdem waren da die Menschen, ruhige, fleißige Typen mit einer Mission.

„Guten Morgen, guten Morgen."

Scheinbar fühlte sich niemand angesprochen, denn es antwortete niemand. Auch Fitz drehte sich erst um, nachdem die fremde Stimme noch einmal laut und vernehmlich „Guten Morgen" gerufen hatte.

Doch zu seinem Glück reagierte Franziska schneller. Sobald er den Mann erkannt hatte, beugte er sich umso tiefer über seine Zeichnung.

„Guten Morgen, mein Herr, womit kann ich Ihnen helfen?", fragte Franziska und näherte sich, den Geräuschen nach zu urteilen, dem Fremden.

Fitz würde den Teufel tun, sich nach diesem Schleimer umzudrehen. Am Ende musste er mit ihm sprechen oder noch schlimmer, ihm zuhören.

„Eigentlich dachte ich, ich könnte etwas für Sie tun", sagte er.

„Verkaufen Sie Versicherungen?", fragte Franziska irritiert.

Der Mann lachte dröhnend. „Versicherungen? Wie köstlich! Wie kommen Sie denn darauf? Kennen Sie mich etwa nicht?"

„Nein, tut mir leid, aber wissen Sie, ich gehöre nicht zum Unipersonal, ich helfe hier nur aus, in meiner Freizeit. Der Herr Professor muss jeden Augenblick zurückkehren. Der weiß am besten über alles Bescheid."

Fitz riskierte einen Blick. Dass der Franziska so lange reden ließ, ohne sie zu unterbrechen, wunderte ihn. Er stutzte. Hübiger sah tatsächlich so aus, als hätten ihre Worte ihm geschmeichelt. „Meine Dame", rief er aus. „Ich gehöre nicht zum Stab der Universität."

„Nicht? Sind Sie Reporter?" Franziska ging etwas auf Distanz.

„Wo denken Sie hin? Nichts dergleichen. Ich schätze ehrenamtliches Engagement. Mögen Sie mir einmal zeigen, was Sie gerade tun?"

„Nein. Bitte wenden Sie sich an Professor Faust. Ich bin nicht befugt ..."

„Aber ich bitte Sie, ich bin doch kein Eindringling, kein Fremder."

„Für mich schon."

Er ergriff ihre Hand, obwohl sie noch einen Schritt von ihm weggegangen war. „Werte Dame, ich bin Paul Hübiger, Ihr Abgeordneter."

Franziska runzelte die Stirn. „Ich habe keinen eigenen Abgeordneten."

„Aber selbstverständlich haben Sie den. Sie gehen doch zur Wahl, oder?"

„Schon, aber ..."

„Kein Aber, egal, wen oder was Sie gewählt haben, ich nehme mein Mandat ernst und versuche, alle Bürgerinnen und Bürger dieser Region zu vertreten, unabhängig davon, ob sie für oder gegen mich gestimmt haben."

„Ich komme ganz gut allein zurecht", murmelte Franziska.

Hübiger wackelte drohend mit dem Zeigefinger. „Sie sind eine Schelmin, was?" Dann wurde er amtlich. „Bitte sagen Sie mir, wie weit Ihre Arbeiten gediehen sind. Was haben Sie gefunden? Besteht die Gefahr ... äh ... die Notwendigkeit, dass die nachfolgenden Bauarbeiten sich verzögern?"

Daher wehte also der Wind. Seufzend richtete Fitz sich auf. Dieser Hübiger wollte herausfinden, ob die Archäologen etwas gefunden hatten, was seinen schönen Zeitplan durcheinanderbringen würde. Er klopfte sich die Erde von den Knien und ging, immer noch mit widerstrebenden Gefühlen, zu den beiden hinüber.

„Moin!"

„Fitz! Was machen Sie denn hier?"

„Mich ehrenamtlich engagieren." Er reichte Hübiger eine Archäologenkelle und sagte: „Kommen Sie mit. Ich zeige Ihnen, wie es geht." Damit drehte er sich um und wettete mit sich, dass der Politiker ihm folgen würde.

Tatsächlich knirschten Schritte hinter ihm. ‚Okay', dachte Fitz. ‚Er folgt mir, er steigt auch in den Graben hinab, aber er wird nichts arbeiten.'

Wirklich folgte Hübiger ihm ziemlich gelenkig zu der Stelle, an der Franziska gestern die Dose gefunden hatte, die Dose, die Felix und Faust heute in einem Labor in Hannover öffneten. Aus irgendeinem Grund, den Fitz nicht hundertprozentig verstanden hatte, in einem chemischen Labor.

Er wollte unbedingt wissen, was sich darin befand, und deshalb musste er sicherstellen, dass Hübiger wieder verschwunden war, wenn die beiden zurückkehrten.

Fitz zeigte dem Politiker seine Ausbeute an Bleigeschossen und freute sich über jedes einzelne dermaßen, dass Hübiger bald jegliches Interesse verlor.

„Und mit solchen Dingen", fragte er, „sind die beiden Univertreter ins Labor gefahren?"

„Ja, ja, wunderbar, nicht wahr?" Fitz fing einen Blick von Franziska auf, der ihm signalisierte, dass sie auch mitspielen wollte. Er nickte.

Sie kam zu ihnen herübergelaufen. „Fitz, guck mal!", rief sie sehr aufgeregt.

Er sprang aus der Grube. „Was hast du denn?" Paul Hübiger kletterte schwerfällig hinterher und beäugte neugierig, was Franziska ihnen hinhielt. „Sieht aus wie Exkremente!"

Hübiger wich einen großen Schritt zurück.

„Zeig mal, hochinteressant."

Franziska drehte sich zu Hübiger und hielt ihm ihre ausgestreckte Hand hin. „Was glauben Sie, Huhn oder Kuh?"

Der Politiker schüttelte den Kopf. „Keine Ahnung."

„Das sind möglicherweise immens wichtige Erkenntnisse. Wenn wir wüssten, ob die Germanen 600 vor Christus ..."

„Bitte entschuldigen Sie, sehen Sie, davon verstehe ich zu wenig. Dies ist meine letzte Wahlperiode. Ich stehe im nächsten Durchgang nicht mehr zur Verfügung. Und diese Autobahn, diese Lebensader für unsere Region soll sozusagen mein Abschiedsgeschenk an die Bürgerinnen und Bürger werden. Mein größter Erfolg."

„Verstehe", sagte Franziska und wandte sich ab. Fitz flüsterte sie zu: „Der kann einem ja fast leidtun."

„Aber nur fast", wisperte Fitz zurück.

„Wie ich sehe, machen Sie große Fortschritte. Das gefällt mir. Ich bin begeistert. Herzlichen Dank für Ihren Einsatz." Bei diesen Worten war er weiter rückwärtsgegangen und näherte sich nun dem Rand des Feldes.

„Noch ein Schritt, und ich schlage dir den Schädel ein, du alter Wichtigtuer!"

Fitz hatte nicht bemerkt, dass Bauer Schönberg aufgetaucht war. Er stand exakt am Rand seines Feldes und schaute zu ihnen herüber.

Hübiger fuhr herum. „Ich verstehe nicht."

„Du verstehst sehr wohl", antwortete Schönberg. Er wies mit dem Zeigefinger nach unten. „Mein Grund und Boden. Keine Autobahn, keine Raststätte, keine verbreiterte Abfahrt, kein gar nichts. Ihr baut da drüben, ich bestelle meine Felder."

„Im Namen der Bürgerinnen und Bürger, die ich vertrete, als rechtmäßig gewählter Mandatsträger vertrete, muss ich protestieren. Ihr eigensinniges, von purem Eigennutz getriebenes Verhalten schädigt die Solidargemeinschaft. Sie dürfen sich nicht ..."

„Was darf ich nicht?"

Fitz konnte sehen, dass sich Gesicht und Hals des Bauern röteten, während Hübiger auf ihn einredete.

„Das Land hier hat schon mein Vater bestellt und vor ihm mein Großvater. Die beiden würden im Grabe schneller rotieren als die vermaledeiten Windräder, die unser schönes Tal verunzieren, wenn sie wüssten, dass guter Mutterboden unter einer Hamburgerbratbude verschwinden soll." Schönberg bückte sich und hob einen Klumpen Erde auf. Er zerbröselte ihn in der Hand.

„Wollen Sie mir drohen?"

„Womit denn?"

„Mit dem Stein, den Sie da eben aufgehoben haben."

„Bin ich der Seewolf, oder was?", fragte Schönberg und zerdrückte den Klumpen vollständig.

„Was wollen Sie damit beweisen?"

„Sie verstehen gar nichts. Das ist fruchtbare Erde. Auf Beton wächst nichts. Das sollten Sie wissen."

„Wer soll denn Ihr Getreide essen, wenn hier keine Menschen wohnen? Wenn alle wegziehen, weil es keine Arbeitsplätze gibt?"

„Papperlapapp, es hat immer genug Arbeit gegeben, aber eben nicht für Leute, die sich nicht die Hände schmutzig machen wollen."

„Meine Herren, bitte. Beruhigen Sie sich", hörte Fitz Fausts Stimme sagen.

„Der Herr Chefbuddler!", rief Schönberg. „Verschwinden Sie, und nehmen Sie die ganzen Firlefanzereien mit."

„Ich muss doch sehr bitten", rief Hübiger und ging auf Schönberg zu.

„Runter von meinem Feld", brüllte der.

„Wieso?"

„Weil ich es sage!" Schönberg nahm beide Hände und schubste Hübiger kräftig, sodass dieser zurücktaumelte, unglücklich umknickte und der Länge nach hinfiel. Es sah zu komisch aus. Doch als Schönberg ausholte und nach Hübiger trat, verrutschte ihm das Grinsen, das sich eben noch auf sein Gesicht schleichen wollte. Der Bauer brüllte: „Verpiss dich. Rumliegen ist auf meinem Feld auch verboten!" Er holte aus, um erneut zuzutreten.

Faust war ein wenig schneller als er. Gemeinsam hoben sie den Politiker auf und stellten ihn auf die Beine, auf dem Ausgrabungsgelände, gut einen Meter von Schönbergs Feld entfernt. Hübiger stöhnte laut.

Faust drehte sich zu Schönberg um und sagte: „Sie sollten jetzt gehen."

Schönberg, sichtlich verstört, schwenkte erregt die Faust. „Niemand schreibt mir vor, was ich auf meinem Land tue oder lasse!"

Achselzuckend wandte Faust sich ab und half Fitz dabei, Hübiger zum Zelt zu geleiten.

„Ihr werdet mich noch kennenlernen, ihr alle, vermaledeites Pack." Wutentbrannt stapfte Schönberg davon. Fitz konnte ihn noch geraume Zeit krakeelen hören.

Faust kümmerte sich um Hübiger, brachte ihn später gemeinsam mit Felix zu seinem Wagen.

Die Stimmung blieb den Rest des Tages gedämpft.

Fitz fragte sich, ob Hübiger wohl stantepede zur Polizei fuhr, um Anzeige wegen Körperverletzung zu erstatten.

20

Alfeld, Montag, der 16. September 2013

Gleich nach der Morgenbesprechung in der Dienststelle fuhren Markus und Lisa noch einmal nach Einhausen, das heißt, Lisa fuhr den Wagen und Markus spekulierte. „Was denkst du, war unser Chefchen heute Morgen anders drauf als sonst? Hat der Hübiger ihm 'ne Kante ans Knie gelabert und ihn gezwungen, den Fall mit allerhöchster Priorität zu einem schnellen Ende zu bringen?"

Lisa spitzte die Lippen. „Nö, der hat sich wie immer benommen. Vielleicht wirkte er ein bisschen müde, aber garantiert nicht wegen dem Blödmann."

„He, he, der ist dir wohl besonders sympathisch, was?"

„Lass uns über etwas Erfreuliches sprechen, okay?", bat Lisa, ohne ihn anzusehen.

„Warum nicht. Ich hätte da eine Idee. Meine Mutter ..."

„Willst du zu Fuß gehen, Markus?"

Er tat ganz erstaunt. „Wieso denn?"

Lisa beschloss, die Gesprächsregie zu übernehmen. „Ich habe ein wenig ein schlechtes Gewissen, dass wir heute schon wieder zu dieser Ausgrabungsstätte fahren. Sollten wir uns nicht lieber mit den hinterbliebenen Kellermännern und ihrem Umfeld beschäftigen?"

„Können wir später immer noch. So ein Arbeitstag ist lang, aber zuerst will ich Genaueres über diese Szene wissen, die sich da gestern abgespielt hat." Er trommelte mit den Fingern auf seinen Oberschenkeln.

„Fitz ist ziemlich einsilbig geblieben. Wollte kein Aufhebens von der Sache machen. Ich hab inzwischen Gustav Thiele angerufen. Der sagt, Schönberg wäre ein Eigenbrötler und würde niemals auch nur einen Quadratzentimeter Land verkaufen, wenn er es irgendwie verhindern könnte. Hat er von seinem Vater geerbt, Land und Starrsinn gleichermaßen, behauptet Gustav."

„Der muss es ja wissen. Soweit ich das verstanden habe, grenzt sein Grundstück direkt an das Baugebiet an."

„Genau, und er scheint regelmäßig zu kontrollieren, dass die Grenzen unter allen Umständen eingehalten werden."

„Na ja, das ist doch verständlich, oder? Du würdest ebenfalls nicht wollen, dass tonnenschwere Bagger oder Kräne durch deinen Vorgarten rollen."

„Aber die Archäologen? Zu Fuß?"

„Manche Menschen sind eben pingelig."

„Pingelig und jähzornig ist eine schwierige Kombination."

„Alleinstehend?"

„Hab ich vergessen zu fragen."

„Kinder?"

„Dito."

„Willst du Gustav noch mal anrufen?"

„Später. Wir sind fast da."

„Stimmt."

Sie stellten den Wagen neben dem Zelt der Archäologen ab. Da sie Stimmen hörten, gingen sie hinein. Fitz und die alte Dame, die sie bei ihrem letzten Besuch bereits kennengelernt hatten, standen mit dem Rücken zu ihnen vor einem großen Holztisch. An den Schmalseiten befanden sich die vier Studentinnen, alle in dunkle Parkas gehüllt. Hinter dem Tisch saßen Felix und ein älterer Mann, bei dem es sich um Dr. Faust handeln musste. Auf Lisa wirkte er angespannt, hoch konzentriert.

Sie alle starrten auf eine Karte, auf der einige Fotos verteilt waren.

Fitz drehte sich um, als er sie kommen hörte und begrüßte sie herzlich. „Wir sind gerade dabei, den Arbeitsplan für heute festzulegen", sagte er. Danach machte er alle miteinander bekannt. „Wollt ihr helfen?"

„Tut mir leid, wir sind im Dienst", antwortete Lisa.

„Schade, wir können jede Hand brauchen", erklärte Fitz.

Markus fragte: „Habt ihr nicht gerade wieder einen Aufschub bekommen?"

„Aufschub?"

„Mir hat ein Vögelchen gesungen, dass irgendwelche Nacktnasenfledermäuse genau mitten auf dem nächsten Bauabschnitt beim Brüten erwischt wurden und die Bürgerinitiative deswegen eine einstweilige Verfügung und damit einen Baustopp beantragt hat."

Fitz verzog das Gesicht. „Das war garantiert ein Gustav-Vogel, oder? Hatte ich noch nicht gehört, das wäre allerdings äußerst erfreulich."

„Wie valide ist diese Information?", fragte Faust. Er war aufgestanden und um den Tisch herum zu ihnen gekommen.

„Wenn sie von Gustav Thiele stammt, stimmt sie", behaupteten Fitz und Markus fast gleichzeitig.

„Das wären wirklich gute Nachrichten" sagte Faust nachdenklich.

„Warum?", wollte Lisa wissen.

„Wir sind auf eine Lagerstätte gestoßen."

„Eine römische", sagte Felix.

„Eine germanische", warf Franziska ein. „Denk doch mal nach, da war zuerst ..." Demonstrativ streckte sie einen Finger zum Abzählen in die Höhe.

„Das wird sich noch zeigen", unterbrach Faust den Disput. „Das ist eines unserer Probleme. Unsere Befunde sind bisher recht uneindeutig, wenn nicht sogar widersprüchlich. Wir brauchen mehr Zeit, um durch sorgfältiges Vorgehen eine definitive Antwort zu finden."

Franziska hatte ihre Hand sinken lassen und zog eine Grimasse. Felix grinste ihr zu und artikulierte lautlos das Wort „Rom". Lisa musste sich bemühen, sich nicht ablenken zu lassen. Sie fragte: „Wie viel Zeit?"

„Am besten wären zwei oder drei Jahre", antwortete Faust, drehte beide Handflächen in einer resignierenden Geste nach außen und ergänzte lachend: „Man wird ja noch träumen dürfen."

„Meinetwegen gern, solange es friedlich bleibt", erwiderte Lisa. „Erzählen Sie mir doch bitte etwas über den Streit von gestern Abend zwischen Herrn Schönberg und Herrn Hübiger. Soweit ich weiß, ist Herr Schönberg vorher schon einmal übergriffig geworden, nicht wahr?"

Während sie nachfragte und die Aussagen der unterschiedlichen Zeugen abglich, notierte Markus die wichtigsten Fakten mit einem Bleistift in seinem Notizbuch.

Zum Abschluss fragte Lisa: „Fühlen oder fühlten Sie sich bedroht, Herr Dr. Faust?"

Der winkte ab. „Ach was, ein Choleriker, Sie wissen doch, Hunde, die bellen, beißen nicht."

„Ausnahmen bestätigen die Regel", gab Lisa zu bedenken. „Sie könnten eine Anzeige erstatten."

„Das führt sowieso zu nichts. Der Bauer hängt eben an seinem Land. Kann ihm keiner übelnehmen und ich am allerwenigsten."

Lisa spürte, dass die Archäologen darauf brannten, mit ihrer Arbeit fortzufahren und verabschiedete sich von ihnen.

Markus zögerte, sah Fitz hinterher.

Lisa ahnte, dass er am liebsten ein Stündchen mitgebuddelt hätte.

Sie trieb ihn an. „Los, komm, wir fahren zu Neuherr und lassen uns die Geschichte mit den Fledermäusen bestätigen. Anschließend sollten wir uns endlich um Jonas Kellermann und die trauernde Gattin kümmern."

Lustlos stieg Markus zu ihr ins Auto. „Das könntest du auch allein bewältigen."

„Nix da!"

21

Alfeld, Montag, der 16. September 2013

Widerstrebend hatte Fitz sich gegen Mittag von Faust verabschiedet. Er musste dringend ein paar Dinge erledigen, die er nun bereits zu lange vor sich hergeschoben hatte.

Als er wegfuhr, kam ihm Hübiger in seinem Geländewagen entgegen. Fitz fragte sich, was der Politiker schon wieder bei ihnen wollte. Allzu gut war er gestern nicht weggekommen. Ob er sich verletzt hatte?

Allerdings hatte der Vorfall dafür gesorgt, dass die Archäologen alle auf seiner Seite waren. Sie hielten zum Schwächeren.

Obwohl Hübiger eigentlich nicht zu den Schwächeren gehörte, oder doch? Mittlerweile war er ein alter Mann, den langsam die Kräfte verließen, den ein störrischer Bauer nach Belieben herumschubsen konnte.

Politiker war ein Scheißjob. Irgendwer war immer gegen einen. Fitz lächelte. Jetzt hatte er schon Mitleid mit dem Wichtigtuer.

Na ja, einerseits gönnte er dem Mann den Erfolg. Noch eine Straßeneinweihung, als krönenden Abschluss seiner Karriere sogar eine echte Autobahn. Aber die Archäologen konnten letztlich kaum etwas beeinflussen. Bei ihnen konnte er sich seine Überredungskünste sparen.

Vielleicht wollte er sich für die Unterstützung gestern bedanken.

Fitz grüßte ihn mit einer Handbewegung, als ihre beiden Wagen aneinander vorbeifuhren. Er fand, dass Hübiger genervt aussah.

Nachdem er ein paar Lebensmittel eingekauft hatte, hockte er sich vor seinen Computer und erarbeitete die Updates, die eigentlich längst fertig sein sollten. Die Verbindung war heute glücklicherweise ausgesprochen stabil und schnell.

Während die Daten übertragen wurden, schälte er Kartoffeln. Im Sitzen. Auf einem ordentlichen Stuhl, mit geradem Rücken. Dann briet er Speck und Zwiebeln an, röstete die Kartoffeln goldgelb und schnitt zum Schluss ein Bund Schnittlauch darüber.

Er hörte weder Radio noch las er in der Zeitung. Er konzentrierte sich ausschließlich aufs Essen. Heiß und lecker, ohne Sand.

Anschließend kochte er sich eine Tasse Kaffee und las in aller Ruhe die Zeitung.

Der Mord an Georg Kellermann dominierte die Titelseite und den Regionalteil.

Fitz las jedes Wort und studierte die Fotos aufmerksam. Eines zeigte den Kellermann'schen Betrieb vor dem Umbau. Georg stand neben seiner Sekretärin, Frau Keune, vor einem nagelneuen 38-Tonner und strahlte. Den Sohn, Jonas Kellermann, hatte der Journalist scheinbar im Krankenhaus befragt. Auf dem Foto trug er einen Gips. Er gab sich überrascht und verstört.

Die neue Ehefrau - die Zeitung zeigte ein Bild von der Hochzeitsfeier - hatte jegliche Stellungnahme verweigert, was Fitz Respekt einflößte. Er erinnerte sich jetzt auch wieder. Die Hochzeit war Tagesgespräch gewesen, weil das Ehepaar in spe angekündigt hatte, alle Geldgeschenke dem Kinderschutzbund zu spenden. Angeblich waren mehr als zehntausend Euro zusammengekommen, jedenfalls nachdem der Bräutigam die Summe großzügig aufgerundet hatte.

Fitz nickte. Damit machte man sich nicht nur Freunde.

Er versuchte sich außerdem daran zu erinnern, welche Gerüchte er über Jutta Kellermann gehört hatte. Es gab eine Geschichte, die wissen wollte, dass sie zuerst ein Techtelmechtel mit dem Sohn hatte. Doch das war so schnell wieder verstummt, dass Fitz es nicht so recht glauben mochte.

Er tippte auf Jonas.

Warum?

Wusste er nicht.

Nur so ein Bauchgefühl.

Er knüllte die Zeitung zusammen und ging zurück zu seinem Computer. Für die Fernwartung brauchte er länger als erwartet. Draußen war es schon stockdunkel, als er den Rechner endlich herunterfuhr.

Er streckte sich und beschloss, eine Runde durch die Stadt zu gehen. Vielleicht ergab sich noch etwas.

In „Annas alter Liebe" saßen jetzt bestimmt jede Menge Alfelder Bürger und diskutierten die neuesten Ereignisse des Tages.

Er fand ein Plätzchen auf einem der Sofas und bestellte sich eine Tomatensuppe mit Baguette. Dazu ein schönes, großes Bier. Er lehnte sich zurück und hörte zu. Die Stimmen summten um ihn herum, einige lachten, ein Pärchen flüsterte miteinander und errötete dann. Er schaute schnell zur Seite. Sie sollten sich nicht beobachtet fühlen.

An einem Tisch nahe des Eingangs saß eine Gruppe junger Männer, die aufgeregt diskutierten, was sie alles unternehmen würden, falls der Baustopp aufgehoben würde.

Niemand sagte etwas zum Tod von Georg Kellermann. Zwei alte Damen sprachen über eine Reise nach Shanghai.

Erst als die Bedienung ihn am Arm rüttelte, merkte er, dass er wohl eingeschlafen war. Inzwischen war das Lokal fast leer. Er bezahlte und gab ein großzügiges Trinkgeld.

Müde und enttäuscht spazierte er zurück zu seiner Wohnung.

Kaum lag er im Bett, wurde er von Unruhe gepackt. Er wälzte sich von einer Seite zur anderen und fand nicht wieder in den Schlaf.

22

Alfeld, Dienstag, der 17. September 2013

Obwohl er so schlecht geschlafen hatte, fühlte Fitz sich ungewöhnlich ausgeruht, als sein Wecker ihn mit „Another one bites the dust" weckte. Queen am frühen Morgen trugen eindeutig zu seinem Wohlbefinden bei. Er sang den Refrain lauthals mit und fand, dass es ein passendes Lied für eine archäologische Ausgrabung war, gerade weil sie die sterblichen Überreste von einer Mutter und ihrem Kind in dem Kessel gefunden hatten.

Er erinnerte sich, dass Lucy, die 3,2 Millionen Jahre alte Vorfahrin heutiger Menschen so hieß, weil die Forscher, die sie in Äthiopien ausgegraben hatten, während der Arbeit oft den Beatles-Song „Lucy in the sky with diamonds" gehört hatten. Das gefiel ihm. Vielleicht konnten sie ihre tote Frau „Queenie" nennen. Und das Baby? „Freddy"? Er grinste. Wahrscheinlich stieß er mit diesem Vorschlag bei Faust eher nicht auf offene Ohren. Dahingegen war er überzeugt, dass Franziska seinen Geschmack teilen würde.

Er frühstückte im Stehen und schaute immer wieder aus dem Fenster. Als Franziskas gelber Polo vor seinem Haus anhielt, nahm er Jacke und Rucksack von der Bank und lief nach draußen. Heute würden sie etwas ganz Besonderes finden, das spürte er.

Selbst als er durch feinen Nieselregen zu ihrem Wagen laufen musste, hielt sich seine gute Laune.

„Guten Morgen, meine Liebe, hast du genauso gut geschlafen, wie du aussiehst? Es kann eigentlich gar nicht anders sein."

Franziska kicherte. „Du bist ein Schelm. Ich habe tatsächlich eine sehr ruhige Nacht verbracht, obwohl ich noch bis weit nach Mitternacht gelesen habe."

„Was denn?"

Verlegen schaute sie aus dem Seitenfenster. „Elizabeth Peters", murmelte sie.

„Sagt mir nichts. Was ist das?"

„Ein Archäologie-Krimi."

„So was gibt's?"

„Reihenweise, sie spielen in Ägypten und trotzdem ist die Heldin eine Frau, die sozusagen ihren Mann steht. Sie findet nicht nur wunderbare Artefakte, sondern immer auch den Bösewicht, der wertvolle Kunstwerke unter der Hand verkaufen oder stehlen will."

„Klingt interessant", sagte er mit wenig Enthusiasmus.

„Ich glaub dir kein Wort, was liest du denn so?", fragte sie, als sie vor einer roten Ampel anhalten musste. „Berufsverkehr", murmelte sie, „hätte ich in Alfeld gar nicht für möglich gehalten."

„Um die Zeit zieht eine ganze Wagenkolonne einmal quer durch die Stadt. Ich lese hauptsächlich Zeitschriften, Zeitungen und Fachliteratur."

„Nichts zur Entspannung?"

„Nö, ist mir zu anstrengend. Da höre ich lieber Musik oder gehe eine Runde spazieren."

„Auch nicht schlecht. So ein mistiges Wetter heute. Hoffentlich regnet sich das nicht ein."

„Ich habe gar keine Wettervorhersage gehört. Sieht aber ziemlich dunkel aus. Wird dann überhaupt gegraben?"

„Und wie. Du machst dir keine Vorstellung. Kennst du diese Umkleidekabinen, die man in den Goldenen

Zwanzigern am Strand quasi anziehen konnte, um sich umzuziehen? So ähnlich sind die Schutzvorrichtungen, die wir verwenden, ebenfalls."

„Du machst dich lustig über mich."

„Du wirst es schon sehen."

Sie schwiegen, weil Nachrichten im Radio kamen.

„Dauerregen!", sagten sie wie auf Kommando nach dem Wetterbericht.

Als sie wenige Minuten später auf das Ausgrabungsgelände fuhren, stand Fausts Wagen bereits neben dem Zelt.

„Der ist aber früh dran heute", sagte Franziska, bevor sie ausstieg.

Gemeinsam liefen sie die paar Schritte bis zum Zelt. Ein Handy klingelte.

Niemand hob ab.

Franziska schüttelte die Regentropfen aus ihrem Haar und sah sich um. „Hier ist er nicht."

„Das Handy klingelt immer noch. Ganz in der Nähe." Fitz bückte sich und guckte unter den Tisch. „Da liegt es." Er streckte den Arm aus und zog es zu sich her. „Das Display ist zerbrochen. Es muss Faust aus der Tasche gefallen sein."

„Aber wo ist er selbst?"

„Zur Toilette?"

Sie spürten beide, dass irgendetwas nicht stimmte.

„Du bleibst hier", ordnete Fitz an. „Setz schon mal einen Kaffee auf. Wenn er sich bereits länger da draußen herumtreibt, ist ihm bestimmt kalt geworden."

„Wovon träumst du nachts?", fragte sie zurück.

Fitz wollte ihr widersprechen, sah aber ein, dass es wohl zwecklos war. Ihn hatte ein seltsames Gefühl beschlichen. Irgendwie war er davon überzeugt, dass Faust nicht draußen unterwegs war, weil er etwas entdeckt hatte oder um sich mit dem Boden anzufreunden.

„Also gut, dann komm“, sagte er.

Sie nickte stumm, mit zusammengebissenen Zähnen.

Sie fanden ihn in einem der Gräben an der Längswand des Hauses. Er lag mit dem Gesicht nach unten auf dem Boden. Fitz hielt die Luft an.

Schon bevor er in den Graben hinuntersprang, sah er, dass sich der Lehmboden unter Faust rot gefärbt hatte. Kleine rote Lachen hatten sich gebildet.

‚Beeil dich, du Idiot‘, quetschte er durch die Zähne, ‚das sieht nur durch den Regen nach so viel aus.‘ „Franziska, ruf den Notarzt, bitte.“

Er sah nicht mehr, was sie tat, denn nun stand er neben Fausts Körper und erkannte, dass er auf der Seite lag, den unteren Arm ausgestreckt, so als wollte er irgendwo hinkriechen. Den oberen auf dem Körper.

Seine Augen standen offen. Haare hingen ihm wirr ins Gesicht. Wassertropfen rannen über seine Stirn und die Wange. Bevor er sich gebückt und ihn berührt hatte, wusste Fitz, dass er tot war.

‚Another one bites the dust‘, dachte er bitter. ‚Wie passend.‘

Fitz konnte später nicht mehr sagen, wie lange er neben Faust in dem Graben gehockt hatte, ohne sich zu bewegen.

Irgendwann hörte er Schritte näher kommen.

Dann sagte eine Stimme, die ihm vage bekannt vorkam: „Die Polizei muss jeden Augenblick eintreffen.“

Franziska.

Fitz drehte sich um.

Sie hatte so gepresst gesprochen, dass sie ganz fremd geklungen hatte. Langsam richtete er sich auf, sah sie an.

Sie erwiderte seinen Blick, verstand. Ihre Augen füllten sich mit Tränen.

Er ging zu ihr, legte den Arm um ihre Schulter und wollte sie zum Zelt begleiten. Sie wehrte sich, flüsterte: „Wir dürfen ihn nicht alleinlassen."

Fitz verstand, was sie meinte, doch was sollte es nützen?

Faust war tot.

Er fror nicht mehr.

Nie wieder.

Handyklingeln ließ ihn zusammenzucken.

Hilflos streckte Franziska ihm das Mobiltelefon mit dem geborstenen Display hin. „Es ist bestimmt seine Frau", wisperte sie. „Sie macht sich Sorgen, fragt sich, warum er letzte Nacht nicht nach Hause gekommen ist."

Im ersten Moment wollte Fitz das Handy nehmen, den Anruf beantworten und sie informieren, dann ließ er die Hand sinken. Wie sollte er das formulieren?

Er schüttelte den Kopf. „Ich habe so etwas noch nie gemacht."

„Sie muss es erfahren."

„Nicht jetzt, nicht von uns", erwiderte Fitz.

Der Dienstwagen von Markus und Lisa fuhr gleichzeitig mit dem Transporter der Spurensicherung vor.

Ralf Schuster und zwei Männer seines Teams, bereits in Tatortanzüge gekleidet, eilten umgehend auf Fitz und Franziska zu.

„Fassen Sie nichts an!", rief Ralf ihnen als Erstes zu. Als er bei ihnen ankam, war er außer Atem. Dann erkannte er Fitz und begrüßte ihn freundlich.

„Hast du den Toten gefunden?"

„Wir gemeinsam. Das ist Franziska Ebershagen, wir helfen bei den Ausgrabungen. Die anderen aus unserem Team müssen auch jeden Augenblick eintreffen", erklärte er mit einem Blick auf die Uhr.

Langsam ging Fitz die wenigen Schritte zu der Stelle zurück, an der Fausts Körper lag.

Zuerst betrachtete Ralf die Szene eingehend. Anschließend fragte er: „Woran hast du erkannt, dass er tot ist?"

„Er hat nicht geblinzelt, als ein Regentropfen auf seinen Augapfel gefallen ist."

Another one bites the dust, klang es höhnisch in seinem Kopf.

„Ihr könnt hier nichts tun. Geht bitte in das Zelt und wartet dort. Lisa und Markus werden sich zuerst den Tatort anschauen und dann mit euch reden wollen."

Fitz nickte, rührte sich aber nicht von der Stelle.

Franziska nahm seine Hand.

Später, die Männer in den weißen Anzügen hatten eigene Papierfähnchen zu denen der Archäologen gestellt, trotteten sie zum Zelt.

Fitz zitterte.

Der Ohrwurm plagte sein Gehirn. Another one bites the dust, another one bites the dust, another one ...

Er schloss die Augen. Aufhören, sofort. Er seufzte.

Franziska drückte seine Hand. „Ich mochte ihn auch sehr."

Wie aus weiter Ferne nahm er wahr, dass Lisa ihm Fragen stellte. Another one bites the dust.

Der Name Schönherr ließ ihn aufschrecken.

Ja, der hatte Faust bedroht.

Ja, erst gestern.

Erschießen wollte er ihn.

Mit einem Schrotgewehr.

Erschlagen?

Nein, von Erschlagen hatte er nichts gesagt.

Affekt?

Wie Affekt?

Mitten in der Nacht.

Ob er immer hier draußen blieb?

Nein, niemals, er fuhr abends stets zu seiner Frau. Another one bites the Dust. Zu seiner behinderten Frau. Im Rollstuhl.

Dumpf dröhnte der Rhythmus durch Fitz' Kopf, pulsierte in jeder einzelnen Ader seines Körpers.

Ob er aussagen würde, dass Schönherr gedroht hatte? Vor Gericht? Selbstverständlich.

Unbedingt.

Fitz barg den Kopf in den Händen. Wann hörte das endlich auf?

Plötzlich hielt er eine Tasse mit heißem Kaffee in der Hand. Jemand hatte ihm eine Decke umgelegt. Ihm fiel auf, dass Lisa dicht neben ihm stand und zu ihm sprach. „Hörst du mich?"

Er nickte kaum merklich.

„Wir fahren jetzt los und verhaften Schönherr."

„Verhaften? Ja!"

„Du lässt dich ins Krankenhaus bringen. Du leidest an einem Schock. Deine Kollegin auch. Ihr könnt hier nicht bleiben."

„Nicht bleiben?" fragte er flüsternd, „warum nicht?"

„Ralf hat das gesamte Ausgrabungsgelände abgeriegelt. Er will alles untersuchen. Es sieht so aus, als hätte es hier im Zelt ebenfalls eine Auseinandersetzung gegeben. Ralf will auf Nummer sicher gehen."

Fitz nickte und reichte ihr das Handy. „Es ist seins, lag unter dem Tisch. Das Display ist ..."

„Ja, das sehe ich. Wann hast du das gefunden?"

„Als wir gekommen sind. Bevor wir ... ihn ... entdeckt haben."

„Verstehe."

„Es hat geklingelt."

„Wir werden überprüfen, wer angerufen hat."

„Er ist nicht drangegangen." Fitz stutzte. Er redete Blech. Kräftig rieb er sich mit den Händen durchs Gesicht. „Mein Gott, was für eine gequirlte Scheiße."

Lisa legte ihm eine Hand auf die Schulter. „So gefällst du mir schon besser."

Sie sprach noch kurz mit einem der Sanitäter. Dann ließ sie ihn allein.

Another one bites the dust.

Plötzlich prang Fitz auf, er wollte hier weg. Was machte er überhaupt in diesem versifften Camp? Er musste dringend nach Hause, duschen.

Der Sanitäter versprach ihm eine schöne warme Dusche, also begleitete Fitz ihn.

23

Alfeld, Dienstag, der 17. September 2013

Lisa und Markus mussten sich nicht absprechen. Nachdem sie Ralf Schuster alle Informationen aus dem Kreuz geleiert hatten, die ihm einfielen, fuhren sie im Schritttempo nach Einhausen hinein. Niemand befand sich auf den Straßen. Ein Schauer rieselte über Lisas Wirbelsäule. Lag das tatsächlich allein am Nieselregen?

Selbstverständlich. Lisa rief sich selbst zur Ordnung. Es war unmöglich, dass irgendjemand bereits von den Ereignissen auf dem Ausgrabungsgelände wusste.

Oder?

Auf jeden Fall konnte es nicht mehr lange dauern, bis die Herren und Damen der Presse herbeiströmen würden.

Der zweite Mord in der Region Alfeld innerhalb einer Woche. Ein wahrhaft gefundenes Fressen für alle, die von Sensationen lebten.

Lisa versuchte energisch, diese Gedanken in den Hintergrund zu drängen und sich auf das Hier und Jetzt zu konzentrieren. „Woher weißt du, wo er wohnt?"

„Weiß ich nicht, wir fahren einfach in die Richtung, die mir sinnvoll erscheint."

„Wie soll das gehen?"

„Nun, Einhausen ist ein recht alter Ort, mit einem mittelalterlichen Ortskern. Darum herum dürften sich die ältesten Bauernhöfe angelagert haben, und dazu müssten die Schönbergs ebenfalls gehören."

„Okay, verstehe, das heißt, du zielst auf den Kirchturm?"

„Genau."

Der Schönberg'sche Hof war von einer hohen Steinwand begrenzt. Der Name war mit dunkleren Ziegelsteinen in die rote Mauer eingefügt worden. Ein Flügel des schweren Eisentors war offen, der andere geschlossen. Der große Hof war durchgehend gepflastert. Das Wohnhaus befand sich hinten quer.

Schönberg stand auf der obersten Stufe einer roten Sandsteintreppe, die zur Eingangstür führte. Er erwartete sie.

Lisa versuchte, für sich zu entscheiden, ob sie das bereits als Eingeständnis seiner Schuld werten sollte.

Soweit sie das beurteilen konnte, bewegte er sich nicht, während sie den Hof überquerten.

Kurz flitzte die Befürchtung durch ihren Verstand, dass er problemlos eine Waffe hinter dem Rücken bereit halten konnte. Sie jedenfalls konnte seine Hände nicht sehen.

Markus ging einen halben Meter schräg hinter ihr. Sie wollte sich zu ihm umdrehen, da sprach Schönberg: „Was wollen Sie hier? Ich habe Sie nicht eingeladen."

Sie antworteten beide nicht.

Erst als sie vor ihm standen, stellte Lisa sich und Markus vor. Anschließend sagte sie höflich, aber bestimmt: „Herr Armin Schönberg, Sie müssen uns bitte unverzüglich zum Kommissariat in Alfeld begleiten."

Er betrachtete sie abschätzend. „Warum sollte ich das tun?"

„Wir müssen Ihnen einige wichtige Fragen stellen und würden dies gern unter geregelten Bedingungen tun."

„Geregelte Bedingungen, aha."

Er rührte sich noch immer nicht.

Schließlich sagte er: „Ich glaube, ich habe keine Lust."

Bevor einer der beiden Kommissare reagieren konnte, wandte er sich um und öffnete die Haustür.

Markus flitzte an Lisa vorbei, packte den Bauern an der Schulter, drehte ihn zu sich und drückte ihn gegen die Wand. Im ersten Moment war er zu überrumpelt, um zu kontern, doch plötzlich riss er die Arme hoch und versuchte, Markus wegzudrängen.

„Was soll das?", brüllte er. „Sind Sie komplett verrückt geworden?"

Lisa stand inzwischen neben den Männern, eine Hand vorsichtshalber dicht über ihrer Waffe. „Beruhigen Sie sich. Sie müssen jetzt mitkommen."

Seine Augen weiteten sich.

Als weder Lisa noch Markus von ihm abrückten, schien er zu verstehen.

„Sie ... Sie ... wollen mich ... verhaften!"

Er hatte es nicht als Frage formuliert, sondern als Feststellung. Seine Stimme zitterte beim letzten Wort ein wenig.

„So weit ist es noch nicht", antwortete Lisa zögernd.

„Ha, ha!"

Als niemand reagierte, fragte er: „Würden Sie mir wenigstens sagen, was Sie mir vorwerfen?"

Lisa sah Markus fragend an.

Er nickte zögernd, sah sich prüfend um.

Schönberg hatte ihren Blickwechsel aufgefangen. Er erbleichte deutlich. „Was?" Dann sackten seine Schultern herunter. „Brauche ich einen Anwalt?"

Lisa wollte sagen: „Das müssten Sie besser wissen als wir", doch Markus kam ihr zuvor. „Lassen Sie uns in aller Ruhe ein Gespräch führen, danach können wir auf der Basis von Informationen entscheiden, was richtig und was falsch ist."

Schönberg schien zustimmen zu wollen, sagte dann aber: „Warum können wir das Gespräch nicht in meinem Wohnzimmer führen? Er schaute von Lisa zu Markus und zurück. Anschließend nickte er und flüsterte: „Geregelte Bedingungen, nicht wahr?"

„Ja!", sagte Lisa und trat einen Schritt von den beiden Männern zurück.

Schönberg seufzte. Lisa konnte sehen, dass er das Für und Wider abwog. Schließlich nickte er erneut zögernd. „Ich muss meiner Frau Bescheid sagen."

„Okay, gehen Sie vor. Ich begleite Sie."

Zuerst wollte Schönberg protestieren, doch dann resignierte er scheinbar. „Wie Sie meinen."

Lisa wartete draußen und telefonierte mit der Dienststelle. Sie bat Sina, alles für ein Verhör vorzubereiten.

Schönberg setzte sich schwerfällig an den Tisch. Artjom stellte eine Flasche Wasser und ein Glas vor ihn hin. „Sie können auch gern einen Kaffee bekommen."

„Ein Aquavit wäre mir lieber."

Artjom stutzte. „Haben wir nicht."

„Dachte ich mir", grummelte Schönberg. „Trotzdem danke."

Lisa wickelte die Präliminarien sachlich und schnörkellos ab. Dann begann sie mit der Befragung. „Herr Armin Schönberg, bitte erzählen Sie uns, was Sie seit gestern Abend, Montag, den 19. September 2013, getan haben."

„Gestern Abend?"

„Genau."

„Gestern war ja Montag. Meine Frau geht montags zur Gymnastik. Also war ich ab halb sechs allein zu Hause. Ich habe nach dem Abendessen in einer Zeitschrift geblättert und anschließend bestellte ich mir fünf Zwergküken im Internet. Die kommen direkt aus Holland, unglaublich, was heute möglich ist."

Lisa notierte sich dieses Detail. Diese Bestellung sollte leicht zu überprüfen sein, einschließlich des exakten Zeitpunktes, an dem sie erfolgte.

„Und anschließend? Wann kehrte Ihre Frau zurück?"

„Das weiß ich nicht."

„Wieso nicht?"

Er druckste. „Ich war nicht zu Hause."

„Wo waren Sie?"

Schönberg zuckte mit den Schultern. „Spazieren!"

„Allein?"

„Mit Ronja."

„Ihrer Tochter?"

„Meiner Hündin." Schönberg verbarg das Gesicht in den Händen, als ahnte er, dass sich das Gespräch nun dem entscheidenden Moment näherte. „Das ist schlecht, oder?"

„Wo sind Sie denn spazieren gegangen?"

Schönberg wiegte den Kopf langsam vor und zurück. „Ich könnte Sie belügen!"

„Ja, das könnten Sie."

„Würde es etwas nützen?"

„Ich glaube nicht. Vielleicht für den Moment. Allerdings bestimmt nicht lange."

„Ich bin zur Ausgrabungsstelle gegangen. Absichtlich. Vorsätzlich. Ich hatte sogar eine Taschenlampe eingepackt. Ich wollte mir alles genau ansehen. Alles, was sie da so gefunden hatten." Er hielt kurz inne.

„Wissen Sie, die haben ganz nah an mein Land herangebuddelt."

„Habe ich gehört, ja."

„Die haben von einem Lager geredet, von Toten, uralten Leichen. Da dachte ich mir, vielleicht ein Friedhof. Kann doch sein, der geht weiter, auch unter meinem Grundstück liegen womöglich Tote aus so einer Steinzeitmetzelei. Das wollte ich genauer wissen."

„Sie kamen also zur Ausgrabungsstelle. Was für einen Hund haben Sie?"

„Einen Schäferhund."

„Gut, was geschah dann?"

„Nichts."

„Wie nichts?"

„Als ich dort ankam, war die Ausgrabungsstelle gar nicht verlassen, wie ich gedacht hatte. Da standen noch zwei Autos, im Zelt war Licht und ich konnte Stimmen hören."

„Wie viele?"

„Mindestens zwei. Sie stritten."

„Worüber?"

„Über die Zeit."

„Geht das etwas genauer?", fragte Lisa.

„Nein. Der Eine sagte etwas von Christi Geburt und der andere widersprach. Mehr habe ich nicht gehört. Ronja begann zu winseln, deshalb bin ich weitergegangen."

„Haben Sie die Stimmen erkannt?"

„Nein, ich habe nur Fetzen gehört. Keine ganzen Sätze. Außerdem waren beide wütend. Das verändert die Stimmen sowieso."

„Sie sind also unverrichteter Dinge weitergegangen? Wie spät war es da ungefähr?"

„Gegen Mitternacht, würde ich denken. Es begann gerade zu regnen." Schönberg sah sie prüfend an. „Wollen Sie mir nicht endlich sagen, worum es geht?"

„Gleich. Wohin sind Sie anschließend gegangen?"

„Nach Hause."

„Das kann Ihre Frau bezeugen?", fragte Lisa und notierte sich die Frage, um sie von Frau Schönberg bestätigen zu lassen.

„Nein, wir haben schon seit vielen Jahren getrennte Schlafzimmer."

Lisa zog eine Augenbraue in die Höhe. Das hatte sie irgendwie nicht erwartet. Hastig fragte sie: „Sie sind nicht später noch einmal zur Ausgrabungsstelle zurückgekehrt?"

„Nein."

„Können Sie mir sagen, was für Autos Sie dort gesehen haben? Marke? Farbe?"

Schönberg schüttelte bedächtig den Kopf. „Nachts? Auf die Entfernung? Tut mir leid." Nach einer kurzen Pause ergänzte er: „Obwohl mir das eine dunkler erschien als das andere."

„Demnach ein Schwarzes und ein Silbernes?"

Schönberg zögerte. „Schwarz mag stimmen. Mein Gott, was ist denn nun passiert?"

„Dr. Karel Faust, der leitende Archäologe wurde heute Morgen tot an der Ausgrabungsstelle gefunden."

„Ach, der? Warum?" Schönbergs Mund klappte einige Male auf und wieder zu. Dann hatte er sich gefangen und sagte: „Er war bestimmt nicht verkehrt. Nur der falsche Job. Wer tut denn so etwas?" Endlich begriff er. „Sie glauben, ich habe ihn ...? Niemals!"

„Sie haben ihm gedroht. Dafür gibt es Zeugen."

„Gedroht ist zu viel gesagt."

„Die Zeugen empfanden es so."

Schönberg schüttelte jetzt nachdrücklich den Kopf. „So einer bin ich nicht."

„Das kann ich nicht beurteilen", sagte Lisa, „und das muss ich auch nicht. Der Kollege wird Sie gleich in einen anderen Raum begleiten, von dort aus können Sie telefonieren."

„Warum? Mit wem?"

„Mit Ihrer Frau? Ihrem Anwalt." Lisa stand auf. „Ich werde empfehlen, dass man Sie nicht wieder nach Hause zurückkehren lässt, bevor alle Einzelheiten geklärt sind."

„Was habe ich Ihnen getan?" Schönbergs Stimme klang jetzt schneidend.

„Mir? Nichts. Warum, was hat das damit zu tun?"

„Sie wollen mir was anhängen. Ich bin Ihnen im Weg!" Schönberg sprang auf. „Sie sperren mich weg und wenn ich wieder raus darf, führt die Autobahn durch meinen Gemüsegarten." Er stürzte auf Lisa zu. „Das lasse ich mir nicht bieten. Nicht mit mir."

Lisa wich ihm mit Leichtigkeit aus. Er stolperte, fiel hin. An der Tür sagte sie zu ihm: „Sie sollten Ihre Wutausbrüche besser kontrollieren."

Schönberg blieb auf dem Boden liegen und schaute ihr hinterher.

„Was meinst du? War er's?" Markus hibbelte von einem Bein auf das andere. Sie warteten darauf, dass der Kaffee durch die Maschine blubberte.

Lisa zuckte mit den Achseln. „Ich denke, ja, er war's. Motiv, Gelegenheit, aufbrausendes Temperament, vielleicht in Verbindung mit Alkohol. Das bleibt zu überprüfen."

„Er hat aber nichts zugegeben. So, wie er die Geschichte erzählt hat, könnte sie sich abgespielt haben."

„Und wer ist der große Unbekannte im nicht ganz so dunklen Auto, der sich um Mitternacht mit Dr. Faust um Christi Geburt gestritten hat?"

„Weiß ich nicht. Faust fuhr einen schwarzen Wagen, so viel steht fest."

„Genau, aber den hatte Schönberg garantiert bei einem seiner anderen Besuche schon gesehen. Schwups erfindet er noch einen dazu und einen ominösen Streit um Jahreszahlen, um uns auf die Jagd nach einem nicht existierenden Schatten zu schicken."

„Das klingt ziemlich glaubwürdig."

„Findest du?", fragte Lisa. „Jahreszahlen sind doch genau das, wovon ein Laie erwarten würde, dass Archäologen darüber sprechen, oder?"

„Weiß ich nicht, müssen wir Fitz fragen." Markus klopfte an die Kaffeemaschine. „Mann, wie lange dauert das denn noch?"

„Das ist das glorreiche Alfelder Kalkwasser, verstopft alle Geräte innerhalb weniger Wochen komplett."

„Komm, hör auf. Wir können nicht schon wieder eine neue Maschine kaufen."

„Lass das Jammern. Du trinkst eh zu viel Kaffee."

„Weniger als du. Viel wichtiger ist jedoch, was wir mit Schönberg machen."

„Wir beantragen einen Haftbefehl. Danach befragen wir seine Frau und prüfen die Bestellung im Internet. Dadurch können wir die Zeiträume, in denen er in der Nähe der Ausgrabungsstelle unterwegs war, etwas eingrenzen."

„Okay, vielleicht hat Ralf bis dahin schon einige Neuigkeiten für uns."

„Es könnte auch sein, dass seine Frau doch gehört hat, wie er nach Hause gekommen ist. Oder er schnarcht so laut, dass sie weiß, dass er ab halb zwölf ganze Wälder zersägt hat."

„Dann hätte er ein Alibi, von dem er nichts weiß."

„Wer hat ein Alibi? Ich will auch ein Alibi, kann man das essen?", fragte Ralf, der gerade den Gang entlang auf sie zukam, und blieb bei ihnen stehen.

„Einen Kaffee kannst du bekommen, sonst nichts. Hat sich gerade frisch durch die Leitungen gequält."

„Ich habe in der Hektik um den neuen Fall etwas ganz Wichtiges vergessen."

Sie gossen sich jeder eine Tasse Kaffee ein und gingen gemeinsam in das Büro von Lisa und Markus. Während die beiden sich vor ihre Schreibtische setzten, hockte Ralf sich auf das Fensterbrett. „Wie ihr wisst, haben wir alle Standardüberprüfungen im Fall Kellermann angeleiert. Dazu gehörte automatisch eine Routineabfrage bei seinem Anwalt."

„Das liebe Geld", sagte Lisa und tat sich einen Moment schwer, vom Fall Faust auf den Fall Kellermann umzuschalten.

„Neben Frau Kellermann und dem Sohn Jonas erbt auch die Sekretärin Frau Keune einen Anteil am Firmenvermögen."

„Wie das? Und vor allem, warum?"

„Die Frau erbt das Haus in Alfeld, eines in der Schweiz und jede Menge Schmuck und so. Jonas Kellermann bekommt ein Boot, Aktien und das Haus, in dem er sowieso wohnt. Dann existieren ein paar kleinere Zuweisungen an Freunde, ehemalige Mitarbeiter, die Bürgerstiftung und das Rote Kreuz. Insgesamt nicht mehr als dreißigtausend Euro."

„Nicht mehr als dreißigtausend, okay."

Ralf sah von seinem Klemmbrett auf. „Ja, so ist das. Jedenfalls sollte bei der Firma alles durch drei gehen.

Ein Drittel für seine Ehefrau, ein Drittel für den Sohn und das letzte Drittel für Frau Keune."

Lisa sah ihn erstaunt an. „Ich dachte, es hieß immer, der Sohn soll die Firma im nächsten Jahr übernehmen."

„Das ist auch korrekt. Er sollte die Geschäftsführung übernehmen, allerdings mit Gesellschaftern, denen er Rechenschaft ablegen müsste."

„Klingt für mich so, als hätte der alte Kellermann seinen Sohn bestrafen wollen, zumindest kontrollieren und ein bisschen unter Druck setzen", wandte Markus ein.

„Das weiß man nicht. So was kann funktionieren."

Lisa fragte: „Wussten die drei von der Regelung?"

Ralf antwortete sofort: „Der Anwalt ist davon überzeugt, dass Kellermann in solchen Dingen immer mit offenen Karten gespielt hat."

„Wie alt ist dieses Testament?", wollte Markus wissen.

„Das Grundtestament besteht seit etwa zehn Jahren. Nach der Hochzeit gab es eine erste Änderung. Von Fifty-Fifty auf Drittel. Und jetzt kommt es. Der Anwalt sagt, es hätte einen Termin zu einer neuerlichen Testamentsänderung gegeben."

„Hat er eine Vorstellung davon, in welche Richtung es gehen sollte?"

„Kellermann hat nur den Termin machen lassen, ohne sich genauer dazu zu äußern."

„Termin machen lassen?", erkundigte Lisa sich.

„Von seiner Sekretärin, die vereinbaren so etwas im Allgemeinen", antwortete Ralf.

Lisa klopfte mit dem Zeigefinger auf den Tisch. „Dann wusste Frau Keune von seinen Plänen!"

„Der Anwalt geht davon aus, dass Kellermann seine Tochter als Erbin hinzufügen wollte."

„Also das Erbe vierteln?", fragte Lisa.

„So vermutet er, ja."

„Momentan verwirrt mich das nur noch mehr. Es erzeugt für niemanden einen akuten Mordanlass, oder?", wandte Markus ein.

„Für Jonas Kellermann wird der Kuchen immer kleiner", sagte Lisa.

Ralf schüttelte den Kopf. „Firmenanteilmäßig schon, aber das Sagen in der alltäglichen Firmenführung hätte er trotzdem behalten."

Lisa malte mit dem Finger Kringel auf ihre Schreibtischplatte. Plötzlich fragte sie: „Könnte der Bauer Schönberg beide umgebracht haben? Kellermann und Faust?"

„Warum sollte er das tun?"

„Beide haben an seinem Land geknabbert", sagte Lisa.

24

Alfeld, Dienstag, der 17. September 2013

Als Fitz an diesem Morgen zur Ausgrabungsstätte fahren wollte, hinderte ihn ein rot-weißes Flatterband daran, das quer über die Zufahrt gespannt worden war.

Er stellte sein Moped am Rand des Weges ab und ging das letzte Stück zu Fuß.

Neben dem Zelt standen Felix und Franziska. Sie sahen auf, als sie ihn kommen hörten und nickten zur Begrüßung. Niemand sprach ein Wort. Fitz legte Franziska eine Hand auf die Schulter. Sie lächelte ihn dankbar an.

Felix musste sich mehrfach räuspern, bevor er sprechen konnte. „Sie haben alles abgesperrt und mit ihrem dämlichen weißen Pulver eingenebelt. Wir dürfen weder ins Zelt noch das Ausgrabungsgelände betreten." Seine Augen funkelten zornig. „Die haben einfach unsere Markierungen verwischt, versetzt oder umgetreten."

„Dafür haben sie eigene erstellt", sagte Franziska sanft. „Das soll doch dazu beitragen, den Mann zu finden, der Karel Faust ermordet hat. Wir haben alles fotografiert und in unsere Skizzen übertragen, das lässt sich später kinderleicht wiederherstellen."

„Später? Glaubst du ernsthaft, die lassen uns irgendwann weitermachen?"

„Aber sicher."

Felix schlang die Arme um seinen Oberkörper. „Ich weiß gar nicht, ob ich das könnte."

„Du musst. Das bist du ihm schuldig."

„Schuldig? Gar nichts ..."

„Oh doch! Diese Fundstelle muss, so gut es geht, ausgewertet werden. Das schulden wir seinem Andenken. Wir haben eine wichtige Entdeckung gemacht. Die darf nicht verloren gehen. Auf keinen Fall."

Felix nickte nachdenklich. „Vermutlich hast du recht."

„Hat die Polizei gesagt, wann der Platz wieder freigegeben wird?"

„Wahrscheinlich morgen."

„Was plant ihr, wie soll es weitergehen?"

Felix zuckte mit den Schultern. „Ich warte auf meine beiden Kommilitoninnen, wir wollen gemeinsam nach Göttingen ins Labor fahren." Er schaute sehnsüchtig zum Zelt. „Ich wollte noch ein paar Dinge und vor allem einige Unterlagen mitnehmen, aber die lassen mich nicht."

„He, Felix, das sind die Guten", sagte Franziska und lächelte ihn müde an.

Felix grummelte eine Antwort, die Fitz nicht verstand und vermutlich auch nicht verstehen sollte.

Er wandte sich an Franziska: „Und wir beide? Was tun wir als nächstes?"

Franziska streckte sich. „Es mag Ihnen herzlos erscheinen, aber ich fürchte, ich bin hungrig und furchtbar müde."

„Gar nicht herzlos, äußerst menschlich. Mir geht es ähnlich."

Fitz gab Felix die Hand. „Viel Erfolg bei den Laborarbeiten. Sehen wir uns morgen wieder hier?"

„So machen wir es."

Germanien, im Jahr 9 nach Christus

Nur in einem kleinen Teil des Lebens leben wir wirklich. Die übrige Spanne ist nicht Leben, sondern das Verbringen von Zeit!
– Seneca –

Hoffentlich waren die Götter ihnen gnädig. Ihnen allen.

Mit diesem Gedanken schlief Thusnelda ein.

Doch ihr war kein langer Schlaf vergönnt. Noch vor Sonnenaufgang rüttelte jemand an ihrer Schulter.

„Thusnelda", wisperte eine Stimme, die sie nicht sofort zuordnen konnte.

Sie grunzte widerstrebend.

Gleichwohl gab der andere nicht auf. „Thusnelda, es ist vollbracht."

Der Gedanke sickerte langsam in ihr Gehirn ein. „Vollbracht!" Wenn man sie deswegen weckte, konnte es nur um eines gehen. Im Nu war sie hellwach. „Die Schlacht?"

„Geschlagen."

„Arminius?"

„Siegreich."

„Varus?"

„Vernichtet."

Ihre Hand wanderte über ihren Bauch. „Segestes, mein Vater?"

„Ungewiss."

Die Antwort versetzte ihr einen Schlag, den sie körperlich zu spüren glaubte. „Wann werden wir mehr erfahren?"

„Die Schlacht fand in den Sumpfgebieten statt. Es wird einige Tage dauern, bis Arminius und seine Verbündeten bei uns eintreffen werden."

„Können wir ihnen Boten entgegenschicken?"

„Das würde römischen Überlebenden unter Umständen den Weg in unser Versteck weisen."

Das sah Thusnelda ein. Trotzdem erschien ihr die Wartezeit unverhältnismäßig lang. Was sollte sie tun? Endlos lange Tage in diesem elenden Lager auf und ab gehen, bis die Neuigkeiten eintrafen, bis Arminius endlich wieder bei ihr war. Wenn er denn tatsächlich noch lebte. Vielleicht war er verletzt worden.

Niemand überstand einen Kampf völlig unverwundet.

Der Bote, in dem sie inzwischen Flavus erkannt hatte, schien ihre Besorgnis zu spüren.

Er fasste nach ihrer Hand, drehte sie um und legte etwas hinein.

„Was ist das?", fragte sie?

„Ein Abzeichen der 19. Legion. Arminius persönlich schickt es dir für seinen Sohn. Es soll ihm Ansporn sein und ihn sein Leben lang an diesen erfolgreichen Tag erinnern."

Thusnelda schloss die Faust um das kleine, verbogene Metallemblem.

Sie hatten dem Adler die Flügel gestutzt.

25

Alfeld, Dienstag, der 17. September 2013

Lisa und Markus erreichten die Ausgrabungsstelle genau in dem Moment, in dem Fitz und Franziska sich auf den Weg in die Stadt machen wollten.

Erfreut eilte Fitz zu den beiden. Lisa lächelte ihm zu. „Schön dich zu sehen", sagte sie und streckte ihm die Hand entgegen.

„Ich wünschte mir, es wäre unter günstigeren Umständen, aber trotzdem ist die Freude ganz auf meiner Seite."

Lisa wusste, dass Markus hinter ihr die Augen verdrehte. Er hasste die verschwurbelte Ausdrucksweise, die Fitz manchmal verwendete, wenn er ... ja, wenn er was eigentlich? Wenn er Frauen beeindrucken wollte. Das war ihr noch nie so zu Bewusstsein gekommen wie in diesem Augenblick. Wie unpassend. Darüber musste sie später nachdenken.

Fitz hielt noch immer ihre Hand. Erschrocken zog sie sie zurück. Doch Fitz ließ nicht los. „Meine Liebe, Franziska Ebershagen und ich hätten ein Anliegen."

„Könnte ich vorher meine Hand zurück bekommen?", fragte Lisa und ärgerte sich, dass ihre Stimme kratzig klang.

„Gleich, gleich", sagte Fitz, drehte sich auf dem Absatz um und zerrte Lisa an ihrer Hand hinter sich her.

„Moment, Moment, was soll das? Ich kann sehr gut alleine gehen."

„Das glaube ich gern. Trotzdem, ich will vermeiden, dass wir Felix verpassen. Komm, beeil dich."

„Was willst du?“

Fitz zeigte auf das Zelt und das Flatterband. „Wir brauchen ein paar Dinge aus den Regalen.“

„Ralf Schuster hat das alles versiegelt, weil er mit seinem Team weitere Spuren sichern muss.“

Fitz schlug einen Zipfel der Zeltplane zur Seite. „Alles eingepudert. Das bedeutet doch, sie sind fertig, oder?“

„Sie haben zumindest die Fingerabdrücke bereits genommen. Ob noch weitere Untersuchungen erforderlich sein werden, kann ich nicht beurteilen.“

„Ach, komm, wir wollen nur einige Unterlagen holen, damit die Forschungsarbeiten fortgeführt werden können.“

„Das ist in dieser Situation eher nachrangig, oder?“

Plötzlich fühlte Lisa eine Hand auf ihrer Schulter. Franziska flüsterte: „Sie sind weg.“

Lisa drehte sich zu ihr um. „Wer? Dieser Felix?“

„Nein, der steht dort hinten, an der Stelle, an der wir die Überreste des Baumes gefunden haben. Nein, ich meine die Goldmünzen.“

„Gold?“

Franziska hatte sich an ihr vorbeigedrängt und stand nun mitten im Zelt. Ihre Finger tanzten über die Regalbretter, kehrten dann zum ersten Brett zurück. „Wir hatten sie hierher gelegt.“

„Goldmünzen ins Regal?“ Lisa trat zu ihr.

„Sie befanden sich in unscheinbaren metallenen Behältern.“

Fitz fragte aufgeregt: „Wie viele hattet ihr denn gefunden? Wo? Wann? Mein Gott, kaum bin ich einen Abend nicht da, grabt ihr Schätze aus.“

Franziska sagte: „Sie lagen in der Grabenwand, von der bereits vorgestern etwas abgebrochen war. Faust befürchtete, dass durch den Regen weiterer Boden abstürzen könnte. Deswegen hat er seine Frau angerufen und sie gefragt, ob er heute Abend ein paar Überstunden machen könne. Sie hat zugestimmt und wir sind erneut in den Graben gestiegen."

„Konntet ihr alles bergen, was sich in dem Bereich befand?", fragte Fitz.

„Das kann ich nicht beurteilen. Aber scheinbar handelte es sich um ein Holzkästchen, in dem jemand seine Wertsachen aufbewahrt hatte."

„Spannend. Habt ihr das Kästchen geborgen?"

„Von dem Holz selbst waren nur noch Verfärbungen übrig, doch einige Metallbeschläge und auch das Schloss zeigten uns ziemlich genau, wie groß der Behälter war."

Lisa erinnerte sich unvermittelt daran, dass sie sich in einem gesperrten Raum befanden. Ralf würde ihnen den Kopf abbeißen, wenn er sie hier antraf.

Sie hob die Hand. „Stop!"

Niemand reagierte auf sie.

„He!", rief sie. „Aufhören!"

Doch Fitz und Franziska suchten weiter alle Regalböden ab. Plötzlich fuhr die alte Dame herum und funkelte Lisa an. „Das ist es! Mein Gott, wie vernagelt kann man sein!" Theatralisch schlug sie sich mit der flachen Hand vor die Stirn.

„Was ist los?", fragte Fitz.

„Der Mord an Dr. Faust, das war gar kein Mord."

„Wie kommen Sie darauf?" Lisa war ziemlich verblüfft.

Franziska wedelte mit der Hand. „So meine ich das nicht. Entschuldigen Sie. Ich bin etwas durcheinander."

Lisa spürte sofort, dass dies ein wichtiger Moment war. Etwas bahnte sich an. Sie konzentrierte sich und fragte: „Was wollen Sie uns mitteilen?"

„Ich denke, der Täter oder die Täter oder wer auch immer ist nicht hierhergekommen, um Dr. Faust umzubringen, sondern um unsere Artefakte zu stehlen." Den letzten Teil des Satzes hatte sie fast triumphierend gesagt.

„Du meinst", fügte Fitz hinzu. „Faust ist dem Dieb ins Gehege gekommen und musste sterben, weil er Zeuge des Diebstahls wurde."

„Interessanter Aspekt. Das würde zu Ralfs Untersuchungsergebnissen passen, die belegen, dass es hier im Zelt bereits zu einer Auseinandersetzung zwischen Faust und seinem Gegner gekommen ist, die dann im Graben ihr Ende fand."

„Dr. Faust hat garantiert versucht, den Dieb aufzuhalten. Als ihm das nicht gelang, ist er ihm nach draußen gefolgt, hat ihn erneut gestellt und ... aus." Franziska ließ sich schwer auf einen der hölzernen Stühle am großen Tisch fallen.

„Was macht ihr denn hier drin?", fragte Ralf Schuster, der gemeinsam mit Markus das Zelt betreten hatte.

Lisa ging zu ihnen und erzählte ihnen von Franziskas Verdacht.

Ralf sah die drei prüfend an. „Leider muss ich euch enttäuschen. Die Dosen haben wir, genau wie alle anderen Gegenstände, die sich auf diesen beiden Regalbrettern befanden, mit ins Labor genommen, weil Blut darauf gespritzt war."

„Oh, den Bären auch?"

„Ich kann mich nicht an einen Bären erinnern."

Aufgeregt zeigte Franziska zwischen Daumen und Zeigefinger an, wie groß die Figur war. „So sechs oder sieben Zentimeter hoch. Den Kopf konnte man herausdrehen. Wahrscheinlich handelte es sich um ein Cremedöschen oder so etwas Ähnliches."

„Aus welchem Material?“
„Bernstein.“
„Ein Bär aus Bernstein?“
„Aus baltischem Bernstein, selbstverständlich. Wertvoll, leicht zu bearbeiten und äußerst begehrt.“
Ralf nahm den Fotoapparat hoch und schaute sich auf dem kleinen Display die Aufnahmen an, die er gestern Abend gemacht hatte, bevor er die Regale ausleeren ließ. Er hielt ihn Franziska hin. „Wo genau hat der Bär gestanden?“
Franziska betrachtete das Bild sehr aufmerksam. Dann nickte sie und zeigte mit der Fingerspitze. „Dort, zwischen der Haarspange und dieser Fibel. Sehen Sie, die ist ebenfalls mit Bernsteinperlen verziert. Die Frau, der diese Kiste gehörte, mochte Bernstein, genau wie ich“, setzte sie nach einem kurzen Zögern hinzu.
„Eine Frau? Sie glauben, das Gold gehörte einer Frau?“, fragte Lisa ungläubig. „Durften die damals überhaupt etwas besitzen?“
„Selbstverständlich, Frauen waren in jenen Zeiten ziemlich eigenständig, in ihrem Bereich, also in Haus, Garten und Handel.“
Lisa wollte zum Wesentlichen zurückkehren. „Wer stiehlt den Bernsteinbären und lässt die Goldmünzen zurück?“
„Ein Bernstein-Liebhaber?“, mutmaßte Fitz.
„Nein, nein, die Münzen waren ja in den unscheinbaren Dosen aus Eisen verborgen.“ Franziska ging zu einem anderen Regalbrett und holte das metallene Abzeichen, das Fitz so unrühmlich gefunden hatte. „Etwa so wie dieses Abzeichen.“ Sie hielt es Lisa auf der flachen Hand hin. „Der Adler der 19. Legion, das ist die Legion, die Varus in den Tod geführt hat.“
„Varus?“

„Ein römischer Feldherr, aber das spielt jetzt keine so große Rolle. Wichtig ist jedoch die Tatsache, dass ein Laie wohl wirklich denken konnte, dass das Figürchen wertvoller ist als die Behälter. Schließlich konnte man sie durchaus für etwas abgenutzte Dosen halten, die wir verwenden, um Kleinteile aufzubewahren", ergänzte Fitz.

„Eine Frage hätte ich noch", sagte Lisa. „Wenn diese Sicherungsgrabung gestern Abend wegen des Regens gestartet wurde, wie konnte kurz nach Mitternacht bereits jemand davon wissen?"

„Zufall?", fragte Fitz. „Ich meine, Zufall, dass gerade das ausgegraben wurde. Vielleicht wusste der Dieb, dass er garantiert etwas finden würde, und es war ihm egal, worum es sich handelte."

„Denkbar, aber irgendwie unwahrscheinlich. Das klingt nach jugendlichen Halbstarken, die sich nachts einen Spaß daraus machen, Beweise für eine Mutprobe zu klauen. Gab es denn keinen Tresor?"

„Selbstverständlich. Abends nahm Dr. Faust alle Artefakte mit ins Institut, bevor er nach Hause fuhr."

„Gestern Abend ist er offensichtlich nicht mehr dazu gekommen. Wie spät war es, als Sie ihn verließen?"

„Ich war gegen zehn Uhr zu Hause, also so gegen halb", sagte Franziska nach kurzen Nachdenken.

„Erwartete der Doktor späten Besuch?"

„Nicht, dass ich wüsste. Wir sind zusammen gegangen. Er wollte noch etwas trinken und sein Grabungstagebuch fertigstellen."

„Grabungstagebuch?", fragte Ralf. „Haben wir nicht gefunden."

Franziska räusperte sich. „Der Bär aus Bernstein und ein Tagebuch, was für eine Beute."

Nach kurzer Rücksprache mit Ralf gaben die beiden Kriminalpolizisten die Ausgrabungsstelle wieder frei.

Sie verabredeten sich für den späten Nachmittag, um erste Untersuchungsergebnisse auszutauschen.

In Gedanken versunken ging Lisa auf das Dienststellengebäude zu. Auf der Treppe zum Eingang stieß sie beinahe mit einem Mann zusammen, der kräftig auf die Klingel drückte.

Hübiger.

Am liebsten hätte Lisa kehrtgemacht, doch er hatte ihr Spiegelbild in der Scheibe der Tür wahrgenommen und drehte sich zu ihr um. „Frau Kommissarin Grundberg, so ein Glück, dass ich Sie treffe."

Lisa grunzte eine Begrüßung und sagte dann: „Herr Meckler ist heute nicht im Haus. Sie müssten bitte morgen wieder kommen."

„Zu Ihnen will ich, Frau Grundberg, ganz allein zu Ihnen."

Lisa überlegte kurz, ob sie ihn gleich hier abfertigen sollte, beschloss aber, dass es vorteilhafter war, wenn sie ihm die Möglichkeit verweigerte, sich vor Publikum produzieren zu können. „Na schön, lassen Sie mich vorbei, gehen wir nach oben in unser Büro."

Er wedelte galant mit der Hand und lächelte gewinnend. „Kommt Ihr Kollege auch?"

„Wir sind verabredet, kann durchaus sein, dass er bereits anwesend ist."

Leider hatte sie Pech, das Büro war leer. Sie bot Hübiger einen Kaffee an, in der Hoffnung, etwas Zeit zu gewinnen, um nicht allein mit ihm sprechen zu müssen. Doch er lehnte ab.

Lisa setzte sich an ihren Schreibtisch, legte demonstrativ Stift und Papier zurecht und fragte: „Was kann ich für Sie tun?"

„Immer die falsche Frage zuerst. Wollen Sie gar nicht wissen, was ich für Sie tun kann?"

Innerlich verdrehte Lisa die Augen. Ihre Mutter hatte sie jedes Mal ermahnt, wenn sie das tue und eine Uhr schlage die volle Stunde, blieben ihre Augen so stehen. Sie konnte tun, was sie wollte, diese Ermahnung fiel ihr stets ein, sobald sie selbst oder jemand anders schielte.

„Herr Hübiger, heißt das, Sie verfügen über sachdienliche Hinweise zu einem unserer aktuellen Fälle?" Sie hatte die Hand nach dem Telefon ausgestreckt. „Dann brauche ich jemanden fürs Protokoll."

„Nein, nein, so direkt nicht."

Lisa zog die Hand zurück. „Sondern?"

„Nun, ich habe gehört, dass es einen weiteren Mordfall in unserem idyllischen Leinebergland gegeben hat."

„Sie erwarten nicht, dass ich Sie mit vertraulichen Informationen versorge, oder?" Lisas Gesicht spiegelte ihre ehrliche Entrüstung.

„Sehen Sie, ich höre so dies und das."

„Gut für Sie. Das ist wichtig, dass Politiker das Ohr nah am Volk haben." Hoffentlich bemerkte er nicht, dass sie ihn verspottete.

Er neigte den Kopf wie jemand, der eine Huldigung entgegennahm. „Letztlich habe ich gehört, dass der Großbauer Armin Schönberg aus Einhausen unter Mordverdacht verhaftet wurde."

„Wer hat ihnen das erzählt?"

„Seine Frau."

„Okay, und was möchten Sie nun von mir?", fragte Lisa und begann langsam, sich für das Gespräch zu interessieren. Was wollte der Typ von ihr? Sie musste aufpassen, dass sie nicht aus Versehen etwas preisgab, was ihn nicht die Bohne anging.

Wo blieb Markus nur?

„Entspricht das der Wahrheit?", fragte er.

„Gibt es einen Grund, der Sie befürchten lässt, dass Frau Schönberg Sie belogen haben könnte?"

„Nicht direkt, ich dachte nur, sie könnte vielleicht etwas falsch verstanden haben."

„Dazu kann ich Ihnen wirklich nichts sagen."

Er sah sie prüfend an. Dann drohte er ihr, wieder einmal neckisch grinsend, mit dem Zeigefinger. „Sie spielen Katz und Maus mit mir."

„Nicht, dass ich wüsste. Haben Sie sich verletzt?" Lisa zeigte auf den Verband an seiner linken Hand.

„Habe mich mit dem Brotmesser geschnitten, nichts Schlimmes, hat allerdings stark geblutet."

„Sie sollten in Zukunft vorgeschnittenes Brot kaufen, das erledigen die Fachverkäuferinnen gern für Sie, bestimmt."

„Gute Idee. Ich werde daran denken. Doch jetzt führt mich ein anderes Anliegen zu Ihnen. Ich möchte Herrn Schönberg besuchen."

Der Satz brauchte einen Moment, bis Lisa ihn in seiner vollen Tragweite begriff. „Warum?"

Er wand sich. „Sehen Sie, ich, nun ja, ich war ja quasi dabei, bei seiner ersten, größeren Auseinandersetzung mit Dr. Faust. Schließlich", er druckste herum, „vielleicht habe ich mit dazu beigetragen, dass die Situation so eskalieren konnte."

„Erzählen Sie mir davon."

„Da gibt es nicht viel mehr. Schönberg traf uns am Rande seines Grundstückes und befürchtete wohl, wir beziehungsweise die Archäologen könnten sich nicht an die vereinbarten Grenzen halten."

„Und, haben Sie?“

„Selbstverständlich wurde der Grund und Boden des Herrn Schönberg nicht angetastet.“ Hübiger wirkte sichtlich empört.

„Betreten aber schon.“

„Nur wenn es sich gar nicht vermeiden ließ.“ Er breitete die Arme in einer resignierenden Geste aus. „Schließlich hatten die Archäologen keinen Einfluss darauf, wo unsere germanischen Vorfahren vor zweitausend Jahren ihre Toten beerdigten.“

„Das ist mir klar, trotzdem rechtfertigt das keine widerrechtliche Nutzung fremden Eigentums.“

„Ich fühle mich nichtsdestotrotz in der Pflicht, Herrn Schönberg beizustehen, und sei es nur moralisch.“

„Das ist sicher lobenswert, aber leider nicht praktikabel.“

In diesem Moment ging die Tür auf und Markus polterte herein. Er hielt eine Tüte vom Bäcker in der Hand. „Was ist nicht praktikabel? Oh, hallo Herr Hübiger, worum geht es?“

Lisa kam Hübiger zuvor. „Er möchte Herrn Schönberg in seiner Zelle besuchen.“

„Tja, das geht eigentlich nicht.“

„‚Eigentlich‘ erfüllt mich in diesem Zusammenhang mit der Hoffnung, Herr Heitkämper, dass Sie es doch möglich machen können.“

Lisa nickte und hoffte, dass Markus es bemerkte, Hübiger jedoch nicht. Laut sagte sie: „Du kommst in Teufels Küche, wenn das jemand herausfindet.“

„Papperlapapp, wir können ja jederzeit sagen, Herr Hübiger habe sich in seiner Eigenschaft als Abgeordneter ein Bild machen wollen, nicht wahr?“

Hübiger strahlte.

„Damit will ich nichts zu tun haben", sagte Lisa und verließ das Büro, um alles vorzubereiten.

Runde zehn Minuten später erschien Markus mit Hübiger im Schlepptau in Schönbergs Zelle. Lisa startete die Aufnahme.

„Guten Tag, Herr Schönberg", flötete Hübiger und eilte auf den Bauern zu, der mit hängendem Kopf auf einem Stuhl saß und vor sich hin starrte.

Bei diesen Worten blickte er auf. „Was willst du hier?", fragte er und klang dabei nicht erfreut.

„Dich besuchen!"

„Wozu? Ich hab dich nicht eingeladen."

Hübiger wandte sich an Markus. „Würden Sie uns bitte einen Moment allein lassen. Zu gern würde ich vertraulich ein paar Worte mit Herrn Schönberg wechseln."

Markus gab vor zu zögern. Dann verließ er die Zelle und sagte: „Aber höchstens zehn Minuten."

„Danke sehr, das genügt."

Lisa sah, dass der Politiker wartete, bis Markus die Zellentür von außen geschlossen hatte.

Schnell trat er neben Schönberg.

„Was willst du?"

„Deine Frau schickt mich!"

„Glaube ich dir nicht."

„Hast du ihn umgebracht?"

„Was geht's dich an?"

„Ich denke, du warst es nicht", sagte Hübiger betont langsam.

„Und?"

„Ich könnte dir helfen."

„Wobei?"

„Deine Unschuld zu beweisen."

Zum ersten Mal hob Schönberg den Kopf. Prüfend sah er Hübiger an. „Warum solltest du das tun wollen?“

„Ich schätze dich! Außerdem hätte ich dich schon gestern wegen Körperverletzung anzeigen können. Da ich jedoch weiß, dass du im Grunde genommen ein patenter Bursche bist, habe ich diese Möglichkeit nie in Betracht gezogen.“

„Wie rücksichtsvoll von dir. Das ist ja ganz was Neues. Du hast es nur auf mein Land abgesehen, für deinen Parkplatz und deinen Schnellimbiss. Kommt nicht infrage. Guten Mutterboden zubetonieren. Nur über meine Leiche.“

„Das weiß ich. Aber vielleicht lässt sich über ein kleines Stückchen verhandeln, ein Scheibchen, sobald du entlassen und rehabilitiert bist.“

Lisa stockte der Atem. War das ein verkappter Erpressungsversuch? Wusste Hübiger etwas, das Schönberg entlastete und behielt es für sich, bis der Bauer zustimmte, sein Grundstück zu verkaufen? Sie hatte ja schon immer geahnt, dass der Politiker auch vor unredlichen Mitteln nicht zurückschreckte, das wäre allerdings derartig mies ...

„Das klingt in meinen Ohren wie Erpressung.“ Schönberg reagierte scheinbar gleichgültig, doch Lisa bemerkte, dass seine Knöchel weiß wurden, so fest presste er die Fäuste zusammen.

„Wieso?“ Hübiger tat verwundert.

„Du hörst dich an, als wüsstest du etwas, das mich entlastet.“

„Nein, da hast du mich falsch verstanden. Ich biete dir lediglich an, Augen und Ohren in diesem Fall offenzuhalten, beziehungsweise“, jetzt erhob er seine Stimme zum üblichen salbungsvollen Tonfall, „ganz gezielt zuverlässige Informationen in deinem Sinne zu sammeln."

Lisa lehnte sich einerseits erleichtert, andererseits enttäuscht zurück. Hübiger wollte lediglich auf der sicheren Seite sein. Sollte er oder jemand anderer, zum Beispiel die Polizei, etwas erfahren, das Schönbergs Unschuld bewies, würde er hinterher seine Belohnung einfordern.

Schönberg sah den Politiker entsprechend skeptisch an. Sicher war er zu der gleichen Erkenntnis gelangt. „Du willst also den Privatdetektiv für mich geben? Und dein Honorar ist mein Land. Ein hübscher Stundenlohn, oder?"

„Wer spricht von Stundenlohn, ein bisschen Entgegenkommen erwarte ich, mehr nicht."

Als sich die Tür zur Zelle öffnete und Markus sich anschickte, wieder hineinzukommen, drängte Hübiger Schönberg mit gedämpfter Stimme zu einer Zusage.

Der Bauer nickte zögernd.

Hübiger klopfte ihm auf die Schulter, drehte sich um und verabschiedete sich dann jovial.

Lisa und Markus schauten sich die Aufnahme des Gesprächs zwischen den beiden noch drei Mal an. Trotzdem fielen ihnen keine weiteren interessanten Details auf.

Abschließend stellte Lisa noch eine Frage, die sie schon eine ganze Weile bewegte: „Warum ist sich Hübiger dermaßen sicher, dass Armin Schönberg Dr. Faust nicht ermordet hat?"

Markus zuckte mit den Schultern. „Den meisten Menschen fällt es eben schwer, sich vorzustellen, dass jemand, den sie schon seit Jahrzehnten kennen, zum Mörder wird."

„Denkbar. Ich hatte trotzdem den Eindruck, dass er mehr weiß, als er gesagt hat."

„Hm, ich könnte freilich einfach mal mit Gustav Thiele sprechen. Was Hübiger gehört hat, dürfte der auch wissen."

„Klingt nach einer guten Idee." Lisa nahm ihre Unterlagen und wollte das Zimmer verlassen.

„Wo willst du hin?", fragte Markus irritiert.

„Nach Einhausen natürlich."

„Ich wollte ihn anrufen."

„Von Angesicht zu Angesicht überzeugt mich mehr."

Beinahe verzweifelt schaute Markus auf seine Armbanduhr.

„Was ist? Hast du noch was vor?", fragte Lisa.

Markus errötete. „Meiner Mutter geht es heute gar nicht gut. Sie ..."

„Das tut mir leid. Dann komm, wir können ja auf dem Weg nach Einhausen bei euch vorbeifahren. Ich setze dich bei dir ab, du überprüfst, ob alles okay ist, und ich düse kurz noch mal zu Frau Kellermann und frage sie nach dem Testament. Einverstanden?"

Markus nickte sichtlich erleichtert.

26

Alfeld, Mittwoch, der 18. September 2013

Fitz kam als Letzter am Zelt der Archäologen an. Er hatte wie immer sein Auto am Ende der geschotterten Straße abgestellt. Doch diesmal bewegten sich LKWs, Bagger und andere Baufahrzeuge auf dem angrenzenden Gelände. Fitz hatte ebenso das Gefühl, dass der Kran, der in den letzten Tagen irgendwie düster am Rand herumgestanden hatte, ein ganzes Stück näher zu ihnen herangerückt worden war. Er hatte gedacht, sie hätten durch die Fledermäuse, aber auch durch ihre eigenen Funde einen Aufschub gewonnen. Andererseits wusste er nicht exakt, wie weit die vorherige Tranche tatsächlich ging. Vermutlich stellte die Straße, die er immer als Zufahrt und Parkplatz nutzte, die Grenze dar.

Fitz ärgerte sich ein wenig, dass es wieder angefangen hatte zu regnen. Noch mehr nervte ihn jedoch, dass er überhaupt keine Möglichkeit hatte, etwas gegen die fortschreitenden Bauarbeiten zu unternehmen. Selten hatte er sich so ausgeliefert gefühlt.

Er kickte ein Steinchen zur Seite und schlenderte auf das Zelt zu.

Die anderen standen bereits um den großen Tisch herum. Er spürte die Aufregung, die in der Luft vibrierte wie die Tieftöner am Ende eines Rocksongs.

Franziska drehte sich zu ihm um und flüsterte aufgeregt: „Mutter und Kind in dem Kessel, ganz eindeutig. Und es hat eine Schlacht stattgefunden, sagen die Befunde."

Felix befand sich am Kopf des Tisches und legte ihnen eine großformatige Karte vor. „Hier könnt ihr die Verteilung der Bolzen sehen." Er tippte an mehreren Stellen auf die Karte, sodass sie alle erkennen konnten, dass kleine rote Dreiecke die Lage der Bleistückchen anzeigten, die sie gefunden hatten. „Es muss einen Wall gegeben haben, den die Angreifer ..."

Franziska unterbrach ihn. „Wer griff an, wer verteidigte?"

Felix antwortete nicht gleich, setzte aber ein ganz spezielles Lächeln auf. „Tja, soll ich das verraten?"

Die anderen johlten.

Franziska sagte: „Unbedingt."

„Na gut, also wir sind uns ziemlich sicher, dass die Angreifer Römer waren und dass es sich bei den Bewohnern des Lagers um Cherusker handelte."

Franziska lief um den Tisch herum und klatschte alle ab. „Germanen, ich hab's euch gesagt. Germanen! Ich wusste es."

Felix unterbrach ihren Jubel. „Mindestens genauso viele Römer."

„Mag sein!", wehrte sie ab. „Mir geht es um das Lager, das Haus, die ganze Anlage." Sie verstummte unvermutet. „Ich wüsste zu gern, wer hier gelebt hat. Warum hier? Handelte es sich um ein Versteck? Wir sind uns doch einig, dass dieses Lager keinesfalls über Jahre hinweg bewohnt wurde."

„Wie kommst du darauf?", fragte Fitz erstaunt.

„Wegen des Mülls, wir hätten viel mehr davon finden müssen. Zerbrochenes Tongeschirr, aber ebenso eine Sickergrube, verbranntes Holz und so weiter. Es gibt einfach, zumindest bisher, keinerlei Anzeichen dafür, dass die Menschen in diesem Lager überwintert haben. Deswegen sprechen wir auch von Lager und nicht von einer Siedlung oder einem Gehöft."

Fitz nickte andächtig. Franziska wusste unglaublich viel. Er kam sich angesichts ihrer Äußerungen wie ein trotteliger Laie vor. So ein Blick über das große Ganze hatte etwas für sich.

Während er sich noch auf die Karte konzentrierte und die Darstellungen vor seinem geistigen Auge mit den Gegebenheiten vor Ort, die er durch seine Grabungsarbeiten zur Genüge kannte, abglich, hörte er jemanden kommen.

Die Zeltplane wurde zur Seite geschoben. „Guten Tag, meine verehrten Damen und Herren!"

Hübiger!

Felix sah auf und grüßte zurück, kümmerte sich aber nicht weiter um den Mann.

„Ich bin überglücklich, dass die Fachleute von der Tatortüberprüfung Ihren Ausgrabungsplatz wieder freigegeben haben."

„Nun, ‚überglücklich' trifft unseren Seelenzustand im Moment nicht annähernd", antwortete Franziska spitz. Es fehlte nur wenig und sie hätte gekeift. Fitz schaute sie an. Tatsächlich wirkte ihr ganzer Körper entrüstet.

Doch Hübiger zog sich elegant aus der Affäre. „Ich kann Ihren Verlust sehr gut nachempfinden. Tragisch, wirklich äußerst tragisch. Doch bestimmt ist es ganz in seinem Sinne, dass Sie mit den Forschungen fortfahren und die Ergebnisse sichern können, die sich bereits angebahnt haben, unter seiner kompetenten Führung angebahnt haben."

Franziska entspannte sich nur zögerlich.

Hübiger wandte sich direkt an Felix. „Sie haben jetzt die Leitung übernommen?"

„Kommissarisch und vorübergehend."

„Gut, sehr gut, nur keine Zeit verlieren. Ich komme gerade von der Polizei." Er wartete, bis er gewiss sein konnte, dass alle ihm zuhörten und seine Botschaft verstanden. „Ich hatte Gelegenheit mit Herrn Schönberg sprechen."

Als niemand reagierte, redete er weiter: „Herr Schönberg beteuert seine Unschuld."

„Der Großbauer?", fragte Franziska ungläubig.

„Ja, genau, er wurde vorläufig festgenommen."

Das interessierte Fitz nun doch. „Verdächtigt man ihn ernsthaft, Herrn Dr. Faust ermordet zu haben?"

Hübiger nickte majestätisch. „Die ermittelnden Beamten sind von seiner Schuld überzeugt."

Das zweifelte Fitz an. Lisa und Markus würden sich niemals mit dem Offensichtlichen zufriedengeben. Garantiert hatten sie gerade erst begonnen zu ermitteln.

„Hat er gestanden?", fragte Franziska.

„Bisher nicht, nein, und ich glaube auch nicht, dass er etwas zugeben wird, was er nicht getan hat."

„Wie kommen Sie darauf? Können Sie etwa hellsehen?" Franziska reagierte schon wieder empört.

Fitz wunderte sich. Scheinbar ging ihr der Politiker gehörig auf den Senkel. So dünnhäutig kannte er sie gar nicht.

Jetzt lächelte Hübiger sehr von oben herab. „Meine werte Dame, ich kenne mich mit Menschen aus."

„Pah!", sagte sie und versuchte, sich erneut auf die Karte zu konzentrieren. „Selbst ernannte Menschenversteher sind mir suspekt."

„Ich kann mich gern klarer ausdrücken. Mich würde einfach interessieren, ob Sie selbst vielleicht jemanden verdächtigen, jemand anderen als Herrn Schönberg, meine ich natürlich."

Sofort fuhr Franziska zu ihm herum. „Wie soll ich das verstehen?“ Sie stemmte die Arme in die Hüften. „Was wollen Sie damit andeuten?“

„Na ja, es könnte doch sein, dass es in Ihrer Gruppe ebenfalls Animositäten gegeben hat. Sehen Sie, in den meisten Fällen kennt das Opfer seinen Mörder, oft stammt er aus der Familie oder dem Bekanntenkreis.“

Fitz verstand nicht, warum Hübiger nicht aufhörte, Franziska zu provozieren. Diese Fragestellung hätte er besser mit jedem einzeln erörtert. Wer würde sich in der Gruppe die Blöße geben und einen Verdacht äußern, wenn es denn einen gab.

Schnell ging er zum Regal hinüber und goss zwei Tassen Kaffee ein. Er nahm sie und reichte Franziska eine davon. Er musste sie hier wegbringen, am besten nach draußen locken. „Komm, lass uns nach draußen gehen.“

Sie akzeptierte die Tasse zwar, blieb aber hoch aufgerichtet vor Hübiger stehen. „Wollen Sie ausdrücken, dass Felix oder ich oder eine der Studentinnen Herrn Faust ermordet haben?“

„Halten Sie das für völlig ausgeschlossen? Neid und Missgunst unter Kollegen sind doch gang und gäbe.“

„Bei uns nicht“, knurrte Fitz und versuchte, sich zwischen die beiden zu drängen. Erfolglos. Franziska ließ ihn nicht dazwischen.

Hübiger setzte noch einen drauf. „Oder verschmähte Liebe, ist auch ein beliebtes Tatmotiv. Im zweiten oder dritten Frühling brennt die Liebe genauso heiß wie im ersten, und Sie wären wahrlich nicht die Erste, meine Liebe, die sich in einen gut aussehenden Professor verguckt.“ Dabei lächelte er so vielsagend, dass Fitz anfangs dachte, er spräche eine Wahrheit aus, was ihn seltsam berührte, ja erschütterte.

Er wusste genau, dass sich nichts Unziemliches zugetragen hatte und weder Franziska noch Dr. Faust hatten auch nur geflirtet.

Mit einer einzigen Bewegung des Armes schüttete Franziska dem Politiker ihren Kaffee ins Gesicht. Er schrie vor Schmerzen auf und wischte sich die heiße Flüssigkeit aus den Augen.

Franziska ließ ihre Tasse fallen und marschierte an ihm vorbei aus dem Zelt, nicht ohne ihn so kalt anzuschauen, dass seine Haut sich eigentlich mit Eiskristallen hätte überziehen müssen.

Felix war zu Hübiger geeilt und tupfte mit einem Tuch an ihm herum. Das Gesicht des Politikers hatte sich an mehreren Stellen stark gerötet. Er stöhnte leise.

Fitz wollte hinter Franziska herlaufen. Sie musste sich entschuldigen. Egal, was der Trottel gesagt oder gemeint hatte, sie durfte ihn nicht körperlich verletzen.

Doch er wollte auch wissen, wie Hübiger reagierte. Drohte er sofort mit dem Anwalt?

Zuerst geschah gar nichts.

Hübiger presste sich ein Tuch vors Gesicht und stöhnte noch immer leise. Plötzlich murmelte er in resigniertem Tonfall: „Ich weiß, wann ich nicht willkommen bin."

Für Fitz völlig unerwartet wandte er sich um und verließ das Zelt.

‚Das ist ja ganz was Neues', dachte er.

Nachdem der Politiker verschwunden war, eilte er nach draußen, um Franziska zu suchen.

27

Alfeld, Mittwoch, der 18. September 2013

Lisa und Markus besprachen nur kurz ihre Ermittlungsergebnisse, bevor sie den Dienstwagen auf dem Parkplatz abstellten.

Frau Kellermann kannte das aktuelle Testament in der Tat, sie besaß sogar eine Kopie davon. Sie wusste auch, dass ihr Mann eine Änderung geplant hatte, hielt sie allerdings für unerheblich, da ihre Tochter sowieso Anspruch auf ihren Pflichtanteil hat.

Das Gespräch mit Gustav Thiele in Einhausen hatte erstaunlicherweise überhaupt nichts Neues ergeben.

Auch Gustav hatte steif und fest behauptet, Schönberg sei unschuldig. Einen anderen Verdächtigen hatte er indes ebenfalls nicht zu bieten.

Er deutete an, dass Lisa und Markus die Crew an der Ausgrabungsstelle genauer unter die Lupe nehmen sollten.

Lisa fragte Markus, was er davon hielt.

Markus schüttelte entschieden den Kopf. „Ich habe mit Fitz darüber gesprochen. Er kennt jeden einzelnen Menschen in der Gruppe, nicht gut, aber immerhin hat er mehrere Tage mit ihnen zusammengearbeitet. Er behauptet, dass es keine Spannungen gab, trotz aller Schwierigkeiten."

„Es könnte trotzdem sein, dass Dr. Faust privat oder im beruflichen Umfeld Feinde hatte", erwiderte Lisa.

„Fitz sagt, Faust hatte seine Karrierebemühungen vollständig beendet, um bei seiner behinderten Frau zu sein, um mehr Zeit für sie zu haben."

„Ja, davon hat er mir ebenfalls berichtet. Was meinst du, sollten wir dem nachgehen?“

„Wir sollten die Ehefrau kontaktieren, wenn Armin Schönberg morgen Vormittag noch immer nicht gestanden hat, okay?“ Markus gähnte. „Mann, bin ich müde. Was machst du heute Abend?“

„Ich? Was essen und dann vielleicht eine Stunde lesen oder so. Zum Regalaufbauen habe ich jedenfalls keinen Nerv mehr.“

Bei ihren letzten Worten betraten sie das Dienststellengebäude durch den Hintereingang. Markus schlenderte zum Tresen und legte die Autoschlüssel darauf.

Er wollte sich gerade verabschieden, als Artjom, der eben einen Anruf beantwortete, ihm aufgeregt zuwinkte. „Bleiben Sie, wo Sie sind, wir kommen sofort“, sagte er und kam hinter dem Tresen hervor. „Das war Hübiger, jemand hat versucht, ihn zu ermorden. Kommt ihr mit?“

Lisa benötigte ein paar Sekunden zum Umschalten.

Hübiger?

Mordanschlag?

„Ist er verletzt?“

„Leicht. Ich habe eben mit ihm telefoniert. Er hat sich in seine Wohnung geschleppt und die Tür verbarrikadiert.“

„Wie kommen wir rein?“, fragte Markus, pragmatisch wie immer.

„Er hat mir seine private Handynummer gegeben“, erklärte Artjom und hielt sein Mobiltelefon in die Luft. „Ruft uns einen Notarztwagen. Hübiger braucht garantiert ärztliche Hilfe.“

Während sie zum Einsatzwagen liefen, fragte Lisa: „Was ist passiert?“

„Jemand hat versucht, ihn zu köpfen.“

„Wie das?“
„Sehen wir gleich.“

Hübigers Haus lag in vollständiger Dunkelheit. Lisa spürte, wie eine Gänsehaut ihren Rücken hinunterrieselte.

Als sich der Notarztwagen näherte, spiegelten sich die Blaulichter mehrfach in allen Fensterscheiben. Lisa sah, dass Artjom telefonierte.

Kurz darauf öffnete sich die Haustür. Ein einzelner fahler Lichtstrahl ergoss sich in den Vorgarten. Darin erkannte Lisa die dunkle Silhouette eines kleinen Mannes, der sich gegen den Türrahmen lehnte.

Markus erreichte ihn als Erster. „Wie geht es Ihnen?“

Lisa stand direkt hinter ihm und konnte Hübigers Antwort kaum hören. Er flüsterte, und selbst das schien ihm Schmerzen zu verursachen.

„Jemand hat eine Schnur gespannt.“ Er hüstelte. „Quer über meinen Gartenweg.“

Artjom, der ebenfalls zugehört hatte, kehrte sofort um und ließ Scheinwerfer aufstellen, die den Vorgarten erhellten.

Markus führte Hübiger tiefer in das Haus hinein. Zwei Sanitäter folgten ihnen.

Während Hübiger sich in einen Sessel fallen ließ, packten die Ersthelfer ihre Tasche aus.

Jetzt sah Lisa, dass Hübiger aus einer Platzwunde am Kopf blutete. Die Knöchel waren aufgeschürft, zwei Finger standen in einem sehr unnatürlich wirkenden Winkel von seiner rechten Hand ab. Die Hosenbeine waren in Kniehöhe zerfetzt, Blut tränkte den Stoff unterhalb der Kniescheibe. Er hielt sich etwas schräg, wie um angebrochene Rippen zu entlasten.

Nachdem der Sanitäter dem Politiker einen künstlichen Zugang in die Armbeuge gelegt und ihn mit einer schmerzstillenden und beruhigenden Infusion versorgt hatte, lehnte er sich zurück und atmete tief durch.

Artjom stürzte ins Zimmer. „Da hat jemand quer über den gepflasterten Gartenweg eine quasi durchsichtige Kunststoffschnur gespannt. Auf der einen Seite war sie an einem Baum befestigt, auf der anderen an einer Pergola."

„Warum wurde Herr Hübiger so schwer verletzt?", fragte Lisa und meinte damit eigentlich Artjom. Doch Hübiger kam ihm zuvor.

„Ich bin mit dem Fahrrad gefahren." Hübiger musste husten. Er rieb sich den Brustkorb, zuckte aber sofort zusammen und ließ die Hand wieder sinken.

„Ganz ruhig, erzählen Sie bitte, bewegen Sie sich vorsichtig. Wir lassen Sie gleich ins Krankenhaus bringen."

Hübiger stützte sich mit dem Ellenbogen auf die Lehne des Sessels, während der Sanitäter ihm den Kopf verband.

„Wenn ich abends heimkomme, stelle ich meinen Wagen in die Garage und gehe dann durch die Verbindungstür von dort direkt in mein Haus." Er hustete erneut.

Lisa erhob sich, um ihm ein Glas Wasser zu holen. Er nickte ihr dankbar zu und trank einen kleinen Schluck. Daraufhin sagte er: „Meistens esse ich eine Kleinigkeit, bevor ich meine Trainingsrunde mit dem Fahrrad fahre."

„Fahrrad?", fragte Lisa.

Hübiger lachte, bereute es aber sofort. „In meiner Jugend bin ich Radrennen gefahren, ich war gar nicht schlecht." Er winkte ab. „Das ist jedoch lange vorbei. Heute fahre ich nur noch in meiner Freizeit."

Lisa schaute sich verstohlen in dem Wohnzimmer um. Die Pokale an der gegenüberliegenden Wand verrieten, dass er tatsächlich erfolgreich Wettkämpfe bestritten hatte. Das hätte Lisa ihm gar nicht zugetraut. Sportlich wirkte er nicht auf sie.

Markus schien zu verstehen, was er meinte. „Sie fahren jeden Abend?"

„Nahezu."

„Leben Sie allein?", fragte Lisa.

Hübiger sah sie überrascht an. „Wie kommen Sie auf diese Frage?"

„Ich dachte nur, dass ..."

„... vielleicht eines meiner Kinder im Garten gespielt hat?", fragte Hübiger bissig.

„... dass derjenige, der die Schnur gespannt hat, schließlich nicht vorhersehen konnte, wer den Weg entlanggeht. Immerhin hätte ja auch der Postbote oder eine Nachbarin stolpern können oder eben Ihre Frau oder eines Ihrer Kinder", antwortete Lisa.

„Entschuldigen Sie, nein, ich lebe allein. Meine Frau fühlte sich vernachlässigt und verließ mich vor zwei Jahren." Seine Mimik verriet, dass er es noch immer nicht verstehen konnte.

„Wo bewahren Sie Ihr Fahrrad auf?"

„Es steht immer vor dem Haus. Ich habe da einen kleinen Unterstand, so kann ich ohne großen Aufwand losfahren, sobald ich die Zeit dafür finde."

Markus fragte: „Das bedeutet jedoch, dass jeder Fremde ungehinderten Zugang zu Ihrem Fahrrad gehabt hätte?"

„Ja, aber hier in der Gegend respektiert man das Eigentum anderer noch. Ich praktiziere das bereits seit fünf oder sechs Jahren, es ist nie etwas geschehen."

Lisa sah ihn verblüfft an. „Wurde denn das Fahrrad auch manipuliert?"

„Nein, ich denke nicht, aber das sollte sich ja feststellen lassen."

Lisa winkte ab. „Bitte erzählen Sie weiter. Sie haben etwas gegessen und wollten danach eine Runde fahren?"

„Genau. Ich holte das Rad hervor, stieg auf und rollte den Gartenweg hinunter. Plötzlich spürte ich einen Widerstand, etwas wickelte sich um meine Nabe, das Vorderrad blockierte, und ich schoss über den Lenker." Er wischte sich mit der Hand über das Gesicht. Lisa bemerkte, dass kleine Schweißperlen auf seiner Oberlippe entstanden waren.

„Ich überschlug mich, rammte mir dabei den Lenker in die Brust und landete neben dem Weg im Gras, meine Hand schlug gegen den Baum, und dann sah ich sie."

„Sie?"

„Wen?"

Lisa erkannte, dass Markus genauso erstaunt war wie sie.

„Eine Frau, ganz eindeutig", sagte Hübiger.

„Wollte Sie Ihnen helfen?", erkundigte Lisa sich.

„Kannten Sie sie?", fragte Markus.

„Nein, nein, eben nicht. Sie war es, sie wollte mich umbringen."

„Sind Sie sicher?"

„Definitiv. Sie kam zögernd näher. Ich bemerkte sie nur aus dem Augenwinkel und versuchte, meinen Kopf zu ihr zu drehen, um sie genauer zu erkennen." Er zitterte nun deutlich. „Sie hielt etwas Großes, Dünnes in der Hand. Ich bin sicher, sie wollte mich schlagen, mit einer Stange oder so."

„Wie kommen Sie darauf?"

„Ich habe es gefühlt."

„Warum hat Sie ihren Plan dann nicht durchgeführt?"

„Ich habe sie verscheucht, glaube ich."

„Wie das?"

„Sie lief Gefahr, dass ich sie erkenne."

„Es war doch schon dunkel."

„Ja, aber die Lampe über meiner Haustür brannte noch. Wäre sie einen oder zwei Schritte weiter auf mich zugekommen, wäre sie in den Lichtkegel geraten und ich hätte sie erkennen können." Er ballte die Fäuste. „So sah ich nur einen Schatten, eine Silhouette, die sich mir näherte, die mich bedrohte."

„Ich verstehe nicht, warum sie ihren Plan nicht zu Ende gebracht hat", sagte Lisa und biss sich im nächsten Moment auf die Lippe. Das hatte sie ja klasse formuliert.

„Ich habe meinen Kopf gedreht. Sie muss erkannt haben, dass ich nicht bewusstlos war ..."

Markus fragte: „Haben Sie die Frau erkannt?"

„War es definitiv eine Frau?", wollte Lisa wissen.

Hübiger schaute von einem zu anderen und sagte: „Es handelte sich eindeutig um eine Frau, und ... und ... ich glaube, dass ich sie erkannt habe."

„Trotz der Lichtverhältnisse?"

„Trotz Ihrer Verletzungen?"

„Ja, sehen Sie, ich habe viel mit Menschen zu tun, da entwickelt man ein Gefühl, ein Verständnis. Außerdem hat jeder so seine kleinen Tricks, um sich die Namen sehr vieler Menschen schnellstmöglich einzuprägen."

„Wen glauben Sie denn, erkannt zu haben?“, fragte Lisa.

„Frau Franziska Ebershagen, die ältere Dame, die bei den Ausgrabungen hilft.“

Rund eine Stunde, nachdem die Sanitäter Hübiger ins Krankenhaus gebracht hatten, betrat Ralf Schuster Hübigers Wohnzimmer und sagte: „Wir haben alle Spuren gesichert. Sie passen zu dem, was Hübiger geschildert hat.“

„Fußspuren auf der Rasenfläche?“

„Könnten von einer Frau stammen.“

„Habt ihr das Lange, Dünne gefunden, mit dem man Hübiger angeblich bedroht hat?“

„Ja, vermutlich. Es handelt sich um so einen Metallspieß, wie er an Baustellen verwendet wird, um Flatterband aufzuhängen.“

„Fingerabdrücke?“

„Jede Menge, aber obenauf alles verwischt.“

„Handschuhe?“

„Oder ein Tuch.“

„Also, kein Profi? Keine ausgeklügelte Planung?“

„Wirkt nicht so.“

„Was für eine Art Schnur wurde verwendet?“

„Diese Art Kunststoffseil wird in Galerien benutzt, um schwere Bilder aufzuhängen, denken wir.“ Ralf konsultierte sein Klemmbrett. „Soweit wir das bisher beurteilen können, stammen die Beschädigungen am Fahrrad von dem Unfall. Vorher schien es intakt zu sein. Ein hochwertiges Alurad, sehr leicht.“

„Mich würde noch interessieren, ob diese, hm, sagen wir Falle, so angelegt war, dass sie wirklich töten sollte?“

„Kann ich mir nicht vorstellen. Hübiger hatte großes Pech, dass er so schwer verletzt wurde. Ich meine, er hätte natürlich sterben können. Schließlich sind schon Leute in einer Pfütze ertrunken. Das Grundstück ist weder so groß noch so abschüssig, dass man mit einem Fahrrad schnell fahren kann. Allerdings muss er heute mit unglaublicher Kraft in die Pedale getreten haben. Ich weiß gar nicht, wie er mit der Geschwindigkeit durch das Gartentor gelangen wollte."

„Das Tor war geschlossen?", fragte Lisa verblüfft.

„Es war verriegelt, als wir ankamen, und er wird kaum erst das Tor verschlossen und sich hinterher im Haus versteckt haben."

„Das klingt logisch. Wir müssen ihn danach fragen, sobald er aus dem Krankenhaus entlassen wurde."

Lisa überlegte: „Vermutlich war er aus irgendeinem Grund erregt und ist einfach losgerast, ohne nachzudenken."

Markus wiegte den Kopf. „Dann hätte es die Falle gar nicht gebraucht. Er wäre sowieso gegen seinen Gartenzaun gebrettert."

„Oder er hätte eine Vollbremsung hingelegt."

„Sagt mal, Männer, wäre es möglich, dass er recht hat?"

„Womit?"

„Hübiger behauptet, Frau Ebershagen habe ihn angegriffen. Könnte sie auch den Professor ermordet haben? Gibt es außerdem eine Verbindung zwischen ihr und Kellermann?", fragte Lisa nachdenklich.

„Na, die Möglichkeit, den Professor umzubringen hatte sie definitiv. Und Kellermanns Firma hat das Ausgrabungsgebiet für die Gruppe vorbereitet."

„Genau, und es werden Bagger von Kellermann sein, die alle noch nicht geborgenen Schätze unwiederbringlich unter Asphalt begraben werden."

„Poetisch formuliert, im Kern aber wahr“, sagte Ralf.

„Sie wirkt so harmlos auf mich“, ergänzte Markus.

„Auf mich auch, trotzdem glaube ich, wir müssen unsere Ermittlungen noch einmal komplett neu aufrollen.“ Lisa ging durch das Wohnzimmer zur Tür. „Zuerst sollten wir uns anhören, was Frau Ebershagen dazu sagt.“

28

Alfeld, Mittwoch, der 18. September 2013

Obwohl sie Franziska Ebershagen nur sehr oberflächlich kennengelernt hatte, sträubte sich alles in Lisa, daran zu glauben, dass diese agile, fröhliche alte Dame versucht haben soll, den Politiker Hübiger zu ermorden. Oder Dr. Faust. Sie saß stocksteif hinter dem Lenkrad und redete sich ein, dass sie objektiv sein musste, dass man niemandem hinter die Stirn schauen konnte und dass man es bösen Menschen eben leider selten ansah, wie böse sie waren.

Außerdem fand Lisa die Verbindung zwischen Kellermann, Faust und Franziska Ebershagen bestechend. Sie kannte beide Opfer, und sie kannte ebenso den Politiker Paul Hübiger. Die Motive erschienen Lisa allerdings mehr als schwach. Warum sie Kellermann loswerden wollte, war leicht zu erklären. Hübiger engagierte sich für den Autobahnbau und wollte ihn möglichst schnell vorantreiben. Auch hier ließ sich ein tragbares Motiv konzipieren. Aber warum, verdammt noch mal, sollte sie Faust umbringen?

„Ich kann mir ebenfalls nicht vorstellen, dass sie es war", sagte Markus, als sie gerade in die Straße einbogen, in der Frau Ebershagen wohnte.

Lisa hielt vor einem weißen Einfamilienhaus mit zwei Garagen und einer großzügigen Einfahrt. Sofort schaltete sich eine Lampe ein.

Im Haus brannte kein Licht.

Weitere Bewegungsmelder sorgten auf dem Weg zur Haustür für ausreichende Beleuchtung.

Lisa klingelte.

Nichts geschah.

„Ich glaube, sie beobachtet uns durch einen Spalt in den Gardinen", sagte Markus.

War sie doch gefährlich? Lisa sah prüfend nach oben. „Vielleicht hat sie Angst aufzumachen, es ist schon dunkel. Da stehen zwei Fremde vor ihrer Tür, meine Mutter würde auch nicht aufmachen."

„Meine schon, die macht allen auf. Sie sagt, wer rein will, kommt sowieso rein, und wenn einer klingelt, will er nichts Böses, sonst würde er ja nicht klingeln."

„Äh, wie? Erklär mir das später noch einmal. Jetzt müssen wir zusehen, dass wir Frau Ebershagen dazu bringen, die Tür zu öffnen."

Markus schlug mit beiden Handflächen gegen die Tür. Dann bückte er sich und schob den Briefschlitz auf. „Frau Ebershagen", rief er durch den Schlitz. „Wir sind von der Polizei und brauchen eine Aussage von Ihnen. Bitte machen Sie auf."

„Sie kommt." Lisa hörte Schritte.

Sie traten beide einen Schritt zurück. Als die Tür aufschwang, fragte Lisa sich kurz, ob sie zu vertrauensselig waren. Vielleicht hatte sie sich bewaffnet.

Doch Frau Ebershagen lächelte und streckte ihnen die Hand entgegen. „Ich erkenne Sie wieder, Sie haben uns auf der Ausgrabung besucht, nicht wahr? Sie sind mit Fitz befreundet, stimmt's?"

„Ja, Lisa Grundberg und Markus Heitkämper, Kriminalpolizei Alfeld. Dürfen wir reinkommen?"

„Selbstverständlich. Möchten Sie etwas trinken? Soll ich uns einen Kaffee aufsetzen oder einen Tee?" Sie ging voraus. „Bitte schließen Sie die Tür, man weiß ja nie."

Sie führte die beiden in ein gemütlich eingerichtetes Wohnzimmer, dem man auf den ersten Blick ansah, dass seine Bewohner viele verschiedene Länder bereist hatten. An der Wand neben der Tür hingen zahlreiche Fotos von Landschaften, Tieren und Gebäuden. Zwischen den großen Fenstern zum Garten zeigten zwei Papyri Szenen aus dem Leben im alten Ägypten. Auf der anderen Seite des Sofas standen afrikanische Statuen, auf einem der Sessel lag eine Wolldecke mit südamerikanischen Motiven.

Franziska legte die Decke ordentlich zusammen und zeigte auf das Sofa. „Bitte nehmen Sie Platz. Ich muss beim Lesen eingenickt sein."

Kaum hatte sie sich gesetzt, sprang sie auch schon wieder auf. „Mein Gott, was bin ich vergesslich. Jetzt habe ich doch nichts zu trinken besorgt."

„Bitte setzen Sie sich hin, Frau Ebershagen, wir möchten nichts essen oder trinken."

Die Frau sah sie verdutzt an. „Das klingt jetzt aber ernst."

„Das ist es in der Tat", sagte Lisa und versuchte, ihrer Stimme trotz allem einen freundlichen Klang zu geben.

„Nun, etwas Unerfreuliches?" Sie erschrak. „Es ist nicht noch jemand umgekommen oder verletzt worden?"

„Dazu kommen wir gleich. Würden Sie uns bitte zuerst einmal schildern, wie Sie den Abend verbracht haben? Sagen wir, nachdem Sie das Lager verlassen hatten."

„Oh je, jetzt haben Sie mich ertappt." Sie lächelte verlegen. „Ich habe mich ganz furchtbar geärgert. Bei der Ausgrabung." Sie schüttelte den Kopf. „Ein wahrhafter Popanz."

„Popanz?"

„Aufgeblasener Fatzke, wenn Ihnen das lieber ist. Ich fürchte allerdings, ich habe mich nicht gerade ladylike verhalten. Jedenfalls war ich dermaßen wütend, dass ich direkt in die Innenstadt gefahren bin und mir zwei Flakons mit Parfüm, eine Tagescreme und ein wunderbar duftendes Schaumbad gekauft habe."

„Sie haben was?"

„Frustkauf nennt man das, oder?"

„Pflegeprodukte?"

„Genau. Das ist meine Schwachstelle, ich liebe alles, was duftet. Wenn mich der Frust packt, gehe ich einkaufen. Nur sind es in meinem Fall weder Schuhe noch Bücher oder Süßigkeiten, sondern eben Parfüms."

„Das bedeutet, Sie waren nach der Arbeit in einer Parfümerie?"

„Ja, auf der Leinstraße."

„Können Sie den Zeitraum für uns eingrenzen?", fragte Lisa.

„Das ist einfach. Die Verkäuferin hat immer wieder seufzend auf die Uhr gesehen und mir vorgerechnet, wie viele Überstunden sie in dieser Woche bereits aufgehäuft hatte und wie viele Minuten heute dazukämen." Sie zuckte mit den Schultern. „Dreiundzwanzig Minuten nach Geschäftsschluss stand ich wieder auf der Straße."

„Also, gegen halb neun?", fragte Markus und notierte den Zeitpunkt in seinem Notizbuch.

„Warum ist das wichtig für Sie?", erkundigte Franziska sich.

„Dazu kommen wir gleich. Haben Sie etwas gekauft?"

„Oh ja. Ich fürchte, ich habe 120 Euro ausgegeben."

„Den Bon bewahren Sie auf?"

„Er wird zusammen mit der Tüte im Altpapier liegen. Warum?"

„Wohin sind Sie von dort aus gegangen?“

„Zu Kaufland, ein paar Lebensmittel besorgen, dann zu meinem Wagen und nach Hause. Jetzt sagen Sie mir endlich, worum es geht.“

„Erzählen Sie uns erst noch von Ihrer Auseinandersetzung am Zelt.“

Franziska verschränkte beide Arme vor der Brust. „Er hat mich provoziert. Heute Abend ist mir das vollkommen klar, aber in der Situation selbst, nun ja, ich war dermaßen wütend, dass ich nicht mehr logisch denken konnte.“

„Wer hat Sie womit provoziert?“, fragte Lisa leise.

„Hübiger, dieser Heini, hat behauptet, einer von uns habe Dr. Faust womöglich auf dem Gewissen und nicht Schönberg. Schließlich gipfelte das Ganze darin, dass er andeutete, ich wäre in den Professor verliebt gewesen, hätte ihn angehimmelt wie ein Backfisch. Seine Abweisung sollte mich so verletzt haben, dass ich ihn wegen der Zurückweisung umgebracht hätte.“

Der letzte Satz war schon lange verklungen, als Lisa die nächste Frage stellte. „Ich nehme an, dass das nicht stimmt.“

„Auf eine derart impertinente Frage antworte ich nicht.“

„Warum helfen Sie bei den Ausgrabungen?“

„Ein Jugendtraum.“

„Geht es etwas genauer?“

Lisa spürte, dass Markus langsam die Geduld verlor.

„Nun, als ich jung war, war es noch nicht selbstverständlich, dass Frauen studieren durften. Ich habe als Jugendliche alle Berichte über archäologische Ausgrabungen verschlungen und wollte unbedingt dabei helfen, mehr herauszufinden. Doch stattdessen heiratete ich, bekam drei Kinder und führte einen Haushalt. Nach dem Tod meines Mannes trauerte ich beinahe drei Jahre lang. Dann beschloss ich, meine Chance zu nutzen. Lieber spät als nie. Ich studierte als Gasthörerin und bewarb mich für Ausgrabungen, bei denen Freiwillige gesucht wurden. Im Laufe der Jahre habe ich einige wunderschöne Erfahrungen gesammelt."

„Verstehe."

„Vermutlich nicht, dennoch sollten Sie vielleicht noch wissen, dass ich in sechs Wochen nach Israel aufbreche, um dort bei Ausgrabungen zu helfen. Dr. Faust war ein inspirierender Mann, aber ganz sicher nicht der Grund für meine Begeisterung für die Archäologie."

Markus klopfte mit dem Stift auf seinen Block. „Können wir davon ausgehen, dass Sie gegen neun Uhr zu Hause waren?"

„Eher ein bisschen später. Ich denke, so eine halbe Stunde braucht man schon, um bei Kaufland einmal herumzukommen, selbst wenn man nichts suchen muss."

„Okay", Markus seufzte. „Auf Herrn Hübiger wurde ein Anschlag verübt. Heute Abend, so gegen einundzwanzig Uhr dreißig."

„Wurde er schwer verletzt?" Sie presste eine Hand vor den Mund. „Oder ist er tot?"

„Nein, es geht ihm den Umständen entsprechend gut."

Verwirrt schaute Franziska von Lisa zu Markus. „Warum erzählen Sie mir das?"

„Herr Hübiger behauptet, dass Sie ihn angegriffen haben."

Franziska schnappte nach Luft. Ihre Finger krallten sich in die Armlehnen des Sessels. „Dieser ..." Sie röchelte. „Dieser Irre. Wie kommt er auf diese absurde Idee?“

„Er hat Sie gesehen.“

„Wie bitte? Ich verstehe nicht.“

„Er behauptet, er habe Sie in seinem Garten gesehen, bewaffnet.“

„Er halluziniert!“

„Nun,“ Lisa wusste nicht, wie Sie es ausdrücken sollte, „Sie verfügen nicht gerade über ein stichhaltiges Alibi.“

„Brauche ich eines?“ Franziska schüttelte den Kopf. „Wie absurd.“

„Er beschuldigt Sie direkt. Wir müssen dem nachgehen.“

„Das verstehe ich, nur, Sie ... Sie glauben ihm doch nicht etwa?“

„Darum geht es hier nicht. Ich meine, was wir denken ist letztlich unerheblich. Wir ermitteln, urteilen tun andere, später.“

„Aber!“ Sie hob die Arme abwehrend. „Das ist ungerecht. Wieso darf er das so einfach behaupten?“

„Er scheint davon überzeugt zu sein.“

„Unmöglich!“

„Frau Ebershagen, wir müssen Sie ...“

„Verhaften?“ Ihre Stimme überschlug sich, als sie das Wort ausspuckte.

„Nein, nein, wir müssen Sie bitten, die Stadt vorläufig nicht zu verlassen. Halten Sie sich zu unserer Verfügung. Wir werden Ihnen morgen ein Team Labortechniker schicken. Zeigen Sie ihnen bitte Ihre Schuhe und falls Sie welche besitzen, Ihre Handschuhe. Wir werden uns außerdem Ihre Mülltonnen ansehen. Die beiden Bons, aus der Parfümerie und von Kaufland, wären ebenfalls hilfreich.“

Franziska hatte die Beine angezogen, umklammerte ihre Knie. „Erst behauptet er, ich hätte Dr. Faust umgebracht, und nun soll ich versucht haben, ihn zu ermorden." Ihre Stimme hatte anfangs gezittert, doch am Ende des Satzes gewann sie an Festigkeit zurück. Sie stellte beide Füße nebeneinander auf den Fußboden. „Gut. So sei es. Ich nehme den Kampf auf."

„Was soll das bedeuten?", fragte Lisa alarmiert.

„Ich rufe jetzt einen Freund meines Mannes an, der als Anwalt arbeitet."

29

Alfeld, Donnerstag, der 19. September 2013

Lisa hörte das Geschrei schon, als sie aus ihrem Haus trat. Zuerst erinnerte es sie an die Geräusche, die von einem Schulhof in der großen Pause ausgingen. Doch dann erkannte sie, dass die Stimmen deutlich tiefer klangen und dass sie etwas skandierten.

Polizeisirenen starteten ganz in ihrer Nähe und bewegten sich eindeutig in Richtung Innenstadt.

Sie schlang sich den Riemen ihrer Tasche quer über die Brust, sodass sie sich besser bewegen konnte und rannte los. Als sie am Gebäude der Alfelder Zeitung vorbeikam, musste sie sich kurz orientieren. Nein, der Lärm kam nicht vom Ständehaus. Sie hastete weiter. Nach wenigen hundert Metern kamen ihr zwei Frauen mit Kinderwagen entgegen, die sich aufgeregt unterhielten. Eine rief Lisa zu: „Wenn Sie nicht dringend in die Stadt müssen, sollten sie sich das heute ersparen."

„Was ist denn los?"

„Eine Demonstration."

„Wogegen?"

„Autobahnbau, soweit ich das verstanden habe."

„Danke schön!", rief Lisa und rannte weiter.

Eine Gruppe Rentner kam ihr kopfschüttelnd entgegen und musterte sie argwöhnisch.

Lisa ließ sich nicht beirren. Sie konnte die Durchsagen der Polizei hören, aber nicht verstehen. Vermutlich versuchte der Einsatzleiter, die Menschen in eine bestimmte Richtung zu dirigieren.

Endlich hatte Lisa die Ecke erreicht und konnte zum Marktplatz hinaufschauen. Sie bremste abrupt ab, denn eine Horde Menschen, in schwarzer Lederkleidung, vermummt, kam auf sie zugerannt.

Sie drückte sich an die Hauswand und beobachtete.

Die Männer liefen nur knapp an ihr vorbei, sammelten sich direkt hinter der Ecke.

Was war das?

Begannen die tatsächlich, Pflastersteine aus dem Boden zu hebeln?

„Was glotzt'n so?"

Sprach der mit ihr? Lisa kniff die Augen zusammen. „Reden Sie mit mir?"

„Verpiss dich, Alte."

Bevor sie entschieden hatte, ob sie sich den Männern entgegenstellen sollte, hielt jeder zwei oder drei Steine in der Hand. Sie rannten geduckt an den Geschäften entlang. Lisa folgte ihnen. Dabei zog sie ihr Handy aus der Tasche und versuchte, irgendjemanden zu erreichen. Doch in der Dienststelle war besetzt und auf den Nummern der Einsatzhandys meldete sich auch niemand.

Jetzt flog der erste Stein. Er krachte in das Schaufenster der Buchhandlung. Die Männer verteilten sich, schleuderten ihre Steine auf die Menge, die dicht gedrängt auf dem Marktplatz hin und her wogte.

Lisa versuchte, sich zu ihren Kollegen durchzudrängen, doch augenscheinlich befanden sie sich alle auf den anderen Seiten des Marktplatzes.

Verdammt.

Was war hier überhaupt los?

So etwas hatte es im beschaulichen Alfeld noch nie gegeben, oder?

Lisa war es gelungen, zum Bürgerbüro an der Ecke vorzurücken. Sie sah, dass Meckler auf dem Einsatzwagen stand und von dort aus versuchte, die Menschen zu beeinflussen. Ein Stein verfehlte ihn nur knapp. Einige Leute johlten, andere applaudierten. Irgendwo schrie jemand schrill. Eine Frau weinte. Lisa hörte weiteres Glas splittern.

Wie hatte es nur so weit kommen können?

Ein unangemeldete Demonstration?

Garantiert.

Gegen den Autobahnbau, das hatte sie inzwischen verstanden. Gerade wurde ein Transparent niedergetrampelt. Aber wer hatte hier die Führung übernommen?

Die Menge bewegte sich auf den scheinbar einzigen Ausweg zu, entlang des Baches, bergab. Lisa wurde gegen die Tür des Bürgerbüros gedrückt. Doch die Frauen im Inneren hatten abgeschlossen und sich in den hintersten Winkel zurückgezogen. Sie sahen zwar, dass Lisa in Bedrängnis war, schienen aber nicht vorzuhaben, ihr zu helfen.

Lisa stützte sich mit beiden Armen gegen den Türrahmen ab und hoffte, so etwas mehr Platz und vor allem Luft zu bekommen. Sie konnte hören, dass die ersten Demonstranten in die Warne stürzten.

Leider konnte sie nichts sehen. Wenn sie sich umdrehte, würde sie zwar mehr erkennen können, doch dann konnte sie weniger Kraft aufwenden.

Plötzlich stürzte ein Mann neben ihr zu Boden. Er hielt sich den Kopf, Blut quoll durch seine Finger. Er stöhnte. Lisa zückte automatisch ihr Handy und versuchte, einen Notruf abzusetzen. Sie bekam keine Verbindung.

So gut es ging, bückte sie sich, packte seine Schulter und zog ihn dichter zu sich heran. „Herr Neuherr!"

Er stöhnte nur.

Lisa nutzte eine Sekunde, in der der Druck etwas nachließ, um für sie beide einen etwas größeren Bewegungsfreiraum zu erkämpfen. Schließlich fragte sie: „Herr Neuherr, können Sie mich verstehen?"

Er nickte.

„Was passiert hier?"

Er schüttelte den Kopf, stöhnte aber sofort. „Ein Stein", murmelte er.

Zuerst verstand Lisa ihn nicht. Dann begriff sie, er sprach von seiner Verletzung. „Diese Demonstration, haben Sie sie angezettelt?"

„Angezettelt? Nein! Natürlich nicht."

„Wer sonst?"

„Wir müssen hier weg. Das Ganze ist entgleist." Er versuchte, sich aufzurappeln.

„Entgleist finde ich untertrieben", murmelte Lisa. Trotzdem hatte Neuherr selbstverständlich recht. Hier waren sie nicht nur in Gefahr, sondern auch noch ziemlich unnütz. „Wo steht der Einsatzleitwagen?"

„Ich denke, oben am Brunnen."

„Wir müssen dahin."

„Warum?"

Lisa schaute ihn verdutzt an. „Zuerst einmal sind wir da in Sicherheit, und außerdem muss ich dringend mit Ihnen reden."

Neuherr schien überhaupt nicht begeistert zu sein.

Trotzdem gelang es ihnen, sich zu Lisas Kollegen durchzudrängeln, ohne noch mehr verletzt zu werden.

Meckler war erfreut, sie zu sehen. „Frau Grundberg, geht es Ihnen gut? Fein. Ach, und da ist ja auch Herr Neuherr. Da haben Sie ja etwas Feines angerichtet. Nehmen Sie ihn mit zur Dienststelle, er ist vorläufig festgenommen, irgendjemand muss sich für dieses Chaos verantworten."

„Brauchen Sie vor Ort keine weitere Unterstützung?“, fragte Lisa. Insgeheim war sie froh, in die Dienststelle zurückkehren zu können. Sie ließ ihren Blick über den Marktplatz gleiten. Uniformierte Polizisten hatten an der Tür zum Rathaus einige Demonstranten festgesetzt. Gerade fuhr ein Mannschaftswagen vor, um sie abzutransportieren.

Sanitäter legten einen Mann mit langen blonden Haaren auf eine Trage und brachten ihn zu ihrem Wagen.

Zwei Kinder saßen unter dem Rand des Brunnens und weinten. Stühle und Tische des chinesischen Restaurants lagen verstreut auf dem ganzen Marktplatz. Glassplitter knirschten unter jedem Schritt.

Lisa wandte sich ab. „Kommen Sie.“

Neuherr folgte ihr, ohne zu zögern.

30

Alfeld, Donnerstag, der 19. September 2013

Das Telefon klingelte.

Fitz fand das unerträglich.

Wie lange konnte ein Telefon klingeln, bevor der Akku leer war?

Fitz stülpte sich sein Kissen über den Kopf. Es nützte nichts.

Mühsam tastete er nach dem Krawallmacher.

„Ja!“, hauchte er in den Hörer.

„Fitz, du musst mir helfen!“

Sofort war er hellwach und setzte ich auf. „Was ist geschehen?“

„Ich soll versucht haben, Hübiger, diesen penetranten Politiker, zu ermorden.“

„Wieso?“

„Kannst du zu mir kommen?“

„Selbstverständlich. Gib mir zwanzig Minuten.“

„Danke!“

Fitz überlegte, ob er Lisa oder Markus anrufen sollte. Er konnte sich nicht vorstellen, dass die beiden Alfelder Kriminalpolizisten ausgerechnet Franziska verdächtigen würden. Andererseits, wer sonst hätte sie beschuldigen sollen? Wahrscheinlich hatte Franziska irgendetwas falsch verstanden. Das musste es sein. Nachdenklich zog er sich an.

Er würde zu ihr fahren und sich erst einmal anhören, was Franziska zu erzählen hatte. Anschließend konnte er die Missverständnisse immer noch ausräumen.

Franziska musste hinter der Haustür auf ihn gewartet haben, denn sie öffnete bereits, als er gerade die Gartenpforte durchschritten hatte.

„Fitz!"

Sie stürzte auf ihn zu und klammerte sich an ihn.

Verdutzt klopfte er auf ihre Schultern und gab sanfte, gurrende Geräusche von sich. Tatsächlich funktionierte es. Franziskas Körper gewann an Spannung. Schließlich legte sie ihm beide Hände flach auf den Brustkorb und drückte sich leicht von ihm weg. „Entschuldige bitte, ich bin ziemlich verwirrt."

Fitz nahm ihren Arm, legte ihn auf seinen und führte sie zum Haus. „Lass uns nach drinnen gehen, dann kannst du mir alles in Ruhe erzählen."

Nachdem sie ihm alles erzählt hatte, was sie wusste, ging Fitz unruhig in ihrem Wohnzimmer auf und ab. „Ich verstehe das nicht. Wieso beschuldigt er dich?"

„Wegen des Vorfalls auf dem Ausgrabungsgelände."

„Das macht keinen Sinn", widersprach Fitz.

„Wem sagst du das?"

Sie saß in ihrem Sessel und wirkte um so Vieles kleiner und zerbrechlicher als noch am Vortag. Fitz hasste es, sie so zu sehen. Was konnte er dagegen tun?

Mit Lisa sprechen?

Oder mit Markus?

Nein, Hübiger war der Schlüssel zum Ganzen.

„Hör zu, ich fahre jetzt zu unserem Politikerfreund und lasse mir die ganze Geschichte noch einmal erzählen, vielleicht ergibt es dann einen Sinn."

„Du willst mich allein lassen?"

Er stellte sich neben ihren Sessel, strich ihr über die Schulter und erklärte: „Sie haben dich gestern nicht sofort verhaftet. Das kann nur bedeuten, dass sie dich nicht ernsthaft verdächtigen."

Sie lachte abwehrend. „Die gehen einfach davon aus, dass ich so alt und schwach bin, dass keine Fluchtgefahr besteht."

„Mach dich nicht kleiner, als du bist. Hübiger hat dich beschuldigt, deshalb müssen sie dich befragen. Es bleibt ihnen gar nichts anderes übrig."

„Vermutlich hast du recht. Aber es ärgert mich trotzdem maßlos. Sehe ich aus wie eine Mörderin?"

Zufrieden erkannte Fitz, dass sie ihre Kraft zurückgewann. „Selbstverständlich nicht."

„Warum willst du ausgerechnet zu ihm?"

„Er ist der Einzige, der genau weiß, was passiert ist."

„Pah, der sich einbildet, das zu wissen."

„Stimmt, deshalb werde ich mir alles anhören und nach dem Widerspruch, dem Fehler in seiner Version der Geschichte suchen."

„Okay, aber bleib nicht so lange weg, bitte."

Fitz sah auf die Uhr. „Sagen wir, zwei Stunden. Gibt es bis dahin etwas zu essen?"

Zuerst sah sie ihn indigniert an, dann kräuselten sich ihre Lippen. „Beschäftigungstherapie, gute Idee."

31

Alfeld, Donnerstag, der 19. September 2013

Lisa drückte Neuherr einen Kühlakku in die Hand und befahl ihm, sich auf Markus' Bürostuhl zu setzen.

Er gehorchte, ohne aufzuschauen.

„Was ist passiert?", fragte Lisa und ließ den Rechner hochfahren.

„Ich wollte das nicht, ganz bestimmt nicht."

„Was genau?"

„Diese Ausschreitungen, diese Gewalt. Das geht doch nicht."

„Wie ist es dazu gekommen?"

„Wir hatten beschlossen ..."

„Wer ist wir?", wollte Lisa wissen.

„Der Vorstand der Bürgerinitiative."

„Okay, was planten Sie?"

„Wir wollten ein wenig Aufmerksamkeit für unser Anliegen."

„Das ist Ihnen gelungen." Lisa meldete sich an und startete Word. Die Protokollvorlage startete automatisch. Sie gab zuerst das Datum ein.

„Wir wollten in die Zeitung, nicht ins Krankenhaus", sagte Neuherr und klang in Lisas Ohren schon wieder ziemlich obenauf.

„Sie haben Ihre Mitglieder zu einer unangemeldeten Demonstration eingeladen?"

„Nein, ja, also ..."

„Geht es etwas genauer?" Inzwischen hatte sie Namen und Uhrzeit eingegeben.

„Unsere Mitglieder haben schon länger beklagt, dass wir zu zahm wären. Niemand nimmt uns ernst, hieß es. Wir müssen präsenter sein, haben sie gefordert. Der Vorstand hat deswegen überlegt, was wir tun können. Flugblätter erschienen uns altbacken und letztlich umweltschädigend. Pressekonferenzen führen ebenfalls zu nichts."

„Und dann hatten Sie die Idee mit der Demo?"

„Nein, wir beschlossen, andere zu fragen."

„Andere?"

„Jeder hat ja so seine Kontakte und Verbindungen. Die haben wir angezapft."

„Verstehe ich nicht."

„Kann ich etwas zu trinken bekommen, bitte?"

„Sobald wir fertig sind", antwortete Lisa kurz angebunden. Im gleichen Augenblick bemerkte sie, dass das vielleicht nicht ganz in Ordnung war. Aber Neuherr sackte in seinem Stuhl zusammen und akzeptierte ihre Antwort ohne Widerspruch.

„Und Ihre Kontakte und Verbindungen haben dieses Chaos angerichtet?"

„Ja!" Neuherrs Augen weiteten sich bei der Erinnerung, er begann zu zittern.

„Wie muss ich mir das vorstellen?"

„Meine Frau, Susanne, kannte Leute, mit denen sie gemeinsam studiert hatte, die haben gesagt, sie könnten unser Anliegen in einschlägigen Kreisen bekannt machen. Dann würden jede Menge Unterstützer kommen und ordentlich was los machen."

„Was los machen?"

„So hatte ich mir das nicht vorgestellt, ganz ehrlich."

„Ein bisschen Krawall hätten Sie aber schon in Kauf genommen?"

„Na ja, Susanne sagte was von Einheizern und Verstärkung."

„Ich fürchte, Sie haben einiges an der Backe."

„Ich? Wieso?" Er erbleichte deutlich.

„Sie haben dazu aufgerufen, oder?"

„Nicht wirklich."

„Wer denn sonst?" So langsam drehte sich das Gespräch im Kreis.

„Die Mitglieder unserer Bürgerinitiative haben sich gesittet verhalten. Garantiert. Die Unruhestifter kamen alle von außen. Die werden das über Facebook oder Twitter angestiftet haben."

Das erschien Lisa durchaus plausibel, würde den Mann aber nicht retten. „Am Marktplatz gibt es genügend Webcams. Sicher lässt sich genau nachvollziehen, wie die Ausschreitungen begonnen haben."

Neuherr senkte den Kopf. „Oh, Mann, ey, was für eine verdammte Kacke."

„Das können Sie laut sagen. Aber leider ist das noch nicht alles", sagte Lisa und beobachtete ihn genau.

„Was denn noch?"

„Wo waren Sie gestern Abend gegen halb zehn?"

„Zu Hause."

„Allein?"

„Mit meiner Tochter Nathalie. Wir haben ferngesehen, warum?"

„Wo war Ihre Frau?"

„Sie ...äh ... na ja ... wollte sich mit ... ehemaligen Kommilitonen treffen, in ‚Annas alter Liebe', hat sie gesagt."

„Wann kam Ihre Frau zurück?"

„Keine Ahnung. Ich bin nicht wach geworden, als sie nach Hause kam."

Lisas Finger flogen über die Tastatur, während sich vor ihrem geistigen Auge eine neue Verdächtige entwickelte. Eine, die kräftig war, eine, die Unterstützung hatte und von Ex-Studienfreunden angefeuert worden war. „Ihre Frau engagiert sich ebenfalls in der Bürgerinitiative?“

„Ja, sie hat mich überredet, der Sprecher zu werden.“

„Warum?“

„Sie arbeitet lieber im Hintergrund. Sie ist ein echtes Organisationstalent. Wenn Sie einen Plan haben, sagen Sie, was Sie vorhaben, meine Frau setzt es für Sie um, ohne Wenn und Aber.“

Das klang äußerst vielversprechend.

Lisa beschloss, ihn aus der Reserve zu locken. „Ich nehme an, dass Ihre Tochter Ihre Aussage bestätigen wird?“

Er wirkte verwirrt. „Ja, sicher, warum?“

„Wo hält sich Ihre Frau im Moment auf?“, fragte Lisa, ohne seine Frage zu beantworten.

„Zu Hause, denke ich.“

„Sie war nicht mitgefahren zur Demo?“

„Nein!“ Er schien noch verlegener zu werden. „Sie wollte von zu Hause aus gleich alle Informationen weiterverbreiten.“

„Wie darf ich das verstehen?“ Jetzt fühlte Lisa sich irritiert.

„Einige Demonstranten hatte die Aufgabe zu filmen und Fotos zu schießen und die dann gleich auf unsere Adresse zu übertragen.“

„Ungefiltert in die Welt hinausblasen?“

„Nein, Udo und Susanne wollten sie aufbereiten und vor allem dafür sorgen, dass niemand darauf zu erkennen ist, der nicht erkannt werden will.“ Neuherr sprach immer leiser. Scheinbar schien er selbst zu merken, dass er sich um Kopf und Kragen redete. Er schürzte die Lippen, stützte das Kinn auf die Hände. „Ich hätte es merken müssen, oder?“

„Befindet sich dieser Udo auch in Ihrem Haus? Hat er einen Nachnamen?“, fragte Lisa und nickte Markus zu, der von Neuherr unbemerkt ins Zimmer getreten war.

„Udo Kabzynski heißt er, glaube ich jedenfalls. So war es geplant. Ich weiß allerdings nicht, so wie sich das entwickelt hat ...“

„... ob die nicht längst alle getürmt sind“, setzte Lisa den Satz fort.

Neuherr zuckte mit den Schultern. „Meine Frau, Susanne, kann Ihnen dazu sicher mehr sagen.“

„Wir werden sie fragen, keine Bange.“ Lisa sah Markus fragend an. Der nickte.

Wenig später saßen sie in ihrem Dienstwagen und fuhren zu den Neuherrs. Tatsächlich saßen Udo Kabzynski und Susanne Neuherr einträchtig am PC und bearbeiteten gerade ein Foto, auf dem im Hintergrund Meckler zu sehen war, der Anweisungen gab und ziemlich sauer aussah.

Rolf Neuherr, der ihnen aufgeschlossen hatte, ließ sich gleich neben der Tür aufs Sofa fallen, ohne ein Wort zu sagen. So dauerte es einige Sekunden, bis die beiden am Computer erkannten, wer sich da zu ihnen gesellt hatte.

„Den PC nehmen wir mit“, sagte Markus, „Sie können ihn gern abschalten.“

„Dazu haben Sie kein Recht, dafür brauchen Sie einen ...“

„... haben wir, und außerdem hat Ihr Mann uns eingeladen“, widersprach Lisa.

„Sie sollten sich lieber Gedanken darüber machen, wie Sie der Anklage wegen Aufhetzung zum Landfriedensbruch begegnen wollen und wie Sie für die Schäden aufkommen wollen, die in der Innenstadt entstanden sind", ergänzte Markus süffisant.

Kabzynski erhob sich und versuchte, sich an den Kommissaren vorbei nach draußen zu mogeln, indem er durch Körpersprache zu verstehen gab, dass er dringend zur Toilette musste.

Diese Vorlage ließ Markus sich nicht entgehen. Er wartete, bis der Mann auf einer Höhe mit ihm war, packte dann zu, drehte ihm den Arm auf den Rücken und belehrte ihn, bevor er ihm Handschellen anlegte und ihn ins Auto brachte.

„So, Frau Neuherr, dann erzählen Sie mal", sagte Lisa und setzte sich neben sie auf den frei gewordenen Stuhl.

„Was soll ich Ihnen erzählen?", fragte sie zurück.

„Wie Sie diesen Aufruhr organisiert haben, zum Beispiel."

„Ich habe gar nichts damit zu tun. Jedenfalls habe ich nichts dergleichen organisiert. Es stimmt, ich habe alte Kontakte angezapft und hab mich informieren lassen, aber so etwas ...", sie wies mit dem Finger auf ein Foto, das einen Vermummten zeigte, der einen Pflasterstein in die Fensterscheibe des Bürgerbüros warf, „... hatte ich dabei niemals im Sinn."

„Sondern?"

Sie schüttelte den Kopf. „Gar nichts, ich wollte nur Infos, und vielleicht ein wenig Unterstützung beim Plakatekleben oder Zettelverteilen."

Lisa ahnte, dass sie im Moment in dieser Hinsicht nicht weiterkommen würde. Sofern sie keine verräterischen E-Mails auf dem PC oder SMS auf ihrem Handy fanden, die etwas anderes belegten, wäre Frau Neuherr nichts nachzuweisen.

„Wo waren Sie gestern Abend?“ fragte Lisa stattdessen.

„Mit Udo in ‚Annas alter Liebe‘„ antwortete sie, wie aus der Pistole geschossen.

„Und danach?“

„Zu Hause.“

„Wann war das ungefähr?“

„Kurz nach Mitternacht, denke ich. Udo müsste es genauer wissen, er hat seiner Frau eine SMS geschrieben, da sind wir gerade in die Garage gerollt.“

Lisa hatte weitere Fragen gestellt und versucht, sie in Widersprüche zu verwickeln, doch das war ihr nicht gelungen. Gemeinsam mit Markus brachte sie Udo Kabzynski zur Dienststelle, wo die Kollegen sofort begannen, seine Personalien zu überprüfen. Artjom feixte, nachdem er die ersten Ergebnisse gelesen hatte. „Sachbeschädigung, Landfriedensbruch, Widerstand gegen Polizeibeamte, Beleidigung und so weiter und so weiter. Ich denke, der bleibt ein paar Tage, bis wir alle Details geklärt haben.“

„Und was machen wir nun?“, fragte Lisa leise.

„Wir befragen Hübiger noch einmal. Vielleicht ist ihm noch etwas eingefallen, was es uns ermöglicht, die Frau zu finden, die in seinem Garten gestanden hat.“

Überrascht sah Lisa ihn an. „Du denkst, es könnten zwei verschiedene Personen gewesen sein?“

„Warum nicht?“

„Zwei Anschläge an einem Tag? Das erscheint mir ein wenig viel, oder?“

„Soll aber vorkommen.“

Hübiger wiederholte stoisch genau das, was er ihnen am Abend zuvor bereits erzählt hatte. Dabei saß er, fertig angezogen, auf der Kante seines Bettes im Krankenhaus und wartete auf die Entlassungspapiere.

‚Fast als hätte er es auswendig gelernt', dachte Lisa. Sie beschloss zu bluffen. „Frau Ebershagen hat ein Alibi für den entscheidenden Zeitraum."

Hübiger reagierte nicht sofort. Dann sah er sie prüfend an, bevor er den Kopf bedächtig von rechts nach links bewegte. „Das kann nicht sein. Da muss sich Frau Ebershagen oder derjenige, der ihr das Alibi gibt, irren. Ich bin mir hundertfünfzigprozentig sicher, dass sie mich ermorden wollte. Bekomme ich Polizeischutz? Oder haben Sie sie bereits verhaftet?"

„Wir sorgen dafür, dass unsere Kollegen regelmäßig an Ihrem Haus vorbeifahren", sagte Lisa und fügte hinzu: „Informieren Sie uns bitte umgehend, wenn Ihnen noch etwas einfällt", obwohl sie wenig Hoffnung hatte.

Müde und erschöpft trennte sie sich vor dem Krankenhaus von Markus. Er würde den Wagen zur Dienststelle zurückbringen, während sie die wenigen hundert Meter bis zu ihrer Wohnung zu Fuß gehen würde.

Sie schloss die Haustür auf und bemerkte, dass Post in ihrem Briefkasten lag. Sie nahm sie heraus und begann, die Treppe hinaufzusteigen. Eine Rechnung, ein Werbefaltblatt und ein Brief ohne Absender. Sie drehte ihn um. Da stand auch nichts.

Keine Briefmarke.

Ordentlich adressiert, mit Straße, Hausnummer, Ort und Postleitzahl.

Obwohl sie ahnte, dass sie es bereuen würde, riss sie den Umschlag auf.

Oben stand A39, mit dickem Filzstift mit einem großen X durchgestrichen. Darunter: „Halt dich aus Dingen heraus, die dich nichts angehen. Einer, der es gut mit dir meint."

Ein Drohbrief?

Irgendwie schon.

Welche Dinge meinte der Schreiber wohl?

Oder die Schreiberin?

Lisa blieb auf der Treppe stehen.

„Einer, der es gut mit dir meint. Na, danke", flüsterte sie und drehte sich um.

Sie faltete den Brief zusammen, steckte ihn in den Umschlag zurück und verließ das Haus.

32

Alfeld, Freitag, der 20. September 2013

Fitz blickte weder nach rechts noch nach links, als er deutlich vor Sonnenaufgang auf das Zelt der Archäologen zustolperte. Er hatte Felix angerufen und ihn gebeten, alle anderen zu informieren. Nun hoffte er, dass tatsächlich alle eingetroffen waren.

Vorsichtig zog er die Plane zur Seite. Schweigend saßen Felix und drei der Studentinnen rund um den schweren Holztisch herum. Jeder mit einer Tasse Kaffee in der Hand. Sie schauten erwartungsvoll hoch, als sie Fitz bemerkten.

„Moin, was ist denn so wichtig, dass du uns so früh hierher bestellt hast?“, fragte Felix, und Fitz fand, dass es ziemlich gereizt klang. Am frühen Aufstehen konnte es kaum liegen, denn solange Faust noch die Leitung innehatte, hatten sie stets unmittelbar nach Sonnenaufgang angefangen. Fitz beschloss, das zu ignorieren. Er gab allen zur Begrüßung die Hand und lächelte freundlich. Dann setzte er sich auf einen der freien Stühle neben Felix.

„Ich habe euch gebeten, heute Morgen herzukommen, weil Franziska Ebershagen beschuldigt wird, einen Mordversuch an dem Politiker Hübiger begangen zu haben.“ Er versuchte, die Reaktionen der vier gleichzeitig zu beobachten, stellte jedoch fest, dass sie eigentlich ziemlich gleichartig reagierten. Nach einem Moment des Erstaunens sackte die Information ein und erzeugte zuerst einen fragenden Blick und danach ein Stirnrunzeln der Empörung.

Gleich darauf begannen die Fragen: „Wieso?"
„Wer sagt das?"
„Wie kommen die darauf?"
„Sitzt sie im Gefängnis?"
„Das hätte ich ja nicht gedacht. Sie wirkte so freundlich und harmlos."

Fitz hob die Hand und wandte sich an die Studentin, die sich zuletzt geäußert hatte. „Julia, du hast mich falsch verstanden. Sie wird beschuldigt, das bedeutet nicht, dass sie es tatsächlich war."

Julia errötete. „Das hätte mich auch gewundert."

Felix richtete sich auf. „Magst du nicht mal genauer berichten, was passiert ist, bevor wir dich mit Hunderten von Fragen löchern."

„Ja, unbedingt!", sagte Julia und trank einen Schluck Kaffee.

Fitz räusperte sich. Zuerst berichtete er von seinem Gespräch mit Franziska selbst. Die anderen nickten. Anschließend sagte er, dass er Hübiger persönlich aufgesucht hatte. „Der Mann saß in seinem Krankenhausbett und war nicht im Geringsten erstaunt, dass ich ihn besuchte. Er wirkte völlig gelassen."

„Ist er schwer verletzt?"

„Rippen geprellt, Finger gebrochen, Platzwunde am Kopf, sieht jedenfalls beeindruckend aus. Auf jeden Fall hat er auch mir gegenüber steif und fest behauptet, dass er Franziska erkannt hat. Sie stand im Dunkeln auf der Rasenfläche seines Gartens, mit einem Metallspieß in der Hand, mit dem sie ihn erschlagen wollte."

„Warum sollte sie das tun?", fragte Felix.

„Er beharrt darauf, dass er sie gesehen hat. Als Motiv gibt er die Szene an, die er hier herbeigeführt hat, indem er ihr unterstellt hat, Faust angehimmelt und aufgrund seiner Zurückweisung vielleicht selbst ermordet zu haben."

Wieder weiteten sich Julias Augen. Sie schien beide Anschuldigungen für durchaus denkbar zu halten.

Trocken sagte Felix: „Das war doch Bullshit."

„Denke ich auch, aber sie hat ihn eben mit dem heißen Kaffee angegriffen." Fitz malte mit den Fingern Anführungszeichen um das Wort ‚angegriffen' herum in die Luft.

„Na ja, verbrannt hat er sich dabei schon", wandte Julia ein. „Das war ein bisschen übertrieben, oder?"

„Aber nichtsdestotrotz meilenweit von einem Mordanschlag entfernt."

„Stimmt", bestätigte Felix. „Diese Reaktion war zwar theatralisch und überflüssig, jedoch eindeutig der Situation geschuldet. Wie sagt man? Im Affekt? Das andere mit der gespannten Schnur und dem Warten auf seinen Unfall, das ist kaltblütig geplant." Er schüttelte vehement den Kopf. „Kann ich mir nicht vorstellen."

„So geht es mir ebenfalls", ergänzte Fitz. „Außerdem behauptet sie, dass sie überhaupt nicht gewusst hat, dass Hübiger regelmäßig Fahrrad fährt."

„Ich sowieso nicht", entfuhr es Julia.

„Was sie natürlich nicht beweisen kann, nicht wahr?", warf Felix ein. „Aber was willst du nun von uns?"

Irritiert zuckte Fitz mit den Schultern. „Ich musste irgendetwas unternehmen. Da dachte ich, vielleicht hat sich einer von euch mit Franziska unterhalten und dabei etwas erfahren, was sie entlasten könnte."

„Oder belasten!", warf Felix ein.

„Im Zweifelsfall auch belasten, klar."

„Außerdem wäre es ebenso möglich, dass euch bei dem Streit im Zelt noch etwas aufgefallen ist, was

Franziska und mir entgangen ist." Fitz seufzte. „Mir fällt so gar nichts Hilfreiches ein."

Julia war aufgestanden, stemmte beide Hände in die Hüften. „Die Polizei sollte sich lieber auf den Mord an Dr. Faust konzentrieren, als wegen solcher Lappalien herumzustochern."

„Ich fürchte, die Polizisten versuchen eher, eine Verbindung zwischen den beiden Morden und dem Mordversuch herzustellen."

„Heißt das, die wollen Franziska alles anhängen?", fragte Julia.

„Es sieht so aus, ja."

„Wahrscheinlich hat sie für den Mord an diesem Tiefbauunternehmer ein Alibi, das wäre doch ein Anfang", schlug Felix vor.

„Leider nicht. Der Kellermann wurde morgens um vier Uhr umgebracht. Da lag Franziska schlafend in ihrem Bett."

„Alleine, oder?", fragte Julia und lächelte ihm aufmunternd zu.

„Ich befürchte, dass sie allein war. Aber danach könnte ich sie noch einmal fragen. Vielleicht war sie ja morgens um diese Uhrzeit bei einem Apothekennotschalter in Hannover."

„Oder sie hat World oft Warcraft an ihrem PC gespielt. Da gibt es Zeitstempel", bot Julia an.

„Danke für die Ideen, ich werde sie fragen. Sonst fällt euch auch nichts weiter ein, oder?"

Die vier senkten die Köpfe und murmelten etwas Bedauerndes.

„Na, trotzdem vielen Dank. Was habt ihr denn heute vor?"

Felix stand ebenfalls auf. „Wir haben am Nordrand unseres Ausgrabungsgeländes Hinweise auf weitere

Skelette gefunden. Scheinbar Handwerker, man hat sie mit Werkzeugen begraben, soweit wir das bisher erkennen konnten."

„Das klingt spannend. Ich würde gern helfen, aber erst einmal muss ich mich um Franziska kümmern", sagte Fitz.

„Wir können jede Hand brauchen", erwiderte Felix.

„Ich habe gestern noch zwei Bernsteinperlen gefunden", erzählte Julia. „Das würde Franziska bestimmt gefallen. Vielleicht kommt sie ja später noch und lenkt sich beim Ausgraben von ihrem Kummer ab. Oder sitzt sie im Gefängnis?"

„Nein, sie ist zu Hause. Ich werde sie fragen." Fitz rieb sich die Schläfen und wandte sich zum Gehen. „Ich komme morgen auf jeden Fall wieder, okay?"

„Die Baumaschinen rücken schon an. Uns bleiben höchstens noch ein paar Tage."

„Trotz der überwältigenden Funde?"

„Die Anträge laufen, aber wer weiß, wann darüber entschieden wird."

„Ich drücke euch die Daumen", sagte Fitz und schlängelte sich durch die Planen nach draußen.

Im Zelt hatten sie nicht bemerkt, dass die Sonne inzwischen aufgegangen war. Fitz musste blinzeln, als er ins Freie trat. Da ihm Felix' Satz über die anrückenden Baumaschinen noch im Ohr klang, schaute er hinüber zu dem Gelände. Er sah einen LKW, der genau dort stand, wo er ihn schon am Tag zuvor gesehen hatte. Auch der Kran schien in der Zwischenzeit nicht bewegt worden zu sein. Allerdings hatte man etwas an ihm hoch gezogen. Da baumelte etwas vom Ausleger. Fitz musste die Augen zusammenkneifen, um es besser erkennen zu können. Um die übliche Kreissäge handelte es sich jedenfalls nicht.

Dann stockte ihm der Atem.
Das war ein Mensch.
Er rannte los.
Da baumelte ein Mensch.
Er schrie laut und hörte die anderen aus dem Zelt kommen.
Er rannte weiter.
Einen Strick um den Hals.
Jeans, das konnte er erkennen.
Dazu ein brauner Blazer.
Helle Schuhe.
Er blieb abrupt stehen. Zerrte sein Handy aus der Tasche. Stimmen redeten wild durcheinander. Jemand weinte.
Seine Finger rasten über die Tastatur, um die Sperre aufzuheben. Nichts.
Er sah wieder zu dem Körper, der da am Kran hing.
Lisa?
Besaß sie solch eine Jacke?
Jeans und Blazer, das trug sie meistens.
Helle Schuhe?
Manchmal.
Jetzt konnte er endlich telefonieren. Er drückte die Kurzwahltaste.
Grundberg.
„Geh ran, verdammt noch mal", brüllte er.
Er spürte, dass Felix neben ihm stand und etwas sagte. Fitz wollte nichts hören. Er drückte die Wahlwiederholung.
„Wir müssen die Polizei rufen", schrie ihm Felix zu. „Die müssen sie da runterholen."
Sie da runterholen.
Genau. Fitz ließ das Handy fallen und rannte los.
Sie da runterholen.
Lisa da herunterholen.

33

Alfeld, Freitag, der 20. September 2013

Lisa hatte gut geschlafen. Petra hatte sie bei sich aufgenommen, ohne dass sie ihr von dem anonymen Brief erzählt hatte. Sie hatten die halbe Nacht geredet, und jetzt fühlte Lisa sich todmüde. Sie drückte die Haustür auf und ärgerte sich. Wieder einmal nicht abgeschlossen. Sie schaltete das Licht im Hausflur ein und begann, die Stufen zu ihrer Wohnung hinaufzusteigen. Ihre linke Hand ertastete den Schlüssel in der Tasche ihres Blazers. Dabei knisterte das Papier des Briefes.

So ein Mist.

Sie würde ihn Markus und Ralf zeigen müssen.

Etwas knackte.

Sie hielt inne. Lauschte. Nichts mehr.

Vorsichtig setzte sie ihren Fuß auf die nächste Stufe. Ihre Turnschuhe verursachten kein Geräusch. Sie horchte wieder.

Atmete da jemand?

Schweiß und Rasierwasser. Billiges Rasierwasser.

Bildete sie sich das ein? Konnte man sich Gerüche einbilden?

Schweiß und billiges Rasierwasser. Wie damals.

‚Nein, du hast das Schloss auswechseln lassen. Deine Wohnung ist bombensicher.'

Sie musste sich zwingen, die nächste Stufe hinaufzusteigen.

Rosenblätter auf dem Kopfkissen.

Diesmal nicht. Alles Einbildung.

Eine Zahnpastaschlange auf ihrer ... nein! Verflucht.

Gut, sie hatte einen anonymen Brief bekommen. Aber der bedrohte sie nicht, jedenfalls nicht richtig. Außerdem hatte sie seither nichts mehr unternommen, was dem Verfasser gegen den Strich gehen könnte.

Energisch nahm sie die letzten drei Stufen vor dem Absatz. Sie schielte nach oben, versuchte zwischen den Geländern hindurch hinaufzuschauen.

Da war nichts.

Natürlich nicht.

Der Schlüssel klimperte, als sie ihn in die Hand nahm. Noch fünf Stufen.

Das Licht ging mit einem leisen Poing aus.

Verdammt! Warum war sie so langsam gegangen?

Sie tastete sich am Geländer entlang und stürzte oben gleich auf die Stelle an der Wand zu, an der sie den Lichtschalter vermutete.

Doch jemand anderer war schneller.

Lisa fuhr herum und erschrak. „Was machen Sie hier?"

34

Alfeld, Freitag, der 20. September 2013

Fitz hatte sich am Kran hochgezogen und versuchte nun, an dem Turm hinaufzuklettern. Er kam nur sehr langsam voran. Das lag nicht nur daran, dass das Metall so kalt war und er sich kaum festhalten konnte, sondern auch daran, dass alles feucht und rutschig war. Außerdem wehte der Wind so kräftig, dass er sich beinahe festklammern musste. Wenn er doch nur in das Innere des Turmgerüstes gelangen könnte. Auf den Sprossen darin könnte er im Nu zur Kanzel hinaufklettern. Unten war der Zugang verschlossen, und weiter oben traute er es sich nicht zu, sich hindurchwinden zu können.

Als er die Polizeisirenen hörte, befand er sich erst in drei oder vier Metern Höhe. Hoffentlich brachten sie einen Feuerwehrwagen mit Drehleiter mit.

„Kommen Sie sofort da herunter!"

Fitz schaute nach unten. Meinte der ihn?

Ein junger Mann, der einen gelben Helm unter dem Arm trug, winkte ihm zu. Womit? Mit einem Schlüssel?

„Das ist mein Kran. Kommen Sie herunter, damit ich ihn in Betrieb nehmen kann."

Fitz verstand nicht, was der Mann ihm sagen wollte.

„Runterlassen", sagte der Mann und schloss die Verriegelung auf. Im nächsten Augenblick kletterte er zu Fitz hinauf. „Steigen Sie runter. Ich muss den Ausleger drehen, um sie ablassen zu können."

Fitz nickte und begann, nach unten zu klettern.

Als er wieder auf dem Boden stand, tauchte Markus neben ihm auf. „Sie geht nicht ans Telefon."

„Du hast es auch bemerkt!" Das war keine Frage, und Fitz erwartete keine Antwort.

Gespannt, mit versteinerten Gesichtern beobachteten die beiden Männer, wie sich der Haken des Krans mit dem Seil, an dem Lisas Körper hing, langsam dem Boden näherte.

Fitz hatte die Fäuste so stark geballt, dass seine Knöchel knackten.

Lisa.

Ihr Körper drehte sich auf dem Weg nach unten um seine Achse. Fitz hörte Rufe und das Klicken einer Kamera. Er sah sich um. Reporter, war ja klar.

Unverzüglich richtete er seine Aufmerksamkeit wieder auf den sich langsam senkenden Körper.

Irgendetwas irritierte ihn.

Markus flüsterte. „Den Blazer trug sie gestern Abend, als ich sie zuletzt gesehen habe."

Fitz packte ihn am Arm. „Da stimmt was nicht."

„Was meinst du?"

Inzwischen fehlten nur noch wenige Meter, bis Lisa den Boden berühren würde. Fitz rannte zu der Stelle. Ein Polizist in Uniform wollte ihn aufhalten, doch Fitz schubste ihn zur Seite, lief weiter. Jetzt schwebte sie höchstens noch fünf Meter über ihm. Er versuchte Genaueres zu erkennen.

Sein Herz setzte einen Schlag lang aus.

War das möglich?

Er hastete weiter.

Jetzt baumelte sie direkt über ihm. Er streckte die Arme aus, um sie festzuhalten. Noch erreichte er sie nicht.

Tränen liefen über seine Wangen. Er konnte schlecht sehen und wischte sich mit dem Ärmel übers Gesicht.

Dieser kurze Augenblick reichte. Seine andere Hand berührte ihre Füße. Da waren auch schon andere Menschen bei ihm, reckten sich nach ihr. Fitz hatte ihren Knöchel gepackt, erschrak, ließ ihn los. Er taumelte zur Seite.

Fiel hin.

Und begann zu lachen.

Ein Sanitäter eilte zu ihm, wollte ihm beim Aufstehen helfen. Doch ein erstaunter Ausruf ließ ihn innehalten.

„Eine Puppe!"

„Es ist eine Puppe!"

Markus raste an ihm vorbei. „Kommst du?"

Fitz rappelte sich auf und spurtete hinterher.

Der Motor lief bereits, als Fitz sich auf den Beifahrersitz fallen ließ.

Markus gab Gas.

35

Alfeld, Freitag, der 20. September 2013

„Was machen Sie hier? Warum drücken Sie sich vor meiner Wohnung herum? Woher wissen Sie überhaupt, dass ich hier wohne?“ Instinktiv hatte Lisa die tausendmal geübte Abwehrhaltung eingenommen.

„Ich, ich, ich muss mit Ihnen reden. Dringend.“

„Warum mit mir? Warum jetzt?“

„Bevor es zu spät ist.“

„Zu spät wofür?“

„Bevor es noch mehr Tote gibt.“

„Wollen Sie mir drohen?“, fragte Lisa und ballte die Fäuste.

„Nein, nein“, antwortete Neuherr und trat einen Schritt zurück. „Ich muss Ihnen etwas zeigen.“

„Um diese Uhrzeit?“

„Ich wusste nicht, wohin ich sonst gehen sollte.“ Er zuckte mit den Schultern. „Ich warte hier schon die halbe Nacht auf Sie.“

Als er die Hand in die Jackentasche stecken wollte, fuhr Lisa ihn an. „Was haben Sie vor?“

„Wie gesagt, ich will Ihnen etwas zeigen.“

„Okay, aber langsam.“

Er bewegte sich beinahe in Zeitlupe. Etwas sehr Kleines befand sich in seiner Hand. Er streckte den Arm aus und öffnete die Faust, sodass sie genau betrachten konnte, was auf seiner Handfläche lag.

Sie sah eine kleine, hellbraune Figur.

„Was ist das?“

„Es ist ganz leicht, Bernstein, denke ich.“

„Bernstein? Wo haben Sie das her?"

„Gefunden."

„Geht es etwas genauer?"

„In meinem Büro."

Lisa klappte den Mund auf und wieder zu. Kurz entschlossen drehte sie sich um und ging zu ihrer Wohnungstür. Sie schloss auf. „Kommen Sie, das müssen Sie mir mit allen Details erzählen."

Ein vages Lächeln huschte über das Gesicht von Rolf Neuherr. Dann flüsterte er: „Danke."

Lisa schloss hinter ihm wieder zu und führte ihn anschließend in die Küche. Ihre Müdigkeit war verflogen. Stattdessen raste ihr Herz, als wäre sie gerade eben sämtliche Treppenstufen zu ihrer Wohnung nach oben gerannt.

Was war das jetzt für ein Winkelzug? Wer wollte sie für seine oder ihre Zwecke einspannen?

Neuherr selbst?

Seine Frau?

Oder jemand ganz anderes.

Sie würde sehr genau zuhören.

„Kaffee?", fragte sie und zeigte auf einen der Stühle.

Gehorsam setzte Neuherr sich und nickte. „Mit Milch, bitte."

Lisa machte zwei Tassen Kaffee mit ihrer Padmaschine und setzte sich dann ihm gegenüber an den Tisch.

Unter Umständen war es vorteilhaft, einen Tisch zwischen und eine geöffnete Tür hinter sich zu haben. Obwohl sie eigentlich nicht glaubte, dass Neuherr sie angreifen würde. Andererseits, man konnte nie wissen.

„Erzählen Sie, beginnen Sie am besten ganz von vorn."

„Ich weiß nicht, vielleicht." Neuherr legte das Bernsteinfigürchen sorgsam auf den Tisch. Der Bär klebte ein wenig an seinen schweißnassen Händen.

Lisa war davon überzeugt, dass es sich um das Bernsteingefäß handelte, das bei den Ausgrabungen gefunden worden und danach auf mysteriöse Weise verschwunden war.

„Meine Tochter, Nathalie, geht nicht mehr zum Schwimmen, und gestern hat ihre Lehrerin angerufen und sich erkundigt, warum wir sie nicht krankgemeldet haben."

„Ich vermute, sie ist wie jeden Morgen zur Schule gegangen?"

„Genau. Sie hatte zwar über Bauchschmerzen geklagt, doch meine Frau ließ nicht mit sich reden. Sie ist ziemlich streng in dieser Beziehung."

Lisa nickte. „Man braucht nicht wegen jedes Zipperleins zu Hause zu bleiben."

„Mag sein, jedenfalls kam Nathalie am Nachmittag pünktlich nach Hause. Wir befragten sie, machten ihr Vorwürfe, da brach sie quasi zusammen, hat geheult und gejammert. So was habe ich noch nie von ihr gehört."

„Schlechte Noten, bleibt sie sitzen?", erkundigte Lisa sich.

„Nichts dergleichen, das hatten wir auch angenommen, obwohl sie immer eine akzeptable Schülerin war. Aber man weiß ja nie." Er seufzte. „Sie hat uns erzählt, dass man sie ständig ärgern würde."

„Warum und vor allem womit?"

„Mördertochter sagen sie und ..."

„Wieso das denn?"

Neuherr holte tief Luft. „Jemand hat das Gerücht in die Welt gesetzt, dass ich schuld am Tod von Frau Lemberger bin."

„Frau Lemberger? Wer ist das?“

„Eine Kundin von mir.“

„Was haben Sie mit ihr gemacht?“

„Mit ihr? Gar nichts. Ich schwöre. Ich hatte den Auftrag, in ihrem Badezimmer alle Elektrokabel auszutauschen, neue Schalter und Steckdosen zu installieren und so weiter. Anschließend sollten die Fliesenleger beginnen.“ Seine Stimme zitterte. „Der Fliesenleger fand sie tot auf dem Boden im Badezimmer liegen.“

„Davon habe ich nichts gehört.“

„Herzinfarkt. Es hatte nichts mit meinen Arbeiten zu tun. Aber geredet wird natürlich immer. Nach wenigen Tagen gab es anderes zu tratschen und die Sache war vergessen.“

„Wie lange ist das her?“

„Fast vier Monate.“

„Wieso wird das jetzt wieder aufgegriffen?“

„Sagen Sie mir das. Nathalie hat man jedenfalls erzählt, dass die Kinder von Frau Lemberger sie ausgraben lassen wollen, weil sie sicher sind, dass der Hausarzt den Totenschein gefälscht hat, nachdem ich ihn bestochen hatte.“

„Was nicht stimmt?“

„Natürlich nicht.“ Neuherr sah sie herausfordernd an.

„Trinken Sie Ihren Kaffee, sonst wird er kalt.“

Gehorsam nippte er an seiner Tasse.

„Das war aber noch nicht alles?“, fragte Lisa und wies auf den Bären.

„Nein, wir haben doch die Nachricht bekommen, dass auf dem für den Bau vorgesehenen Gelände Nacktnasenfledermäuse leben.“

„Habe ich gehört, ja.“

„Dreimal wurde ich im Laufe des Tages angerufen und gefragt, ob es stimmt, dass ich die gekauft und dort ausgesetzt habe. Und fragen Sie mich nicht, wie viele Leute mich direkt angesprochen haben. Zwei oder drei sind sogar ausfallend geworden. Dabei weiß ich von nichts, ehrlich."

„Und Ihre Frau?"

„Keine Ahnung. Der Fledermausspezialist wohnt in Everode. Den können Sie gern befragen."

„Das werden wir. Wie reagiert Ihre Frau auf diese Vorfälle?"

Er winkte ab. „Die ist völlig erledigt. Diese Krawalldemo liegt ihr schwer im Magen. Sie telefoniert ständig mit Anwälten und unserer Versicherung."

‚Geschieht ihr recht', dachte Lisa, sagte aber: „Wusste sie denn nicht, worauf sie sich einlässt, wenn sie diesen Udo Kabzynski und seine Kumpels für ihre Zwecke einspannt?"

„So hat sie sich das garantiert nicht vorgestellt." Neuherr tippte mit dem Finger gegen den Bären. „Und dann das."

„Was ist das?"

„Ein Döschen. Man kann es am Kopf öffnen."

„Warum beunruhigt es sie so?"

„Wollen Sie mich auf den Arm nehmen?"

„Warum sollte ich?"

„Dieses Teil wurde bei den Ausgrabungen an der Autobahntrasse gefunden."

„Woher wissen Sie das?"

„Ein Foto, in der Zeitung. Ich habe mich gewundert, dass die das damals schon konnten, so detailreich und alles ohne elektrische Werkzeuge, so frei Hand, völlig unglaublich."

„Wann haben Sie das Foto bemerkt?"

„Donnerstag, glaube ich, kann auch Mittwoch gewesen sein. In der Alfelder Zeitung. Nee, Donnerstag ist richtig. Am Mittwoch wurde nur über den Tod des Archäologen berichtet. Erst am Tag danach haben sie die gestohlenen Sachen gezeigt und gefragt, ob jemand eines der Dinge gesehen hat."

Lisa erinnerte sich genau an die Aufnahme und vor allem an die Detailvergrößerungen, die Ralf ihr gezeigt hatte. Eine gute Idee, die Bevölkerung um Mithilfe zu bitten. Allerdings wäre es ebenso gut gewesen, sie darüber zu informieren. Sie seufzte. Wahrscheinlich hatte er ihr eine Mail geschickt oder ihr ein Post-it an den Monitor geklebt. Sie war ja von einem Ort zum nächsten geeilt und musste tatsächlich überlegen, wann sie zum letzten Mal in ihrem Büro gearbeitet hatte.

„Wo haben Sie den Bären gefunden?"

„In meinem Werkzeugkasten."

„Wie ist er dort hineingekommen?"

„Wenn ich das wüsste. Ich überprüfe abends nach Feierabend immer, ob alles okay ist. Sie wissen vielleicht, dass ich oft überraschend zu Notfällen gerufen werde. Da brauche ich unter Umständen Sicherungen, Glühlampen, Kabel oder anderes Material. Ich kann ja nicht zum Klärwerk fahren und sagen, oh, ihr braucht eine neue Sicherung, bestelle ich euch, nächste Woche könnt ihr weiterarbeiten."

„Verstehe", sagte Lisa und überlegte, ob das alles System hatte. Der Angriff auf Hübiger wies darauf hin, dass jemand sich mit seinen Eigenheiten vertraut gemacht hatte. Wie viele Menschen wussten wohl, dass Kellermann nachts zu arbeiten pflegte? Nur der Mord an Dr. Faust passte nicht ins Bild. Er fuhr normalerweise früh nach Hause und war nur ausnahmsweise länger geblieben.

Und bei Neuherr? Sollte er den Bären finden? Oder hatte derjenige, der ihn dort versteckt hatte, ganz im Gegenteil nicht damit gerechnet, dass der Elektriker ihn selbst und schon gestern Abend finden würde? Wollte er ihn bei passender Gelegenheit mit Hilfe des Fundstücks öffentlich bloßstellen? Oder im trauten Zweiergespräch erpressen?

Darüber musste sie nach dem Gespräch in aller Ruhe nachdenken. Allerdings war sie sich inzwischen ziemlich sicher, dass alle Fälle zusammenhingen, auf die eine oder andere Art.

„Das heißt, Sie haben Ihre abendliche Kontrolle durchgeführt und entdeckten dabei den Bären?"

„Genau!"

„Und dann?"

„Ich erschrak furchtbar, sah mich um. Keiner da. Also steckte ich das Vieh in meine Hosentasche. Anschließend holte ich die Zeitung aus dem Altpapier und verglich das Foto mit dem Tier hier."

„Haben Sie mit jemandem darüber gesprochen?"

„Nein. Das hat mir jemand untergeschoben. Da will mir einer einen Mord anhängen." An seinem Hals pochte eine Ader. Seine Stimme klang gepresst. „Das werde ich mir nicht gefallen lassen." Dann schien er in sich zusammenzufallen, wie ein Ballon, aus dem die Luft abgelassen wurde. „Bitte, Sie müssen mir helfen."

„Dazu müsste ich erst einmal von Ihrer Unschuld überzeugt sein."

Sie sah, wie die Erkenntnis, dass sie ihm möglicherweise nicht glaubte, ganz langsam in seinem Kopf Gestalt annahm.

„Sie ..."

Es klingelte an ihrer Wohnungstür. „Vergessen Sie nicht, was Sie sagen wollten. Ich bin gleich zurück", sagte Lisa, stand auf und ging den Flur hinunter. Es klingelte schon wieder, scheinbar hielt jemand den Klingelknopf gedrückt und läutete Sturm.

36

Alfeld, Freitag, der 20. September 2013

Ungeduldig drückte Markus den Klingelknopf, während Fitz sich den Hals verrenkte, um zu den Fenstern von Lisas Wohnung hinaufzuschauen. „Es brennt Licht in ihrer Küche", sagte Fitz.

Markus erschrak und wich einen Schritt zurück, als plötzlich der Summer ertönte. Dann drückte er gegen die Tür und rannte die Treppen hinauf. Fitz folgte ihm, so schnell er konnte.

Ganz kurz tauchte der Gedanke in seinem Geist auf, dass sie entweder auf eine Falle zustürmten oder Lisa sich überhaupt nicht in Gefahr befand.

Markus hatte gerade den Absatz erreicht, da öffnete sich die Wohnungstür. Lisa sah sie verblüfft an. Markus drückte die Tür auf und brüllte: „Hände hoch, aber sofort!"

Fitz konnte erkennen, dass hinter Lisa im Flur ein Mann stand. Er hatte die Fäuste geballt und schrie etwas. Markus drückte Lisa mit einem Arm gegen die Wand, als der Mann auf sie zuzurennen begann. Er schrie immer noch und stürzte sich mit einem Satz auf Markus. Sie gingen beide zu Boden.

Fitz versuchte, den Angreifer zu packen, erwischte aber nur seine Jacke.

Lisa rief: „Aufhören! Was soll das?" und zerrte an Markus.

Der ließ sich nicht irritieren. Ein gezielter Faustschlag ließ den Mann übergangslos zusammensinken. Markus rollte sich unter ihm hervor, drehte ihm die Arme auf den Rücken und legte ihm Handschellen an.

Nach Atem ringend lehnte Fitz sich an die Wand.

Lisa stand mit rotem Gesicht und beide Armen in die Seiten gestemmt breitbeinig mitten im Flur. „Was soll das?", fragte sie, und es klang weder erleichtert noch freundlich.

Markus keuchte ebenfalls, als er versuchte, ihr zu antworten. Er lehnte den Bewusstlosen gegen die Kommode und sagte dann: „Du lebst, das ist das Allerwichtigste."

Fitz nutzte die Gelegenheit, in der sich sonst niemand bewegte, und drückte Lisa fest an sich. „Wir haben uns solche Sorgen gemacht."

Lisa schob ihn von sich weg und sah ihm prüfend ins Gesicht. Erst jetzt schien sie zu erkennen, dass die beiden tatsächlich in gutem Glauben in ihre Wohnung gestürmt waren. Sie selbst wirkte gelassen, vielleicht ein wenig übernächtigt.

„Deswegen verprügelt ihr meine Gäste?"

„Gäste?" Fitz wusste nicht so recht, was er von dieser Frage halten sollte.

Markus dagegen fragte: „Gäste? Sind da noch mehr?"

„Nein, wir waren allein. Aber was hat Rolf Neuherr euch getan?"

„Er hat mich angegriffen, hast du das nicht gesehen."

„Nur, weil Sie Frau Grundberg an die Wand gedrückt haben, Sie Pavian."

Alle fuhren herum und sahen, dass Neuherr wieder bei Bewusstsein war. Er blutete aus der Nase und sprach noch ziemlich undeutlich.

Markus stellte sich direkt an seine Fußspitzen. „Was wollten Sie hier?"

Neuherr verschränkte beide Arme vor der Brust und nuschelte: „Mit Ihnen rede ich überhaupt nicht."

Bevor Markus ihn weiter bedrängen konnte, sagte Lisa: „Fitz, Markus, lasst uns in die Küche gehen. Da erzählt ihr mir die ganze Geschichte."

„Was wird aus mir?", quäkte Neuherr.

„Sie haben tatsächlich einen Polizeibeamten angegriffen, aus welchen edlen Gründen auch immer. Ich helfe Ihnen jetzt beim Aufstehen und bringe Sie in das Wohnzimmer. Dort warten Sie, bis die Kollegen mich über die neuesten Entwicklungen informiert haben. Vielleicht können wir dann anschließend ohne großes Brimborium alle Missverständnisse ausräumen."

Neuherr protestiert zwar, aber Lisa ließ sich auf keine Diskussion ein.

Kaum saßen sie in der Küche, ergriff Fitz den Bernstein-Bären, der auf dem Tisch lag. „Woher hast du den?"

„Von Neuherr."

„Hat er Faust umgebracht?", fragte Markus?

„Glaube ich nicht. Er behauptet, jemand würde gezielt Gerüchte über ihn in die Welt setzen, die ihn diskreditieren sollen. Seine Tochter wird in der Schule unter Druck gesetzt. Und nun hat er in seinem Werkzeugkasten diesen Bären gefunden. Deshalb ist er zu mir gekommen. Er hat niemanden, dem er trauen kann oder will. Selbst seine Frau scheint eigene Pläne zu haben und umzusetzen."

„Du sprichst von den Berufsdemonstranten, die sich unter die Alfelder gemischt haben?", erkundigte Markus sich.

„Genau."

Fitz drehte das Bärchen hin und her und betrachtete die fein geschnitzten Konturen. „Neuherr ist zwei- oder dreimal auf dem Ausgrabungsgelände gewesen. Er hat Faust besucht, wollte ihn überreden, mit der Bürgerinitiative gemeinsame Sache zu machen. Schließlich wäre uns allen an einer Verzögerung der Bauarbeiten gelegen. Aber Faust wollte nicht. Er hat ihm seine Gründe ausführlich dargelegt, doch Neuherr regte sich furchtbar auf, konnte einfach nicht verstehen, dass Faust seinem Arbeitgeber und dem jahrzehntelangen Abkommen zwischen Straßenbau und Archäologie gegenüber Loyalität empfand."

„Gab es starke Auseinandersetzungen zwischen den beiden?"

„Nein, Neuherr diskutiert nur etwas lauter. Er sah jedoch ziemlich bald ein, dass er nichts bewirken würde. Danach ließ er sich nicht mehr blicken."

„Wann war das?"

Fitz stellte den Bären auf den Tisch. „Mehrere Tage, bevor wir den gefunden hatten."

„Jeder konnte ins Zelt schleichen und das Figürchen holen, oder?"

„Es gab wohl ein knappes Zeitfenster dafür."

„Wie lange etwa?"

„Normalerweise höchstens einen halben Tag."

„Und an dem Tag?"

„Fuhr Faust später weg, deswegen befanden sich die Fundstücke länger im Zelt."

„Erklär uns den Ablauf mal genauer", bat Lisa.

„Die Spardosen und der Bär fielen uns zusammen mit einigen kleineren Fundstücken gegen Mittag in die Hände. Nach dem Fotografieren, Einzeichnen, Vermessen und was sonst noch so erledigt werden musste, wird es so gegen fünfzehn Uhr gewesen sein, als die Dinge ins Zelt gebracht wurden. Dort wurden sie normalerweise bruchsicher verpackt und ins entsprechende Labor verfrachtet. An diesem Tag blieb Faust länger, weil er noch etwas zu Ende bringen wollte. Deshalb befanden sich die Artefakte bei Einbruch der Dunkelheit und damit zu dem Zeitpunkt, zu dem alle Ausgräber das Gelände verließen, immer noch im Zelt."

„War das planbar?"

„Wie meinst du das?"

„Konnte man das von außen steuern? Einen Termin mit Faust machen, zu spät kommen, so etwa?"

Fitz überlegte kurz. „Nein. Es wäre durchaus denkbar gewesen, dass Felix oder eine der Studentinnen die Befunde mitgenommen hätte. In diesem Fall war es so, dass Fausts Frau die Sachen am nächsten Morgen in ihrem Labor untersuchen sollte. Da konnte man sich eine Fahrt nach Göttingen sparen."

„Verstehe! Das heißt, es war reiner Zufall?"

„Dass der Mörder so wertvolle und einzigartige Artefakte stehlen konnte? Ja, definitiv. Aber weniger seltene Stücke, wie Tonscherben, Bleibolzen, Knochen oder so befinden sich immer im Zelt. Manchmal in Kisten verpackt, doch etwas zum Mitnehmen könnte man ständig finden."

„Was nicht erklärt, wie der Bär in Neuherrs Werkzeugkasten gelangt ist."

„Wer hat Zugang zu dem Werkzeug?"

„Jeder, der es darauf anlegt. Du warst doch mit mir in seinem Büro. Wir haben alles durchstöbert, bevor er zu uns gekommen ist. Genauso steht der Werkzeugkasten hinten im offenen Auto oder an den einzelnen Einsatzstellen gut zugänglich herum."

„Wer hätte einen Vorteil davon, wenn die Öffentlichkeit Neuherr für einen Schurken hielte?", fragte Fitz.

„Kellermann", antwortete Markus sofort. „Eine Bürgerinitiative ohne Kopf ist kraftlos."

„Hübiger", warf Lisa ein. „Der hat es auch eilig, will unbedingt noch in dieser Legislaturperiode die neue Autobahn einweihen."

„Alle Befürworter der Autobahn, oder?"

„Okay, jetzt haben wir geklärt, warum Neuherr hier gewesen ist. Jetzt müsst ihr mir erzählen, warum ihr hier so hereingeplatzt seid. Habt ihr zu viele Actionfilme geguckt?"

Betroffen sahen Markus und Fitz sich an. Sie waren so erleichtert gewesen, dass Lisa unversehrt war, dass sie das gruselige Erlebnis vom frühen Morgen ganz weit in den Hintergrund gedrängt hatten.

„Du", sagte Fitz. „Du, beziehungsweise eine Puppe, die so angezogen war wie du, hing heute Morgen am Kran neben der Ausgrabungsstelle."

Lisa erbleichte.

„Wir dachten ziemlich lange, dass du da hängst. Von unten war das mit der Puppe nicht zu erkennen." Markus' Stimme begann leicht zu zittern. „Erst als wir sie heruntergeholt hatten."

„Dann sind wir sofort losgerast, um nach dir zu suchen", setzte Fitz hinzu.

„Verstehe", antwortete sie und kramte den Brief aus ihrer Jackentasche. Sie strich ihn glatt und schob ihn über den Tisch. „Den habe ich gestern Abend in meinem Briefkasten gefunden."

„Halt dich aus Dingen heraus, die dich nichts angehen. Einer, der es gut mit dir meint."

Markus und Fitz lasen den Text gemeinsam.

„Warum hast du das gestern nicht gleich gemeldet?", fragte Markus.

„Es war schon so spät, deshalb bin ich zu meiner Nachbarin, zu meiner Freundin Petra gegangen und bin erst kurz vor dem Morgengrauen in meine Wohnung zurückgekehrt. Und da saß Neuherr vor meiner Tür."

„Den du sofort mit hineingenommen hast!" Markus klang ziemlich aufgebracht.

Auch Fitz fand, dass sie sich äußerst leichtsinnig verhalten hatte.

„Erst nachdem er mir den Bären gezeigt und einen Teil seiner Geschichte erzählt hatte. Er wirkte ehrlich, vertrauenswürdig, irgendwie völlig fertig."

„Wir leben nicht in Entenhausen, wo die Bösewichte Nummern auf der Brust tragen."

„Reg dich ab. Bis ihr kamt, war alles paletti."

„Lisa!" Markus schlug mit der Faust auf den Tisch. „Sei nicht immer so unvorsichtig."

Fitz mischte sich ein. „Ist alles gut gegangen, oder? Was sollte das mit der Puppe? Eine Warnung an Lisa? Oder an die Polizei insgesamt? Stammen Puppe und Brief von derselben Person? Wenn ich richtig sehe, hängt dein Blazer über dem Stuhl. Das bedeutet vermutlich, dass derjenige, der die Puppe an den Kran gehängt hat, Kleidungsstücke besorgt hat, die so aussehen wie die, die du häufig trägst oder in den letzten Tagen getragen hast."

„Stimmt. Du musst nachschauen, ob bei dir etwas fehlt. Helle Schuhe, Jeans. Ralf wird bestimmt schon alles unter die Lupe genommen haben."

Lisa lehnte sich in ihrem Stuhl zurück. „In meiner Wohnung war niemand", sagte sie mit fester Stimme.

Fitz spürte, dass ihr das besonders wichtig war. „Gut, trotzdem solltest du die Warnung ernst nehmen."

Zu gern hätte er vorgeschlagen, dass sie für ein paar Tage zu ihm ziehen könnte. Doch für ihre Art der langsam keimenden Beziehung war das viel zu früh und er wusste, dass er damit seine Freundschaft zu Markus arg strapazieren würde. Sie hatten nie darüber gesprochen, aber dessen Besorgnis sprach Doppelbände.

Markus schien über Ähnliches nachgedacht zu haben, denn er schlug vor: „Könntest du nicht noch einmal zu dieser Petra gehen? Wie heißt sie übrigens mit Nachnamen?"

Fitz musste grinsen. Er wusste, dass Markus die Frau überprüfen würde, sobald er an seinem Schreibtisch saß.

„Geiger, sie ist Buchbinderin."

„Ich nehme den Brief und den Umschlag mit und gebe sie bei den Laborratten ab. Wenn es etwas abzugleichen gibt, erreichen sie dich übers Smartphone, und du bleibst heute aus der Schusslinie."

Fitz hatte erwartet, dass Lisa protestieren würde.

Stattdessen sagte sie: „Was wird aus Neuherr?"

„Den nehmen wir ebenfalls mit. Behandeln ihn erkennungsdienstlich."

„Habe ich nach der Demo bereits veranlasst."

„Dann kennt er die Prozedur ja, wir behalten ihn vierundzwanzig Stunden. Anschließend schicken wir ihn nach Hause. Bis dahin sollten wir einen Anhaltspunkt haben, was es mit dem Brief und der Puppe auf sich hat."

Lisa wirkte deutlich erschöpfter als zu Beginn ihres Gesprächs. „Hoffentlich wird nicht noch jemand ermordet."

Fitz verstand plötzlich, warum sie den Tag bei ihrer Freundin Petra so einfach akzeptierte. Sie war völlig ausgepowert und brauchte dringend eine Auszeit.

Neuherr ließ sich ohne Widerstand zur Dienststelle bringen. Markus übergab ihn mit den entsprechenden Informationen an die Kollegen. Sie würden ihn befragen und anschließend entscheiden, ob er über Nacht bleiben müsste.

Fitz begleitete Markus bis in dessen Büro.

Gemeinsam verfassten sie den Bericht über die Geschehnisse.

Plötzlich murmelte Markus: „Wir halten diesen Bauern, Armin Schönberg, immer noch in Untersuchungshaft."

„Denkst du, er war's?"

„Kann ich mir kaum vorstellen. Sein Anwalt wird ihn sowieso bald draußen haben, denn Schönberg kann weder Hübiger überfallen noch die Lisa-Puppe aufgehängt haben."

„Ist eigentlich sicher, dass die Puppe Lisa darstellen sollte? Vielleicht war das nur unsere Interpretation. Könnte es sich auch um Frau Neuherr gehandelt haben?", fragte Fitz. „Oder um Franziska?"

Markus nickte. „Das müssen wir prüfen. Noch eine vom Ausgräberteam wäre jedenfalls naheliegend."

„Und die Warnung in Lisas Brief, welchen Sinn ergibt die für dich?"

„Gar keinen."

„Lisa steckt von Amtswegen ihre Nase in anderer Leute Angelegenheiten. Sie kann gar nicht anders. Ich meine, sie hat nicht die Wahl."

Markus stöhnte. „Es wird Zeit, dass wir morgen eine Teambesprechung durchführen und einmal alle Details zusammentragen und ordnen. Ich habe schon ewig nichts mehr aus den Labors gehört." Er begann, Punkte zu notieren. Anschließend legte er den Besprechungszeitraum fest und versandte die Einladungen.

Plötzlich sah er auf die Uhr. „Ich muss los. Meine Mutter muss regelmäßig ihre Medikamente bekommen. Aus irgendeinem Grund spielen ihre Blutzuckerwerte völlig verrückt. Wenn ich nicht aufpasse, misst sie nicht anständig und spritzt sich dann irgendwas oder eben auch nicht."

„Lass doch eine Pflegehilfe kommen, von der Sozialstation oder so."

„Will sie nicht."

„Manchmal geht's nicht danach, was man will. Du kannst schließlich nicht von einem Einsatz weglaufen, weil deine Mutter ihren Diabetes nicht im Griff hat."

Markus seufzte. „Du hast ja recht. Im Prinzip. Aber wer soll ihr das beibringen?"

IV

Germanien, im Jahr 9 nach Christus

„Bellum Germanicum"

Wie so oft in den letzten Tagen stand Thusnelda auf dem Wall und hielt Ausschau. Nach aufsteigenden Vögeln. Nach irgendeinem Hinweis, dass Menschen durch den Wald auf sie zu marschierten.

Ihr Sohn unter ihrem Herzen strampelte heftig. Auch er schien seinem Vater entgegenzufiebern.

Plötzlich erstarrte sie.

Rauch?

Sie sah hinter sich.

Wer hatte ein derartig rauchendes Feuer entzündet?

Doch die Rauchsäule stand nicht über ihrem Lager. Sie stieg von der Kuppe des Berges hinter ihnen auf.

So schnell sie konnte, lief sie zum Haus. Flavus hatte gerade zwei Hühner getötet und übergab sie an Heilrun zum Rupfen.

„Flavus, hör mich an."

Er drehte sich widerwillig zu ihr um. Sie wusste, warum. Schließlich hatte sie ihn in den letzten Wochen beinahe täglich gebeten, durch den Wald nach Norden zu reiten und nach Arminius zu suchen.

Sie trat ganz nahe an ihn heran und flüsterte: „Feuer auf dem Berg."

Erst sah er sie skeptisch an. Kaum war sein Blick über die Kuppe geschweift, versteifte sich sein Körper. Sofort kollerte er wie ein Auerhahn. Im Nu versammelten sich alle Männer um ihn. Beinahe lautlos dirigierte er sie. Einer nach dem anderen verschwanden sie im dichten Wald. Flavus selbst begab sich auf den Wall und wartete.

Thusnelda lief im Lager auf und ab.

Heilrun gesellte sich zu ihr. „Was meinst du? Handelt es sich um unsere Leute?"

Thusnelda überlegte, wie sie vernünftigerweise antworten sollte. Trösten? Hoffnung vermitteln? Obwohl sie selbst nicht daran glaubte?

Langsam, aber deutlich schüttelte sie den Kopf.

Es dauerte fast bis zum Sonnenuntergang, bevor die ersten Kundschafter zurückkamen. Thusnelda gab alle Zurückhaltung auf und gesellte sich zu den Männern.

„Eine römische Gruppe legt Befestigungen an."

„Es sind mindestens vierzig Männer."

„Alles Soldaten."

Sie hatte verstanden. So machten es die Römer immer. Arminius hatte es ihr erzählt. Oben auf den Bergkuppen legten sie Kastelle an, von denen aus sie einerseits die Täler überschauen konnten und andererseits, von Kuppe zu Kuppe, untereinander Nachrichten übermitteln konnten.

Was wollten sie hier?

Die Männer diskutierten, was sie nun tun sollten. Einige wollten die Römer angreifen, bevor die Befestigungen fertiggestellt waren oder bevor Verstärkung eintraf.

Andere wollten sofort weiterziehen, bloß keine Gefahr heraufbeschwören.

Thusnelda wollte auf gar keinen Fall weglaufen. Sie würde hier auf Arminius warten, auf ihren Ehemann, den sie viel zu lange nicht gesehen hatte.

Auf der anderen Seite musste sie an die Sicherheit ihres Sohnes denken.

Warum brauchte Arminius so viele Tage?

Der erste Bolzen sauste knapp an ihrem Kopf vorbei. Instinktiv ließ sie sich vom Wall fallen und schrie eine Warnung. Doch scheinbar fielen die Angreifer von allen Seiten in ihr Lager ein. Sehen konnte sie sie in der Dunkelheit nicht. Vorsichtig kroch sie hinter einen umgestürzten Baum und versuchte, sich trotz ihres dicken Bauches darunter zu verstecken. Gerade war sie zur Ruhe gekommen, als zwei Römer über den Baumstamm sprangen und auf den Wall zuliefen.

Thusnelda wunderte sich, dass sie sich trotz der Dunkelheit so sicher bewegen konnten. Der Mond erschien soeben erst über dem Horizont. Bebend vor Zorn rief Thusnelda alle Götter zu Hilfe, die ihr einfielen.

Dann hörte sie laute Schreie und ein Baby weinen. Sie glaubte, Flavus' Stimme zu hören, die Befehle brüllte.

Unvermittelt verstärkten sich die Geräusche. Waren das Pferde? Fremde Stimmen?

Jetzt konnte sie wahrnehmen, dass die römischen Legionäre Befehle riefen.

Plötzlich donnerte ein „Wir ergeben uns niemals" durch den Lärm des Kampfes.

Arminius?

Gerade rechtzeitig?

Schritte erklangen in ihrer Nähe, liefen an ihr vorbei.

Nach und nach wurde es still um sie herum.

Unsicher kroch sie aus ihrem Versteck. Geduckt lief sie auf den Wall zu, krabbelte hinauf und spähte zum Haus.

Ein niedriges Feuer brannte. Der beinahe volle Mond beschien mehrere Körper, die nebeneinander auf dem Boden lagen.

Dahinter stand ... Arminius.

Thusnelda sprang auf, rief seinen Namen und rannte auf ihn zu, so schnell sie konnte.

Sie bemerkte zwar, dass Flavus und einige der anderen Männer ihre Schwerter kampfbereit in den Fäusten hielten, doch sie bremste nicht, lief an ihnen vorbei und sank in Arminius Arme. Der umfing sie, drückte sie fest an sich und hauchte ihr Küsse aufs Haar.

Am nächsten Morgen beerdigten sie Heilrun und den winzigen Berengar in dem Kessel. Traurig legte Thusnelda der Frau, mit der sie die letzten Wochen verbracht hatte, ihren Schmuck, einige Lebensmittel und eine wunderschön gewebte Decke mit ins Grab. Im letzten Augenblick übergab sie ihr noch den Bären aus Bernstein, den Heilrun stets so bewundert hatte. Er enthielt eine duftende Creme, die Thusnelda in friedlichen Zeiten selbst hergestellt hatte. Sie sollte es gut haben in der anderen Welt.

Die drei toten Römer legten sie neben den Wall. Mochten sich die Tiere des Waldes um ihre Beerdigung kümmern.

Zwei Männer waren im Schwertkampf Mann gegen Mann verletzt worden, einer hatte ein Auge verloren. Doch sie brauchten niemanden zurückzulassen, als sie wenige Stunden nach Sonnenaufgang aufbrachen.

Flavus eilte ihnen als Kundschafter voraus und bestätigte Arminius' Verdacht. Scheinbar sammelten sich alle römischen Legionäre, die die Schlacht, in die

Varus sie geführt hatte, überlebt hatten, auf dieser Bergkuppe.

Die kleine Gruppe um Arminius und Thusnelda umging den Berg in einem großen Bogen und reiste nordwärts, damit ihr Sohn in einem friedlichen Gebiet geboren werden konnte.

37

Alfeld, Freitag, der 20. September 2013

Falls Petra sich wunderte, dass Lisa nach wenigen Stunden bereits wieder bei ihr auftauchte, ließ sie es sich nicht anmerken. „Steht deine Wohnung unter Wasser?“, fragte sie, hielt aber ihre Tür einladend auf.

Lisa trug ihr Lieblingskopfkissen und eine Reisetasche unter dem Arm. Zuerst hatte sie darüber nachgedacht, sich für Petra eine Geschichte auszudenken. Doch dann erzählte sie ihr einfach die Wahrheit.

Sie lag auf dem Sofa und redete, während Petra einen Buchblock aus handgeschöpftem Büttenpapier nähte.

Als Lisa wieder aufwachte, duftete es nach Curry. Erschrocken sah sie sich um. Petra hatte den Tisch gedeckt. Soeben kam sie mit einer Schale, aus der Dampf aufstieg, ins Zimmer. „Ich hoffe, du magst Curry. Ich habe Hähnchenfleisch verwendet und jede Menge frisches Gemüse. Dazu gibt es Basmatireis. Was möchtest du trinken? Wein oder Saft?“

„Wie lange habe ich denn geschlafen?“

„So lange, wie du es nötig hattest, denke ich.“

„Danke.“ Lisa streckte sich. „Ich habe tatsächlich Hunger.“

„Habe ich mir gedacht.“

„Ich würde gern Wasser trinken, wenn du welches hast.“

„Kein Problem. Bin gleich wieder da.“

Petra schaufelte ihr Reis auf den Teller, drückte eine Vertiefung in die Mitte und gab dann Soße hinein. „Guten Appetit."

Den ersten Teller aßen sie schweigend leer. Nachdem Lisa sich noch einmal Reis und Curry genommen hatte, legte Petra ihren Löffel an den Tellerrand und sagte: „Du hast mir heute einen ziemlich kompletten Überblick über die Fälle gegeben, an denen du gerade arbeitest. Ich fürchte, dazu muss ich dir etwas gestehen."

„Gestehen?" Lisa fühlte ein leichtes Kribbeln in ihrem Bauch. War Petra mit einem der Mordopfer oder noch schlimmer, mit einem der Täter verwandt?

„Ja, ich hatte zwar geahnt, dass du mit dem Fall Kellermann zu tun hast, aber als du mir davon erzähltest, hast du keine Namen genannt." Sie zog den Mund schief. „Leider lese ich ziemlich unregelmäßig Zeitung, sodass ich nicht wirklich bald erfahren habe, worum es geht. Jedenfalls, ich, ich kenne Kellermann."

Lisa atmete erleichtert aus. Sie winkte ab. „Das ist nicht schlimm. Den kennen viele."

„Ich habe in dem Tiefbauunternehmen gearbeitet, bevor ich mich selbstständig gemacht habe."

„Bei Kellermann?"

„Yep."

Jetzt legte auch Lisa ihren Löffel zur Seite. „Aber du hast ihn nicht umgebracht?"

Petra lachte heiser. „Nein, alles längst vergessen, na ja, oder eben doch nicht."

„Wie meinst du das?"

„Eigentlich bin ich ihr dankbar, dass sie mich aus der Firma geekelt hat." Sie zeigte auf ihre Arbeitsecke. „Sonst hätte ich vermutlich noch viel länger gewartet und gezögert, bevor ich den Schritt in die Selbstständigkeit gewagt hätte."

„Sie?“

„Elvira Keune.“

„Was hat sie getan?“

„Ihr Revier verteidigt.“

„Wie?“

„Recht subtil. Schließlich hatte sie jahrelang Zeit zum Üben, was sage ich, jahrzehntelang.“

„Erzähl mir alles von Anfang an.“

„So viel ist da nicht. Jonas Kellermann, der Juniorchef, weiß genau, wie viel Macht das Sekretariat hat.“

„Macht?“

„Klar. Stell dir nur mal vor, jemand ruft an. Zu wem stellt die Keune durch? Zum Junior oder zum alten Kellermann? Die Briefe? Wer liest sie zuerst? E-Mails?“

„Verstehe, sie weiß über alles Bescheid, was in der Firma vorgeht und kanalisiert die Informationen so, dass Jonas immer ein paar Fakten weniger kennt als sein Vater.“

„Sie vereinbart die Besuchs- und Besichtigungstermine. Wie oft habe ich sie am Telefon sagen hören, dass Jonas leider gar keinen Termin mehr frei habe ...“

„Was wollte sie dadurch bezwecken?“

„Kellermann und Sohn ist auch ihre Firma!“

„Wie wahr!“, entfuhr es Lisa, als sie sich an die Erbteilregelung erinnerte.

„Anfragen, die der Junior nicht zu sehen bekommt, kann er nicht annehmen“, sagte Petra.

„Warum sollte sie Aufträge verhindern?“

„Weil es sich um eine kleine Firma handelt, mit begrenzten Kapazitäten. Aber Jonas will aus dem Mittelstand ausbrechen, sieht sich als zukünftigen Global Player. Deshalb hat er versucht, eine eigene Sekretärin einzustellen.“

„Dich?"
„Ich sollte ihm zuarbeiten. Er erhoffte sich mehr Informationen und wollte Elvira klarmachen, dass sie nicht unersetzlich ist und sie sich für die Zeit nach dem Ausscheiden seines Vaters schon einmal eine neue Stelle suchen sollte."
„Das hat nicht funktioniert?"
„Nicht wirklich. Erst brauchte ich natürlich eine Weile, um das alles zu durchschauen. Ich wunderte mich, warum Briefe verschwanden, die ich definitiv getippt hatte. Telefonnotizen waren unauffindbar, mein Computer fing sich einen Virus nach dem anderen ein. Ich hatte einfach keine Chance, vernünftige Arbeit abzuliefern."
„Das muss frustrierend gewesen sein."
„Grässlich. Irgendwann wurde es mir zu bunt, und ich habe ihr auf den Kopf zu gesagt, dass sie meine Arbeit sabotiert. Sie lachte nur und empfahl mir zu kündigen, bevor mir finanzielle Unregelmäßigkeiten nachgewiesen werden konnten."
„Erpressung. Hast du dir das gefallen lassen?"
Petra senkte den Kopf. „Letztendlich, ja. Zwei Tage später habe ich gekündigt. Jonas flehte mich an, bei ihm zu bleiben. Konnte ich jedoch nicht. Seinetwegen sowieso nicht."
„Ich verstehe noch nicht, warum Frau Keune dich so offensichtlich vertrieben hat. Ich denke, es ist beschlossen, beziehungsweise war beschlossen, dass der alte Kellermann sich zurückzieht."
Petra grinste breit. „Ich glaube, die liebe Elvira wollte den ganzen Laden selbst übernehmen."
„Wie das?"
„Was denkst du, wie lange der Alte in der Schweiz seine Hunde Gassi führt, wenn die Firma droht, den

Bach runterzugehen? Und was meinst du, wer ihn stets auf dem Laufenden halten wird?"

„Jonas könnte Frau Keune entlassen, sobald ihm die Firma gehört."

„Das wäre erst recht sein Untergang. Vielleicht wenn er sie mit einer einstweiligen Verfügung von Jetzt auf Gleich vor die Tür setzen lässt, aber selbst darauf hat sie sich vorbereitet, da gehe ich jede Wette ein."

„Okay, du hast gekündigt. Und dann?"

„Hat Jonas eine Neue eingestellt."

„Die jetzige Ehefrau von Georg Kellermann?"

„Genau die. Das ist das einzige Mal, dass Elvira sich vergaloppiert hat."

„Inwiefern?"

„Ich glaube, dass sie heimlich in Kellermann verliebt war, nicht so sehr wie in die Firma, aber immerhin. Meine Nachfolgerin scheint den Braten eher gerochen zu haben als ich und hat sich dem Alten anvertraut, bat ihn um Hilfe, und dann ..." Sie verdrehte die Augen.

„Jutta ist als Frau Kellermann eine viel größere Bedrohung für Frau Keune, oder?"

„Ich bin da schon zu lange raus, aber ich bin fest davon überzeugt, dass Elvira für jede denkbare Entwicklung einen Plan B hatte." Petra schwieg einen Moment, schließlich fügte sie hinzu: „Am liebsten wäre sie die Chefin gewesen."

Lisa dachte über das nach, was Ralf Schuster ihnen erzählt hatte, als er sie über die Regelungen im Testament informiert hat. Georg Kellermann hielt es für sinnvoll, seinen Sohn überwachen zu lassen.

„Sag mal, kannte Frau Keune den Archäologen Faust?"

„Weiß ich nicht. Sie hat Kellermann gelegentlich zu Terminen begleitet."

„Hm, traust du ihr einen Mord zu?"

„Auch zwei oder drei!" Petra lachte, um ihrer Aussage die Spitze zu nehmen. „Sie ist wie ein Dobermann, dem nimmt man den Knochen, den er im Maul hat, lieber nicht weg."

„Hübiger, den Politiker, kennt sie garantiert. Der ist sicherlich bei allen offiziellen Anlässen da aufgeschlagen, und das ist ja nicht die erste Straße, die Kellermann baut. Und Rolf Neuherr?"

„Den von der Bürgerinitiative?"

„Ja, aus Föhrste."

„Ich glaube, dass Elvira gut vernetzt ist, wie wir heute sagen."

Lisa stand auf. „Was hältst du von einem Besuch? Wir sollten uns nach dem guten Essen auf jeden Fall die Beine vertreten."

„Wen willst du besuchen?"

„Frau Keune."

„Ich soll mit?"

„Ja, wir tun so, als würde ich Jutta Kellermann verdächtigen. Du hast mir dazu ein paar Dinge erzählt, die sie mir bestätigen soll. Wie klingt das?"

„Irre spannend. Wollen wir jetzt los?"

„Sofort."

Sie zogen sich Jacken über und liefen kichernd die Treppe hinunter und aus dem Haus. Als sie die schmale Straße überquerten, stieß Lisa beinahe mit einem Mann zusammen, der zwischen den Autos gestanden haben musste. Sie sah auf und erkannte ihn. „Hallo, Herr Hübiger, geht es Ihnen schon besser?"

„Ja, danke der Nachfrage. Ich hielt es im Haus nicht mehr aus und wollte ein bisschen frische Luft tanken, Bewegung tut gut, nicht wahr?"

„Ist das Ihr Wagen?“, fragte Lisa und schaute durchs Fenster. Akten lagen auf dem Rücksitz, ein kleiner Käfig und in einem Korb ein paar schmutzige Gummistiefel.

„Ja, wieso?“

„Der hat vorne links ziemlich wenig Luft auf dem Reifen. Sollten Sie mal überprüfen lassen.“

Sie hakte sich bei Petra unter. Gemeinsam liefen sie die Straße hinauf.

„Der ist ja creepy“, sagte Petra, nachdem sie sich umgedreht hatte, um zu prüfen, ob der Politiker sie noch hören konnte.

„Mit Kopfverband sieht jeder gruselig aus.“

„Ich weiß nicht. Was macht der vor deinem Haus?“

„Spazieren gehen, hat er doch gesagt.“

„Der fährt mit seinem schönen, schwarzen Auto ausgerechnet in unsere popelige Straße, um da spazieren zu gehen? Da gibt's aber angenehmere Orte.“

Lisa grinste. „Vielleicht hat er hier eine Freundin.“

„Du kannst sagen, was du willst, ich bin überzeugt, der wollte zu dir.“

„Das hätte er doch sagen können.“

„Wahrscheinlich habe ich ihn gestört.“

„Red kein Blech. Was sollte der von mir wollen?“

„Vielleicht noch einen Drohbrief bringen?“

„Mensch, Petra, der Mann ist schwer verletzt, der tut im Moment keiner Fliege etwas.“

38

Alfeld, Freitag, der 20. September 2013

Fitz wählte bereits zum vierten oder fünften Mal Markus' Nummer. Jedes Mal erfolglos. Ihm war noch eine wichtige Frage eingefallen, die er unbedingt in die Ermittlungen einbringen wollte. Warum hatte der Täter die Puppe an dem Kran befestigt? Sicher, dort wurde sie schnell gefunden. Aber dafür hätte es viele andere Orte gegeben. Warum also ausgerechnet dort?

Schließlich hielt er es nicht mehr aus, setzte sich auf sein Moped und fuhr zu Markus' Hof. Er ging davon aus, dass sein Freund entweder bei seiner Mutter oder bei seinen Öfen in der Scheune war und sein Handy nicht mitgenommen hatte.

Fitz stellte das Moped unter den Schauer und klopfte zuerst an der Tür zu Markus' Eingang. Nichts tat sich. Die Scheunentür stand offen. Allerdings befand sich niemand darin.

Fitz eilte zum Haupthaus. Auch diese Tür ließ sich problemlos öffnen. Er trat in den Flur und rief laut: „Frau Heitkämper, hallo, ich bin's, Fitz. Hallo, wo sind Sie?"

Er ging den breiten, gefliesten Flur hinunter in Richtung Küche, die am hinteren Ende lag. Seine Schritte hallten laut wider.

Er schob die Küchentür auf und schaute dahinter. Frau Heitkämper lag auf einem Kanapee neben dem Ofen und schlief. Vorsichtig trat er näher. Sie sah sehr bleich aus. Plötzlich stutzte er. Atmete sie noch?

Er beugte sich hinunter und horchte.

Nichts.

Schnell nahm er ihre Hand und suchte nach dem Puls. Er fühlte nichts.

Er schaute sich suchend um. Gab es hier ein Telefon?

Als er sein Gesicht ihrem näherte, roch er Aceton. Eindeutig ein Zuckerschock. Hoffentlich war er nicht zu spät gekommen. Da er das Haustelefon nicht entdecken konnte, zog er sein Handy aus der Tasche und lief zurück auf den Hof. Er hatte oft genug in dieser Küche gesessen, um zu wissen, dass er dort keinen Empfang hatte, alle anderen schon, nur er nicht.

Egal. Die Einsatzzentrale teilte ihm mit, dass der Rettungswagen in wenigen Minuten bei ihm sein würde.

Was sollte er nun tun?

Wieder nach drinnen gehen oder lieber draußen warten und die Sanitäter einweisen, wenn sie kamen?

Da er sich nicht entscheiden konnte, lief er hin und her.

Endlich hörte er die Sirene näherkommen.

Er winkte und dirigierte den Wagen bis direkt vor die Tür.

Die beiden Sanitäter arbeiteten schnell und effizient. Nach ein paar Minuten nickte der kleinere ihm zu. „Sieht gut aus. Wo sind ihre Unterlagen? Und ihre Krankenhaustasche?“

„Das weiß ich nicht. Ich bin nur zufällig hier.“

„Zufällig? Können Sie sich ausweisen?“

„Selbstverständlich, aber ich bin ein Freund ihres Sohnes und eigentlich mit ihm verabredet. Ich weiß nicht, warum er bisher noch nicht aufgetaucht ist. Vielleicht hatte er einen Unfall? O Gott, dann war er vermutlich gar nicht hier, um seine Mutter zu versorgen.“

„Wir müssen", sagte der zweite Sanitäter.

„Mir wäre es lieber, wenn Sie das Haus mit uns verlassen würden", sagte der erste Sanitäter.

„Versteht sich von selbst. Ich muss Markus suchen, meinen Freund, ihren Sohn. Der wird auch die Tasche bringen. Es gibt garantiert eine."

Fitz blieb auf dem Hof stehen und schaute dem Notarztwagen hinterher. War es möglich, dass Markus nicht nach Hause gegangen war, nachdem sie sich an der Inspektion getrennt hatten?

Er schaute auf die Uhr. Fast vier Stunden waren seither vergangen. Wo war Markus?

Fitz rannte zur Wohnung hinüber, schaute in die Küche. Hier war niemand. Auch im Wohnzimmer nicht. Er hetzte nach oben. Das Schlafzimmer war leer, ebenso das Bad.

Mist.

Er wählte Markus' Nummer. Das Handy klingelte, aber keiner hob ab.

Fitz ging zum Fenster und schaute hinaus.

Kein Auto.

Keine Bewegung.

Vier Stunden.

Nicht viel für einen erwachsenen Mann.

Aber Markus war furchtbar verantwortungsbewusst, so furchtbar, dass es ihm manchmal auf den Geist ging.

Er musste etwas unternehmen.

Sofort.

Wieder zückte er sein Mobiltelefon. Er hatte bereits zweimal die Eins gewählt, als ihm etwas anderes einfiel.

Er drückte Lisas Kurzwahlnummer.

Sie antwortete sofort. „Grundberg, hi."

„Lisa, du musst kommen, Markus ist verschwunden."

„Wie verschwunden?"

„Er wollte heute Mittag direkt heimgehen und sich um seine Mutter kümmern. Seither habe ich ihn nicht erreichen können und er war auch nicht zu Hause. Ich musste Frau Heitkämper ins Krankenhaus bringen lassen. Das war echt knapp." Er musste eine Pause machen und durchatmen.

Lisa antwortete nicht gleich.

„Lisa?"

„Das sieht ihm gar nicht ähnlich."

Erleichtert schnalzte er mit der Zunge. „Finde ich auch. Kannst du kommen?"

„Bleib du da, ich gehe zuerst ins Büro und gucke, wann er genau gegangen ist. Steht sein Wagen auf dem Hof?"

„Nein."

„Gut, dann schaue ich auf den Parkplatz und falls er sich dort nicht befindet, lasse ich ihn suchen. Danach komme ich mit Ralf Schuster auf dem schnellsten Weg zu dir, okay?"

„Wo bist du?"

„Ich bin gerade mit Petra unterwegs zu, äh, wir gehen spazieren. Aber nicht weit weg von der Dienststelle. Ich kümmere mich. Wir sehen uns gleich."

39

Alfeld, Freitag, der 20. September 2013

Obwohl es noch nicht sieben Uhr war, stand Meckler bereits auf dem Gang und wartete, als Lisa die Dienststelle betrat. Alle nickten ihr zu. Niemand sagte etwas.

Sie ging direkt auf das Besprechungszimmer zu und wusste, dass die Kollegen ihr folgten.

Beinahe lautlos rutschte jeder auf seinen Platz.

Ralf hatte drei Plakate aufgehängt. Kellermann, Faust, Hübiger stand in großen Buchstaben darüber. Darunter sah Lisa Fotos und zahlreiche Informationen zu den einzelnen Fällen. Einige Fakten und auch Personen waren farbig markiert. Daneben drapierte er ein fast leeres Blatt, auf das er Lisa/Markus-Erpressung geschrieben hatte.

In groben Zügen skizzierte Lisa, was sie gestern Abend und die halbe Nacht herausgefunden hatten. Da es kaum etwas zu erzählen gab, war sie so gut wie fertig, als Artjom in die Sitzung platzte. „Wir haben sein Auto gefunden."

„Wo?"

„Wann?"

„Berichten Sie, Mann", befahl Meckler.

„Jawohl, wir sind Streife gefahren, und da stand er auf dem Parkplatz."

„Wo genau?"

„Bei McDonald's in Limmer."

„Verschlossen?", fragte Meckler.

Artjom schüttelte den Kopf.

„Beschädigt?"

„Auf den ersten Blick nicht." Er hielt Meckler sein Handy hin. „Es liegt ein Zettel auf dem Beifahrersitz."

„Kurz und schmerzlos", sagte Meckler und las dann den Text vor: „Baustopp an der A39 oder der Polizist stirbt."

Lisa hatte sich zu Meckler hindurchgedrängt und schaute gemeinsam mit ihm auf das Display. „Was ist das für Papier? Es wirkt gelblich."

„Sind schon unterwegs", rief Ralf und verließ den Raum, ohne auf eine Genehmigung seines Chefs zu warten.

Doch als Lisa ebenfalls hinaustürmen wollte, hielt er sie auf. „Bitte bleiben Sie hier, wir müssen dringend die anderen Fälle durchsprechen und uns auf eine Vorgehensweise einigen."

Lisa zappelte. Was fiel ihm ein? Warum ausgerechnet jetzt? Gut, sie hatten die anderen ziemlich außen vor gelassen, hatten sich von den Ereignissen treiben lassen. Aber von nun an musste sie sich um Markus kümmern, musste ihn suchen.

„Herr Schuster ist einer unserer besten Männer. Niemand wird etwas in, an, unter oder neben Herrn Heitkämpers Auto entdecken, was ihm entgehen würde."

Sie wusste, dass er recht hatte, es nützte trotzdem nichts. Sie wollte raus.

Meckler hielt ihr die Tür auf. „Wir gehen in mein Büro."

Plötzlich verstand sie. Er wollte sie aus der Schusslinie heraushalten.

Natürlich!

Sie hatte den Drohbrief erhalten und hatte sich versteckt. Erfolgreich versteckt. So erfolgreich, dass der Erpresser sich stattdessen Markus geschnappt hatte.

Obwohl sie so schnell sprach, wie sie nur konnte, wollte die Zeit nicht vergehen.

Meckler hatte ihr aufmerksam zugehört. „Wir werden Schönberg nach Hause fahren und uns für seine Kooperation bedanken. Anschließend ..."

Lisa seufzte erleichtert, als es klopfte und die Tür im gleichen Moment aufgerissen wurde. Ralf steckte den Kopf herein. „Das Papier stammt aus dem Büro von Rolf Neuherr. Lisa, kommst du?"

Meckler nickte ergeben, als sie ihn fragend anschaute. „Aber keine Alleingänge. Achten Sie darauf, dass immer einer von unseren Leuten in Ihrer Nähe ist."

Sie ahnte, dass Meckler ihnen besorgt hinterherschaute, drehte sich deswegen noch einmal um und streckte bestätigend den Daumen in die Höhe.

Auf dem Weg nach Föhrste fasste Ralf für sie zusammen, was sie herausgefunden hatten. „Der Wagen wurde nicht aufgebrochen. Allerdings haben wir einige Blutspritzer gefunden. Auf der Mittelkonsole und auf dem Beifahrersitz. Es wirkt so, als hätte ihn jemand durch das Fenster oder die Tür angegriffen. Wir müssen natürlich noch die Blutgruppe prüfen, aber es erscheint momentan logisch."

„Habt ihr die Gegend abgesucht?"

„Klar. Umgehend. Inzwischen sind sogar Hunde im Einsatz." Ralf sah sie kurz an. „Ich persönlich halte das für unnötig. Markus wurde entführt. Der Täter brachte ihn mit dem Auto in ein Versteck und stellte es hinterher an diesem öffentlichen Platz ab, weil er wollte, dass wir ihn möglichst bald finden. Schließlich sollten wir seine Botschaft lesen."

Lisa legte ihm die Hand auf den Oberarm, um ihn zu unterbrechen. „Lebt er noch?"

Ralf schnaufte. „Ich denke, ja. Da ist übrigens etwas, was ich euch gestern schon berichten wollte. Wir haben die Untersuchungen an Dr. Faust abgeschlossen. Es sieht so aus, als hätten wir es nicht mit einem Mord im herkömmlichen Sinn zu tun."

„Sondern?"

„Faust ist an einer Gehirnschwellung gestorben."

„Nach einem Schlag auf dem Kopf. Mit einem Stein?"

„Eben nicht. Es sieht inzwischen so aus, als wäre er gestürzt und in den Graben gerutscht. Dabei verletzte er sich. Allerdings war definitiv eine zweite Person bei ihm. Wir haben Fußspuren gefunden, blutige Spuren an Steinen und an Gräsern."

„Wieso an Gräsern?"

„Nach unserer Rekonstruktion versuchte der Zweite zuerst, Faust zu helfen. Irgendwann traf er eine andere Entscheidung, ließ ihn liegen, ohne Hilfe zu rufen und verschwand. Scheinbar hat er sich am Gras Blut abgewischt, das er an den Händen hatte."

„Also kein echter Mord?"

„Natürlich haben wir sofort die Fakten bei Kellermann überprüft. Keine Hinweise auf einen Unfall. Ausgeschlossen ist es selbstverständlich nie."

„Und die Blutspritzer am Regal?", fragte Lisa.

„Da scheint sich jemand geschnitten zu haben. An einer der Tonscherben, die auf dem oberen Brett gelagert wurden."

„Faust?"

„Nein, er nicht. Wahrscheinlich einer der anderen Archäologen. Das müssten wir noch überprüfen, wenn du es für wichtig hältst. Es muss aber nicht unbedingt mit dem Todesfall zusammenhängen."

„Die Unordnung im Zelt?"

„Scheinbar ist der, der Faust hat liegen lassen, ins Zelt gestürzt, um sich etwas zu holen. Dabei scheint er oder sie im Dunkeln über einen Stuhl gestolpert zu sein, hat den Tisch umgerissen und sich vermutlich am Regal stabilisiert."

„Dadurch hat es gewackelt, die Artefakte sind umgefallen!", ergänzte Lisa.

„Vielleicht hatte er es auf ein bestimmtes Teil abgesehen und musste wegen der Unordnung länger suchen."

Lisa schnalzte mit der Zunge. „Dann könnte sich aber doch der Gesuchte verletzt und sein Blut über das Regal verteilt haben. Er hat's vermutlich nicht mal gemerkt, in der Aufregung."

„Guter Hinweis. Wenn wir ihn in der Datenbank haben, finden wir ihn."

„Wieso ist Neuherr eigentlich schon wieder auf freiem Fuß? Ich dachte, Markus wollte ihn aus dem Verkehr ziehen", fragte Lisa nachdenklich.

Ralf wiegte den Kopf. „Das mit dem Angriff auf Fitz und Markus aus niederen Beweggründen erschien eher unglaubwürdig. Dagegen wirkte es durchaus glaubhaft, dass er dir helfen wollte. Schließlich warst du die Einzige, zu der er Vertrauen hatte, und du hast ihn ernst genommen."

„Ein großes Missverständnis?"

Ralf lachte. „Wenn Neuherrs Schilderung zutrifft, standen die beiden einigermaßen unter Strom und konnten ohne Frage bedrohlich wirken, oder?"

Lisa nickte. „Obwohl ich sie sofort erkannt habe, fühlte ich mich in der Situation ebenfalls äußerst unwohl. Du kannst ruhig durch das Tor auf den Hof fahren, da stehen ausreichend Parkplätze zur Verfügung."

Ralf bog links ab und musterte das Gelände aufmerksam. „Ziemlich unübersichtlich."

„Er hat halt überall diese Musteranlagen aufgebaut und dort drüben scheint er ein vergleichsweise umfangreiches Lager zu unterhalten."

„In welchem Gebäude befindet sich das Büro?"

„In dem Klinkerbau. Siehst du, die Tür steht offen. So war das bei unserem letzten Besuch ebenfalls. Markus und ich haben echt lange in dem Büro herumgesucht, bevor Neuherr zu uns gekommen ist. Wir hätten ganz leicht Papier, Stempel oder was auch immer einstecken können."

„Oder etwas deponieren."

„So sieht es aus."

„Dann lass uns mal gucken."

Die anderen Mitglieder seines Teams und die uniformierten Kollegen waren inzwischen ausgestiegen. Ralf koordinierte die Suchteams und ging danach gemeinsam mit Lisa in Neuherrs Büro.

Der saß hinter seinem Schreibtisch und schaute sie erwartungsvoll an.

Ralf Schuster legte ihm das Schreiben in einer Plastikhülle auf die Arbeitsfläche. „Kennen Sie das Papier?"

„Ja, solches verwende ich für meine Belege. Der Kunde bekommt blütenweiße und für meine Unterlagen benutze ich dieses recycelte, leicht gelbliche." Er beugte sich vor. „Den Text darauf habe ich trotzdem nicht geschrieben."

„Sagen Sie. Wir haben fraglos Ihre Fingerabdrücke gefunden." Ralf deutete auf einige Stellen, auf denen noch das lila Glänzen der Überprüfung durch die Spurensicherung zu erkennen war.

Neuherr schüttelte den Kopf, sichtlich erschüttert. „Niemals."

„Eindeutig."

Lisa mischte sich ein. „Herr Neuherr, wir behaupten nicht unbedingt, dass Sie den Brief geschrieben haben. Allerdings stammt dieses Blatt einwandfrei aus Ihrem Vorrat. Können Sie uns eine Liste der Personen geben, die Zugang zu Ihrem Büro hatte."

„In welchem Zeitraum?"

„Sagen wir, innerhalb der letzten beiden Tage."

Neuherr blies Luft durch die Lippen und sagte dann: „Das sind garantiert Dutzende, und ..." Er machte eine bedeutungsschwangere Pause, „... und es ist durchaus möglich, dass ich gar nicht mitbekommen habe, dass jemand da war."

„Ist das nicht leichtsinnig?"

„Mag sein, aber wir hier auf dem Dorf müssen eben nicht ständig alles verriegeln und verrammeln, jedenfalls bisher nicht."

„Sie, Ihre Frau, Ihre Kinder, wie viele Mitarbeiter beschäftigen Sie?"

„Vier."

„Wie lange brauchen Sie, bis Sie mit allen gesprochen haben, sodass Sie uns eine einigermaßen verlässliche Liste übergeben können."

Neuherr stöhnte. „Drei oder vier Stunden bestimmt."

„Herr Neuherr, soll ich Ihre zögerliche Haltung als Beleg dafür auslegen, dass Sie den Brief vielleicht doch geschrieben haben. Ich kann meine Leute sofort bitten, Ihr Büro auszuräumen, damit wir uns Ihre Dateien und die Druckerprotokolle genau ansehen können."

Neuherr erschrak sichtlich. „Nein, natürlich nicht. Es ist nur ..." Plötzlich richtete er sich auf. „Was hat es für einen Sinn? Da will mich einer fertigmachen. Kaum drehe ich mich um, baumelt das nächste Damoklesschwert über meinem Kopf. Am besten nehmen Sie mich mit, spendieren mir eine gemütliche Zelle, dann ist wenigstens eindeutig bewiesen, dass ich mit all diesem Scheiß nicht das Geringste zu tun habe."

„Regen Sie sich nicht auf. Wir glauben Ihnen ja, ich zumindest. Warum sollten Sie so dämlich sein, ausgerechnet Ihr eigenes, besonderes Papier zu verwenden? Hätten Sie ein weißes Blatt genommen, es mit Handschuhen mitten aus einem soeben geöffneten Paket gezogen, hätten wir Ihnen nichts nachweisen können."

„Was wird das, Lisa? Nachhilfe in: Wie schreibe ich einen Erpresserbrief, ohne erwischt zu werden?", protestierte Ralf.

„Ich wollte Herrn Neuherr nur zeigen, dass er gar nicht auf so verlorenem Posten steht, wie es den Anschein hat."

„Okay, dann gehst du jetzt bitte draußen helfen und ich werde mir gemeinsam mit Herrn Neuherr das Büro vornehmen. Vielleicht ist ja noch etwas angekommen, was nicht ihm gehört."

„Gut", sagte Lisa und verließ das Büro mit einem aufmunternden Kopfnicken.

Sie ging über den Hof. Es nieselte schon wieder. Zwei Kollegen von der Spurensicherung standen am Fahrzeug. Lisa schlenderte zu ihnen hinüber. „Was habt ihr gefunden?"

„Eine tote Fledermaus in einem Käfig."

„Und noch vier leere Käfige."

„Was ist daran auffällig?"

„Fledermäuse werden normalerweise nicht in Käfigen gehalten."

„Das tote Exemplar ist beringt."

„Was sagt euch das?“, wollte Lisa wissen.

„Entweder hat jemand Laborfledermäuse gekauft, um sie ...“

„... zum Beispiel in der Nähe der geplanten Baustelle auszusetzen“, ergänzte Lisa den Satz.

„Es könnte sich aber genauso gut um ein erkranktes oder aus Altersgründen verstorbenes Exemplar handeln, das tatsächlich aus dem besagten Gebiet stammt“, erwiderte der andere.

Lisa fragte: „Waren die Käfige versteckt?“

„Nein, sie standen in einem Regal im Lager.“

„Können Sie das feststellen? Ich meine, ob das Laborfledermäuse sind oder wild lebende?“

„Selbstverständlich, über den Ring, kein Problem.“

„Wenn er nicht gefälscht ist.“

„Das ist gut“, sagte Lisa. „Würden Sie mir diese Information bitte zukommen lassen, sobald Sie sie gesichert haben?“

„Per Mail?“

„Ja, elektronisch reicht.“

Lisa blieb noch einige Minuten regungslos auf dem Platz vor Neuherrs Büro stehen. Entweder war der Kerl viel gewiefter, als sie es sich vorstellen konnte, oder jemand legte es mit gezielten Aktionen darauf an, ihm die Schuld zuzuschieben. Oder sie auf eine falsche Fährte zu setzen.

Wem war das zuzutrauen?

Vor allem, wer hatte die Gelegenheit dazu?

Schönberg schied aus.

Plötzlich fiel ihr die Szene wieder ein, die sie in Schönbergs Zelle beobachtet hatten. Hübiger, der dem Bauern versprach, Beweise für seine Unschuld zu suchen, wenn der ihm dafür versprach, den Bau des Autohofes und der Raststätte zu ermöglichen.

Vielleicht passt nur deswegen so wenig zusammen, weil verschiedene Akteure unterschiedliche Ziele verfolgten.

Wenn Hübiger dem Elektriker den gestohlenen Bären untergeschoben hatte, um ihn verdächtig zu machen, dann hätte er bei der Gelegenheit auch das Briefpapier mitgehen lassen können.

Lisa überlegte. Diese Rufmordgeschichten traute sie einem Hübiger zu, aber wenn er das Papier gestohlen hatte, wäre er der Entführer von Markus, und das konnte sie sich beim besten Willen nicht vorstellen.

Der Mann hatte gebrochene Rippen und konnte sich kaum selbst aufrecht halten. Wie hätte er Markus überwältigen sollen?

Aber wer blieb ihnen dann noch?

Jonas Kellermann?

Sie hatte gerade begonnen, in ihren Gedanken eine Beweiskette gegen ihn zu knüpfen, als Ralf Schuster neben sie trat. „Nichts Neues“, sagte er knapp. „Lass uns zurückfahren. Meckler will weitere Hunde bestellen, weil er hofft, dass sich herausfinden lässt, wo Markus gekidnappt wurde. Außerdem hat er zwei Mann auf diesen Udo angesetzt. Sina überprüft gerade alle Fälle der letzten fünf oder sechs Jahre, um herauszufinden, ob irgendjemand soeben aus dem Gefängnis entlassen wurde, an dessen Verhaftung Markus beteiligt war.“

„Das sind alles gute Ansätze“, sagte Lisa und hörte selbst, dass sie sich nicht aufrichtig anhörte. „Sag mal“, fragte sie stattdessen, „wie würdest du vorgehen, wenn du Markus entführen wolltest?“

„K.-o.-Tropfen.“

Sie nickte nachdenklich. „Bisher ist keine weitere Nachricht aufgetaucht, oder?“

„Nix.“

Als sie beim Kaiserhof in Richtung Innenstadt abbogen, bemerkte Lisa, dass gegenüber auf der Brücke zwei Personen standen und sich unterhielten. Hübiger erkannte sie sofort. Wer war die Frau?

Sie brauchte bis zum Sappi-Kreisel, bis ihr einfiel, dass sie Frau Keune gesehen hatte.

„Fahr einmal um den Kreisel herum, bis zum Bahnhof, bitte."

Zufall?

Sicher. Wenn sie krumme Dinger aushecken wollten, hätten sie sich kaum mitten auf einer Brücke getroffen. Aber sie kannten sich. Lisa hätte zu gern gewusst, wie gut.

„Jetzt schön langsam, danke."

Sie unterhielten sich angeregt.

„Was ist los?", erkundigte Ralf sich.

„Frau Elvira Keune, Sekretärin bei Kellermann, und Paul Hübiger, der Politiker, in trautem Gespräch."

„Warum auch nicht?"

„Weiß nicht. Fühlt sich irgendwie komisch an." Den Rest der Fahrt schwiegen sie.

Lisa blieb unschlüssig im Empfangsbereich stehen, trank einen Kaffee und belauschte die eingehenden Telefonate und Funksprüche. Nichts davon bezog sich auf Markus.

Er hatte sie bei Petra versteckt und war nun selbst zum Opfer geworden.

Ihre Schuld.

Eindeutig.

Wenn sie nicht so müde gewesen wäre ...

Doch warum hatte es der Täter so eilig? Schickte ihr eine Warnbotschaft und gab ihr gar keine Gelegenheit, seine Forderung zu erfüllen.

Das passte nicht zusammen.
Hinten und vorne nicht.

Wenn Markus etwas zustieß, sie mochte gar nicht darüber nachdenken. Ihre Hand zuckte zum Handy. Sollte sie Fitz anrufen? Besser nicht. Der sorgte sich garantiert schon genug.

Markus' Mutter?

Wahrscheinlich im Krankenhaus.

Ob die etwas wusste?

Vielleicht war er doch zuerst nach Hause zurückgekehrt. Vielleicht hatte jemand ihn besucht.

Sie rief im Krankenhaus an und erkundigte sich. Frau Heitkämper sei zeitlich und örtlich nicht so weit orientiert, dass man ein sinnvolles Gespräch mit ihr führen könne. Das würde noch mindestens vierundzwanzig Stunden dauern.

Immerhin war ihr dann auch nicht bewusst, dass ihr Sohn sie nicht besuchte.

Lisa freute sich nicht darauf, ihr erzählen zu müssen, dass Markus vermisst wurde, dass er vermutlich entführt worden war.

Sie lief hinauf zu ihrem Büro. Hier unten war sie zu gar nichts nütze. Sie ließ Markus' Rechner hochfahren und überprüfte, was er zuletzt getan hatte.

Den Bericht zu ihrem Erpresserbrief hatte er geschrieben. Danach nichts mehr. Keine gewählten Nummern im Telefonspeicher. Keine Besuchereinträge im Kalender.

Es war zum Verzweifeln.

Unruhig lief sie auf und ab.

Sie musste etwas unternehmen. Dieses Warten zermürbte sie.

Lisa wählte Petras Telefonnummer. „Hi, hast du Zeit?"

„Selber hi, nein, ich klebe gerade ..., ja, klar. Was hast du vor?"

„Ich hol dich ab. Bin in fünf Minuten vor dem Haus."

Wenn Jutta Kellermann verblüfft war, dass Lisa sie mit jemandem besuchte, den sie als Petra Geiger vorstellte, ohne Berufsbezeichnung oder Dienstgrad, dann ließ sie es die beiden Frauen nicht merken. Petra nickte ihr freundlich zu, und Lisa bemerkte, dass sie ihre Nachfolgerin genau betrachtete.

Sie war gerade dabei, Kartoffeln zu schälen, worüber Lisa sich maßlos ärgerte. Wieso tat sie so, als wäre heute ein ganz normaler Tag, an dem man Kartoffeln schälen und gemütlich beisammensitzen konnte. Sie musste sich zur Ordnung rufen. Frau Kellermann konnte von Markus' Verschwinden gar nichts wissen, und selbst wenn, war es ihr im Vergleich zum Tod ihres eigenen Mannes vermutlich ziemlich gleichgültig.

„Was kann ich für Sie tun?", fragte sie und zeigte auf zwei Stühle am Küchentisch. „Bitte setzen Sie sich. Haben Sie den Mörder meines Mannes gefunden? Am Montag wird er beerdigt. Ich würde ihm gern sagen, dass der Täter bestraft wird."

„Leider nicht."

„Zu schade."

„Darf ich Sie etwas fragen?"

Frau Kellermann zog eine Augenbraue hoch. „Ich dachte, deswegen wären Sie hierhergekommen."

„Ja, schon, ich meine, etwas Abwegiges."

„Ich muss ja nicht antworten. Fragen Sie. Dann sehen wir weiter."

„Hatten Sie eine Beziehung mit Jonas Kellermann?"

„Nein."
„Sicher?"
Frau Kellermanns Blick glitt prüfend über Lisa. „Verstehen Sie kein Deutsch?", schien er zu fragen
„Könnte es sein, dass Jonas sich Hoffnungen gemacht hat, dass er enttäuscht war, als sie sich für seinen Vater entschieden?"
Jutta ließ eine frisch geschälte Kartoffel ins Wasser plumpsen. „Die Frage hat einen falschen Dreh. Jonas wollte mich als Verbündete. Ich sollte die Sekretärin seines Vaters ausspionieren und vielleicht auch ausmanövrieren. Wenn es dazu erforderlich gewesen wäre, mit mir ins Bett zu steigen, hätte er das sicher getan."
„Hat er das so klar formuliert, als er Sie eingestellt hat?"
„Ach, i wo, um den heißen Brei hat er herumgelabert, aber ich bin ja nicht auf den Kopf gefallen. Ein Blick in die Personalakten und zwei kurze Gespräche mit den anderen Mitarbeitern genügten mir, um klarzusehen."
„Da haben Sie sich für den Seniorchef entschieden?"
„So war es nicht. Er hat angefangen, mir den Hof zu machen, so richtig altmodisch, mit Blumen, Pralinen, einem Ring. Je mehr er sich in mich verliebte, umso lebendiger, umso jünger wirkte er, beinahe von Tag zu Tag. Dann hatten wir einen wichtigen Auftrag drei Tage vor dem Termin komplett fertiggestellt und damit eine hohe Prämie erzielt. Wir feierten, er war ganz euphorisch, fuhr mit mir im Schlafwagen nach Wien, dort feierten wir weiter, allerdings nur noch zu zweit. Ja, so war das."
Lisa konnte sich nicht ganz vorstellen, dass es komplett ohne ihr Zutun so abgelaufen war, aber darauf kam es ja nicht an.

„Sagen Sie, die Firma, hängen Sie an der?“, fragte sie, statt auf diese fragwürdige Darstellung einzugehen.

„Hängen? Seltsamer Ausdruck.“

„Liegt sie Ihnen am Herzen?“

„Sie bedeutet mir nicht halb so viel, wie sie für Georg zählte.

„Das heißt, Sie haben Georgs Ausstieg aus dem Unternehmen unterstützt?“

„Unterstützt? Ich habe es ihm in den glühendsten Farben ausgemalt. Immer wieder erzählte er, wie sehr er es bedauerte, dass er so selten zu Hause war, als Jonas klein war. Jetzt könnte er es anders machen. Mit Jessica gemeinsam frühstücken, sie zum Kindergarten bringen. Er hätte dabei sein können, wenn sie zum ersten Mal öffentlich ein Gedicht vorträgt oder ein Lied singt.“ Sie sprach immer leiser. „Zur Einschulung von Jonas ist er eine Dreiviertelstunde zu spät gekommen, und hat es sich nie verziehen.“

„Und warum die Schweiz?“

„So weit weg, damit er nicht im ‚Notfall‘ aushelfen muss oder sich dann doch jeden Tag vorbeischleicht, um nach dem Rechten zu sehen. Außerdem liebte Georg die Berge.“

„Sie erben einen bedeutenden Anteil an der Firma“, sagte Lisa und ließ es nicht wie eine Frage klingen.

Gleichwohl antwortete Jutta beinahe ohne zu zögern: „Ich werde ihn verkaufen und trotzdem in die Schweiz gehen. Hier hält mich nichts.“

„Gibt es bereits einen Interessenten?“

Frau Kellermann sah verblüfft aus. „Ja, allerdings. Auf den Tag genau vier Wochen nach Jessicas Geburt erhielt ich ein Einschreiben mit einem Kaufangebot für meinen Anteil.“

„Das verstehe ich nicht. Damals gehörte es Ihnen doch noch gar nicht."

„Stimmt. Es handelte sich um eine Option. Ich sollte jetzt eine Anzahlung in Höhe von zwanzig Prozent des Buchwertes der Firma bekommen und nach Georgs Tod noch einmal fünfundachtzig Prozent, unabhängig von der Entwicklung des Unternehmens. Georg hat getobt. Ich dachte, der bekommt einen Herzinfarkt."

„Haben Sie herausgefunden, von wem das Angebot stammte?"

„Es kam über eine Anwaltskanzlei."

„Sie haben nicht versucht, Genaueres herauszufinden?"

„Ich nicht, Georg. Als der Anwalt ihm am Telefon nichts erzählen wollte, ist er ihm auf die Bude gerückt. Hat aber auch nichts genützt."

„Doch Ihr Mann verdächtigte jemanden?"

„Jonas, klar. Er war drauf und dran, ihn rauszuschmeißen, zu enterben und zu verbannen."

„Aber?"

„Na ja, Jonas besorgte sich eine eidesstattliche Erklärung des Anwalts, dass es sich bei seinem Klienten nicht um Jonas handelte."

„Wen verdächtigten Sie?"

„Elvira Keune."

„Warum?", fragte Lisa und gab sich erstaunt.

„Macht, sie liebt es, die Fäden in der Hand zu halten und an ihnen nach Belieben zu ziehen und zu zupfen. Wenn Sie meinen Anteil erwerben könnte, besäße sie sechzig Prozent. Damit stünde Jonas auf dem Abstellgleis."

„Würden Sie an Frau Keune verkaufen?"

Ein Schatten huschte über Frau Kellermanns Gesicht. „Wir haben uns auf eine Tasse Kaffee bei Biel getroffen."

„Wann?“
„Im Mai.“
„Warum?“
„Ich wollte herausfinden, ob ich recht hatte mit meiner Vermutung.“
„Hatten Sie?“
Jutta Kellermann nickte. „Ich erzählte ihr von dem Schreiben und tat so, als wäre ich interessiert. Ich bat sie, darüber nachzudenken, ob sie den Auftraggeber erraten oder mir einen Tipp geben könnte.“
„Ist sie darauf hereingefallen?“
„Eindeutig. Sie verplapperte sich.“
„Sind Sie sicher?“
„Sie wusste Details aus dem Angebot, über die ich nicht gesprochen hatte.“
„Trotzdem bleibt die Ausgangsfrage interessant: Hätten Sie verkauft?“
„Ich denke, ja.“
„Geben Sie mir das Schreiben des Anwaltes mit?“
Jutta Kellermann erstarrte mitten in der Bewegung. „Glauben Sie, dass Frau Keune etwas mit dem Tod meines Mannes zu tun hat?“
Lisa versuchte, ein Pokergesicht aufzusetzen. „Wir ermitteln in alle Richtungen. Geld ist oftmals ein starkes Motiv.“

Nachdem sie das Kellermann'sche Grundstück verlassen hatten, telefonierte Lisa zuerst mit ihrem Chef und anschließend ausführlich mit Ralf Schuster. Danach fuhr sie zielstrebig durch die Alfelder Innenstadt.

Von Markus gab es noch immer keine Spur.

Sie fühlte, wie ein dicker, heißer Knoten in ihrem Magen entstand. Ihre Finger umklammerten das Lenkrad, und sie musste blinzeln, um wieder klar gucken zu können.

Schusters Männer drehten gerade auf Markus' Bauernhof jeden Kuhfladen um.

Sina saß im Krankenhaus und versuchte, seine Mutter zu befragen, während Artjom bei McDonald's auf dem Parkplatz die Leute befragte. Er hoffte, dass irgendwer bemerkt hatte, wie Markus' Wagen dort abgestellt worden war.

Wenn sie riesiges Glück hatten, war der Entführer dort in sein eigenes Auto umgestiegen. Die Aufzeichnungen der Überwachungskameras von McDonald's, Kelpe und der Spielhalle wurden bereits ausgewertet.

Die ganze Mannschaft sprühte vor Optimismus.

Lisa nicht.

Doch jetzt musste sie sich auf etwas anderes konzentrieren. Sie durfte keinen Fehler machen.

Hoffentlich standen die Kollegen wie verabredet bereit.

40

Alfeld, Samstag, der 21. September 2013

Markus röchelte. Er versuchte, sich aufzurichten, doch seine Beine waren eingeschlafen. Außerdem war ihm furchtbar kalt. Hatte er sich in die Hose gemacht?

Irgendetwas stimmte ganz und gar nicht.

Scheiße, er konnte sich nicht daran erinnern, gestern zu viel getrunken zu haben. Überhaupt konnte er sich gar nicht erinnern, was er gestern gemacht hatte.

Vielleicht würde es ihm helfen, wenn er sich aufrichtete. Als er versuchte, seine Hände aufzustützen, raste ein Schmerz durch seine Arme.

Was war das?

Er spannte noch einmal die Armmuskeln an.

Er war gefesselt.

Wieso gefesselt?

Und wo befand er sich?

Den Kopf konnte er drehen. Doch zu sehen gab es nichts. Immerhin schien es nicht komplett dunkel zu sein. Irgendwo kam Licht herein, aber hier bei ihm wirkte sich das kaum noch aus. Er lag halb aufgerichtet gegen irgendetwas Hartes gelehnt.

Felsen?

Ziegelsteine?

Rau, aber gleichmäßig und ein wenig rund.

Was war mit seinen Beinen?

Er spannte die Muskeln an. Abwechselnd. Sie kamen langsam in Bewegung. Dann zog er die Zehen hoch. Ihm war immer noch furchtbar kalt. Das taube Gefühl in seinen Beinen ließ langsam nach.

Jetzt konnte er das linke ausstrecken. Es knackte. Er bewegte sich so langsam wie möglich. Seine Muskeln zitterten von der Anstrengung. Er hatte sein Knie noch nicht völlig durchgestreckt, als er gegen Widerstand stieß. Eine gegenüberliegende Wand?

Was war das? Verdammt noch mal!

Er saß scheinbar in einer Pfütze.

Was für ein Schlamassel.

Plötzlich fiel ihm etwas auf.

Etwas Wichtiges.

Er verspürte keinerlei Kopfschmerzen.

Gut.

Sein Magen allerdings fühlte sich seltsam an. Irgendwie heiß.

Hatte er etwas Falsches gegessen?

Bratkartoffeln und Sülzkotelett.

Mit Remoulade.

Wie kam er jetzt darauf?

Seine Mutter!

Wütend zerrte er an seinen Armen. Beinahe hätte er vor Schmerzen laut aufgeschrien.

Womit war er gefesselt?

Mit Kabelbindern?

Vermutlich.

Er war auf dem Weg zu seiner Mutter gewesen. Sie wollten gemeinsam zu Abend essen.

Seine Mutter. Er musste ihren Blutzuckerwert messen. Sie brauchte ihre Medikamente.

Wie lange war er schon hier?

Wo immer „hier" sein mochte.

Er trat mit dem linken Fuß gegen die Wand. Donnerte dann auch den rechten dagegen, so fest er konnte. Nichts geschah. Absolut gar nichts. Abgesehen davon, dass ihm die Beine wehtaten.

Er begann, sich langsam etwas weiter nach oben zu schieben. Vielleicht konnte er sich wenigstens hinsetzen.

Es dauerte unglaublich lange, doch irgendwann saß er aufrecht. An seinem linken Arm lief Feuchtigkeit herunter. Vorsichtig rutschte er nach rechts. Wo kam das Wasser her?

Saß er etwa in einem Brunnen?

Soweit er das beurteilen konnte, saß er auf festem Untergrund. Über ihm schien es eine Art Gewölbe zu geben. Jedenfalls sah er nach oben keine Helligkeit. Also kein Brunnen.

Oder ein zugenagelter? Eher nicht.

Was war das hier?

Wie hatte man ihn hier hineingebracht? Dort musste es auch wieder hinausgehen.

Er tastete weiter mit den Füßen herum. Irgendwo musste eine Öffnung zu finden sein.

Urplötzlich fiel ihm noch etwas auf.

Er war nicht geknebelt.

Also konnte er schreien, rufen, brüllen, auf sich aufmerksam machen.

Andererseits ...

... er war gefesselt, aber nicht geknebelt. Bedeutete das, dass seine Entführer davon überzeugt waren, dass ihn sowieso niemand hören konnte?

Er beschloss, dass es trotzdem einen Versuch wert war und rief um Hilfe.

Es nützte nichts.

Erschöpft lehnte er sich zurück.

‚Seine Entführer!', hatte er gedacht.

Entführer!

Entführer?

Hatte man ihn wirklich entführt?

Darüber konnte er später nachdenken.

Jetzt musste er erst diese Kabelbinder loswerden.

Danach fand er garantiert einen Weg hier heraus.

Täuschte er sich oder wurde es immer feuchter unter ihm?

Er lauschte. Tatsächlich plätscherte es lauter. Oder?

Markus fragte sich, wie lange er sich schon in diesem Ding befand.

Hunger verspürte er nicht. Sein Magen fühlte sich immer noch an, als hätte er eine heiße Kartoffel verschluckt, die nun sanft vor sich hin glühte. Durstig war er allerdings.

Ob er an das Wasser herankam, das die Wand herunterrann?

Er drehte den Kopf, stützte sich mit der Schulter ab und spürte das Rinnsal auf seiner Wange. Er bewegte den Kopf noch ein Stück und streckte die Zunge aus. Es funktionierte. Flüssigkeit benetzte seine Lippen.

Verdursten würde er nicht.

Ob es sich um Regenwasser handelte?

41

Alfeld, Samstag, der 21. September 2013

‚Man muss auch mal Glück haben', dachte Lisa. Als sie vor dem Haus anhielt, in dem Elvira Keune lebte, kam diese gerade die Straße entlang. Rechts und links trug sie mehrere Einkaufstaschen, die ziemlich schwer wirkten.

„Du bleibst im Auto sitzen. Mach dich am besten unsichtbar", sagte sie zu Petra. Dann straffte sie ihre Schultern, setzte ein freundliches Lächeln auf und marschierte auf Frau Keune zu. Unauffällig vergewisserte sie sich, dass ihre Kollegen die vereinbarten Posten bezogen hatten.

Nachdem sie die Sekretärin jovial begrüßt hatte, fragte sie: „Kann ich Ihnen beim Tragen helfen? Ihre Taschen sehen recht schwer aus."

Frau Keune war sichtlich erstaunt, sie zu treffen. „Wollten Sie zu mir?"

„Ja, ja, wir hätten da noch ein paar Fragen, es eilt aber nicht wirklich."

„So, so, es wäre sehr nett, wenn Sie diesen Beutel nehmen würden. Da ist die Milch drin. Unterwegs ist sie immer schwerer geworden", sagte Frau Keune und lächelte.

Lächelte übertrieben freundlich, fand Lisa und grinste überschwänglich zurück. Sie nahm den Beutel entgegen und die beiden Frauen gingen, nebeneinander her, auf Frau Keunes Haus zu.

„Ihre Ermittlungen, gehen sie voran?", erkundigte die Chefsekretärin sich.

Lisa beschloss, alles auf eine Karte zu setzen. „Ich bin überaus zufrieden. Mir fehlt nur noch ein Puzzleteilchen, dann können wir den Mörder verhaften", sagte sie fröhlich und fügte nach einer kurzen Pause hinzu: „Oder die Mörderin."

Aus den Augenwinkeln beobachtete sie Frau Keune. Diese hielt ihren Blick geradeaus auf den Gehweg gerichtet. Doch Lisa hatte genau gesehen, dass sich ihre Nasenflügel aufgebläht hatten und ihre Haut deutlich blasser geworden war. Wie lange konnte man eigentlich aushalten, ohne zu blinzeln?

Ihre Stimme klang ziemlich rau, als sie antwortete: „Das freut mich sehr. Wie kann ich Ihnen denn dabei helfen?"

‚Einfach ein Geständnis ablegen!', dachte Lisa, zog aber den Briefumschlag der Anwaltskanzlei aus ihrer Tasche, den Jutta Kellermann ihr gegeben hatte. Sie hielt ihn Frau Keune hin und sagte: „Mir scheint, das ist der Schlüssel zum Ganzen. Leider ist der verantwortliche Anwalt übers Wochenende zum Wandern ins Riesengebirge gefahren, sodass wir ihn erst am Montag dazu befragen können." Sie gab Frau Keune die Gelegenheit, darauf zu reagieren. Als sie nicht antwortete, plapperte Lisa weiter: „Da kommen Sie ins Spiel. Sie sind doch am besten eingeweiht, kennen alles, was sich in und um die Firma herum tut, wie Ihre Westentasche."

Lisa bemerkte, dass Frau Keunes Blick die Straße scannte. Sie versuchte, sich nichts anmerken zu lassen, konnte aber nicht verhindern, dass die Kommissarin ihre wachsende Anspannung erkannte.

„Frau Keune", sagte sie und blieb stehen, sodass der Sekretärin kaum etwas anderes übrig blieb, als ebenfalls anzuhalten. „Frau Keune, was glauben Sie, wer will Frau Kellermanns Anteile kaufen?"

Die Angesprochene schnaufte und stellte ihre Beutel ab. „Wie kommen Sie denn darauf, dass der Kaufinteressent und der Mörder ein und dieselbe Person sind?"

Lisa lächelte geheimnisvoll und log: „Genspuren, Frau Keune, Genspuren. Wir müssen sie nur noch zuordnen." Sie zuckte mit den Schultern. „Aber Sie wissen ja, wie das ist. Die Labors sind ständig überlastet." Sie beugte sich ein wenig zu ihr hinüber und flüsterte, so als würde sie ihr etwas Geheimes anvertrauen: „Deshalb gehen wir erst einmal über den Anwalt vor. Der sagt uns den Namen, zack, Verhaftung. Dann reicht es immer noch, wenn die Genbeweise zur Gerichtsverhandlung vorliegen."

Frau Keune trat einen Schritt zurück.

Lisa konnte die Angst in ihren Augen flackern sehen. Hektisch schaute sie sich um, bückte sich endlich, um ihre Beutel wieder aufzuheben, wankte leicht.

Lisa rieb sich die Hände. „Frau Keune, Sie würden mir einen riesigen Gefallen tun, wenn Sie mir heute schon sagen könnten, wer den Anwalt beauftragt hat."

Dabei blickte sie zu ihrem Wagen und fragte sich, ob Petra ihre Geste richtig interpretiert hatte. Ja! Die Autotür öffnete sich und sie stieg aus, lehnte sich über die Tür und winkte.

„Helfen Sie mir, Frau Keune!", bat die Kommissarin.

Statt zu antworten, drosch die Keune Lisa ihre Beutel um die Ohren und rannte los.

Lisa strauchelte, fing sich wieder und folgte ihr. Gerade verschwand die Sekretärin zwischen den parkenden Autos. Am anderen Straßenrand stieg ein Mann aus seinem Wagen. Frau Keune schien zu ahnen, dass er zu Lisa gehörte und rannte zur anderen Seite.

Lisa sprintete hinter ihr her. „Bleiben Sie stehen, Sie haben keine Chance."

Keine Reaktion.

Plötzlich versperrte ein Fahrzeug die Straße. Frau Keune schrie vor Wut laut auf.

Lisa hatte aufgeholt, packte ihre Jacke und zog. Die Keune riss die Arme hoch und warf sich nach vorn. Lisa stürzte und landete auf ihr, ohne sie loszulassen. Der Aufprall presste die Luft aus ihren Lungen. Trotzdem rappelte sie sich sofort wieder auf, verdrehte der Frau den Arm und stieß sie gegen den Wagen.

„Warum?", fragte sie.

Die Keune funkelte sie an. „Das geht Sie gar nichts an."

Lisa legte ihr den Arm quer über die Brust und drückte fester. Frau Keune stöhnte. „Unser Kollege Heitkämper wurde entführt. Glauben Sie mir, wir haben keine Zeit für Sperenzchen."

„Damit habe ich nichts zu tun", keuchte die Keune.

„Warum sollten wir Ihnen das glauben?", fragte Lisa und legte ihr Handschellen an.

Die Sekretärin schniefte. „Ich wollte Georg nichts tun, wirklich. Aber er wollte nicht auf mich hören, wollte einfach diesem drogenabhängigen Warmduscher die Verantwortung überlassen." Sie kreischte. „Und dann sollte dieser Balg auch noch einen Anteil bekommen. Was wollen Sie hier?", schnappte sie plötzlich.

Petra war bei ihnen angekommen und stand nun neben Lisa. „Mich daran erfreuen, dass Sie endlich für Ihre Missetaten büßen müssen."

„Sie haben die Bullen auf meine Spur gebracht. Warten Sie nur, wenn ich Sie in die Finger kriege, mache ich Sie kalt."

„Danke, das reicht!“, sagte Lisa laut und schob Frau Keune in Richtung der Autotür. Doch die wehrte sich energisch. „Ich habe niemanden umgebracht. Es war ein Unfall. Glauben Sie mir.“

Lisa hielt an. „Weiter!“

Die Keune biss so fest die Zähne aufeinander, dass sie knirschten. „Georg arbeitete oft nachts. So auch am Donnerstag. Er wollte etwas ausdrucken und hatte kein Papier mehr in seinem Drucker. Er wollte sich etwas aus dem vorderen Büro holen und dabei stieß er auf die Ausschreibungsunterlagen für den nächsten Bauabschnitt. Der dämliche Wichser Jonas wollte den unbedingt. Dabei hätte uns das eindeutig überfordert. Deshalb, hm, darum habe ich die Zahlen etwas angepasst.“

„Sie haben was?“

„In der Ausschreibung die Werte unseres Angebotes so geändert, dass wir niemals den Zuschlag bekommen hätten.“

„Das fiel Herrn Kellermann auf?“

„Ärgerlicherweise.“

„Und dann?“

„Er rief mich an und zitierte mich in die Firma.“

„Weiter!“

„Er brüllte und tobte, Vertrauensbruch, nach so vielen Jahren, große Enttäuschung, bla, bla, bla. Später sagte er, er hätte Jonas bereits herbestellt, sie würden gemeinsam sofort meine Kündigung unterschreiben. Ich wollte nur, dass er aufhört zu meckern, er sollte still sein.“

„Da sahen Sie das Eisenteil“, sagte Lisa leise.

Frau Keune nickte.

„Dann lag er am Boden, und Sie ...“

Die Sekretärin schluchzte: „Er hat immer weitergebrüllt, nicht um Hilfe oder um Gnade, nein, er hat mich beschimpft, als treulos, als Verräterin, als ... ich wollte, dass es aufhört, dass er aufhört."

Lisa erinnerte sich an ihren ersten Eindruck am Tatort, den gebrochenen Kiefer. Durchaus plausibel.

„Und was hatte Ihnen Herr Dr. Faust getan? Und Hübiger?"

Frau Keune schüttelte nur den Kopf. Sie weinte jetzt leise. „Davon weiß ich nichts."

„Bringt sie zur Dienststelle. Ich komme gleich nach", befahl Lisa und drehte sich zu Petra um: „Danke für deine Hilfe. Ich bringe dich nach Hause, und dann müssen wir Markus finden. Unbedingt."

Petra sah sie überrascht an. „Du glaubst ihr, dass sie mit den anderen Fällen nichts zu tun hat?"

Lisa wiegte den Kopf hin und her. „Ich denke, ja."

„Aber wer sollte es sonst gewesen sein?"

Genau das fragte Lisa sich ebenfalls.

Schönberg?

Jonas Kellermann?

Rolf Neuherr?

Wer war die Frau, die Hübiger bei dem Angriff auf sich gesehen hatte? Gesehen haben wollte.

Oder Hübiger selbst?

Hingen die Fälle zwar zusammen, aber es gab mehr als einen Täter?

Wo sollte sie ansetzen?

Sie beschloss, Schönberg zu befragen. Er war zwar ohne Zutun des Politikers freigekommen. Trotzdem würde es sie schon interessieren, ob er bereits aufgetaucht war, um seine Belohnung einzufordern.

Hübiger.

Wenn der Angriff auf ihn selbst nicht gewesen wäre, ...

„Nur weil er dir so unsympathisch ist", schalt sie sich. Dann fiel ihr ein, was Ralf Schuster ihr über den Tod von Dr. Faust berichtet hatte.

Kein Mord, unterlassene Hilfeleistung.

Die Person, die dabei war, als Faust stürzte, hatte sich mit Blut bekleckert.

Mit Fausts Blut, das er oder sie wieder loswerden musste.

Das Blut auf dem Regal.

Von einer Schnittwunde.

Dann war da noch der dunkle Wagen, den der Bauer Schönberg gesehen hatte.

Lisa konzentrierte sich. Langsam ging sie alle Informationen durch, über die sie verfügte. Hakte eine nach der anderen ab, sortierte sie in eine Mind-Map ein, die sie klar vor ihrem geistigen Auge sehen konnte. Dabei kristallisierte sich ein Strang heraus. Schritt für Schritt begriff sie, was geschehen sein konnte, was vermutlich geschehen war.

Jetzt musste sie es nur noch beweisen.

Und Markus finden.

42

Alfeld, Samstag, der 21. September 2013

Fitz fragte sich, mit welchem Recht er sich Computerfachmann nannte oder sogar Softwarespezialist? Er programmierte, seit sein Opa ihm zu Weihnachten seinen ersten Atari geschenkt hatte. Und jetzt gelang es ihm nicht einmal, eine Möglichkeit zu finden, ein Handy zu orten.

Er wagte es nicht, erneut anzurufen, weil er befürchtete, dass der Akku bald leer war. Vor drei Stunden, als er den letzten Versuch gestartet hatte, hatte es noch geklingelt und Markus' Stimme hatte ihn eingeladen, ihm auf dem Anrufbeantworter eine Nachricht zu hinterlassen.

Siedend heiß fiel ihm etwas ein. Vor einigen Monaten hatte er Markus geholfen, einen Diebstahlschutz einzurichten. Das Handy wurde dazu auf einer Site registriert, ging es verloren, konnte man dort nachschauen, welche GPS-Daten das Telefon gerade sendete.

Wenn Markus das Passwort seither nicht geändert hatte ...

Er trank ein ganzes Glas Cola und startete dann die Abfrage. Die Antwort kam so schnell, dass er zuerst dachte, es hätte nicht geklappt. Plötzlich begriff er. Koordinaten. Es waren Koordinaten aufgetaucht. Er sprang auf, schlug mit der Faust in seine Handfläche und griff nach dem GPS-Gerät. Sorgfältig tippte er die Daten ein, initialisierte die Suche.

Bei Sehlem.

Mitten im Wald.

Kurz überlegte er, ob er Lisa informieren sollte. Doch er entschied sich dagegen. Keine falschen Hoffnungen wecken. Außerdem wollte er nicht, dass eine Hundertschaft Suchender durchs Gelände stampfte und Markus in Gefahr brachte. Einer allein fiel viel weniger auf.

Obendrein kannten ihn die meisten Menschen und wussten, dass er des Öfteren durch die Gegend streifte.

Sobald er Markus' Handy gefunden hatte, konnte er immer noch um Unterstützung bitten, wenn er selbst nicht weiterkam.

Sein Mobiltelefon hatte er vorsichtshalber frisch aufgeladen. Für das GPS-Gerät besaß er einen Akku zum Wechseln. Taschenlampe, Messer, Multitool, eine Flasche Wasser, Verbandszeug. Er hoffte, dass er alles in seinen Rucksack gepackt hatte, was er brauchen würde.

Er setzte seinen Helm auf, zog die stabilsten Handschuhe an, die er besaß, und verließ seine Wohnung.

Mit dem Moped brauchte er rund zwanzig Minuten bis nach Sehlem. Auf den Waldwegen kam er langsamer voran. Alles war matschig. Durch den Nieselregen, der ihn auf dem ganzen Weg begleitet hatte, sah er nicht besonders gut. Sein Visier war beschlagen. Etwa einhundert Meter, bevor er die Koordinaten erreicht hatte, stellte er das Moped ab, erleichtert, dass er ohne nennenswerte Probleme angekommen war.

Er beschloss, es nicht auf dem Weg stehen zu lassen, schob es stattdessen hinter eine Fichte, sodass es kaum zu sehen war. Nachdem er bereits einige Schritte weiter auf die Koordinaten zu gestürmt war, kehrte er noch einmal um und prägte sich die Stelle genau ein. Es war immerhin vorstellbar, dass er es später eilig hätte, hier wieder wegzukommen.

Dann lief er los. Als das GPS-Gerät meldete, dass er sein Ziel erreicht hatte, blieb er stehen und lauschte.

Außer dem gleichmäßigen Tropfen des Regens von den Bäumen hörte er nichts. Keinen Vogel, kein Insekt, auch kein Flugzeug. Und erst recht keinen anderen Menschen.

Vorsichtig und so lautlos wie möglich sah er sich um. Er entdeckte nichts, was seine Aufmerksamkeit geweckt hätte.

Er atmete tief durch. Es blieb ihm nichts anderes übrig. Er stellte sich hinter eine Buche, deren dicker Stamm ihn fast vollständig verdeckte und drückte die Kurzwahltaste.

Sobald Markus' Handy einmal geklingelt hatte, unterbrach er die Verbindung wieder. Er wartete ab, zählte langsam bis fünfzig, bevor er sich in die Richtung bewegte, aus der er die Töne gehört hatte.

Er beugte sich tief hinunter, schaute hinter jeden Busch, bog Dutzende Zweige zurück, hob Reisig auf und entdeckte das Handy schließlich in einer kleinen Kuhle.

Es lag mit dem Display nach oben.

Fitz war froh, dass es erst jetzt anfing, stärker zu regnen. Sonst wäre Markus' Telefon garantiert viel früher ausgefallen.

Er fasste es nicht an. Stattdessen betrachtete er die Umgebung genau. War das ein Fußabdruck?

Sah ganz so aus.

Was war passiert?

Er sah sich um.

War der Entführer mit Markus' Auto hier hochgefahren? Gut möglich. Und dann? Fitz kehrte auf den Weg zurück. Warum hatte der Wagen an dieser Stelle angehalten? Fitz ging auf die andere Seite des Weges und schaute zu dem Ort hin, an dem er das Handy gefunden hatte. Vor seinem geistigen Auge verlängerte er die Linie. Wo gelangte man hin, wenn man dort entlangging?

Ihm fiel nichts ein, nichts, wo man einen erwachsenen Mann verstecken konnte. Es sei denn, man würde ihn vergraben.

Fitz schluckte.

War es denkbar, dass Markus gar nicht mehr lebte?

Daran wollte er nicht denken.

Er begann, quer durch den Wald zu gehen, genau auf der gedachten Linie weiter, im rechten Winkel zum Weg.

Wenn jemand, egal ob ein oder zwei Personen, einen Menschen durch unwegsames Gelände transportierte, schlug er garantiert den kürzesten Weg ein.

Den Gedanken, dass irgendwer das Handy einfach nur aus dem offenen Wagenfenster geworfen hatte und weitergefahren war, ließ er nicht zu.

Er redete sich ein, dass er Markus' Nähe spürte.

Geräuschlos schlich er weiter. Bei jedem Ast, der knackend unter seiner Sohle zerbrach, blieb er stehen. Er achtete auf abgeknickte Äste, glaubte gelegentlich halbe Fußabdrücke zu entdecken und stellte plötzlich fest, dass er beinahe die höchste Stelle des Berges erreicht hatte, als er ein Motorengeräusch hörte, das näher zu kommen schien.

Alfeld, Samstag, der 21. September 2013

Lisa Grundberg hasste diesen Nieselregen. Ein ordentlicher Regenguss war ihr lieber. Eine halbe Stunde Niederschlag mit dicken Tropfen, dann war alles Geschichte. Dieses Geniesele konnte hier im Leinebergland tagelang anhalten.

Jetzt stand sie schon beinahe eine Dreiviertelstunde an dieser Straßenecke und wartete. Wie hatte der Kollege Artjom sich ausgedrückt: „Er kommt innerhalb der nächsten Minuten vorbei, wenn er pünktlich um sechzehn Uhr dreißig bei der Ratssitzung sein will."

Scheinbar wollte oder konnte er nicht pünktlich sein.

Lisa fröstelte.

Gerade als sie sich fragte, ob sie schnell mal eine Toilette suchen sollte, sah sie ihn kommen. Er fuhr langsam.

Sie ging bis an die Kante des Bürgersteigs, so als wollte sie die Straße überqueren, bückte sich aber stattdessen, um ihren Schnürsenkel zuzubinden. Als der schwarze Wagen fast auf ihrer Höhe war, richtete sie sich wieder auf, geriet ins Straucheln und taumelte direkt vor seinem Auto auf die Straße.

Er bremste scharf und sprang heraus. „Alles in Ordnung? Mein Gott, warum passen Sie denn nicht besser auf?" Dann erkannte er sie. „Frau Grundberg. Sie sind ja ganz nass, was machen Sie denn hier?" Er packte ihren Arm und half ihr beim Aufstehen. Sie ließ sich hochziehen, rutschte weg und fiel hilflos gegen seinen Oberkörper. Er lachte verlegen, und als sie nicht reagierte, fragte er besorgt: „Sind Sie krank? Fehlt Ihnen etwas?"

Lisa versuchte, sich aus seinem Griff zu lösen, sah ihm in die Augen und flüsterte: „Ihre Rippen sind erstaunlich schnell verheilt, was?"

Sie erkannte, dass er sie verstanden hatte, sah den Angriff in seinen Augen, bevor er ihn ausführte, hatte aber keine Chance, ihn abzuwehren. Seine eingegipste Faust traf ihr Gesicht, ihr Kopf flog nach hinten. Sie spannte ihren Körper an, versuchte auszuweichen. Seine andere Hand hielt ihren Oberarm umklammert. Sie spürte noch einen zweiten Schlag.

Alfeld, Samstag, der 21. September 2013

Eilig lief Fitz über die schmale Lichtung auf der Bergkuppe. Er wollte sich auf der anderen Seite verstecken. Falls wirklich jemand kam, wollte er ihn beobachten und keinesfalls von ihm entdeckt werden.

Gerade hatte er sich hinter eine dreistämmige Birke gehockt, als das Motorengeräusch erstarb.

Nun hieß es warten.

Ameisen krabbelten an den Stämmen herum. Irgendwo rief ein Vogel, den er nicht auf Anhieb bestimmen konnte. Eine Wagentür fiel zu.

Schwere Schritte raschelten durch Laub und Unterholz. Sie kamen rasch näher.

Kurz darauf erkannte Fitz durch eine Lücke in den Bäumen eine Gestalt. Sie hielt direkt auf ihn zu.

Hübiger!

Fitz stützte sich an den Bäumen ab, schob sich ein wenig höher, damit er besser sehen konnte. Was brachte er da mit?

Er trug etwas auf der Schulter.

Nicht etwas, jemanden.

Lisa!

Fitz hätte beinahe laut aufgeschrien.

Sie war bewusstlos. Das sah er deutlich. Ihr Kopf pendelte bei jedem Schritt Hübigers zur Seite. Fitz schaute sich um, suchte einen Knüppel. Dem würde er dermaßen den Hintern versohlen, dass er die nächsten sechs Wochen im Stehen schlafen müsste.

Plötzlich erschrak Fitz. Jemand war lautlos neben ihm aufgetaucht, hielt ihm den Mund zu und drückte ihn gegen die Bäume. Er wollte sich wehren, spannte die Muskeln an, um sich zu befreien. Da erkannte er Ralf Schuster, Lisas Kollegen. Er suchte seinen Blick und nickte.

Sofort gab Ralf ihn frei. Sie hockten sich beide hinter den Baum und beobachteten, wie Hübiger Lisa auf den Boden gleiten ließ. Anschließend räumte er Äste und Zweige zur Seite.

Leider konnten die beiden Männer nicht erkennen, was er da freilegte.

„Was sucht er da?“, wisperte Ralf.

„Keine Ahnung, scheint ein Schacht zu sein.“

„Hier oben?“

Hübiger zog plötzlich sein Handy aus der Tasche und hielt es vor den Eingang. Dann bückte er sich und schob etwas zur Seite.

„Er hat den Eingang elektronisch gesichert“, flüsterte Fitz. „Wenn jemand versucht hätte, da hineinzukommen, hätte er bestimmt eine SMS erhalten.“

„Hätte ich ihm gar nicht zugetraut“, raunte Ralf.

Als Hübiger sich bückte, um Lisas Füße zu ergreifen, pfiff Schuster laut auf zwei Fingern.

Der Ton war noch nicht verklungen, da stürzten sich drei Männer in dunklen Kombis auf Hübiger, während zwei weitere Lisa in Sicherheit brachten.

Hübiger tobte und schrie wie das Rumpelstilzchen, hatte aber keinerlei Bewegungsspielraum mehr.

Fitz rannte zu Lisa, die schon wieder aufrecht stand. Ihr linkes Auge war zugeschwollen und ihre Lippe aufgeplatzt. Doch Fitz fand, sie sah schöner aus als jemals zuvor. Er stürzte sich auf sie, umarmte sie und stammelte: „Geht es dir gut? Alles in Ordnung?“

„Wie kommst du hierher?", fragte sie.

„Ich habe Markus Handy geortet", erklärte er.

„Kannst du mir später erklären, jetzt müssen wir erst einmal Markus da rausholen, was immer das ist."

Von irgendwo her waren Scheinwerfer aufgetaucht, die nun in die Höhlung leuchteten.

„Das ist Mauerwerk", rief Ralf.

Lisa drängte sich neben ihn. „Uralt, oder?"

„Römisch", sagte Fitz.

Lisa rief: „Markus, bist du da? Markus?"

„Hilfe!", hörten sie. Es klang schwach, hallte von den Wänden wider.

Lisa schubste Ralf zur Seite und kroch in den Gang. Fitz folgte ihr, obwohl Ralf lautstark protestierte.

Nach wenigen Metern konnten sie fast aufrecht gehen, dann machte der Gang einen Bogen. Lisa schaltete ihre Taschenlampe ein und leuchtete voraus. Ein Stückchen Decke war eingestürzt. Durch einen Spalt drang düsteres Licht herein. Sie mussten über Erde und Steinbrocken am Boden des Ganges klettern

Die Rufe kamen vom Ende des Ganges, doch sie sahen nur eine Wand. Lisa eilte weiter. Fitz folgte ihr.

„Da ist er", rief sie, und ihre Stimme klang so glücklich, dass Fitz einen Stich in seinem Herzen fühlte.

Markus stand gut zwei Meter tiefer in einem beinahe kreisrunden Becken. Es war mit Wasser vollgelaufen. Nur sein Kopf ragte noch heraus

„Lisa!", rief er erschöpft.

„Reich mir die Arme, ich zieh dich raus."

„Geht nicht, bin gefesselt", gab er zurück.

„Womit?"

„Kabelbinder."

Lisa drehte sich zu Fitz um. „Hol Ralf, er soll einen Seitenschneider mitbringen und eine Leiter. Ich bleibe hier."

Obwohl er es nicht wollte, kehrte Fitz um.

Hinter sich hörte er, wie Lisa mit Markus sprach. Dann platschte es.

Sie war zu Markus hinuntergeklettert.

Trotzdem dauerte es beinahe noch zwanzig Minuten, bevor sie ihn aus dem Wasser bugsieren konnten.

Während Markus ins Krankenhaus gebracht wurde, untersuchte Fitz das Bauwerk, in dem Markus gefangen gehalten worden war.

Genau konnte er es auf den ersten Blick natürlich nicht sagen. Aber offenbar hatte es hier auf der Bergkuppe eine größere Befestigungsanlage gegeben. Alle überirdischen Bauwerke waren im Laufe der Jahrhunderte verschwunden, die Zisternen, die Wachgänge, Kellerräume und auch die Anlage zur Fußbodenheizung waren jedoch in weiten Teilen erhalten geblieben.

Fitz hätte zu gern gewusst, wie Hübiger diesen Ort entdeckt hatte. Vielleicht würde er es bei der Vernehmung verraten. Markus oder Lisa würden ihn bestimmt informieren.

Fitz ahnte, dass Felix, Franziska und ihr Team monatelang brauchen würden, um alles zu erforschen.

Er freute sich für sie und beschloss, sie gleich anzurufen, nachdem er zu Hause angekommen war. Zuerst musste er allerdings von diesem Berg herunter.

45

Alfeld, Sonntag, der 22. September 2013

Fitz saß bereits an Markus' Bett, als Lisa das Zimmer betrat. Markus sah bleich aus, lächelte aber breit, als er sie erkannte.

Sie legte ihm eine BILD-Zeitung und eine Tafel Schokolade auf die Bettdecke, bevor sie ihn umarmte.

Danach erst gab sie Fitz die Hand. Sie grinste ihn an und drückte ihn dann fest an sich. „Danke", wisperte sie.

„Wofür?", fragte er.

„Das weißt du ganz genau", sagte sie und setzte hinzu: „Hübiger hat alles zugegeben."

„Was alles? Ich verstehe die Zusammenhänge überhaupt nicht."

„Du kamst ja auch in den Genuss von Betäubungsmitteln, kein Wunder also. Hübiger behauptet, er habe dich vor deiner Haustür abgefangen. Er verpasste dir eine Spritze, die er zuvor im Krankenhaus geklaut hatte, verfrachtete dich in deinen Wagen und brachte dich auf den Hügel."

„Warum?"

„Er hatte vor Jahren von Schönberg erfahren, dass es in diesem Waldgebiet uralte Bauwerke gibt. Deshalb fuhr er zu Faust und bot ihm einen Tausch an. Die römischen Befestigungsanlagen gegen die Minisiedlung an seiner Raststätte. Doch Faust lehnte ab, regte sich auf, sprach von Erpressung, was wiederum Hübiger wütend machte. Aus diesem Grund half er ihm nicht, als der stürzte."

„Er ließ ihn verrecken?“Markus klang entrüstet.

„Genau, und als er nach Hause kam, stellte er fest, dass er sich mit Fausts Blut besudelt hatte.“

Fitz mischte sich ein. „Darum inszenierte er den Radunfall. Bei einem Verletzten wundert sich niemand über Blut.“

Markus schüttelte sich. „Wie jetzt? Der hat sich die Verletzungen absichtlich zugefügt?“

„Tatsächlich ist er wohl Full Speed gegen den Baum gefahren, nachdem er vorher alles präpariert hatte, sodass es so aussah, als hätte jemand einen Anschlag auf ihn verübt. Allerdings hatte er sich bei einer Suche im Zelt der Archäologen geschnitten. Die Verletzung blutete recht stark. Scheinbar hat er sie wieder aufgekratzt, um noch blutiger zu wirken.“

„Was für ein Irrer!“

„Anfangs nicht. Er setzte sich ein, engagierte sich, wollte das Beste für seine Region. Doch das wurde immer schwieriger. Die Leute ließen sich nichts sagen, glaubten ihm nicht. Das hat ihn tief verletzt. Das war wohl auch einer der Gründe, warum er nach dieser Legislaturperiode aufhören wollte.“

„Hat der Mann keine Familie?“

„Nein, er lebte nur für die Politik, seine Frau und seine Kinder wollen nichts mehr von ihm wissen.“

„Also, mir tut er nicht leid“, sagte Markus.

Lisa seufzte. „Jedenfalls versuchte er, die Archäologen zu diskreditieren und unseren Verdacht auf sie zu lenken. Parallel bemühte er sich, Neuherr das Leben schwer zu machen. Er wollte ihm unterstellen, die Fledermäuse eigenhändig in dem Gebiet angesiedelt zu haben. Ich hatte einen der Käfige in seinem Auto gesehen, habe die Verbindung aber erst viel später erkannt. Außerdem verwendete er Neuherrs Briefpapier für sein Erpresserschreiben. Zuerst ging seine Verwirrtaktik voll auf. Wir verdächtigten alle und jeden und schwirrten durchs Leinebergland auf der Suche nach Beweisen, die er gezielt für uns arrangiert hat."

Fitz fragte: „Wieso haben wir nichts von den blutigen Klamotten gesehen, als er morgens in unserem Zelt stand?" Kurz danach beantwortete er seine Frage selbst. „Es war noch ziemlich früh und damit recht schummerig. Außerdem hatte er sich umgezogen."

„Unglücklicherweise trug er während seines Besuchs bei Faust sein Markenzeichen, einen grauen Anzug mit schmalen Streifen, den er unmöglich verschwinden lassen konnte."

„Das heißt, er brauchte einen blutigen Unfall, um die Flecken erklären zu können."

„Die Platzwunde war echt, auch die Finger hatte er sich tatsächlich gebrochen, aber die Verletzungen am Brustkorb hat er nur gespielt. Inzwischen haben wir uns die Unterlagen aus dem Krankenhaus angesehen. Die hätten ihn eigentlich nach einer Stunde wieder nach Hause geschickt. Da er jedoch behauptet hat, ihm wäre schwindelig, hat man ihm ein Bett gegeben."

„Promibonus", warf Markus verächtlich ein.

„Trotzdem muss er ganz schön verzweifelt gewesen sein, so ein Risiko einzugehen."

Lisa zuckte mit den Schultern. „Sobald ein Verdacht auf ihn gefallen wäre, hätten unsere Forensiker Fausts Blut auf seiner Kleidung, seinem Körper und vermutlich auch in seinem Wagen und seinem Haus nachgewiesen."

„Ich verstehe noch immer nicht, warum er mich entführen musste", sagte Markus müde.

„Weil er ursprünglich mich loswerden wollte. Ich war ihm zu dicht auf die Pelle gerückt, war seinem

Charme nicht erlegen. Stellte eben eine Bedrohung für ihn und sein Projekt dar. Da er nicht an mich direkt herankam, weil ihr beide mich zu Petra geschickt hattet, versuchte er, mich abzulenken, weil er glaubte, ich würde alles stehen und liegen lassen, um dich zu finden."

„Hast du ja auch, jedenfalls fast", sagte Fitz.

„Wie verrückt muss man eigentlich sein, um wegen einer dämlichen Raststätte so viel aufs Spiel zu setzen?"

„Die Schwierigkeiten bei diesem Projekt haben wohl nur den letzten Anstoß gegeben. Er hatte sich sein Leben lang für die Menschen in dieser Region eingesetzt, hat bald fünfunddreißig Jahre lang sechzig, siebzig Stunden pro Woche gearbeitet, und plötzlich schlug ihm überall Widerspruch entgegen. Die Wutbürger reizten ihn bis aufs Blut. Sie machten ihn wahnsinnig, bis er schließlich auf seine Art selbst zum Wutbürger wurde."

„Wollte er mich da unten verrotten lassen?", fragte Markus zögernd.

„Er sagt, nein. Angeblich solltest du nur so lange verschwunden sein, bis die Genehmigung für die Raststätte erteilt worden war."

„Und dann?"

„Du wusstest nicht, wer dich entführt hatte. Er hätte sich sogar als dein Retter feiern lassen können."

„Wenn ich nicht vorher ertrunken wäre", wandte Markus ein.

„Die Regenfälle hatte er eindeutig nicht einkalkuliert, aber er wollte eigentlich niemandem schaden, nur seine Ziele verwirklichen. Auf Teufel komm raus."

„Bis du ihm erneut in die Quere gekommen bist", warf Fitz ein. „Das war äußerst gefährlich."

Lisa zuckte mit den Schultern. „Markus' Mutter wird morgen aus dem Krankenhaus entlassen. Die braucht ihn."

V

Germanien, im Jahr 15 nach Christus

„Germanicus verwüstete mit Schwert und Feuer eine Fläche von 50 Meilen: nicht Geschlecht, nicht Alter fand Mitleid; Weltliches und Heiliges [...] wurden dem Erdboden gleichgemacht.“ (Tacitus, Annalen I, 51, 1)

Arminius und Thusnelda hatten ihren Sohn in Erinnerung an Heilrun ebenfalls Berengar genannt, was so viel hieß wie: kampfbereiter Bär.

Arminius ließ für seine Frau eine neue Dose aus Bernstein herstellen, als ein Reisender vom baltischen Meer durch ihr Dorf kam.

Berengar lernte gerade das Kämpfen, als Gerüchte zu ihnen vordrangen, dass der römische Kaiser einen neuen Kriegsherrn geschickt hatte, der Varus rächen und die cheruskischen Gebiete wieder unter römische Herrschaft zwingen sollte.

Germanicus war unterwegs zu ihnen, so hieß es. Er suchte nach Arminius und sollte ihn oder seinen Kopf nach Rom bringen.

Unverzüglich schickte der Cherusker Kundschafter aus, die herausfinden sollten, ob die Gerüchte der Wahrheit entsprachen.

Flavus kehrte als einer der ersten zurück.

„Segestes hat dich verraten, er schickte Boten zu Germanicus, um ihn einzuladen. Er will sich seinen Verrat an dir und Thusnelda gut bezahlen lassen.“

Thusnelda senkte den Kopf, als sie das hörte. Immer wieder träumte sie davon, in ihr Dorf zurückzukehren, ihre Mutter zu besuchen, ihre Freunde und Verwandten wiederzusehen. Ihre Mutter würde Berengar lieben, das wusste sie genau.

Und ihr Vater?

Unversöhnlich.

Sie verstand nicht, warum.

Sah er denn nicht ein, dass sie ohne die Römer besser dran waren? Hatten Arminius und die anderen Anführer nicht bewiesen, dass es nicht nur gelingen konnte, den Besetzer zu besiegen, sondern auch, ihn für immer aus dieser Gegend zu vertreiben?

Trotzdem vernahm sie voller Grauen, wie Flavus, Ariowist und Guiskard einen Überfall auf das Dorf des Segestes planten. Sie wusste, dass sie ihn nicht davon abbringen konnte, doch sie würde ihn um Gnade bitten, für ihre Eltern und die anderen Dörfler.

So folgte sie den Kriegern, gemeinsam mit vielen anderen, blieb jedoch weit zurück, als der Angriff auf ihr Heimatdorf begann.

Sie hatte nach einer Beschäftigung gesucht, um nicht darüber nachdenken zu müssen, was sich nur wenige Meilen von ihnen entfernt abspielen mochte. Gerade hatte sie eine ausreichende Anzahl von Weidenruten am oberen Ende gespalten und wollte damit beginnen, einen Korb zu flechten, als laute Rufe ihre Aufmerksamkeit weckten.

Dann erkannte sie die Rüstungen und Banner der römischen Legionen und rief nach ihrem Sohn. Zum Glück kam er ohne zu zögern zu ihr. So stand sie, Berengar fest an ihren Bauch gedrückt, aufrecht neben einem niedrigen Baum und wartete.

Ein römischer Offizier bändigte sein Pferd vor ihr. Er betrachtete sie eingehend.

Thusnelda spürte, wie heftig ihr Herz schlug. Es schien aus ihrem Leib springen zu wollen. Sie senkte den Blick. Der Römer sollte ihre Furcht nicht sehen.

Er war inzwischen von seinem Pferd gestiegen und trat auf sie zu. „Bist du Thusnelda, Eheweib des Verräters Arminius?“, fragte er.

Thusnelda nickte.

Da sagte eine ihr wohlbekannte Stimme. „Das ist sie.“

Erschrocken schaute sie auf. Zuerst erkannte sie ihn nicht. Fast weiße Haare, eine lange Narbe über der rechten Augenbraue. War das Segestes? Ihr Vater?

„Ihr könnt sie haben, sie und ihren Bastard“, sagte er. Er stellte sich ganz nah hinter sie und flüsterte, so leise, dass nur sie ihn hören konnte : „Sein Kopf ist bereits unterwegs nach Rom, ohne seinen Körper.“ Dann drehte er sich abrupt um und verschwand.

Der Römer band ihr die Hände vor dem Körper zusammen. Berengar wurde mit einem zweiten Seil an ihr befestigt. Sie mussten sich in der Mitte ihres Lagers aufstellen und warten, bis die Kolonne abmarschbereit war.

Thusnelda fühlte gar nichts mehr.

Arminius tot?

Und sie?

Auf dem Weg nach Rom.

Gab es ein schrecklicheres Schicksal?

Sie würde dem römischen Kaiser ins Gesicht spucken und den gnädigen Tod dem Leben als Sklavin vorziehen.

Herzlichen Dank an Herrn Tarek Abu Ajamieh, Leiter der Landredaktion bei der Hildesheimer Allgemeinen Zeitung, der mir nach einem Gespräch bereitwillig seine Informationen zum Planungsstand der A39 zur Verfügung stellte.

Vielen Dank auch an Klaus Ensikat und Wolfgang Korn, deren Buch „Das Rätsel der Varusschlacht“ mich bereits 2009 fasziniert hat.

Ein großer Dank geht außerdem an die Mitarbeiter und Macher der Ausstellung „Im goldenen Schnitt“ im Landesmuseum Hannover, die geduldig alle meine Fragen beantwortet haben.

Der allergrößte Dank für fortwährende Unterstützung, Anfeuerung und Kritik geht an meine drei Männer. Ihr könnt alle drei gut kochen.

Ein kaltblütiger Mord mitten im Sommerloch! Bernd Kaltenbach, Reporter des „Rhein Mosel Express", wittert eine heiße Story. Kriminalhauptkommissar Udo Reuschenbach von der Kripo Koblenz ermittelt. Die blutige Spur führt nach Maria Laach. Welches düstere Geheimnis bergen die Klostermauern? Das Wissen um einen vermeintlichen Umweltskandal nutzt Kaltenbach nichts mehr, als ein wichtiger Verbündeter stirbt. In letzter Minute nimmt der Fall eine unerwartete Wende ...

Andreas Schmidt. Schmutziges Geheimnis
240 Seiten. Paperback. ISBN 978-3-8271-9482-4
E-Book 978-3-8271-9645-3 (Pdf)
978-3-8271-9845-7 (Epub)

Larissa klaut ihrer Klavierlehrerin 50 Euro. Sie braucht Geld, denn niemand soll erfahren, dass ihr Vater auf Hartz IV ist. Im Laufe des Tages plagt ihr Gewissen sie immer stärker, und sie beschließt, das Geld heimlich zurückzulegen. Als sie die Wohnung betritt, liegt Frau Kronenbaum tot in der Küche. Panisch läuft Larissa davon und gerät so unter Verdacht. Wie kann sie beweisen, dass sie unschuldig ist?

Sabine Hartmann. Katzenmelodie
224 Seiten. Paperback. ISBN 978-3-8271-9572-2
E-Book 978-3-8271-9644-6 (Pdf)
978-3-8271-9844-0 (Epub)

Nina Morettis vierter Fall

Ist es wirklich ein Unfall, bei dem der Rentner Doktor Wilbert ums Leben kam? Warum beherbergte der Mann in seinem Keller Giftschlangen? Die Leiche einer jungen Frau wird gefunden. Todesursache: Der Biss einer Kobra! Die Signatur des Mörders „el toro" lässt die Kommissarin aufhorchen. Hat der Künstler Mario el Toro mehr mit den Morden zu tun oder ist er Opfer einer Intrige?

Micha Krämer. el toro
360 Seiten. Paperback. ISBN 978-3-8271-9523-4
E-Book 978-3-8271-9651-4 (Pdf)
978-3-8271-9851-8 (Epub)

www.niemeyer-buch.de

Mit ungewöhnlichen Knoten ist der Tote am Flügel einer Mühle gefesselt worden. Während Kommissar Rosenbaum und seine Kollegen ermitteln, geschehen weitere Morde an anderen Mühlen im Weserbergland. Rosenbaum fragt sich, ob er es mit einem Serientäter zu tun hat.

Andrea Gerecke. Die Mühlen des Todes
328 Seiten. Paperback. ISBN 978-3-8271-9423-7
E-Book 978-3-8271-9647-7 (Pdf)
978-3-8271-9847-1 (Epub)

Gütersloh im Winter 2013. Überstürzt verlässt Victoria Lirot das Haus. Eine Stunde später ist sie tot, brutal ermordet. Am darauffolgenden Tag verunglückt ein Auto bei Gütersloh. Schnell wird klar, zwischen der Toten und dem Unfall besteht ein Zusammenhang. Die Spuren führen zu einem jungen Unternehmen, der Teuto Solarlicht. Undurchsichtig erscheint das Treiben ihrer Gesellschafter, folgenreich das, was sie tun.

Erasmus Herold. Und dein Lohn ist der Tod
368 Seiten. Paperback. ISBN 978-3-8271-9564-7
E-Book 978-3-8271-9639-2 (Pdf)
978-3-8271-9839-6 (Epub)

Frank Sommer, Leiter der Bielefelder Mordkommission, wird eines Morgens von einer unbekannten Frauenstimme begrüßt. Jennifer stellt sich als die Freundin seines Sohnes Fabian vor und erzählt eine bewegende Geschichte über den Drogentod ihres Bruders Tobias. Sie ist davon überzeugt, dass die Sekte „Jünger der universellen Sonne" für Tobias' Tod verantwortlich ist. Er beginnt mit Nachforschungen und stößt auf unglaubliche Machenschaften …

Rolf Düfelmeyer. Sonnenuntergang
336 Seiten. Paperback. ISBN 978-3-8271-9563-0
E-Book 978-3-8271-9638-5 (Pdf)
978-3-8271-9838-9 (Epub)

Weitere Spannung pur ...

Eine verstümmelte Leiche wird im ostfriesischen Esens gefunden. Hauptkommissar Kerkhoff muss feststellen, dass das Vorgehen des Täters dieselbe Handschrift trägt wie die des Tierquälers, dem einige Pferde auf Wangerooge zum Opfer fielen. Führt die Gravur im Ring des Toten zur Identifizierung des Opfers und somit zum Täter? Gibt es eine Verbindung nach Argentinien und zu unmenschlichen Verbrechen in der Vergangenheit?

Manfred C. Schmidt. Kaltblut
320 Seiten. Paperback. ISBN 978-3-8271-9512-8
E-Book 978-3-8271-9652-1 (Pdf)
978-3-8271-9852-5 (Epub)

Die Leiche eines Klassenkameraden, die Hauptkommissar Thomas Kuss in einem seltsam veränderten Haus findet, gibt ihm Rätsel auf. Warum sind im Haus die Fenster zugemauert und die Zimmer baulich verändert worden? Nichts deutet auf ein Gewaltverbrechen hin. Das „tote" Haus, in dem noch immer der Leichengeruch alle Sinne stört, wird zu Kuss' Verbündeten, denn es gibt nach und nach sein düsteres Geheimnis preis.

Hans-Jörg Kühne. Totes Haus
320 Seiten. Paperback. ISBN 978-3-8271-9565-4
E-Book 978-3-8271-9650-7 (Pdf)
978-3-8271-9850-1 (Epub)

Nach dem Tod seiner Frau wechselt Kommissar Moritz Brinker von Hameln nach Wuppertal. Statt eines ruhigen Jobs wartet harte Ermittlungsarbeit auf ihn und er hat weniger Zeit für seinen Sohn Nils. Als eine junge Mutter entführt wird, spitzt sich die Situation zu: Er freundet sich mit dem Ehemann an. Auch er hat einen kleinen Sohn. Besessen davon, die Frau zu finden, merkt Brinker nicht, wie die Grenzen zwischen Beruf und Familie auf fatale Weise verwischen ...

Daniel Juhr. Der Kommissar und sein Kind
384 Seiten. Paperback. ISBN 978-3-8271-9551-7
E-Book 978-3-8271-9648-4 (Pdf)
978-3-8271-9848-8 (Epub)

www.niemeyer-buch.de

Im Verlag CW Niemeyer bereits erschienen ...

Als die Kriminalpolizistin Lisa Grundberg sich nach Alfeld versetzen lässt, ahnt sie nicht, dass sie nach wenigen Tagen nach dem Mörder einer jungen Frau suchen wird. Gemeinsam mit ihrem Kollegen Markus Heitkämper ermittelt sie in 16 Fällen in der Region Leinebergland. Als sie im Ratskeller in Lamspringe einen Toten in einem Branntweinfass finden, brauchen sie die Unterstützung eines Historikers, Fitz. Der hilft ihnen auch, mit einer Ansichtskarte einen Täter zu entlarven, der vor mehr als vierzig Jahren gemordet hat.Doch kaum ist dieser Fall gelöst, wartet der nächste auf sie: im Krötentunnel, an den Apenteichquellen oder in der Löns-Grotte – ein Mord heimtückischer als der andere.

Sabine Hartmann. Mords Idylle
344 Seiten. Paperback. ISBN 978-3-8271-9456-5
E-Book 978-3-8271-9623-1 (Pdf)
978-3-8271-9823-5 (Epub)